玫瑰门

杨晓升／主编

中国言实出版社

图书在版编目(CIP)数据

　　玫瑰门 / 杨晓升主编. —北京：中国言实出版社，
2014.10
　　ISBN 978-7-5171-0907-5

　　Ⅰ.①玫… Ⅱ.①杨… Ⅲ.①短篇小说—小说集—中
国—当代 Ⅳ.①I247.7

　　中国版本图书馆CIP数据核字（2014）第237979号

责任编辑：史会美

出版发行　中国言实出版社
　　　地　　址：北京市朝阳区北苑路180号加利大厦5号楼105室
　　　邮　　编：100101
　　　编辑部：北京市西城区百万庄大街甲16号五层
　　　邮　　编：100037
　　　电　　话：64924853（总编室）64924716（发行部）
　　　网　　址：www.zgyscbs.cn
　　　E-mail：zgyscbs@263.net
经　　销　新华书店
印　　刷　阳谷毕升印务有限公司
版　　次　2015年8月第1版　　2022年3月第2次印刷
规　　格　710毫米×1000毫米　1/16　15印张
字　　数　235千字
定　　价　42.00元　　ISBN 978-7-5171-0907-5

目　录

一个女人跳楼了，是自杀？还是他杀？小说中的男男女女，都渴望把自己的情感和生命燃烧一回，然而这燃烧带来的却未必是光热与暖意。

鬼 魅 丹 青

迟子建

1　流云

女人是人间的蝴蝶，她们最爱往哪儿飞，你去霞布看看就知道了。

在拉林，最气派的街是银树大街，最有味道的巷子呢，则是花烛巷和马铃巷。这一街两巷，仿佛是小城的一臣二仆，统领和服侍着四万多百姓。

为什么说银树大街是"臣"呢，因为县政府、人大、公安局、法院、财政局、民政局、检察院，这些发号施令、呼风唤雨的部门，都在这条长街上。这条南北向的街，看上去就像吃了好草的马，毛色油光，身上无一块疤痕，光光溜溜的，悦人眼目。银树大街是水泥浇筑的，青白色，而它两侧的人行道，铺就的则是红绿相间的云字纹地砖。好像银树大街发了一道惠及贫者的法令，它们赶着去执行，因为出的是美差，喜气洋洋的。

与银树大街交汇的巷子，总有十几条吧，炉灶巷、民惠巷、暖阳巷、利发巷等等。这些巷子通向的都是居民区，因而看上去灰头土脸的。花烛巷和马铃巷可就不一样了，它们是两条商巷，饺子馆、狗肉馆、照相馆、烧烤店、服装店、卤味店、理发店、粮油店、包子铺、烟酒铺、蔬菜水果铺，一座挨着一座，一爿连着一爿，巷子里招牌林立，食物的香气不绝如缕，叫卖声此起彼伏，真是声香色味俱全。拉林小城的日子，全靠它们撑腰了。

花烛巷在银树大街的西侧，而马铃巷在东侧。如果说银树大街是顶官帽的话，那么这两条巷子就是插在官帽两侧的花翎。

霞布是家布店，在花烛巷的尽头，女人们逛到这儿的时候，往往被高跟鞋折磨得足底酸痛，所以店里明晃晃地摆着两条歇脚的长凳。一条能坐三四人，椴木的，紫檀色；另一条能坐两三人，白桦木的，柠檬色。长凳闲着的时候，看上去就像展览着的布匹。一匹是深色的，灰暗，另一匹是浅色的，

明亮。霞布的主人卓霞，快四十了，也许是不常见日头的缘故，她的皮肤特别的白。那种白不是干涩的苍白，而是滋润的粉白，青生生的，热腾腾的，好像从里面要溢出光和水来。

好的皮肤，对于一个女人来说，就是一件不离不弃的金缕玉衣，一生都少不了光华了。偏偏卓霞又是一个会打扮的人，无论冬夏，都穿着裙子。丽日中是亚麻布的直筒长裙和软缎旗袍，风雪中则是喇叭形的呢裙和裹臀的皮裙。她中等个，细腰翘臀，柳肩丰胸，从不大声说话，像蜻蜓一样轻歌曼舞地行路，十足的女人味。男人们背地说起她来，就两个字"受看"。女人们为了探究她哪儿受看，逢着她时，轻不了打量。要说她的五官，真的不很出众，眼睛是细长的，眉毛倒很威武，好像她的一双眼是圣湖，需要这样强悍的眉毛护卫着。再说她的嘴，稍稍有点大。不过她的鼻子生得好，鼻梁挺直、秀美，如异峰突起，只这一笔，就将整张脸的风水都改造好了。

卓霞穿衣服偏于素色，靛蓝、深灰、银白是主色调，大红大绿近不了她的身。不过为着生意，她店面里的布匹倒是不乏鲜艳夺目之类的，如紫色的印花棉布、翠绿的全涤丝罗纹布、明黄色的氨纶缎、洋红色的灯芯绒等。她的衣裳，极少数是在商厦买的成衣，大多是她自行设计的，因而她很少和别人穿重样的。霞布既是布店，也是裁缝店。在裁剪和缝纫上，卓霞是一把好手。女人们信赖她的手艺，扯完布，往往顺手就把活儿交与她一并做了。到了春节和换季时节，她忙不过来，就只收生客的活儿。在她眼里，顾客就是一粒粒珠子，那些熟客是已穿在线上的珠子，牢牢在握，即便一时闪了她们，她们三个月两个月不登门，抗拒一阵子，最后舍不得这店里的姹紫嫣红，还会来的。而生客呢，她们并不知晓你的手艺，怠慢一次，这粒珠子就会从手中滑落，彻底流失了，所以得紧紧抓住。

熟客中，有一个人是例外对待的，不管她什么时节来，卓霞都是有求必应，她就是蔡雪岚。

蔡雪岚是拉林一中的语文老师，四十一岁。她在这个小城之所以有名，是因为她善待着丈夫的婚外情人和私生子。

蔡雪岚的丈夫刘文波，在地税局工作。婚后三年，他们一直没有孩子。经查，蔡雪岚患有不孕症。刘文波想到后继无人，苦闷得烟不离手，把自己抽得像是丧葬铺子中戳着的纸人，苍黄单薄。蔡雪岚见丈夫如此情态，便提出离婚。可刘文波爱蔡雪岚，这个女人虽然姿色差些，但心地善良，性情柔顺，持家能力强，刘文波不忍失去她，想着将来抱养一个孩子算了。刘文波把自己的想法说与父母，遭到了老人的一致反对，他们说是蔡雪岚不能生养，又不是你有毛病，凭什么要养一个跟自己家没有骨血关系的孩子？他们怂恿儿子离婚，刘文波不从，他们就三番五次地找蔡雪岚，让她不要跟儿子同床，饿着他，他就会去打野食，那时离婚就是顺理成章的了。于是，蔡雪岚搬回了娘家。开始时，刘文波每隔两三天，就去岳父家一趟，请她回家，可是半个月后，见蔡雪岚不为所动，刘文波泄气了，变成每周去一次。

刘文波去岳父家少了，到酒馆却是勤了，不论谁召唤他，一呼即到，一喝即醉。有天晚上，他从酒馆出来，想着日子过得太昏暗了，得来点阳光，便打着口哨，晃悠着，去了魁星音像店，打算租张碟，喜剧类的，回家乐和乐和。音像店的主人是个胖妞，宽额、疏眉、厚唇、红脸蛋，零食不离口，说话脆生生的，绰号"小铃铛"。她二十六七了，谈了好几个男朋友，都黄了。不是别人看不上她，而是她只喜欢谈情说爱，一到谈婚论嫁的时候，就如临大敌，仓皇逃跑。她觉得结婚顶无聊了，进了夫家的门，就得收拢心思，不能再惦记别的男人了，而在她眼里，这世上有趣的男人多着呢。由于快是关门时分了，刘文波走进店里的时候，一个顾客都没有。小铃铛提着一袋炸薯片，吃得津津有味，两手油乎乎的。她见了刘文波，嘻地笑了一声，调皮地说"税官来了"，然后问他："租碟？"刘文波大着舌头回答："是哩。"小铃铛问："要什么样式的？武打？情杀？恐怖？还是——生活？"小铃铛说前三项内容时，仰着脖子，干脆利落，而说到"生活"时，她放慢了语速，头低下来，眨着眼，那意思很明显：有个桃色陷阱，你敢不敢跳？刘文波故作糊涂，问："生活片是啥样子？你给我说说。"小铃铛诡秘一笑，放下薯片，拍拍手，从抽屉里取出一张碟片，开启VCD机的舱门，让它像狗一样伸出"舌头"来，然后把碟片轻轻喂给它，它就像享受了什么美食似的，心满意足地卷碟入舱。小铃铛按下播放键后，把灯啪地关掉，门也闩上，然后蹺着脚坐在椅子上，一边看碟一边继续吃薯片。刘文波站在她身后，只看了两分钟便血流加快；又两分钟，他呼吸急促。刘文波觉得自己变成了一座火山，已无法阻挡要喷发的岩浆，于是抱住小铃铛，将她扳倒在地。小铃铛顺从地撒开薯片，配合着他。刘文波除了老婆，没跟别的女人有过这事。他如鱼得水，畅快悠游，不知天上人间。他撒开小铃铛的时候，忍不住赞叹了一句："真香。"小铃铛却说："你多长时间没洗澡了？一股馊味。"言语间有着怨气，

看来是没得到满足。他们结束了，屏幕上的男女却还火热着，小铃铛白了他们一眼，打开灯，按下停止键，取出碟片，对刘文波吆喝着："免税！"刘文波唯唯诺诺地点着头，一瞬间醒了酒，有上了当的感觉。

　　然而还没等他给魁星音像店悄悄抹去税款，小铃铛找上门来，她怀孕了。她又哭又叫的，说是倒霉，跟过好几个男人，肚子都没见动静，没想到和他一次，就有了。她朝他要堕胎和养小产的钱。刘文波不觉得这是麻烦缠身，相反倒有点喜出望外，他央求小铃铛，让她把孩子生下来，说是可以补偿给她钱。小铃铛本不想让孩子拖自己的后腿，可是一算计刘文波给的钱是音像店两三年的营业额了，这买卖划得来，就同意了。她说好了，生下孩子就丢给他，就当没她这个妈。

　　蔡雪岚知道小铃铛怀了丈夫的孩子后，大哭一场，她写了离婚申请，可刘文波说什么也不签字。他说拉林人都知道小铃铛，她是不会嫁给任何男人的。他得到孩子后，就和她一刀两断。蔡雪岚见丈夫可怜巴巴的，想到他的出轨也是因为自己的无能引起的，心一软，答应留下来。这样，他们一心一意地盼望着小铃铛临产的日子。那一天如约来了，小铃铛产下一个八斤重的男婴。谁知她生下孩子后，变了卦了，说是这孩子可爱，她要留下。蔡雪岚无奈，只得三番五次地登门，低三下四地求她，可小铃铛不为所动。刘文波舍不得亲生儿子，只好提着吃的用的，一趟趟地往小铃铛那儿跑。久而久之，拉林人都知道，刘文波有两个家了。

　　蔡雪岚对待小铃铛母子，可以说是仁至义尽。孩子生病住院了，她请假去陪床，而小铃铛照样做她的生意。单位春节搞福利分发的副食品，她都送到魁星音像店去了。拉林的男人很羡慕刘文波有这样一个宽宏大量的妻子，她来花烛巷和马铃巷买东西，只要逢着男店主，绝对不会在她身上短斤少两。相反地，她买一斤烧饼，会多出一两个；要一斤酱牛肉，只收她七八两的钱。有一年冬天，蔡雪岚买了一块松梅图案的宝蓝色织锦缎子，到霞布来给一个人做棉袄。半个月后，卓霞发现这棉袄竟然穿在小铃铛身上。她觉得蔡雪岚太窝囊了，所以她再让她做这个尺寸的女装时，卓霞就做手脚，不是把袖子缩短，就是将下摆延长，再不就是收束胸围和抬高领口，让小铃铛穿不上合身的衣服。为此，小铃铛常气呼呼地来霞布改衣服，她一来就嚷："我蔡姐姐在这儿给我做的衣服，怎么穿上这么别扭啊？"次数多了，拉林人渐渐知道蔡雪岚给小铃铛做衣服的事了，私下都为她叹上一口气。

人们以为，蔡雪岚的一生，就这样在隐忍中过下去了。可是谁知，在飞雪和寒流刚刚让位给暖阳和细雨的时节，一个平淡无奇的春日黄昏，蔡雪岚坠楼身亡了。她死的时候，手中还攥着一块抹布。有人说是意外，有人说是他杀，还有人说是自杀，街头巷尾，茶余饭后，人们热议的都是这件事。没人知道，蔡雪岚步入死亡花园时，经过了怎样的路径。

2　波痕

卓霞踏着老式的蜜蜂牌缝纫机，不情愿地为父亲做喜服。母亲去世不满一年，父亲就找人了，这让她心里很不舒服。

这台缝纫机本是母亲的陪嫁，卓霞结婚时，母亲见她喜欢，便送与她。这台两度成为陪嫁的机器，上海产的，与当时的"飞人"、"蝴蝶"并称为缝纫机中三大品牌，算是缝纫机中的彩头了。虽然用了近半个世纪，但它的性能仍然很好，轻灵流畅，顺滑耐用。无论是薄如蝉翼的丝绸还是厚重的帆布，它都吃得消。卓霞很注意对它的保养，时常用粗壮的鸭羽毛，剔尽送布牙缝中的污垢，滴上机油。所以这些年来，除了更换过一条皮带，没在它身上操过更多的心。

也许是心绪烦乱的缘故，这件中式喜服做得极不顺手，时常卡线，卓霞不得不一次次地推开针板，取出梭套，察看是不是绞线了。确定没问题后，她加快了缝纫的节奏，想早点成活儿，摆脱了它。然而就在她上袖子的时候，机针突然咔的一声断了，她不得不换上强度和韧性都高的14号机针，可是这根机针也是一副烈女的姿态，只容她上了一只袖子，又折腰了。卓霞想，兴许母亲怪罪父亲，冥冥中使了性子，给父亲颜色看，这喜服才做得一波三折。这样一想，卓霞便收起活儿，起身喝茶，等待着母亲想通。母亲活着时，若是与父亲起了争执，不管多么占理儿，过一夜就会饶恕父亲。

卓霞喝着茶，想着将来依偎在这喜服旁的女人不是母亲，而是后妈时，心底还是起了委屈。她气不过，噗的一声，将一口茶喷到喜服上。喜服深灰色，涤纶布的。这种料子染色性差，颜色比较单一。但它的弹性好，耐磨，抗皱，父亲说后找的老伴不爱使熨斗，所以才选这种面料的。他对她的体恤，让卓霞心中作痛。她望着那口落脚于喜服上的茶，看着它使左前襟现出一块李子般大小的污痕，好像嵌了一只恶意的眼，有些后悔，于是趁着茶渍未干，赶紧补过。刚刚清理完毕，一辆蓝白道的警车停在门口，刘良阖带着

个警察，低头走了进来。

一个单身女人，哪些男人对自己有意，她心底是清楚的。卓霞离婚六年了，这期间，向她表露心迹的男人，有那么两三个。不过，卓霞最放在心上的，是刘良阊。别人向她表白，都明着说，而刘良阊，却是曲折着说。卓霞不喜欢一泻千里的河流，她钟情的是九曲盘桓的。

刘良阊是拉林公安局的副局长，四十五岁。他瘦高个，棕红的皮肤、剑眉、豹眼、挺直的鼻梁，线条硬朗，英俊洒脱。这个最有资本招蜂惹蝶的人，在男女事情上，格外谨慎，没听说过他的花边新闻。有人说，刘良阊之所以规矩，并不是自律性强，而是"内忧外困"的缘故。在外，他是政法系统的后备干部，想在仕途上有所发展，当然不愿在男女之事上为自己设置障碍。在内，他的老婆齐向荣，是个尽人皆知的贤德女人，他岂敢冒犯。十年前，刘良阊的母亲患上尿毒症，他和哥哥想为母亲捐肾，可惜配型都不符，而与婆婆没有血缘关系的齐向荣，却意外地配型成功，她毅然决然献出一个肾。虽然那个肾最终还是因排异反应太强而衰竭，婆婆终遭不治，但她的美名，却流传开来。刘良阊的父亲前年病危，弥留之际他拉着刘良阊的手，嘱咐着："向荣对咱老刘家的恩，咱三辈子也还不完啊。你可记着，不能做一件对不起她的事啊。"

齐向荣在县人大史志办工作，每年编四辑《拉林文史资料》，很清闲。她不到一米六，算不得胖，可是因为身上的肉不会找地方长，积聚在了脸颊、肚腹和腰际，再加上个子矮，给人臃肿的感觉。她虽然身材上有缺陷，五官倒是挺出彩的，生着弯弯的细眉、又圆又黑的杏眼、弧度柔美的鼻子和月牙形的嘴唇。她爱说爱笑，人缘好，走在路上，总有数不清的人跟她打招呼，嘘寒问暖的。一年四季，她都喜欢穿花衣。冬天是盘扣的花缎子棉袄，夏季是低领的印花衬衫，春秋则是收腰的花毛衣。在卓霞眼里，花衣适宜两类女人穿，一类是花季少女，再俗的花色，再平庸的相貌，被青春的朝气一提升，也让人觉得美不胜收；另一类是气质好、瘦削、肤色白皙的老年妇女，这样的女人穿上花衣，就是一枚飘荡在秋风中的经霜红叶，给人以苍凉之美！显然，齐向荣不属于这两类女人，但是她固执地穿着花衣，把自己侍弄得跟块花圃似的，大花小朵地簇拥着。有好多次，卓霞都想委婉地劝她，让她做几套素色的衣服，尝试一下，兴许比穿花衣的效果要好，可是看着齐向荣兴致勃勃的样子，话到嘴边，又咽了回去。俗话说，穿衣戴帽，个人所好。女人最难得的是愉悦，如果花衣能让她快乐，它们就是一群盘旋在她头顶的天堂鸟，有什么理由驱赶呢？

　　齐向荣大多买成衣，所以她很少进布店。在卓霞的记忆中，她只来过霞布两次。一次是扯了一块花布，说是当台布用；还有一次是给公公做一条卡其布的散腿裤子。卓霞遇见她，大多是在马铃巷的肉铺前。她少了个肾，因而很迷信吃猪腰子，每周都要买一只。她大手大脚的，四块八的东西，她递上五块钱后，肯定会一摆手说："那两毛钱就别找了！"而她足额支付了的东西，人家付货给她的时候，她也会找点借口，比如说她正减肥，不想吃那么多，从秤盘里再取出一些，放回货架上。商贩如果要退钱给她的话，她会说："块八角的还给我，我也成不了富翁，你们做小本生意的不容易，收着吧。"纵是习惯了在秤上做手脚的主儿，听到这话，也会感动的。所以齐向荣买东西，他们总是拣最好的给，她菜篮中的肉，肥瘦相宜，鸡蛋又圆又大，而那一捆捆戳着的青菜，精精神神的，不像别的女人提在手上的，都跟大烟鬼似的，尽是蔫头蔫脑的。

　　卓霞碰到齐向荣，只是似笑非笑着点个头，算是打过招呼，而她遇见刘良阄，虽然也不说什么话，可目光里却少不了交流。

　　霞布开张的第三天，刘良阄来了，这是霞布迎来的第一个男顾客。他说平时上班总是穿制服，把他板得快肌肉萎缩了，他想在休息日穿得随意些，可是该逛的商场都逛了，发现那些休闲服过于时髦，尺寸又偏小，所以想来做一套，让卓霞帮着参谋参谋，他穿什么面料和样式的衣服好看？初始时，卓霞并不知晓刘良阄的心思，心无挂碍，所以一边扬着胳膊，哧啦哧啦地给别的顾客扯着布，一边跟他开玩笑："刘局长这么帅气，穿什么都好看，随便挑吧！"结果，刘良阄左挑右选，总是拿不定主意，一直徘徊在布匹间。待到店里只剩下他一个顾客时，刘良阄走近卓霞，眼睛里波光一闪，柔声说："你帮我定吧，我实在选不出。"卓霞说："上百种的布，你都选不出来，你走后，我店里的布非得委屈哭了不可！"刘良阄说："你要是一匹布，竖在架上，我就不难选了。"这么露骨的话，卓霞一下子就听明白了，可是她不想跟有家的男人在感情上有纠葛，便自嘲着说："我要是匹布，不过是压在库底子的布。要颜色没颜色，要质地没质地。"说完，赶紧将话题转移到真正的布上，说："市面上卖的运动服，面料中少不了氨纶的成分。这种料子垂感强，可是垂感太强的衣服上了身，会像刀子一样，把人削得更瘦，不

适合你。要说舒适和耐看，还得是棉织品。棉料透气、吸汗，把人往横处打扮，能帮你多长几斤肉，显魁伟。要说它的缺点，就是水洗后易起皱，可是你有那么一个贤惠勤快的老婆，一把电熨斗就解决问题了。"于是，卓霞就给刘良阖选了两种棉布料子，咖啡色和奶白色的，然后给他量尺寸。她拿着皮尺，蹲下起来的，量着他的裤长、臀围、腰围、胸围。待量到袖长和肩长时，卓霞即使踮着脚，也嫌吃力，于是就让刘良阖坐下来。她不是与他面对面，而是站在他侧面量肩长，站在他身后量袖长。这两个姿态，刘良阖当然读得懂，所以他离开的时候，苦笑了一声。

那套衣裳做好后，未等刘良阖来取，卓霞主动送上门了。不过她去的不是他们家，也不是公安局，而是齐向荣的单位。卓霞说母亲曾给她讲过铁道兵修筑拉林铁路的一些往事，如今忆起，觉得很有价值，希望齐向荣能编进《拉林文史资料》。齐向荣感谢着，让座，倒水，拿出纸笔，专心记录。复述完故事，卓霞要离开的时候，才对齐向荣说，刘局长在我那儿做了一套衣裳，刚好顺手带来了。齐向荣接过装衣服的纸袋的一刻，满面惊讶，不过她很快恢复常态，脸上堆起笑容，说："我跟良阖说过，你的布店开张后，拉林人就不愁没漂亮衣服穿了！"把不知情的不快和尴尬，用一种恭维的方式，轻轻绕过去了。

不过，那套卓霞精心设计和缝制的休闲服，最终灰飞烟灭了。

卓霞住在城北的河坝下，那是一幢长条形的平房，住着三户人家。卓霞把东头，一对年轻夫妇带着个孩子，住西头。中间的那户人家，是对老夫妻，在南市场做小买卖，男人卖炒货，女人卖菜，他们的子女都在外地，不常回来。平房不大安全，常有偷盗的事发生，所以几乎家家养狗。邻居间虽然不大往来，但狗们却是走动频繁。卓霞养的堂堂，常和邻居家的二黄和青头在一起戏耍。青头是威猛的狼狗，而堂堂和二黄是柴狗。不同的是，二黄瘦小，邋遢，堂堂高大，爱洁。堂堂常常在主人回家后，得空越过堤坝，跳到河水中，扑通一阵，把自己洗得干干净净的，挂着一身水珠，清爽地回家。如果邻居有了非说不可的事情，那么叩门的不是人，而是狗。只要听到狗啪啪的拍门声，就知道邻居登门了。

有天早晨，卓霞听到狗的拍门声，赶紧走出屋子。她打开门，见摇头摆尾的青头身后，站着卖炒货的老头，他捧着一套衣服，求她帮个忙，把裤管截去两寸，袖子裁掉一寸。卓霞一眼就认出那是她给刘良阖做的衣服，她试探着问："这衣服怎么做得这么不合体啊？"老人咳嗽了一声，说："我哪舍得做新衣服穿啊，这是人家齐向荣，从下面给她男人捎来的。说是看我一年到头的老是一身衣服，就送给我了。我试了试，腰身肩膀都合适，就是裤管和袖子太长，想着你开布店，就来麻烦你了。"卓霞连忙说："不麻烦，明天我就给你改好。"她接过衣服，问："你和齐向荣家有亲戚？"老人说："要说亲戚，我姥姥的妹妹，也就是我姨姥姥的儿子，跟齐向荣他爹是结拜兄弟，不过这亲戚可是八竿子打不着啊。人家向荣就是心眼好，总是惦记着别人的难处。她为了婆婆，少了个肾，啥怨言都没有，拉林人谁不知道呢！"

卓霞没把那身衣服拿到霞布，而是填到炉膛烧了。打发它们上路时，她有些舍不得，看了一眼又一眼。她设计的上衣，后背、领子、兜口是咖啡色的，前襟和袖子则是奶白色的。而以咖啡色为主调的裤子呢，轧着两道雪线似的奶白色的白杠。说实在的，这套休闲装，飘逸而不失稳重，家常而不失气度。在她眼里，咖啡色是阴云，而奶白色是晴朗的云。如今这两种云汇聚在火炉中，魂飞魄散之际，还是演化成一场雨，从卓霞眼里涌出。她恍然明白，别看齐向荣大大咧咧的，其实她极有心机。在齐向荣眼里，那身衣服，不过是投降者的旗帜，她要让个卖炒货的挑着，让与之相邻的卓霞看到，承认自己是败将。而其实，卓霞让齐向荣把衣服捎回家，只是想把刘良阖拒之门外，并无恶意。

卓霞找了个借口，说那套衣服放在霞布，未等改好，她中午出去买豆腐脑，忘了锁门，回来后发现衣服让人偷了，因而只好将衣服折价，赔他五百块钱。卖炒货的虽然嘴上说"可惜啊"，但他接过钱来，还是喜滋滋的。不管怎么说，他都是赚的。

从那以后，卓霞见到刘良阖，就不躲闪了。虽然他们并不怎么说话，可眼睛却是没少言语。有一年深秋，卓霞出门时穿得单薄了，横穿银树大街时，正遇见刘良阖，他故意打了个寒噤，眼里露出责备的神色，卓霞呢，领受了他的好意后，嘴朝着他的鞋努了一下，他俯身一看，原来鞋面灰蒙蒙的，鞋帮还沾着污泥，她是提醒他该清理一下鞋子了，于是两人会心会意地一笑，各自走开。还有一回，是夏天的晚上，卓霞在马铃巷的夜市中闲逛，撞见刘良阖和几个朋友，正光着脊梁，坐在一家烧烤铺前喝啤酒。卓霞只是轻轻瞥了他一眼，刘良阖马上意识到有失体面，连忙扯下搭在椅背上的衣服，迅速穿上。当然，他们之间的无声交流，也有针锋相对的时候。卓霞

无聊时，爱搓个麻将。牌桌上，如果不动输赢，就会觉得索然无味。但他们下的注不大，块把角的，小打小闹，图的是个趣儿，算不得赌博。可是有一天，他们正打在兴头上，刘良阖带着两个干警，闯进来抓赌。刘良阖见卓霞也在牌桌旁，很失望，看她时一副厌弃的表情，卓霞毫不畏惧，昂着脖子，眼里仿佛撒出了刀枪剑戟，杀气腾腾地逼向刘良阖。最终，刘良阖予以他们口头警告后，寡着脸，无奈撤退。从这以后，他们再碰面时，目光是冷的，充满怨气的，甚至是你死我活的；然而毕竟有那么多缠绵和关爱的目光为他们的眼底蓄积了深情的潮水，所以这不祥的风暴，很快就过去了。

卓霞有时十天半个月碰不见他，还有些想得慌。每每凄厉的寒风扑打着窗棂，她于夜半惊醒时，往往会想起他。她想，若不是齐向荣少了一个肾，或许他们能走得更近些。在卓霞眼里，齐向荣献出来的肾，冥冥之中化成了一只眼，不舍昼夜地盯着刘良阖，监视着他。所以卓霞明明看到他的眼里进发出了火一样的光芒，可却依然克制着，不敢向前多跨一步。

刘良阖一进霞布，卓霞就明白他是为蔡雪岚之死来的。蔡雪岚的父母，怀疑女儿是被女婿推下楼的。而住在刘文波家楼下的刘晶，证实了那天她下班回家，先是看见蔡雪岚躺在地上，接着，刘文波奋拉着脑袋从楼洞口出来了。她叫住他时，发现他神色异样。这个证词，对他很不利。刘文波已被押进看守所，公安局开始立案侦查此事。

果然，刘良阖拿出一张天蓝色的纸，巴掌大的，那是霞布开具的取衣凭证。刘良阖说这是从死者的皮包中搜出来的，他们想看看，蔡雪岚要取的衣服，是什么样式的？卓霞没有犹豫，从一摞新做好的衣服中，取出一条深灰色带朱红暗格的薄呢裙子，递给他们。这裙子一看就是为胖女人做的，二尺七八的腰围，宽松的下摆，如果把腰口封死，倒过来当口袋用，一窝猪崽也装得了。刘良阖看着这条裙子，有些失望，他叹息了一声，说："看来又是为小铃铛做的吧。"

3　潮起

卓霞最不喜欢早春了，解冻后的大地好像腐烂了，到处是污泥浊水。每天回到家，她的鞋子是脏的，裤脚是脏的。有的时候碰到讨厌的车主，他见你小心翼翼地提着脚走，知道爱惜衣服，便开足马力，故意从泥水中蹚过，让溅起的泥点充当子弹，刷啦啦地扫到你身上，气得卓霞跺着脚骂："缺德鬼！"本来在霞布累了一天，回到家里想早点歇息，可是浑身上下没有干净的地方，不能忍受，只好清洗。她干活的时候，会把堂堂放进屋来，洗累的时候，她会恶作剧地，把肥皂泡捧在手心，让堂堂舔。堂堂刚伸出舌头，肥皂泡就灭了，它气得转着圈呜呜叫，卓霞就会笑起来。

有的时候，累过头了，反而不容易睡着，卓霞就在春夜中胡思乱想。小时候穿过的粉红色塑料凉鞋，母亲做的枣泥米糕，某一年雨后出现的三轮彩虹，以及秋天林地上生长出的毛茸茸的蘑菇，吃的用的，天上的地上的，没有想不到的。当然，更多的时候，她想的还是人。人里，想得最多的是罗郁、乔钢铁和刘良阖。

卓霞从林城卫校毕业后，分配到了拉林县医院，在内科做护士。她一来，就听说中医科有个男医生，叫罗郁，外地人，医科大学毕业的，气质不错，单身，可他不喜欢交女朋友。人们都说，他学历高，眼界高，看不上拉林的女孩子。漂亮的药剂师潘小小曾热情地追过他，可罗郁不为所动，气得潘小小骂罗郁是"骡子"。卓霞一来，冰冷的罗郁忽然间变得主动起来，他常常在卓霞值班时，送给她一包花生或是栗子。人们便说，看来不是罗郁孤傲，而是在卓霞之前，他没遇见可心的女孩啊。这种议论，无形中给卓霞树敌了，她再碰见潘小小时，她总是冷嘲热讽的，不是说卓霞的牙齿长得不整齐，就是说她的嘴形不性感。本来卓霞对罗郁并无特殊的好感，潘小小的横眉冷对，倒激起了她的热情，她赌气似的，跟罗郁交往起来。

罗郁是男人中少见的眉清目秀的那种，五官端正，白白净净的。他说话轻声慢语，走路不紧不慢。在卓霞眼里，罗郁就像座钟中垂下来的钟摆，有板有眼，中规中矩。中医科不像内科和外科那么忙碌，比较冷清。没患者的时候，罗郁就会坐在诊室的椅子上，手持一卷医书，精研细读。他读的，不是《黄帝内经》，就是《神农本草经》，这两种多卷本的书，在他手上，如白昼与黑夜，轮回转换。卓霞嫌他读得单调，常带给他一本流行的爱情小说或是侦探小说，说是增加点趣味。可罗郁对待这样的书籍，就像对待潘小小一样，置之不理。在卓霞眼里，讲究"望、闻、问、切"的中医，有点像算命先生。来了患者，先打量人的脸色，继之看舌苔，越过了这两道"门槛"，才与病人对话，听听他的声音是高亢还是重浊，从而判断肺气是否畅通。到了"问"的环节，上至额头的汗，下至遗下的便、口中的甘苦、心上的惊悸，眼中的烦心事，梦里的云雨欢，没有问不到的。"望、闻、问"后，医生就跟入定一样，双目微阖，敛声屏气地"切"，为病人把脉。这一番摸爬滚打后，才会作出诊断，煞是曲折。相比，西医就简单多了，各类化验，各种医疗仪器的检查，能帮助医生，准确地对病症作出判断，实施治疗。也因此，卓霞喜欢西医，对中医则是将信将疑。她的敬意，都投给了那些站在手术台前的医生，在她眼里，那是战士的姿态；而手拈银针的中医，总让她联想起后方的火头军，虽然也是不可或缺的，但总是少了点光彩。这种想法，常常使她面对罗郁时，提不起精神。如果不是潘小小逆向的推波助澜，她可能就会离开他了。

卓霞和罗郁谈了两年多结婚的。第一年，罗郁问卓霞最多的一个问题就是：想不想要自己的孩子？卓霞害羞，当然是一再地摇头，好像如果自己点头了，就是坏女孩似的。要知道，生孩子是跟房事联系在一起的啊。罗郁待她，非常矜持，除了偶尔拉拉她的手，拍拍她的肩，没有更亲昵的举动。到了第二年，罗郁时不时会拥抱她一下，并且轻轻地亲吻她的额头。在这个温柔时刻，他总爱问卓霞：你想不想长寿？卓霞在他怀里像婴孩一样点着头。罗郁就说，你跟了我一定会长寿的。到了第三年春天，罗郁郑重地向她求婚了。

他们布置好了新房，准备着去民政局登记的前夜，卓霞突然病了。她头晕眼花，上吐下泻的，看来是胃肠感冒了。卓霞的母亲单单只从呕吐上，猜测女儿怀孕了，便用庆幸的口吻说："幸亏快结婚了，要是等到肚子显怀了，婚礼上该多难堪啊。"卓霞便实话实说，罗郁从来没有要求过婚前发生过分的事，她怎么可能怀孕呢？卓霞的母亲大吃一惊，说："他要求时，你可以不答应，可是你们处了这么长时间，他从没要求过，是不是有什么毛病呢？"卓霞笑了，宽慰母亲："他是医生，要是有什么不正常的，他自己清楚，哪能不负责任地向我求婚呢！罗郁把婚姻看得神圣，才这样啊。"可母亲还是忧心忡忡地提醒她："要不先别登记了，再处一段，观察观察。"卓霞不无气恼地说："人家的母亲要是听说女儿婚前没失身，都高兴，你呢，倒担心起来了，世上有你这样盼着女儿早点被人欺负了的母亲吗？"母亲被卓霞逗笑了，不过最后她还是严肃地说："登记结婚后，要是有一天后悔了，可别回来找我哭啊！"

婚礼如期举行了。罗郁早就对卓霞说过，他的父母在他幼年时，双双死于煤烟中毒，所以他们的婚礼上，婆家没来什么人，卓霞也没放在心上。

洞房花烛夜，卓霞躺到床上的时候，心跳加快了，因为她期待的那个缠绵时刻，就要到来了。罗郁洗漱完，换上一套宽松的白绸子练功服，先到阳台做了半个小时的气功，然后才走进卧室。他上床后，侧过身，深情地凝望了卓霞片刻，泪眼朦胧地说了句"多美好"，然后低下头来，吻了吻卓霞的额头，又吻了吻她的眼睛和鼻翼。卓霞想着他这一路吻下来，该是接吻的时刻了，于是芳唇微启，闭上眼睛。她的舌头在口腔中颤颤欲动着，宛如一朵迎风的蓓蕾，渴望着罗郁洒下雨露，让它吐艳。然而罗郁突然撇开热血沸腾的她，把灯熄灭了。黑暗中，他拉过新娘的手，道了声"晚安"，先自睡了。卓霞以为新郎在和她开玩笑，所以忍着笑在等。然而罗郁很快发出了细微的鼾声，说明他真的睡着了。卓霞抽出手来的那一刻，感觉遇上鬼了，身上一阵冷一阵热的。

第二天上午，卓霞跑到拉林最有名的玫瑰内衣店，一口气买下三件睡衣。一件是水粉色吊带真丝睡衣，一件是白棉布镂花睡衣，还有一件是靛蓝色亚麻布的立领睡衣。她想若是这三件睡衣都激不起罗郁的热情的话，那她就是大祸临头了。三件睡衣轮番登场了。第一夜是粉红睡衣，它把卓霞装扮得像是竖立在黑夜中的一根彩色灯柱，妖娆之至，性感十足，然而罗郁不为所动，道过晚安，拉过她的手，知足地睡了。第二夜出场的白棉布睡衣，把卓霞勾勒得清纯美丽，像是一棵挺拔的白桦树，可罗郁照样兀自睡了。到了第三夜，为了配合那件古典风格的睡衣，卓霞上床前特意盘起了头发，在颈项洒了淡淡的香水，然后碎步轻摇地移到床前，把手插到罗郁的发间，轻轻摩挲着，可罗郁只不过用手在睡衣上抚摩了一下，说："做睡衣的亚麻料子，应该再细致一点，那样穿着更舒服。"然后就像完成某项仪式似的，拉起她的手，心无旁骛地睡了。不过，这一夜，破釜沉舟后仍不见曙光的卓霞，没有让罗郁睡到天明。子夜时分，她将卧室的吊灯、壁灯和床头灯全部打开，让光明为自己仗着胆，然后用拳头把罗郁擂醒，冲他怒吼着："罗郁，为什么？这是为什么？！"她哭着，先将鸳鸯枕扔到地上，接着去撕扯合欢被。

罗郁躺在床上，沉默了一刻，然后柔声劝慰卓霞："你不是想长寿吗？千万不要发怒，怒火会烧毁老天给你的长寿契约的。"

"你这样待我，我生不如死，要长寿做什么？我这样活着，跟鬼有什么分别？你是医生，知道自己无能，为什么还要娶我？"卓霞将撕出裂痕的合欢被拽到地上，当地毯踏着，把盘好的头发打开，让长发自由地飘散下来，然后伸出一双手来，倾着身子，哀怨地说："看看我，罗郁，我究竟哪儿不

好，你用这种方式报复我？你有病，为什么不早告诉我——"

罗郁从床上下来，抱住卓霞，叹息着说："你不是说了吗，你不想要孩子，而且，你想长寿。"

"难道我答应了这两点，就等于认同无性的婚姻吗？"卓霞从罗郁怀中挣扎出来，泪流满面地质问他。

"其实——"罗郁犹豫了一下，垂下头说，"我并不是性无能，只是我不想那样。"

卓霞打了个寒战，她被这话着实吓着了。

罗郁开始平静地讲述他的真实家世。原来，他十一岁时，父亲犯了强奸罪，锒铛入狱，母亲羞愤难当，投河自尽了。无人照管的他被姑姑收养了。童年时，只要他一出家门，小伙伴们就骂他"坏鸡鸡"！上体育课的时候，男生们常常趁老师不注意的时候，捉了蚂蚁和毛毛虫，往他裤裆里塞，说是咬掉他的坏鸡鸡，省得他会像他爸爸那样去害人。从小学到初中，直至高中，在班级，没有女生愿意跟他说话，她们就像躲避瘟疫一样，远远躲着他。罗郁高考的前一年，父亲出狱了，他整个人好像风干了，灰暗焦枯。他四处求职，受尽白眼，无人雇用，沦落为酒鬼。没钱喝酒，他就去偷。那年冬天，他喝多了酒，夜半时倒在一条僻巷中，活活冻死了。

家庭的变故，给罗郁的打击太大了。他立志要考上医科大学，要用传统的医学研究来证明，没有性，人照样可以好好活着！在他看来，性欲是猛兽，你若让它开了口，它就会沦落为饕餮之徒，不能忍受片刻的饥饿，成为罪恶之源；而你驯服了它，它则会乖顺地成为你的仆人，好生地服侍，使你获得长寿。罗郁认为"性"的最高境界是"引而不发"，为此，每当生理的欲望挑战他时，他就会用气功驱散它，化干戈为玉帛。他还说，夫妻之间，想要做到真正的阴阳和合，就要舍弃时常把人从沸点降到冰点的"性"，祛除大喜大悲，以平静为首要，这样，方能保持运行于五脏六腑的那团气，安详健旺。他说他第一眼看见卓霞，就被她脱俗的气质吸引了，他相信她会和自己手牵手，去实现这个伟大的理想的！

未等罗郁讲完，卓霞赤脚跑到卫生间，接了一盆冷水，端进卧室，朝罗郁泼去，骂道："疯子，疯子！你该被关进精神病院！"

卓霞并没有马上离开罗郁。她想既然你的毛病不出在生理上，而是在心理上，就不愁找不到解决的办法。在卓霞眼里，心理的问题如同蓄积在水库中的水，别看它平素波澜不起的，一旦你开启了闸门，它就会欢呼雀跃着，溅起簇簇浪花，奔流而下。她相信自己有能力打开那道闸门。

凡是能让人乱性的手段，卓霞都试过了。比如周末时做几道好菜，与罗郁共饮，想把他灌得酩酊大醉，失去自制力，然而罗郁饮酒总是恰到好处，三杯两杯就收口了，让她奈何不得。以前她洗完澡，总是披上浴衣，现在则干脆光着身子出来，想让出浴时娇嫩的胴体像闪电一样击中他，化做一场云雨，然而罗郁只是满怀怜爱地望她一眼，把睡衣递给她，让卓霞哭笑不得。有一次，卓霞重感冒了，她发现在病中时，罗郁对她格外关爱，煎药熬汤、嘘寒问暖的，于是就时常装病，痛经啦，偏头痛啦，胃痉挛啦等等，亮出病的招牌，但不许罗郁看她的舌苔，更不准他号脉，逼得他只能用按摩为她缓释"痛苦"。罗郁的手指在她身体的各个穴位悉心揉捏时，卓霞觉得自己就是一条被洪水围困的堤坝，每一个穴位都面临着决口的危险，她是多么希望罗郁能用男人的力量拯救她啊，然而他做完按摩，像在医院对待其他患者一样，嘱咐她注意一些什么，起身洗手，不再说什么了。万般无奈的卓霞，便使出了最后一招，悄悄到私人小药店买了性药，研成粉，为他盛面条时，悄悄撒在碗里。其结果，不过延长了他做气功的时间而已。

百般折腾之后，冬天来了，他们结婚半年了。卓霞彻底泄气了。一天晚上，当罗郁又惯常地拉她的手时，卓霞提出了分手。她没有想到，罗郁竟然在黑暗中哭了，他说："能不能再等等看，我们这样的生活，多么神圣啊。你想想，人早晚有一天，会丧失性欲，何苦要承受最后的虚空呢？当别人七八十岁腿脚不便，耳聋眼花时，我们肯定还像五六十岁的人一样，四肢有力，耳聪目明。我们可以在平静中，相亲相爱地活到一百岁，创造医学奇迹！"

卓霞抽出手，冷冷地说："你自己去做圣人吧！"

卓霞离婚后，搬回了娘家。母亲说："他果真有毛病吧？"卓霞矢口否认，说只不过是他们性格不合。不过她的谎言三年后就被戳穿了，卓霞认识了建筑工程处的设计师乔钢铁，她不想再吃婚前无性的亏了，所以乔钢铁一要求她，她就顺从地上了床。半个月后，他们登记结婚了。婚礼上，喝多了酒的乔钢铁，忽然举起一杯酒，对酒席上的人炫耀道："你们知道吗？罗郁是个软蛋！我没想到，自己得了个处女！本来我还想跟卓霞多处一段的，可是没想到她还是个雏儿，你们说我还有什么犹豫的呢，立马向她求婚了！妈

的，合该我有这口福！"他哈哈大笑着，大家也都哈哈笑着。

乔钢铁做梦也没有想到，这番话，把新娘打发回了娘家。卓霞在婚礼第二天就提出了离婚。所以她的第二桩婚姻，比第一个还要短命。

拉林县医院的人，对于罗郁的"无能"，无人不晓了，人们议论纷纷。尤其是已为人妻的潘小小，幸灾乐祸地对卓霞说："我这人，就是命好！要是有什么灾，老天都帮着我躲过去！"卓霞不能忍受在医院的日子，她想远离罗郁，远离消毒水的气味，远离背后那些嚼舌头的人，毅然决然地辞了职。卓霞在家闲了一年后，看上了花烛巷尽头的一家烟铺，把它盘下来，开起了布店。刘良阖，就是这两段暗淡的婚姻乐章后，出现的一道华彩！所以当这个早春的傍晚，刘良阖把警车停在她家门口，以调查蔡雪岚坠楼案为由踏进她家，他们四目对视时，那些凝聚在眼底的思念和渴望，在那个瞬间，汹涌而起，顷刻间把他们淹没在惊涛骇浪中。

4　春阳

卓霞牵着堂堂，来到马铃巷的狗肉馆。

春天丰腴起来了。草长高了，天变蓝了，花儿打骨朵了，鸟儿也一群群地飞回来了。暖风像是一匹没有瑕疵的丝绸，拂在脸上时，柔软而有质感。银树大街那两排高大笔直的杨树，宛如一把把碧绿的梳子，插在大地上，悉心地梳理着春天。它们也的确梳到了一些东西，比如废旧的塑料袋、断线的风筝以及鬼眼似的纸钱。环卫工人每到暮春时节，就要借助梯子，将这些碍眼的东西清除。当然，它们身上有一样东西是清理不了的，那就是时不时飞出的毛茸茸的杨花，权当它们是梳子缝里落下的白花花的皮屑吧。

拉林小城的狗，如果脖颈上突然被套上了绳索，而握着这绳索的主人又把它们牵到马铃巷，它们便知道，自己十有八九要被主人卖到狗肉馆了。有的狗不甘心这样去死，拼尽全力，试图褪掉绳索，疯了似的又跳又叫着；有的狗则视死如归，腿不抖，昂着头，让主人为它的刚烈而难过。但大多的狗，快到狗肉馆时，嗅到同类被烹煮的气味，便畏惧前行，四足抓地，眼里流出泪来，此时的主人，就不得不拖着它走了。

堂堂被牵到马铃巷的路上，遇见一条花狗撕扯一家新开张的店铺门上贴着的喜联，还多管闲事地，扑上去赶开了花狗。那一刻，卓霞眼睛一湿，几乎想带着它掉头回家了。可是堂堂的所作所为，又让她觉得如果放它生路，将会惹出大麻烦，所以还是咬着牙，把堂堂交到了狗肉馆主人的手上。

绳索交接的那一刻，堂堂哀怨地垂下头，不忘最后做一回仆人，用舌头将主人的黑皮鞋舔得又光又亮。狗肉馆的主人在堂堂颈窝那儿抓了一把，说："挺肥！别的狗我一百七八就收了，这狗，我出三百！"说着，从裤兜里掏出一沓钱来，刷刷数出三百，递给卓霞。卓霞接过钱的一刻，对店主说："勒它时，痛快点！"店主说："放心，也就是两三分钟的罪儿！"

狗肉馆门前伫立的那根苍灰色水泥电线杆，无意间成了狗的绞刑架。那上面的斑斑血迹，都是吊在上面的狗在临终一刻喷上去的。一个输电的工具，成了狗的杀手，所以拉林的狗爱作践电线杆，它们拉屎撒尿，喜欢去那下面。电业工人维修线路时，常会踩上这样的"地雷"。有人觉得，从狗肉馆门前通过的光明，带着股血腥味。因而办喜事的人家，不愿意在与它相邻的饭店摆酒席。办白事的，则不在乎了。

卓霞放下堂堂，头也不回地走了，她怕看见它眼底的泪，更怕听见它的哀叫。卓霞走得飞快，眨眼间就出了马铃巷，越过银树大街，踏上了她熟悉的花烛巷。那些见惯了卓霞婀娜步态的人，见她十万火急地走，都很诧异。卓霞到了霞布，将门窗打开，换下鞋子，把它端正地摆在柜台下面，想收藏起来，不再穿了。可是当她看到堂堂舔得干干净净的鞋面上，经过这通走，还是蒙上了灰尘，便叹了一口气，又把它穿回脚上了。

刘良阖在县公安局分管刑侦和看守所，所以小城若出了人命案，他就得忙起来了。

被押在看守所里的刘文波，几经提审，始终不承认自己对蔡雪岚下了毒手。他说，自己那天下班回家，发现厨房冷锅冷灶，妻子一反常态地，坐在梳妆台前描眉涂唇。见了他，她有些羞怯地起身，说是晚上不在家吃了，她想请他到饭馆喝上几杯，有事情要谈。刘文波那天因儿子频繁逃学的事情，跟小铃铛在音像店吵了嘴，嫌她对儿子监管不力。小铃铛一生气，竟然当着顾客的面，劈手给了他一巴掌。一个男人被情人当众给打了脸，实在是颜面扫地，刘文波心里窝火，哪有喝酒的兴致，便推托累了，不想出去。蔡雪岚也不强求，给他倒了杯水，递上，看着他喝下去，才一字一顿地对丈夫说："我要离婚！"刘文波懵了一刻，他回过神儿来后，说："除非你喜欢上了别人，要是因为小铃铛和孩子，我不会离的！"蔡雪岚垂下头，红着脸说："我心里有人了。"刘文波追问是谁？蔡雪岚说："现在跟你说，你会反对的。

等我跟你离婚了，要跟他结婚时，再告诉你吧。"刘文波咆哮着："你们好了多长时间了？"蔡雪岚坦白说："快一年了。你还记得去年寒假时，我跟你说要到林城教育学院培训一周的事吗——"刘文波嘲讽地说："哦，原来是在林城勾搭上的呀，看来那家伙也是吃粉笔灰的！"蔡雪岚淡淡一笑，说："其实我没去林城，那是我找的借口。我背着旅行包，去了他家。"刘文波气得七窍生烟，说："难怪你这两年不跟我同房了，我还以为你是嫌我跟了小铃铛不干净，才不让我碰呢！既然你找到了心甘情愿搞你的人，我刘文波当然要成人之美，明天就离！我可跟你说好了，明早八点半，法院一开门，我就在那儿等你！你可记得带上结婚证，别迟到！"刘文波说完，摔门而去。

刘文波怒气冲冲的，并没有马上下楼。他家住在顶层，六楼，经由防火通道，可以到达顶层的平台，心烦的时候，他喜欢到那儿抽烟。

正是夕阳西下的时刻，平台上弥漫着橘黄的光影。刘文波坐在水泥地上，背倚着烟道出口的砖垛，心灰意冷，没滋没味的。他掏出烟来，刚点着火，眼泪就下来了，他舍不得蔡雪岚离开，他知道自己这些年因为小铃铛和私生子，亏欠了妻子太多的情。他不知道她爱上了什么人，但他心里清楚，蔡雪岚只要这样跟他谈了，说明去意已定，他们之间的那纸婚书，已经是秋风中的黄叶，摇摇欲坠了。他抽了约摸半小时的烟，平静了一些，于是下楼，打算到母亲那儿蹭顿饭，顺便向他们通报一下离婚的事情。然而他刚出楼洞，闷着头走了还不到十米，就被迎面走来的住在五楼的刘晶给叫住了。她显然受到了惊吓，脸色苍白，手上提着的菜篮也掉到地上了，她哆哆嗦嗦地对刘文波说："那不是雪岚大姐吗？"刘文波回过头来，这才发现妻子出事了。他奔过去的时候，她已无气息了。

刘文波不明白，蔡雪岚为什么要去擦窗户。他以为他离开后，她会立刻给心上人打电话，通报丈夫同意离婚的喜讯。可是立案后，侦查人员去电信部门查询了，那个时段，无论是刘文波家的座机还是蔡雪岚的手机，都没有通话的记录。而她半年内往来的电话，也看不出她有了亲密异性的动向。

事发时，卧室的窗子下面，摆着一盆水，和一瓶擦玻璃用的玻璃净。从水的浑浊度和外扇中间那两块已擦亮的玻璃来看，蔡雪岚当时似是专心干活的。户外窗台铺的是青灰色混凝土砖，三十公分宽，蔡雪岚穿三十七码的鞋子，她又偏瘦，站在其上虽说不是格外稳当，但也绝不局促。而且这种砖防滑性能好，她穿的又是胶鞋，滑下去的可能性不大。如果刘文波所言属实的话，刘良阖怀疑，蔡雪岚可能是突发疾病而坠楼的，比如心肌梗死、哮喘、或是脑溢血等。但是，蔡雪岚的家人说，她没有这些疾病。察看死者的病历，最近两年，她也仅仅因为神经性头痛，去看过几次中医，接受过针灸治疗而已。

在公安局的建议下，蔡雪岚的父母，不得已在《解剖尸体通知书》上签了字，同意尸检。然而结果出来，并没有发现突发性疾病的征候，也就是说，蔡雪岚死亡的时刻，身体是健康的。面对着尸检后千疮百孔的女儿，蔡雪岚的父亲对刘良阖吼道："我说雪岚没病吧？你们不信！你们就想着给她验出点病，好把那该杀的早点放回来！"

那么蔡雪岚果真是被刘文波推下去的吗？

侦查人员在刘文波家楼顶的平台，发现了他的鞋印和一堆烟蒂。虽然有的烟蒂陈旧了，但大多还是新鲜的，证明案发前，他确实坐在那儿抽了不少烟。但蔡雪岚的家人说，他抽完烟，想着蔡雪岚要跟自己离婚了，他今后再也不能过有两个老婆的风光日子了，气急败坏，于是下楼打开家门，将正在擦玻璃的蔡雪岚，一把推了下去，然后火速逃离现场，没想到还没走远，就碰上刘晶。

对蔡雪岚父母的指控，刘文波是百口莫辩。他一遍遍地对审讯人员说："我这辈子，就是杀了自己，也不可能对雪岚下毒手啊。害那么善良的女人，我刘文波这辈子就得下地狱啊！"每说完这句话，他都热泪滚滚的。

无论是蔡雪岚的家人，还是刘文波，都不知道蔡雪岚究竟爱上了怎样一个人。这个小城的人，也没人目睹过蔡雪岚跟其他异性在一起。刘良阖特别想找到这个人，他的出现，或许会为案子打开一扇窗。有人说，蔡雪岚这么多年过得暗无天日的，满心是泪，她可能活够了，善良的她又不想因自杀而连累他人，于是设计了一个擦玻璃的现场，纵身一跳。如果能证实蔡雪岚确实有了心上人的话，这种说法将不攻自破。一个心中有了阳光的女人，怎么可能去死呢？所以当刘良阖走进霞布时，希望那张取衣票，牵出来的是一件男装。如果那件男装不是刘文波所穿的，那它就应该是蔡雪岚为心上人做的。他们依据衣服的尺码，很可能会找到衣服的主人。可是那条肥大的裙子，分明告诉他，那是打扮小铃铛的。

拉林小城的人都知道，蔡雪岚和卓霞关系不错。刘良阖想，或许卓霞知道蔡雪岚心仪之人是谁？所以那天他独自驾车，来到卓霞家，想私下先跟她

聊聊。然而正事还没有说出口,私事却像冲破乌云的太阳一样,先声夺人地登场了。那一刻,他们被它的灿烂彻底俘获了。卓霞和刘良阖,觉得他们制造的这个春天,比窗外的要美好多了。

从那以后,几乎每隔一两天,刘良阖都要在日落后,悄悄来到卓霞家。他不再开车来了,而是沿着河岸,从堤坝一路走来。那个时候几乎碰不到行人。堂堂对刘良阖,初始是敌对,一看见他,就吠叫不止。可当它发现主人喜欢这个男人时,就乖顺起来了。刘良阖为了讨好堂堂,进门的时候,总要甩给它一根香肠或是一个包子,所以堂堂对他也是越来越爱。有一日黄昏,卓霞带着堂堂,去看望父亲,路过民惠巷时,意外地碰到刘良阖和齐向荣一起散步。本来她想点个头就过去的,可是堂堂见了刘良阖,就像见了亲人似的,欢天喜地奔过去,一耸身,将两只前爪搭在他胸前,摇着尾巴,深情地望着他。刘良阖非常尴尬,他甩开堂堂,半开玩笑地对妻子说:"看看,我身上有警犬的气味,这城里的狗没有不怕警犬的,见了我都上来巴结啊。"他拍了拍堂堂的脑门,说:"我明白你的意思了,下次带你跟我们警犬玩,去吧!"堂堂心满意足地跑回主人身边。齐向荣大笑了两声,说:"看来狗鼻子确实灵啊。"

那天晚上,卓霞回到家,一进院子,就把堂堂拎了起来,连踹了它几脚,骂它蠢货,贱种,说是将来它别想着再离开家门一步了。可是第二天早晨起来,卓霞发现自由惯了的堂堂居然挣断了绳索,无忧无虑地捉蚂蚁玩呢,气得卓霞哭笑不得。正一筹莫展之际,刘良阖给她打来电话,说是为了安全,还是把堂堂除掉吧!卓霞舍不得,说留它条活路吧,可以把它送给父亲去养。刘良阖说,狗认人,不管送给谁,它碰见我,照样是亲!卓霞没办法,只得把堂堂卖到狗肉馆了。

卓霞踏着缝纫机做活儿时,脑海中老是浮现出堂堂的影子。她居然将一件旗袍的衩儿,鬼使神差地给缝死了。卓霞懊恼着,拿着旗袍坐在长凳上拆线的时候,低头看了看鞋子。从门口荡进来的清亮的阳光,似乎想凝结成块抹布,帮她擦去鞋面的浮灰。卓霞想起堂堂一尘不染的眼睛,忍了一路的泪水,到底还是流下来了。

5 迷雾

刘文波家所住的楼,是工商局和税务局的家属楼,这两个单位算是实权部门，旱涝保收，因而楼盖得也气派。外墙贴的是米色陶板砖，楼顶镶嵌着明黄色琉璃瓦，走廊的台阶铺就的是大理石。出入这座楼的，大都衣着光鲜。这个楼共有五个门洞，住着六十多户人家。而它的对面，相距一百五十米处，则是一座四层的砖红色老楼，三个门洞，住着二十二户人家。由于年头久了，无人维修，山墙长出了青苔，而一些窗台的缝隙间，杂草也探出头来。住在这儿的，多是退休工人。他们在吃上穿上，处处俭省。衣服是地摊货，拎在篮子中的菜，十有八九是早市将散时降价处理的。

如今的楼道门，成了广告的阵地。家电维修、英语辅导、性病治疗、管道疏通、开锁服务、药品回收、房屋交易等私人小广告，层层叠叠的，你方唱罢我登场，从没让这舞台清净过。这些小广告，为了取悦人，大都用彩纸，粉红色的啦，天蓝色的啦，淡绿或是橘黄的。它们生生把那一道道门，勾勒成了唱花脸的。蔡雪岚出事后，这两座楼的楼门，吊孝似的，出现了白纸黑字的启事。这启事有公安局张贴的，也有蔡雪岚亲人张贴的。无论公私，目的只有一个，寻找蔡雪岚坠楼时的目击证人。只不过，后者增加了悬赏的内容，说是若能提供重要线索，将付给证人两万块钱。

蔡雪岚坠楼时，正是晚炊时分。大部分家庭主妇，已经在灶房忙上了。住楼的人家，因为没有仓房，喜欢把粮油储存在阳台上。入春后，阳台不冷不热的，成了天然的冰箱，人们便把买来的青菜也放在那儿。做饭的时候，女人们少不了往阳台跑，舀碗米呀，灌点油呀，取头蒜或是拿根葱呀。如果那时候她们恰巧抬头眺望了邻居家，完全有可能看见擦玻璃的蔡雪岚。侦查人员到与蔡雪岚家相邻的几户人家的阳台去察看，发现有四家阳台，能清楚地看到刘文波家卧室的窗子。不过，通过调查，这些人家的女主人，要么说当时不在家，要么说在灶房，要么说身体不适躺在床上，没人看到异常情况的发生。至于对面的老楼，虽然说大多的窗口和阳台，都能看见刘文波家卧室的窗户，但是由于相距一百多米，里面住的又多是耳背眼花的老人，即使望见了，也可能是影影绰绰的。所以两种启事出现快一个月了，却没有一个他们期待的目击证人现身。

仅仅凭借刘晶撞见刘文波时，蔡雪岚已经坠楼身亡这个事实，并不能认定刘文波是凶手。正当刘文波有可能因证据不足而被释放的时候，一个叫谢福的证人出现了。

那座老楼中间的门洞，有一个叫谢福的更官，住在顶层。他五十三了，

仍是光棍一条。由于他只有一米五，比别人矮了半截，所以大家都叫他"谢半截"。谢半截不仅个头不济，相貌也是处处缺彩。他的鼻子是拧的，眼睛是斜的，嘴巴是歪的，耳朵一大一小，汗毛孔跟针眼那么粗，好像他仅靠鼻翼和嘴巴呼吸是不够的，还得加开一些呼吸的通道。一个面目丑陋的人，不管他多么年轻，就跟没有青春似的，暮气沉沉，没有哪个女人愿意落入这样的昏暗中。所以尽管谢福把拉林小城的媒人求遍了，他家的门槛，还是没有穿花衣的踏进来。过了五十岁，谢福对讨老婆的事似乎死心了，他养了一大群鸽子跟他做伴。晚上他去县总工会打更，早晨回家后睡一上午，整个下午，就是和鸽子在一起。他把阳台改造成了鸽棚，放了张椅子，时常坐在上面，一边喝茶，一边听鸽子咕咕叫。每天黄昏放飞鸽子的时刻，他还会手持望远镜，追踪它们。蔡雪岚出事那天，据他称，放飞出去的鸽子，回来时少了一只，那是他最心爱的黑鸽子，他端着望远镜，搜寻失踪的鸽子的时候，看见了对面楼上的蔡雪岚在擦玻璃。那面窗分为三扇，左右两侧的窗扇是活的，中间的那扇是死的。蔡雪岚正蹲在中间那扇窗的台子上，面朝屋子，一手把着窗框，一手擦着玻璃。忽然，他看见蔡雪岚扶着窗框的那只手，伸过来一只大手。这手掰开蔡雪岚的手，让她成了断了线的风筝，跌落下来。谢福说，看来屋里那个人，是跪在卧室的窗台下伸出的黑手，因而他才没有看见那人的脸。办案人员问谢福，你不是找黑鸽子吗，怎么盯着人家看上了？谢福龇着牙说："不瞒你们说，我是看那女人的屁股来着，哪想到会出人命案呢！"办案人员问他为什么在案发这么久才出来做证，谢福眨巴着小眼睛说："妈的，这世道，多一事不如少一事啊。可是我搪得过活人，搪不过死人啊。那蔡雪岚的冤魂，老是闹我的鸽子，鸽棚动不动就有怪响。我最疼爱的那只黑鸽子，扑啦啦直往墙上撞，要自杀的样子。我为了鸽子，也不能装糊涂了！"

那天黄昏，除了蔡雪岚和刘良阖，没有其他人进出他家。如果谢福所言属实的话，那么刘文波是唯一可能作案的人。

谢福手中的望远镜，是他花了二百块钱，从旧货市场买来的。卖主以前在山林中守防火塔，用它来观察火情的。这个双筒望远镜高倍数，性能好，一公里外的树都看得清，何况一百多米外的窗口呢。至此，刘文波可以说是被推到了断头台上。谢福出现后，蔡雪岚的父母说为女儿伸冤的时刻到了，将一直存放在殡仪馆的蔡雪岚掩埋了。同时，他们还先付给谢福一万块钱，说是等刘文波正式宣判后，再付他余下的一万。一时间，住在老楼的人，都恨自己的眼睛没有在那个时刻，去眺望那个窗口。那个窗口在那个黄昏，是金光闪闪的啊。

不过，刘良阊对谢福的证词，还是抱有怀疑。从蔡雪岚落地后的姿势来看，她是踩着户外的窗台，背对着院子擦外扇玻璃时掉下去的。如果真像谢福所说，看见一只手伸过来掰蔡雪岚的手，那么她应该能看到向窗口靠近的人，哪怕他是爬过来的，因为她在高处啊。当然，她聚精会神地干活，也可能没有注意到。即便如此的话，当她被人扳动了手，知道有人要害她，生死攸关的时刻，她本能地会大声呼救，会用手死死地抓住窗框而不撒手。在挣扎中，她的那只手应该出现淤血的迹象，可是尸检时他们注意到了，她的手虽然粗糙不堪，却没有一处青紫的地方。

卓霞给了刘良阊一把家门钥匙，他去她那儿，就可以随时随地了。有的时候，卓霞还没回家呢，刘良阊却已经候在屋里了。他们见了面，仍是喜欢用眼神交流。那如饥似渴的目光，总会像闪电一样，把他们积郁在心底的思念洞穿，让交融在一起的他们，下一场透彻的雨。如果刘良阊在单位没有急事，家中又安排得妥当的话，他就会安心地在她身边待上一刻，否则，会匆匆离开，那个时候，卓霞就觉得刘良阊跟个逃犯似的。

刘良阊私下跟卓霞说，他怀疑谢福是为了得到悬赏的两万块钱，故意诬陷刘文波的。卓霞也说，她不大相信刘文波对妻子下了毒手，即便是离婚了，他不是还有小铃铛吗？男人身边只要有女人守着，是不会轻易走上绝路的。当然，如果刘文波深爱蔡雪岚的话，受不了她做别人的老婆，一时想不开，也可能干了蠢事。刘良阊便趁机问卓霞，知不知道蔡雪岚爱上了什么人？卓霞说，她们虽然无话不谈，但蔡雪岚从来没有跟自己说过另有所爱，不过，从她离世前的表现来看，她似乎有了心上人。因为只穿高领衣服的她，破天荒做了一件低胸的灰格子法兰绒上衣，把雪白的脖颈露出来了；而且从不化妆的她，买了眉笔和口红，向卓霞求教，眉毛描到什么程度恰到好处，口红怎么涂才能做到艳而不俗。有一次，卓霞在一家礼品店碰见蔡雪岚，发现她竟像小女孩一样，买了一条镶嵌着紫水晶的吊坠儿，拴在她的手机上。

卓霞一旦断断续续忆起蔡雪岚这些温馨的反常细节时，刘良阊就会叹着气说："我还以为她做的最后一件衣服，是为了心上人呢，唉，哪想到又是

为了小铃铛！"

拉林小城的人听说，蔡雪岚的死讯传开的那个夜晚，小铃铛关了店，穿了一身黑衣，只身去了酒馆，连碟花生米都没叫，空口喝了两斤白酒。酒后，她摇晃着走上银树大街，抹着眼泪，反复说着一句话："我不想结婚！"见着行人，她这样说，见着汽车，她也这样说。走到银树大街尽头时，她停下脚，仰望着路灯，拍着胸脯大声说："你照见我的心了吗？！我不想结婚！"蔡雪岚下葬时，她差人送去一个花圈，挽联上写着"雪岚姐姐一路走好"，落款是"我不想结婚"，害得蔡雪岚的亲属猜此人猜了好一阵子。

有一次，刘良阖把卓霞拥抱在怀中时，无限感慨地说："女人和女人真不一样啊，我老婆是根木头，你呢，是条刚出水的鱼！"

卓霞说："就凭刘齐，你也不能说你老婆是木头啊！"

刘齐是刘良阖和齐向荣的独子，在林城重点高中寄读，再过一年就要考大学了。他功课好，长得也好，懂礼貌，守规矩，拉林小城的家长，但凡教训自己不争气的孩子时，总要说："你看看人家刘齐，再看看你！"

刘良阖苦笑道："外人哪里知道，我老婆哪儿都好，就是在夫妻生活上有怪毛病呢。每次行完事，她都要到厕所吐上一回，好像我恶心了她，让我好不舒服！要不是因为她把肾捐给了我妈，我早就离婚了！"

刘良阖的话，在卓霞听来，看似无意，实则有心。他其实在以说知心话的方式，委婉地告诉她，他不会离婚的。

卓霞心里针刺般地痛，不过她装作无所谓，问："她真的每回都要吐吗？"

刘良阖叹息了一声说："十回有七八回要那样吧。连刘齐都知道，他妈妈有这个毛病，不过他不明白是为了什么。去年他离开家，到林城读书后，每次打电话，还要问，妈妈爱吐的老毛病还犯吗？"

卓霞试探着问："那她常在这事上冷着你吧——"

刘良阖摇着头说："哪里哪里！她可能怕我在家饿着了，出去会打野食，至少每周喂我一次呢！"他见卓霞蹙起眉，吃醋了的样子，赶紧说，"算下来，我等于吃了十好几年的牢饭呢！"

卓霞淡淡一笑，说："那你们都够苦的！"

刘良阖说："看来在这事上，有病的男女不少啊！就说罗郁吧，看着他一表人才的，谁能想到他是个软蛋啊！你说他要不是个废物，你那时跟他生个孩子，都能帮你打酱油了。你呀，摊着这么个主儿，也真是命苦！"

对于罗郁的怪毛病，卓霞只是跟蔡雪岚提起过。那次，蔡雪岚悄悄对卓霞说，她闭经两年了，丈夫竟浑然不觉。她说自打刘文波跟小铃铛有了孩子，她就开始嫌弃自己的肚子，总觉得它是个讨饭的篮子，空空如也。从那以后，她一天比一天干涩，再与刘文波同床时，痛苦不堪。哪想到，不到四十岁，子宫就不再往出泼洒艳红的花朵，山穷水尽了！卓霞劝她找罗郁看看，说是她可能气血淤阻，导致过早绝经。服点汤药，应该还能迎来花事。

蔡雪岚笑着说："罗郁性无能，谁不知道啊，我可不找他看！"

卓霞一激动，便把对母亲都没有说的话，跟蔡雪岚讲了。卓霞记得，蔡雪岚当时愣怔了许久，临走时撩下这么一句话："世上真有这么伟大的男人？"

现在，刘良阊以嘲讽的口吻说起罗郁，让卓霞有些不快。不过，她没有为罗郁辩解什么，因为她不想让这小城的人知道罗郁病态。一个病态的人，很可能会失去医生的工作，这是卓霞不愿看到的。

卓霞和罗郁离婚后，每年总要碰上那么两三次，肉摊前啊，烧饼店啊，或是水果铺里。无论是气色还是精神，他看上去都比卓霞要好。每次逢着了，总是罗郁主动打招呼："还好吧？"卓霞不过轻轻"唔"一声，算是答话了。有一回，卓霞割了二斤牛肉，被罗郁抢先付了钱。当着外人，卓霞也没和他争执，不过一出肉铺，她就提着那条肉，一路疾行，来到罗郁的住处，把它拴在门把手上，又回到肉铺，重新买了一块。从那以后，罗郁再在店铺碰见她时，总是罪人似的低下头来。

这天傍晚，刘良阊来卓霞这儿，神色有些忧郁。他对卓霞说，齐向荣最近很反常，她搬回家一块磨刀石，买了十几把形形色色的刀，吃过晚饭，就开始霍霍磨刀，说是要斩鬼。她裁剪了一摞一尺见方的宣纸，磨刀前，取过一张，铺展开，在那上面画鬼魅。画好后，把它贴在卧室的墙上。磨好刀，她会提着它，一边骂着什么，一边对着画舞刀。画中那些青面獠牙的鬼魅，都是呐喊的姿态，他们手中抓着的，不是骷髅头，就是死婴；肩上落着的，除了乌鸦，就是猫头鹰。而腰间缠绕的，多半是毒蛇和荆棘。

刘良阊愁眉苦脸地说："她白天好好的，一到晚上就犯病。一听她磨刀，我是寒毛直立，哪躺得住啊，生怕她一失手，把我当鬼给斩了。起夜的时候，打开床头灯，一见墙上的鬼，头皮直簌簌啊。"

卓霞说："那你家还不得贴得满墙的鬼啊？"

刘良阆摇摇头说："那画在墙上也就站一夜，第二天早晨，不等我醒来，她就把画揭了。"

卓霞说："她可能是被什么东西给迷住了吧？我听说城北有个姓邹的女人，是个半仙儿，刚出马，看什么都灵验，不如去那儿，让她给破破。"

刘良阆说："要去，只能偷着去。我大小是个官儿，领她找半仙儿看邪病，要是被人知道了，做上醋，将来提拔都会受影响！"

卓霞说："她有病，这一段你就别过来了。"

刘良阆紧紧拥抱了一下卓霞，说："这么多年了，我真是没白惦记你，你是又有味道，又通情达理啊！"

刘良阆算得上魁伟了，可卓霞在他怀中时，觉得他不过是一棵孱弱的小树。她只能迷醉于它的清香，却不能倚靠。

6 云谣

因为有了云，天的日子过得就不寂寞。

在卓霞眼里，天就仿佛是个大博物馆，它的藏品呢，是变幻无穷的云。你从清晨的云里，能看出明黄色的碗；从正午的云里，能看出雪青色的瓷瓶；而从傍晚的云里，时时能看到嫣红色的盘子。天推出的藏品一天一个样，就说碗吧，昨天是气派的高足碗，今天可能是朴拙的笠式碗；瓷瓶呢，昨天是长颈细口的，今天则是圆腹葫芦颈的。盘子就更不用说了，昨天是深口的菱口盘，今天可能就是浅口的菊瓣盘。一到夏天，卓霞做活累了的时候，就喜欢倚着布店的门，痴迷地望上一会儿天。有的时候，她看上了其中一只瓷瓶，便想若是有神手能给取下来，插花于她的屋子，那该多眼亮啊。可惜天上的宝物，可望不可即。

这天下午，卓霞正望着云，一阵嗵嗵的脚步声传来，跟着，一个女人粗声粗气地说："霞子，不用望了，天气预报说了，明儿还是个晴！"

这女人声音略微沙哑，听上去很生，卓霞虽不熟悉这声音，但熟悉那称谓。只有父母，才叫她"霞子"啊。在这之前，有片长条形的白云，飞着飞着，云头突然耸了起来，簇成个毛茸茸的团，跟着，云尾抽丝般地甩出一道白。卓霞正诧异着，云的腹部又斜斜地荡出四条曲线，像是狗在奔跑时的腿。卓霞在心中叫了一声：这不是堂堂吗！它是不是知道主人还惦着它，才现出形影？卓霞看得惊心动魄时，被人搅扰了，本来就不快，再加上低头一看，来人竟然是继母，便恼上加恼，跟她说话时当然就没有好声气了。

这女人矮矮胖胖的，圆脸，齐耳短发，黑红的皮肤，穿一条深蓝的长裤，一件黑底带朱红暗格的短袖衫，手中搭着一条灰色涤纶裤子。一进霞布，她就理直气壮地把裤子丢在缝纫机上，说："这裤子你爸现在穿着太肥了，你给改瘦点吧。"

父亲再婚才两个来月，瘦了有十几斤，不过他的精神看上去倒不错，见着人总是乐呵呵地打招呼。母亲在时，卓霞每周都要回娘家一两次，自打继母进了门，她半个月也不回去一次。

卓霞用埋怨的口吻说："我爸这两个月瘦得快成人干了，谁见了看不出来？你也不知道做点有营养的东西，给他补补。"

继母本来和颜悦色的，卓霞这一说，她来了火气，说："好吃的轻了给他做了吗？鸡汤，排骨，鱼，饺子，我是一天调着样儿给他做，可他都吃给鬼了，自己不长肉！我有啥招！"她顿了顿，放低声音，说，"他要是不改那个毛病，我看他就是见天地燕窝鱼翅也不行！"

卓霞狐疑地问："什么毛病？"

继母一屁股坐在紫檀色的长凳上，叹了一口气，用手摩挲着光滑的凳面，犹豫着，然后抬头看着卓霞，终于抹下脸说："你爸六十来岁的人了，晚上还贪吃那一口！我要是不依着他吧，又怕他生气。你说他这把年纪了，好这个，能不瘦吗？幸亏我比他小个十来岁，还受得起，要是个跟他年龄相仿的干老太婆，那不等着离婚啊！"

卓霞红了脸，张口结舌地说："他、他、怎么、这样！"

"要怪，只能怪你妈。"继母说，"你妈比你爸大，女人又比男人老得快，所以你爸告诉我，你妈死前的几年，早枯了，在这事上一直旱着他！我这人命苦，原想着老爷们没了后，跟你爸搭个伴儿，互相有个照应，哪想到还得伺候他这个呀。"继母一旦说开了，就无所顾忌了，"霞子啊，我是过来人，我可跟你说，你将来再找，不能找比自己小的男人，等你岁数大了，养不住他哇。男人都是属猪的，有食儿就吃！女人呢，属猫的，挑着食儿吃！"

这话把卓霞逗得扑哧一声乐了。

继母见卓霞有了笑影，便说："我今儿来，不光是给你爸改裤子，还有个事儿想求你呢。"

鬼
魅
丹
青

卓霞问："什么事？"

"你哥哥不是在秦皇岛吗？"继母说，"你也知道，我不像你妈有工作，北京上海青岛广州的都去过，见过大世面。我这辈子，就去过一次城市，还是五年前俺男人得癌症时，为着到哈尔滨给他看病去的。那种情况，哪有心思逛呢。我这辈子，最想看的就是海了。我想趁着天好，让你爸带着去趟秦皇岛。可是我也知道，你们兄妹，都不喜欢你爸这么快就找了主儿。你看，你能不能给你哥打个电话，让俺们去一趟？不多麻烦他们，住个三天五天就回来。其实，跟你爸登记时，他答应过，说要带俺去秦皇岛蜜月旅行，可是结婚后，老东西就变卦了，是不是嫌俺拿不出手啊？你放心，我在家里穿得寒酸，出门也知道拾掇自己，我有一条真丝的黑裙子，还有一件蓝地白花的府绸上衣，簇新簇新的，到时都穿上。实在不行，你再帮我做套好的带上，行吗？"

卓霞一想父亲居然还打算蜜月旅行来着，刚压下去的火，又起来了。她说："我爸既然答应过你，你还是跟他说吧。我哥最近正闹心，因为海产品药物残留超标被曝光，他的海鲜生意一落千丈，你们去了，恐怕也看不到好脸子。"

"那咋办呢？"继母失神地说，"要不俺们自己出钱住店去？就怕你爸的脸儿挂不住啊。"

"能看海的地方多着了。"卓霞说，"大连、青岛、威海、烟台，去那些地方不是一样吗？"

"那些地方不是没儿子嘛！"继母顶撞了一句。

"你们又不是为了看儿子，不是看海去吗？"卓霞咄咄逼人地说。

继母叹了一口气，不打算再跟卓霞斗嘴了，她起身说："你爸的裤子快点给改好啊，我后天来取，他爱穿这条裤子。"

"最近活儿太多，得挨排来。要是改，一周后才能取回。"卓霞说完，看了看继母，又慢条斯理地补充道，"还有，挽个裤脚三块钱，改裤子要拆线重缝，费事，得收十块钱。"

"你这当闺女的，给自己亲爸做这点小活儿还收手工费？你不怕传出去，拉林人会笑话你？"继母提高了声调。

"我妈活着时，我爸的衣服，都是她做。改条裤子，在她眼里不过一眨眼的活儿，才不会来麻烦我呢！"卓霞轻轻一笑，说，"要是改裤子的事儿传出去，拉林人笑话的也不是我，而是你啊！"

继母冷笑了几声，没反驳什么，而是从容地从裤兜里摸出过滤嘴香烟和打火机，点着一颗烟，猛抽了几口，然后一把扯过那条裤子，用香烟头，去烫那条裤子。涤纶面料一遇到火，就魂飞魄散，香烟头在那上面，一戳一个眼儿。一忽的工夫，裤子就千疮百孔了，像是长了麻子。继母把裤子搭在肩头，拉着长声说："谁让你爸看上了我这个笨婆娘呢，露肉的裤子，他也得穿啊！"

继母扔下烟蒂，一脚踏上去，碾了又碾，仰着脖子离开了。

卓霞呆呆地看着被碾扁的烟蒂，哑然失笑。那个烟蒂看上去就像一只黄蝴蝶的标本，向她讨还青春似的，怨恨地看着她。卓霞想起今晨有只花狗，遗在花烛巷里一摊屎，便拿起笤帚，越过门，一直将它扫进那里。打发完烟蒂，卓霞也没有做活儿的兴致了，她提前关了店，打算着买顶蚊帐。家中安有纱窗，可是狡猾的蚊子，在开门的一瞬，还是会顺着门缝溜进屋子。蚊子天生是做侦探的料儿，你关了灯，它就像一架夜航的战机，嗡嗡叫着向你进发了，可你一旦开灯寻它，它又悄没声地，带着一脸的鬼笑，不知躲哪儿去了。找不见它，黑了灯再睡，可没等睡实，它又神出鬼没地出现了。一只蚊子，足以撕裂一个温存的夜晚。

一般来说，男人是不招蚊子的，可是刘良阖恰好相反。真是怪了，入夏以来，他每来卓霞这儿一回，身上都要被蚊子叮咬几个红点。卓霞其实不喜欢吊蚊帐的，感觉它就像搭在床上的灵棚，看上去丧气。可是刘良阖屡受蚊子的欺负，她又心疼得慌，于是才动了买的念头。

卖蚊帐的，在拉林只有一家，这是家经营窗帘和床盖的店面，主人姓满，比卓霞小一岁。小满因为她的婚姻，在拉林也算是个名女人，她姐姐因病去世后，她嫁给了姐夫。之所以做这个选择，是因为姐姐留下的孩子患有自闭症，连学都不能上。小满怕姐夫再婚后，这孩子会受后妈的气，便和谈了三年的男友分手，做了外甥的后妈。小满的爱人王仁化，比她大九岁，在工商局上班，与刘文波家挨着门洞，也住顶层，两家的卧室一壁之隔。蔡雪岚有时候到霞布来，会悄悄跟卓霞说说小满的事情。她说小满嫁给姐夫后，看来并不很如意，常能听到他们两口子半夜吵架。按理说，他们结婚五年了，也该要个自己的孩子了，可小满似乎不愿意给王仁化生孩子。小满有了委屈，还爱找原来的男友诉说，虽说他已成了家了。不过，不管小满对丈夫

有何怨艾，对姐姐留下的孩子却是疼爱的。男孩秀植已经十三岁了，小满结婚后，发现他一个人待着时，喜欢在纸上乱画，就给他请了个美术老师，每周教他三次画画。几年下来，秀植的素描已经相当不错了。秀植画的人都是一个表情，闷着头，苦着脸，闭着嘴；而他画的景物，却是千姿百态的。放声歌唱的鸟儿，怒放的花儿，飞舞的云，奔流的河，啄食的鸡，撒欢的狗，风中的树，都是他喜欢画的。小满开店时，一般把秀植带在身边。秀植坐在柜台后的一个皮转椅里，不是看画册就是打盹，不管什么人来，他眼皮都不会抬一下。

小满在穿上没有主见，时兴什么穿什么。她宽胯粗腿，不适宜穿七分裤，可流行这裤子的那年，她一个夏天都穿这个，把自己弄得像个大屁股的鸵鸟。黄颜色盛行的那年呢，她也不顾自己黑红的肤色，穿了一件蝙蝠袖的黄衫，再配上一条红蓝条的裤子，远远一看，简直就是一只从森林中飞出来的火鸡！

卓霞走进小满的店时，她正踏着缝纫机做枕头。见了卓霞，她叫着"稀客"，停下手中的活儿，一迭声地抱怨新产的缝纫机脾气大，老是卡线，说还得是霞布的老牌子缝纫机温顺，耐使。卓霞说明来意后，小满说："实话跟你说，这两年我也不进蚊帐了，卖不动！你要买，都是货底子，可别嫌弃啊。"

卓霞说："管它什么货色，能挡蚊子就行。"

小满就攀上梯子，去阁楼藏货的地方给她取蚊帐。

卓霞问："有没有粉红色的？"

小满说："以前进的蚊帐，一水儿的白！你不会是要结婚了吧？怎么喜欢起新鲜颜色了？"

卓霞说："就是问问，白色也不错，亮堂！"

小满取下蚊帐，卓霞付过钱，问她："秀植怎么没来？"

"怪了，秀植也不知怎么了，这一段更不爱出屋了，天天闷着头画画。他自己在家我又不放心，没办法，我爸去了我那儿，帮我看着他呢。"小满顿了顿，又说，"谁能相信啊，雪岚大姐是被她男人推下去的，刘文波真该千刀万剐啊。"

卓霞说："不是还没最后定案吗？"

"对面楼上的谢半截什么都看得清清楚楚的，还用等着定案吗？"小满说，"女人对男人啊，真是不能太痴情！"

要是以前，小满说这话，卓霞听着是顺耳的，可现在她与刘良阖正如胶似漆着，就不爱听对男人的鄙薄之言，她道过谢，提着蚊帐出了店门。

是下班的时候了，街市热闹了起来，行人多了，车辆也多了。卓霞走到马铃巷的李记肉铺时，碰见了齐向荣。她提着刚买的猪腰子，笑盈盈地走了出来。她穿一条红蓝花的乔其纱斜裙，一件卡腰的黑色纹绸短袖上衣，配一条亮闪闪的白金项链，神采飞扬。看见卓霞，她仰着脖子笑着说："这么巧啊，你是做衣服的行家，你看这件上衣，配这条裙子好看不好看？"

卓霞看得出，上衣是新的，而裙子是旧的。那条乔其纱的花裙，本来是俗气的，可被质地好样式新的黑色纹绸上衣一衬，有如一团乌云刹那间被阳光照亮了，五彩斑斓的，分外夺目。卓霞点着头说："很好看！"

"上衣是我们家良阖，刚刚托人从杭州给我捎来的，说是今年最兴这个。"齐向荣扭了一下脖子，说，"这不，还给我买了条白金项链。我跟他说我又不是狗，挂条锁链干什么，可他硬是给我戴上了！"齐向荣哈哈大笑着。

卓霞提着蚊帐的那只手，抖了一下，她咬了下嘴唇，说："项链你戴着倒真不怎么适合，项链适合长脖子的女人啊。"

齐向荣的笑容凝固了，她说："是吗？"下意识地低头看那条绕颈的项链，卓霞趁机走开了。

刘良阖大约有半个月没来卓霞家了，她打过两次电话，刘良阖都说妻子精神状态不好，不便出来。可是卓霞见到的齐向荣，容光焕发，思维敏捷，精气神十足，哪有病态？而且，他给妻子买了新衣和项链，说明他是疼齐向荣的。卓霞一路委屈着，眼泪都快出来了。穿过沸腾的银树大街，她终于忍不住，找了个僻静处，掏出手机，打了一条短信："今儿不来，就永远别再来了。"给刘良阖发过去。没想到刘良阖飞快地回复的两个字是："已在。"卓霞喜出望外，加快了步伐。卓霞本想着见到他先数落一番，解解气的，哪料到刘良阖戴着围裙，做好了晚餐，她心下一热，先前的怨气早跑到九霄云外去了。他们拉上窗帘，脱下衣服，在床上快活地送走了黄昏，然后才打开灯，心满意足地坐到餐桌前。谁知刚刚拿起筷子，刘良阖的手机就响了。他离开餐桌，到门口去接听。卓霞听见他说："别怕，我马上就回去。"便知是齐向荣打来的。果然，刘良阖回到餐桌后，对卓霞说："对不起了，你自己

吃吧。老婆说，她刚才上卫生间时，看见一个红眼珠绿头发的鬼，站在马桶上跳舞，让我快回去帮她赶鬼。"他重重地叹了一口气，接着说，"她才消停了两天，又犯这病，你说是不是我家的宅子有什么问题啊？"说完，垂头检查了一下裤子的拉链是否拉上，又紧了紧裤腰带，过来拍了拍卓霞的肩，匆匆走了。他一出门，卓霞便听见一阵狗吠，看来邻居家的青头刚好在大门口，看见刘良阖，多管闲事了。不过卓霞并没有想到青头会下口咬了他。

刘良阖走后，卓霞想着这场相会，自己都没来得及跟他说上一句话，便觉得凄凉。她放下筷子，取了一瓶酒，独斟独饮着。刘良阖的手艺还真不错，酱焖鲫鱼咸淡适宜，椒盐排骨的火候掌握得恰到好处，为此，卓霞贪了杯，喝得站不起来了，她就趴在桌子上睡了。清晨醒来，她看见晨曦给窗子贴上了金色的窗花，而她面对的却是一桌的残羹剩炙时，非常丧气，真想让老天把自己点化成一杯隔夜茶，泼了算了。

7 惊雷

小铃铛今天将店早早关了。她回到家，吃过晚饭，安顿好孩子，就开始打扮自己。因为要去见谢福，她没有往好处打扮。压在箱底的一条破牛仔裤，还有当年装修店面时穿过的一件残留着石灰渍和油漆污点的粗布上衣，都上了身。穿好衣服，她把头发弄得跟鸡窝一样乱，又从门槛下抓了一把灰，当成脂粉，在脸上乱拍一气，搞得灰头土脸的，连她自己看了都嫌恶，这才满意。梳妆台上放着两万元现金、一把弹簧刀以及一支录音笔，这是她今夜需要的东西。保险起见，她把它们揣在不同的兜里。

白天阴了一天，雨却没有下来，虽说晚上了，天儿也没凉爽起来。小铃铛见已是十点一刻，知道街上行人少了，便提起伞，出了家门。

同其他小城一样，夜里十点以后，街上还在营业的地方，除了酒馆，就是歌厅和洗浴中心了。这一"唱"一"洗"，其中的奥妙，谁都知道。这个时刻来这种店面的人，都很诡秘。他们一般把车停在僻静的巷子里，步行过来，或者干脆打出租车来。所以别看它们外面冷清，里面却是红火的。

小铃铛胖，加之心焦天闷，走过长长的炉灶巷后，出了一身的汗。除了偶尔驶过的车辆，街上几乎没有行人，这正合她的心意。

县总工会在银树大街与炉灶巷的交会处，是座二层的土楼，很旧。门前吊着的那盏球形夜灯，被飞蛾给密密麻麻地敷了面，看上去乌蒙蒙的。楼前台阶有十来级，由于年久失修，多有残破，豁牙露齿的，小铃铛走到第五级时，被绊了一下，险些摔倒。

比起银行、财政局、公安局等要害部门须臾不能离身的更官，在工会打更是自在的。人们时而看见，谢福在晚上时会锁了大门，踅进斜对面的酒馆，买些下酒菜回来。别看他五短身材，行路却是快的，即便脱岗，十分八分也就返回了，所以从没有什么闪失。小铃铛到了大门口，眺望了一眼传达室，发现谢福不在，不过大门是反锁着的，而且传达室有灯光，证明谢福没有出去，小铃铛便咣咣敲起门来。

大约两分钟后，谢福一边系着裤子，一边从走廊深处闪出来，看来他是去卫生间了。到了大门口，他站定后发现是小铃铛，便从裤兜里掏出钥匙，哗啦啦地将门打开。

小铃铛进来后，谢福将门又反锁上。

小铃铛警觉地说："你不用锁门，我跟你说点事儿，一会儿就走。"

"那怎么行呢？"谢福斩钉截铁地说，"到了晚上，门随时随地都得锁！"

小铃铛没有再和他争执，跟着他进了传达室。

那是间七八平米的小屋，一桌一椅一床。出乎意料的是，屋子很洁净，水磨石地面擦得干干净净的，桌上的电话机、半导体、烟灰缸、手电筒、登记簿和笔等东西也摆放得规规矩矩的，不像有的传达室，桌子就跟垃圾场一样。唯一凌乱的是床铺，床单满是褶皱，枕头旁放着一个铝皮小酒壶，一包打开的花生米，看来他很会享受，喝酒时偎在床上。

谢福把椅子让给小铃铛，自己则坐在床上。待小铃铛坐下后，他单刀直入地说："我知道你干什么来了。"

小铃铛昂着头，干脆利落地说："我不相信刘文波把雪岚姐给推下去了，他干不出这种事，我知道！"

"可我真的看见了。"谢福盯着小铃铛说，"清清楚楚的。"

"你是为了那两万块的悬赏是不是？"小铃铛说。

"我不富，可也不缺钱用。"谢福眨巴着眼睛说，"我没说瞎话。"

"这不可能！"小铃铛大叫着，攥着拳，捶打着桌子，"你撒谎！"

她的话音刚落，窗外就传来一阵隆隆的雷声，好像为她的呐喊助威似的。

"人家都说你是个不想结婚的女人，干吗要从局子里往出捞他？"谢福

说，"蔡雪岚死了，刘文波要是出来，就剩你这么一个女人了，你不跟他结，他饶得过你？"

小铃铛说："他出来了，我照样过我的老日子，他爱找谁就找谁去。我只是不想让孩子没爹，也不想让好人遭诬陷！"

"可我帮不上你这个忙啊——"谢福拉着长腔说。

"就算你真的看见了——"小铃铛的语气忽然软了，"也可以说没看见啊。"

谢福没有吭声，他拿起酒壶，拧开盖儿，抿了一口，知足地咳了一声，又将胡萝卜一样粗的手指伸向花生米袋，捏出两粒，扔进嘴里，吧唧吧唧地快活地嚼着。

小铃铛的两个裤兜各装着一万现金，她双手齐下，刷地将钱同时掏出来，啪啪地拍在桌子上，说："你把蔡家奖赏给你的那一万还了，然后去公安局，说你那天其实什么也没看到，怎么样？"

谢福丢下酒壶，起身走到桌前，一手抓起一沓钱，把它们当作竹板儿，敲打了几下，"啊呀啊呀"叫着，又放回桌，坐到床上，说："那我不是等于说自己作了伪证吗？这是犯法的事儿，他出来了，我得进去，这个我懂。"

"那你想要什么？"小铃铛说这话时，下意识地并拢了双腿。

谢福嘿嘿笑着，反问一句："你说我想要啥？"

"两万块不行的话——"小铃铛咬咬牙说，"再加五千！就当我今年的音像店白干了！"说完，她交叉起双臂，有意地给胸部设了道障碍。

谢福见小铃铛拢腿抱胸的样子，哼了一声，嚷着累了，脱了鞋，躺下了。小铃铛见他放赖了，一筹莫展。她可怜巴巴地说："两万五等于是砸我的骨头了，你还不中意？"

谢福先前仰躺着，小铃铛这番话，让他侧过身，头朝墙，背对起她了。

雷声再次轰隆隆响起来了，这回的雷可不是虚张声势，它终于将郁闷了一天的乌云，化作一场大雨。

小铃铛的心在雨声中一阵阵下沉。这个谢半截，对财不感兴趣，看来图的是色了。而她最不想付出的，就是这个了。从他的表现看，他不会要挟和威逼她的，而是等着她主动送上口来，舒服地享用呢。

如果换作别的男人，小铃铛也不会在乎上床的，她在这方面本不是个缩手缩脚的人。可是这个谢半截就像从臭水沟里爬出的一只癞蛤蟆似的，实在让她倒胃口。她听说，谢福路过歌厅时，那些卖色相的小姐从窗里望见他，都躲起来，生怕他进门。他的生意，她们都不肯做的。

已是午夜了，事情陷入僵局，小铃铛始料未及。她眯起眼，舒展开四肢，放松地想了片刻，终于横下心来，起身去了趟洗手间，把脸洗干净，然后回到传达室，打着寒战脱衣服。她刚脱完上衣，正要解裤带时，谢福突然转过身来。他见她裸着上身，吓了一跳，霍地从床上跳下来，厉声问："你想干啥？"

"我知道你想要啥。"小铃铛咬着牙说，"我给你。"

谢福摆着手惊叫着："你可别想着欺负我啊！"

"我欺负你？！"小铃铛瞪大了眼睛，"你不想要？"小铃铛觉得周身的血液凝固了，一动不能动了。

"我还是个童子呢。"谢福受了羞辱似的捂起脸，说，"我要把自己留给喜欢的女人！"说完，号啕大哭起来。

谢福这一哭，不啻于屋子里灌进了雷，小铃铛的惊慌可想而知了。她呆在那里，不知所措，茫然地看着他。

谢福哭起来，脸就更没法看了，他脸颊抽搐着，龇牙咧嘴，眼睛鬼火似的一明一灭，鼻孔大张，像是汽车的排气管在排着尾气，呼呼流着鼻涕，恐怖极了。

小铃铛回过神来，一边羞愧地穿衣服，一边说："你不要就不要呗，哭什么！"

谢福打了个激灵，扯下搭在墙上的毛巾，擦了擦脸，说："看看你今天那副德行吧，破衣烂衫的，还弄着一脸的灰！你以为我是狗，连屎都会吃？"

小铃铛沮丧极了，她没有料到谢半截既不贪财，又不好色。这两样在她看来无往而不胜的兵器，今夜却遇到了最顽强的抵抗。小铃铛不甘心这么铩羽而归，她做着最后的努力："谢大哥，给你三万怎么样？这两万你今天先收着，明儿我送来另一万，我小铃铛说话算话！"

"我说了，我看见了。"谢福说，"你给我座金山也没用！"

"你看不上我也罢了，难道钱是你的仇人吗？你打更，才挣几吊？脑袋这么不灵光，真是属猪的！"小铃铛火了，她系好衣扣，从椅子上跳起，跟谢福大吵大嚷着。

谢福呵呵笑了两声，仿佛刚吃了什么好东西，知足地吧唧了几下嘴，说："'君子爱财，取之有道'的理儿，你听说过吧？"

"不知道！"小铃铛踢着椅子说，"我只懂得，天下没有不沾腥的猫！"小铃铛将两万块钱揣回兜里，想着若是不出点气回去，自己非得憋屈出病不可，于是撸胳膊挽袖子的，扑向谢福，想把他打倒在地，揍他几拳。谁知这个谢半截聪明得很，当小铃铛冲过来时，他铆足劲儿，一头撞在她怀里，倒把她顶得人仰马翻。不等小铃铛起身，谢福稳稳地骑在她身上，双手摁着她的肩，说："你再敢动我一下，我就报警！让公安局知道，你收买我，让我翻供！"

先前的小铃铛像水中的八爪鱼一样张牙舞爪的，谢福的话，让她彻底绝望了，那一刻她仿佛是被放在了火焰熊熊的蒸笼上，灵活的触角刹那间变得僵硬了。谢福见她老实了，这才松开手，嘟嘟囔囔地站起来。

小铃铛像做了一个噩梦似的，缓缓起身，揉了揉眼睛，无精打采地提起伞，晃悠着走出传达室。谢福连忙掏出钥匙，赶在她头里，将大门打开，放她出去。

雨已经小了，雨丝很温存，好像老天在子夜时分，向大地诉说着衷肠。小铃铛没有打伞，任雨水把自己打湿。她满腹委屈，可又哭不出来。街上没有车辆，也没有行人，她不想回家，只想找家酒馆，一醉解千愁。小铃铛先是去了花烛巷的两家酒馆，吃了闭门羹，之后去马铃巷碰运气，也没寻到一家还有灯火的酒馆。她心犹不甘，想着小酒馆关了，银树大街的鑫利大酒楼应该还开着，就去了那里。鑫利的一楼有微弱的灯光，小铃铛以为那儿一定还有生意，快步走到门前。然而，她没有推开酒楼的门，它已经反锁上了。守夜的更官听到响动，穿着破背心走到门前，隔着玻璃，摆了摆手，示意她酒楼打烊了。

小铃铛寻遍了拉林的酒馆，没有找到一处可以买醉的地方。她茫然地站在银树大街上，哭了起来。哭完，她走进夜来香歌厅，打着寒战，哆哆嗦嗦地吆喝着："谁睡我？不要钱！"

8 风动

拉林县公安局会同县防疫站进行的查验无证犬的活动，已经进行半个多月了，马铃巷狗肉馆的生意空前好了起来。人们为了逃避给狗上户口，要么将其卖掉，要么把它们送到附近村屯的亲戚家暂避风头，要么干脆勒了吃肉。大家说，人还有做盲流的呢，凭什么要给狗户口？当然，如果不花钱的话，别说是狗了，就是给鸡鸭鹅上户口，人们也没怨言的。

只有卓霞清楚，拉林的狗的这场灾难，源自哪里。

那天傍晚刘良阖离开卓霞家，出门后被青头给咬了腿后，怕惹麻烦，暂时放过了它，忍着痛，一瘸一拐地走到大路上，叫了辆出租车，到了医院，打了针狂犬疫苗，包扎了伤口，这才放心回家。他进屋后，发现齐向荣又坐在厅里磨上刀了。她穿一条桑蚕丝的吊带花睡衣，汗涔涔的。她那浑圆的胳膊和脖子上的赘肉，让刘良阖想起卓霞的好身段，心里很不是滋味。

刘良阖说："我急着回来帮你赶鬼，结果路上被狗咬了。"他撩起裤管，说，"你看看，咬得多深啊。"

齐向荣停止了磨刀，坐直了，冷冷地扫了一眼刘良阖的伤腿，然后收回目光，用指甲在刀的锋刃上划了一下，说了句："还不够快。"又刷刷磨起来。刘良阖叹了口气，进卧室脱衣服。他发现床对面的墙上又多了一张鬼魅图，这新鬼的头发长得及膝，柳丝一般绿，眼睛血红血红的，跟灯泡一样大。它大张着嘴，龇着一颗尖利的牙，牙齿上拴着根黄丝带，下面吊着一颗滴血的心，看得刘良阖寒毛直立，不知道这样的噩梦什么时候才会结束，不由得连声叹息。齐向荣将刀磨到子夜时分，这才神仙一样飘然而起，轻轻说了句"时辰到了"，提着刀冲进卧室，对着那红眼绿发的恶鬼，一通杀。所谓"杀"，不过是用刀尖轻戳鬼眼，画面却是完好无损的。

齐向荣在绘画上受过一些训练，她的父亲曾是中学的美术老师，擅长工笔画。一些人家布置新房时，喜欢请他画一幅吉祥图，百鸟朝凤呀，鸳鸯戏水呀，或是喜鹊登枝。当然，有的时候他也避开花鸟，画画人物，如表现司马相如与卓文君爱情故事的凤求凰，八仙过海等。画这样的画，主人都会赏钱，所以齐老师退休后，过得相当滋润，每日里画画喝茶，含饴弄孙，人见人羡。不过他乐在画上，也死在画上。有一年，计生委副主任左雁南的儿子结婚，请齐老师去画画。他画了著名的"榴开百子"图，一群顽皮可爱的小孩子，戴着金项圈，挂着长命锁，喜气洋洋地，合力扛着个切开的大石榴。谁料婚礼上，这画却遭到了计生委主任张敏霞的讥讽。张敏霞五十八了，马上要退休，如果不出意外，四十八岁的左雁南会接她的班。张敏霞指着画对来宾说："雁南啊，不是我批评你，你在计生委工作，明明知道一对夫妻只能生一个孩儿，为什么还弄这么多娃娃出来？"张敏霞凑到画前，一五一十地数起了画中的孩子，惊叫道："地上走着十个，石榴上还坐着两个，天呀，

你盼望你儿子将来生十二个孩子吗？"左雁南辩解着："这是画，又不是真的！"张敏霞说："画是传情达意的东西，你不这样要求，人家能给你这样画吗？"原本和谐的婚礼，被这幅画弄得现出杂音，左雁南很不高兴，典礼结束后，她就找齐老师发火去了，说你明明知道我在计生委工作，还画这样一幅画，这不是当众给我难堪吗？齐老师无奈地叹息一声，悲凉地说了一句"到底是小地方的人啊"，从此后不再出门，也不再碰画笔，不到一年，郁郁而终。齐向荣是家中独女，她的四个哥哥知道父亲死在画上，很气愤，便把与画有关的遗物，统统烧了。从此后，齐家人再不挂画了。

刘良阁想，是不是岳父的冤魂附在了妻子身上，她才鬼使神差地拿起画笔？不过岳父画的都是鲤鱼跳龙门、岁寒三友、麻姑献寿一类让人愉悦的画，而妻子描绘的，则是恐怖的地狱情景。

刘良阁遭到狗咬的那个晚上，可以说是身心俱疲。他本以为齐向荣跟鬼战斗完，会像以往一样安静地睡去，谁知她上床后又主动求爱，说是想他了。刘良阁推托腿痛，置之不理，哪想到她竟然赤身裸体地跳下床，打开灯和窗子，坐在窗台上，荡秋千似的，悠荡着双腿，向他示威。刘良阁吓得牙齿打战，叫着"活祖宗"，连忙把她抱回床上，关上窗子和灯，无奈地爱抚她。他松开她时，满身是汗，齐向荣惯例地跑向洗手间。刘良阁听着妻子"哦哦"的呕吐声，看着渐渐泛白的天色，觉得生活是如此荒唐。

查验无证犬的活动，就从河坝下的平房开始的，青头成为第一条被带走的盲流犬。两天后，那对老夫妻带着钱去给青头补办狗证，要把它领回家时，被告知青头已经被打死了。说是县防疫站的人收容青头后发现，它是条疯狗，这样的狗如果留着，后患无穷。卖炒货的男人不相信，要青头的尸首，防疫站的人说带病菌的狗已经被深埋了。他们得到的，不过是一纸盖着红色印章的关于青头是疯狗的医学证明。这对老夫妻回到家，掏钥匙的时候，想着门开后，青头再也不会热情奔放地迎过来，便蹲在大门口，哭了起来。卓霞从霞布回来，见他们哭得那么伤心，以为他们的哪个子女遭遇不测了，便关切地上前询问。一问，才知是青头出事了。她立刻想到了刘良阁，因为他在短信中告诉她，他被青头咬了，伤口发炎，最近一周不能出来了。卓霞回到家，立刻给他发了条短信：青头是因为你死的吗？十分钟后，刘良阁回复：它该死！这三个字，像三枚重型炮弹，让卓霞看了胆寒。

一天深夜，卓霞正睡得香，刘良阁摸黑进来了。这幢房子只剩下一条狗了，就是西头的二黄。这家伙大约从青头和堂堂的死中，领悟到与主家无关的事儿，最好不要饶舌，所以邻居家有什么风吹草动，它哼都不哼一声。没有了狗的镇守，再加上他手中有卓霞家的钥匙，刘良阖来去自由多了。一个人在犯困的时候，哪有心思缠绵，卓霞被扰醒后，有点恼火，她埋怨刘良阖，怎么跟鬼似的，要深更半夜来？刘良阖拉开窗帘，让月光做灯盏，边脱衣服边说，他的腿伤刚好，再说平常老婆怕鬼不敢一个人在家，他哪有机会出来？好不容易盼来一个夜班，他不能浪费了。说着，撩起蚊帐，爬上床来。卓霞刚刚领受到一个含有夜露气息的吻，刘良阖甩在沙发上的衣服，忽然发出一阵屁声。原来，他把鸟鸣的铃音，换成了屁声，卓霞忍不住笑了起来。刘良阖听到屁声，十万火急地跳下床，他接听电话前对卓霞说："千万别出声，可能是一起值班的小王打来的，我出来时，跟他说有点胸闷，透透气，他可能担心了。"

刘良阖接起电话，才说三句话，卓霞就明白，这电话是齐向荣打来的。因为他说："我马上就回去，你不要怕。"

"家中又闹鬼了吧？"卓霞冷冷地问。

刘良阖一边把刚脱下的衣服又往回穿，一边叹着气说："她说卧室里进来三个小鬼，一个提着绳索，一个拿着毒药，还有一个捧着火盆，要她的命！"

"鬼怎么单单相中了你们家，去个没完没了？"卓霞说。

"就是啊，我都想着换个房子了！"刘良阖说，"这哪是人过的日子啊。"

"确实不是人过的日子。"卓霞这话，其实是说给自己听的。

刘良阖离开后，卓霞再无睡意，她就那么呆呆地看着从窗口漫进来的月光由浓变淡，看着黎明前短暂的黑暗，最终把这天火似的月光扑灭了。

第二天早晨，卓霞请来锁匠，将家中的两道门锁都换了，将蚊帐也收了起来，搁置在仓房。做完这些，她以为心情就此轻松了，实则不然。她去霞布做活时，神不守舍，老是溜号。有个顾客家中出了丧事，要三十尺白麻布吊孝用，卓霞拿着尺子量布时，没想到多量了一丈，顾客看在眼里，刚要提醒她，只听"哧啦"一声，她转眼之间已将布扯了下来。若是多得了一丈办喜事的红布，顾客会认为好运连连，笑逐颜开的，可因为这白麻布是吊孝用的，顾客便不高兴了，说你多给我一丈白麻布，这不是咒我家连出丧事吗？卓霞赶紧道歉，说我又不是小鬼托生的，哪有索人命的心思，连忙把多余的白麻布，撕了下来。虽说如此，顾客走的时候，还嘟嘟囔囔的。卓霞心烦，

顾客前脚走，她后脚就将那丈布，咬牙切齿地一分为二，然后一手搭着一块，把它们当作水袖，哼着京剧《杜十娘》的一段戏，有模有样地舞起了水袖。这一幕，刚好被刘良阖和随他而来的女警察撞见。这女警察卓霞认得，四十来岁，姓于，又矮又胖，满脸雀斑，虽说她貌不出众，却生得一口好牙齿，整齐而雪白，让人觉得从这样的牙齿中迸出的话，字字珠玑。她以前做过法警，枪法是一流的，打靶时几乎枪枪中靶心，人称"于十环"。她见卓霞趁着没顾客，咿咿呀呀的，扑哧一笑，说："没想到你还是个票友？"卓霞站定了，收了手，大大方方地将两块白麻布抖搂到缝纫机上，说："闲着给自己解闷儿！"说完，瞄了一眼刘良阖。他面色青黄，一脸无奈。卓霞心想，他一定叫苦不迭：怎么自己摊上的女人，都魔怔了？

原来，今天上午，公安局收到了一封匿名信，有十多页，是电脑打印的，内容是蔡雪岚从网上发给她心上人的信。信的时间跨度有八九个月，虽然每封信只是三言两语，但可以看出他们之间的感情非常深厚。最后一封邮件发出的时间就是她坠楼前的半小时。她在里面写道："四耳：刚和文波谈完，他同意离婚了，我们一家四口的好日子就要来了，真高兴啊。小铃铛不爱收拾家，春天了，该是开窗的时候了，我想最后帮文波把玻璃擦一擦，省得小铃铛进门，会嫌窗子乌涂涂的而埋怨他。爱你的雪岚。"毫无疑问，这个寄信人不想公开他的身份，而他又想为刘文波开脱，怕公安部门查到他网络的 IP 地址，所以才选择把信剪贴了，打印寄出。如果这信件不是伪造的话，证明刘文波所言基本属实。起码在当时，他没有产生杀妻的动机。公安局迫切地想找到这个寄信人。

于十环坐在浅色的长凳上，从公文包里取出一个黑壳笔记本，打开，又拿出一支碳素笔，问卓霞："蔡雪岚生前跟你提起过一个叫'四耳'的男人吗？"

卓霞摇了摇头，说："这名字不像大名，是小名吧？"

于十环梗了梗脖子，说："那当然了，要是大名，拉林的人，哪个不在我们掌握之中？"

卓霞看着她自负的神情，有点反感，便说："要是小名的话，那只能求神仙去了，我从没有听她提起过四耳。"

于十环有些失望，既然笔没什么可记录的，她就把它当作鼓槌，一下下地敲打着空白的本子，说："那你知不知道，拉林的小孩子中有叫五魁和七巧的？"

卓霞冷冷地说："不知道。"

刘良阖见谈话的气氛有点僵，解释道："蔡雪岚给那人的邮件中，提到两个孩子，一个男孩叫五魁，还有一个女孩叫七巧。"

"他们不会是双胞胎吧？"卓霞说，"现在都是一家一个孩子，这个男人不管他是死了老婆的，还是离异的，能带着一双儿女，双胞胎的概率占百分之七八十啊。"

"也没准这男人的头一个孩子是痴呆，政策允许他们生第二胎。还有可能他离异后娶了个大姑娘，也允许他们再生一个。"于十环耸了耸肩膀说，"当然了，有的少数民族，也是可以生二胎的。"

"既然你们这么明白，按你的想法缩小包围圈，不是很容易就能找到这个带着两个孩子的男人了吗？"卓霞说。

刘良阖清楚，两个男人较上劲了，最终动的是拳头；而两个女人要是较上劲，唇枪舌剑就会没完没了，他可没心思听她们斗嘴。他让于十环将那沓信给卓霞看看，如果她从内容里还不能发现什么蛛丝马迹，他们就准备撤了。于十环很不情愿地将信从公文包中取出，递给卓霞，说："翻翻吧。"

卓霞在浏览的时候，注意到了这样几封信。

四耳：这是我这一生中度过的最美好的一周！我们同床共眠时，我是那么的平静，舒展，知足，就像夏日的一朵云！这些年来，生活把我变成了一块坚硬的大石头，说不出的沉重，是你让我变得轻盈起来了。爱你的岚。

四耳：下次去你那里，我要给七巧换个发式，她梳两条小辫子更好看。还有，五魁的衣服还得再做两身，橘黄的和豆绿的，不能总让他穿蓝色的啊，把他给穿老气了。岚。

四耳：今天路过你楼下，发现路口的马葫芦盖被人偷走了，你经过那里时，千万留神啊。岚。

四耳：昨夜梦见我们一家四口在雪地上走。你拉着五魁，我拉着七巧，又说又笑的。七巧嚷着冻脚时，你猜怎么着？前方竟然出现了一团篝火，红红的，暖洋洋的，这团火一定是神仙送给我们的！岚。

四耳：给学生出了命题作文《我的理想》，作文本交上来一看，写得五花八门。有的学生想当厨子，说是天天能吃肉；有的学生想当县长，说是要

给下岗的爸爸安排个工作。最有意思的，是一个学生说想当医生，看见不顺眼的人就给他扎针！我一边批改作文一边笑。岚。

　　四耳：今晚上路过魁星音像店，发现灯黑着，我担心小铃铛关店早，是不是孩子又闹病了？正当我站在路口胡思乱想时，音像店忽然亮了！一个男人走了出来，原来是开狗肉馆的马彪！你说小铃铛跟谁都勾搭，文波要是和她过日子，还不得三天两头就戴绿帽子呀？我气不过，走进去，想说她几句，你猜怎么着？她正啃狗大腿呢。见了我还说：雪岚姐姐真有口福，来，给你撕几条好肉，你尝尝，这是卓霞家的堂堂，这狗不知喂了什么好东西，这么香！看她那兴高采烈的样子，我也不好扫她的兴，出来了。马彪用一条狗大腿就占了小铃铛的便宜，让我难过。唉！岚。

　　卓霞看到这儿，继续不下去了。她把信还给于十环，说："只看得出他们感情很深，不过那个男人是谁，一点都猜不出来。"

　　于十环和刘良阖走了。于十环走在头里，刘良阖在其后。他踏出霞布的一瞬，留恋地回头张望了她一眼，卓霞并不领受他的好意，撇着嘴，不屑地抹搭了一下眼睛。半小时后，卓霞收到刘良阖的短信：怕你吃醋，我把单位最丑的人调过来办案，你还给我白眼啊？卓霞回道：你跟一个那么丑的女人在一起走，我多没面子呀！

　　卓霞发完这条短信，扑哧一声笑了。她相信刘良阖收到它后，也会轻轻一笑。先前对刘良阖的怨恨，消了多半，她甚至后悔不该把门锁换了。

　　卓霞从一摞做好的成衣中，抽出一件半长风衣，它是腈纶牛津布的面料，挺括而柔软，藏青色，带暗纹。一听说蔡雪岚坠楼之事立案了，她就赶制了一条适合小铃铛穿的呢裙，悄悄替换下这件风衣，以备公安局调查用。她和蔡雪岚是好朋友，她要保护她的隐私，哪怕她死了。卓霞还记得，蔡雪岚做这件风衣时，满面幸福的。卓霞一看尺寸不是刘文波的，就问她给谁做？蔡雪岚卖起了关子，"过几天你看它穿在谁身上，就知道是给谁做的了。"卓霞开玩笑说："那我得改行当交警了，每天站在十字街头，看往来的男人中谁用它挡风。"

　　从风衣的袖长和肩长来看，这个男人肩宽臂长。身高呢，起码在一米七以上。而从衣服的胸围来看，他不胖不瘦的。这件风衣的特别之处，是立领、单排扣的，不像大多的男款风衣，尽是双排扣、大开领的。蔡雪岚虽然不懂服装设计，但她所要的这个样式，中式风格明显，卓霞猜测穿它的是个沉稳干练、性格比较内向的男人。虽然其后卓霞与刘良阖关系变得暧昧起来，她也没动过说出这个秘密的念头。因为在她心目中，能让蔡雪岚春心荡漾的人，是不可侵犯的。她一直想弄清楚，蔡雪岚究竟爱上了谁，也好让这件风衣有个去处。现在一个叫四耳的男人果真出现了。可是对于这样一个名字，知道和不知道又有什么分别呢？

这天黄昏，卓霞打开大门，发现通往屋子的水泥甬道上，横着一个塑料袋，里面装着什么东西，袋口挽了个扣儿。除她之外，没谁再有她家门的钥匙了，这东西是怎么进来的呢？卓霞狐疑地解开袋子，发现里面沉着两块鸡蛋般大的鹅卵石，以及一团用报纸包裹的东西。她将报纸揭开，天啊，闪身而出的竟是一串色彩斑斓的木珠项链！很显然，送礼物的人进不来门，便把东西从大门撇进了院子。大概想到项链太轻飘了，飞起来容易腿脚不利索，这才捡了两块鹅卵石放进去为它"护驾"。

这串木珠项链，周长有七八十公分吧，串着五六十粒指甲般大的珠子。木珠涂着各色油彩，每一颗颜色都不同。它们明暗相间，冷暖交错，银粉的挨着宝石蓝的，宝石蓝的又挨着橘黄的，橘黄的呢，与锌白比肩。越过锌白，是孔雀绿，玫瑰红，茄子紫，要什么颜色有什么颜色，要多丰富有多丰富。就说绿吧，有深绿，浅绿和黄绿；灰呢，有青灰和银灰。红色呢，有淡的海棠红，也有深的石榴红。这项链美得令人眩晕，卓霞提着它进屋的时候，像是踩在云彩上，飘飘然。这会是刘良阖送的吗？

卓霞站在穿衣镜前，戴上项链。那天她恰好穿着一件黑色圆领坎袖衫，一条珍珠白的筒裙。项链一上身，分明是雨后的彩虹出现了，她的脸变得从未有过的鲜润和明媚，卓霞深深吸了口气，她被美给惊着了。

卓霞的手机响起了鼓声，是刘良阖发来的短信：喜欢那项链吗？我拆了一个木珠靠垫，取下珠子，买了两盒油彩，给木珠重新上色，亲手穿成的。虽然每个珠子的颜色都不同，但我对你的心永远是红色的！生日快乐！

卓霞从未对刘良阖说起过自己的生日，而她也把这个日子给忘了。他能知道确切日期，一定是从户籍资料中查到的，毕竟是干公安的啊。他并没有责备她把锁换了，这让卓霞更加愧疚，她飞快地发上这样几句话：这是我收到的最珍贵的生日礼物！能在今夜见到你吗？我把两道门都打开，你随时来。

半小时后，刘良阖回道：看情况吧，她又画上鬼了，估计很难出去了。

卓霞简单吃了点东西，坐在窗前苦等。天黑了，月亮升了起来。它初升时脸盘很大，红彤彤的，可是走着走着，脸变小了，颜色也变黄了，好像一个盛装的新娘，不经意间熬成了个黄脸婆。卓霞无奈地看着月亮朝中天走去，夜越来越深，她知道他不会来了，失望地将门一一关上。她上了床，收到了刘良阖发来的最后一条短信：别等了，太晚了，她还磨刀呢，等她斩完鬼，估计天也亮了。唉。祝好梦。

卓霞把那串木珠项链取了下来，让它像花猫一样卧在梳妆台上，甜蜜而又怅惘地睡了。她怎能想到，仅仅几个小时后，当她在黎明中醒来的时候，刘良阖却向着黑暗去了。

9　寒露

这场震惊了拉林的车祸发生在凌晨五时三刻。

拉林看守所有两名在押犯人越狱。刘良阖接到看守所的电话时，是三点五十，他被齐向荣折腾得筋疲力尽，刚睡了两个小时。他飞快穿上衣服，一边向公安局长通报情况，一边下楼，拦截了一辆出租车，火速赶到单位。越狱者居然是驾驶着停放在看守所院子里的一辆警车逃跑的，这让刘良阖怒火冲天。他们立刻在网上发出了协查通告，让沿途的公安机关在公路的出入口，追查一辆车号尾数为849的警车。此外，根据情况分析，还兵分两路进行追捕。一路由经验丰富的老警察邢瑞和于十环率领着，奔向南线的林城方向；一路由刘良阖率领，沿着运材线，在拉林河谷搜索。刘良阖亲自驾车，带着两名年轻的干警：陆国兴和薛伟。拉林河谷地形复杂，山高林密，道路崎岖。他们行进到林北线五十三公里的时候，刘良阖打了一个呵欠，疲乏地对坐在副驾驶位置的薛伟说："给我点颗烟吧。"薛伟答应着，刚把烟点着，还没等递到刘良阖口中，他握着方向盘的手抖了一下，汽车瞬间冲下路基，撞到一棵满是松节油的樟子松上。这棵有五六十年树龄的大树，真是硬气，汽车粉身碎骨了，它不过擦伤了点皮而已。刘良阖当场死亡，薛伟重伤，而坐在后面的陆国兴折断了三根肋骨。

越狱犯最终还是落网了。他们行至旺林时，发现前方的路口有警戒，急忙掉转车头。旺林警方察觉到情况可疑后，驱车追击。走起回头路的越狱犯，自此陷入了双重夹击中，前后都是追兵。当邢瑞驾驶的警车迎面扑来时，他们弃车而逃，企图窜入森林，让树木做他们的掩体，负隅顽抗。然而他们跑了还不足百米，就被于十环将逃路给掐断了。于十环只"啪啪"打出两枪，一颗子弹便在一个犯人的左腿开花，另一颗呢，绽放在另一个逃犯的右腿。

那天早晨，卓霞得知刘良阖的死讯后，将霞布挂上"盘点"的牌子，从里面扣上门，扯下一尺白麻布，踩着缝纫机，在那块布上，漫无目的地跑着。白布上出现了一道道黑线，看上去像泥泞中的车辙，醒目，滞浊。卓霞嫌黑线太单一了，便换下黑的，装上蓝的。黑线和蓝线交织在一起，虽然看起来有了隐隐的亮色，但还嫌压抑，于是她又换上金黄色的线，让白麻布泛出曙光。布面亮堂起来后，她又想让它透出天堂的气息，于是把装线轴的盒子搬出来，粉线白线紫线绿线悉数轧上，那块布分明就成了花园了。园子虽然看上去春意盎然的，可总觉得缺了点什么。是什么呢？卓霞看来看去，发现少了红色。前一段她为一个姑娘做婚礼服，她要了西式红色礼服一套，中式红色礼服又一套，因而耗尽了整整一轴红线，而她还没来得及添。卓霞叹了口气，想着再轧点色彩鲜艳的线调和一下。她把紫线取下，换上粉红的线，刚跑了两圈，缝纫机绞线了。卓霞抬起针板修理的时候，双脚在踏板上不由自主地动了一下，它带动皮轮，机器运转起来，机针一个猛子扎下来，刺中了她右手的无名指，鲜血随之涌了出来。卓霞没有为伤口止血，她想上天这不是送来红线了吗？她将血滴到了白麻布上。五彩斑斓的纹路上，突然有了鲜血的点染，立刻变得绚丽起来了。血滴有大有小，有浓有淡，因而这花朵在白麻布上开放的程度是不一样的，有的如迎风怒放的玫瑰，有的则如含苞的腊梅。卓霞看着眼前这个生机勃勃的花园，抹起了眼泪。

看守所是刘良阖分管的，如果他活着，一定会因为监管不力而受处分。可因为他是因公殉职，再加上犯人最终被抓了回来，就没人追究死者的过失了，单位还是为他开了追悼会。追悼会一结束，一个男孩揣着架数码相机，战战兢兢地走进了公安局。这架神眼似的相机，让蔡雪岚的案子真相大白。

这个男孩就是小满姐姐留下的男孩秀植。

小满给秀植配备相机，是为了让他能更好地画画。小满注意到，秀植上街时，往往会停下脚步，打量酒馆的幌子或是树梢的鸟窝。小满想，要是给他买个相机，他不是随时随地能拍下感兴趣的画面吗？秀植有了相机后，无论去哪儿，总是随身携带着。他拍下的，有盛夏时偎在墙角打盹的狗，隆冬时挂满了霜雪的运货的马，花间的蜜蜂，深秋时林阴路上的落叶等。当然，

这些都是他在家门以外拍的。在家里呢，秀植拍的是饭桌上的木节，紫砂茶壶，以及各色盆花。他因为喜欢对面楼上谢福家养的鸽子，黄昏时分，也时常跑到阳台，拍飞翔的鸽子。秀植与谢福一样，最喜欢鸽群中的那只黑鸽子。在灰色和白色的鸽子中，它是那么的夺目！它并不是通体的黑，它的前胸和羽翼，泛着隐隐的紫色和金属绿，使它看上去异常的华美！这只鸽子的性情与众不同，在鸽群中，它要么飞在头里，遥遥领先，要么落在最后，悠哉游哉，绝不肯流俗混在中间。蔡雪岚出事的那个时刻，秀植抓拍的三张照片，证明了蔡雪岚死在黑鸽子手里！第一张，是蔡雪岚着踩窗台擦玻璃的时候，黑鸽子在她头顶上方出现；第二张，黑鸽子去啄蔡雪岚的发夹；第三张，蔡雪岚的脚脱离了窗台，向下飞去，而闯下大祸的黑鸽子则慌张飞走。这说明，蔡雪岚是受了鸽子的惊扰后，失足坠楼的。鸽子喜欢吞吃石子，而蔡雪岚那天戴的发夹，并排镶嵌着三颗圆润的玉石，黑鸽子大约是想吃掉其中的一颗，才突然袭击的。

刘文波出来了，谢福却进去了。说起他为什么诬陷刘文波，他理直气壮的："妈的，我一个老婆都没有，他凭什么有两个？！"

小满问秀植，你知道蔡阿姨是让黑鸽子给害死的，怎么不早点把拍下的照片拿出来？秀植哭哭啼啼地说，他听说杀人是要偿命的，他喜欢黑鸽子，不想让它死。至此，谢福也找到了黑鸽子最近频频撞墙的原因，它造了孽，才会如此烦躁不安啊。

谢福因为作伪证，不仅丢掉了打更的活儿，还可能被判刑。他被抓走的时候，最放心不下的就是那群鸽子。他把钥匙给了邻居，托他们照管。不过他进看守所没几天，小铃铛就上门了。她说谢福是拉林小城最纯洁最自尊的男人，虽然他相貌丑陋，但品性好，值得爱，她想和他结婚了。她要趁着天好，赶紧把房子装修一下，等谢福出来，好有个新房的模样。这样，那群鸽子有专人侍弄了，毛色油光，精神愉悦。它们吃饱了喝足了，像谢福在家时一样，仍然喜欢在黄昏时，从阳台噗噜噜地飞出去，为天空镶上一道灿烂的流苏。那只黑鸽子，从此后只肯飞在头里，再不落在后面开小差了。

住在老楼的人，见小铃铛一天到晚地长在谢福那儿，忙这忙那的，都很羡慕，说："这谢半截真是有福，没托媒人，没花一分钱，老婆上赶着找上门来了！小铃铛又富态，又有钱，谢半截真是烧了高香了！"那儿的老人，都喜欢丰腴的姑娘。在他们眼里，肥胖的小铃铛是美的。小铃铛很懂得人情世故，她说装修房子的声音和气味扰着邻居了，于是今天给他们抱个大西瓜过来让大家切开分吃，明天可能又提来一篮沙果让人们随意抓。老人们啧啧赞叹小铃铛的时候，也不忘了朝对面的楼努努嘴，说："住那么好的房子有什么用？还有人不愿意往那里嫁呢！"他们嘲讽刘文波的时候，一副扬眉吐气的神情。谢半截无疑为住在老楼的人，挣足了面子。

秋天不知不觉地来了。银树大街的杨树，叶子转黄了。黄过了头的，身子轻了，狂风起时，吃不住劲，便脱离枝条，跟着风走了。它们有的飘到花烛巷，落在商铺门前，心满意足地为人家守着门；有的飘到马铃巷，从狗肉馆门前血迹斑斑的水泥石柱滑过，失魂落魄地跌在地上，哀叹没去着个好地方；还有的转了一大圈，又被风带回老地方，任由银树大街往来的车辆和行人碾压着。

刘良阖不在了，卓霞觉得运行于体内的那团气，也跟着散了。她坐卧不安，焦虑，易怒，失眠。她再没了穿素色衣服的心性了，打扮得花里胡哨的招摇过市，将霞布的生意都拐带坏了。

这天傍晚，卓霞正要闭店，罗郁来了。不知他是否感冒了，进门后居然打了个寒战。卓霞冷冷地说："我可说清楚了，你的生意我不做。"

罗郁说："可是别人做的活儿我信不过。"

卓霞哼了一声，说："你要是还有良心，就别往帅气打扮了，坑了一个女人还不够吗？！"

罗郁哀怜地望了卓霞一眼，罪人似的垂下头来，低声说："我不是给自己做衣服，是给孩子。"

卓霞诧异地问："你收养孩子了？"

罗郁没回答，他走向陈列着布匹的架子，选中了两匹棉布，一种是橘黄底儿撒着银色星星的，一种是豆绿底儿带靛蓝条纹的。他从兜里掏一张巴掌大的纸，对卓霞说："你看做这样的一身衣服需要多少布，就扯多少。每样布做一套。"说着，掏出钱来，要付布料和手工费。

卓霞摆着手说："等取时再算吧。"

卓霞接过那张纸，那竟是一张处方笺。正面是一副方子，上面写有人参、白芍、当归、香附、鹿角、甘草、地黄、川芎、黄芪、丹参等十几味中草药的名称和克数，背面才是衣服的尺寸。看来这是一张废弃的处方笺，罗郁从来不浪费一张纸，把它利用起来了。

罗郁问："那我什么时候来取呢？"

"你的电话换号了没？"卓霞问。

"还是老号码。"罗郁说。

"那就等我电话吧。"卓霞说，"做好后我会告诉你。"

罗郁道过谢，走出霞布。不过他刚出门，又回转身，探过头，对卓霞说："你怎么穿得这么花啊？刚进门时，吓了我一跳！"怕卓霞反驳和奚落，罗郁说完，飞快地离开了。

卓霞本想对照着罗郁留下的衣服的尺寸，早点下了布料，将衣服给他做出来，可是罗郁丢下的那番话，让她起了怨恨，她拉开缝纫机的抽屉，将处方笺塞进去，想着怠慢它一段时日再说。卓霞慢腾腾地走到立在墙角的试衣镜前，打量着自己：那件绿底撒紫花的上衣，看上去就像发臭的池塘上飘荡着的霉烂了的水草，让人直想掩鼻子；而白底黑黄碎格的长裙，有如一张大蛛网，撞上了一群飞虫，而且飞虫都已僵死了，密密麻麻地附着其上，看了让人厌弃。

卓霞败兴地叹了口气，想换上素色的衣服，可是她刚把一条银灰的连衣裙拿在手上，就心慌气短的，直冒虚汗。她明白，她已没好气息驾驭这种色彩内敛的衣服了。

天上的云，和地上的河水，出了雨季，都瘦了。卓霞常常在黄昏归家时，绕过家门，越过堤坝，到坝下走走。河坝旁农人的庄稼，该收割的都收割了，露出泥土的本色。圆形的庄稼地看上去像是漆黑的眼珠，而长方形的看上去像姑娘们包头用的青色额帕。河畔的树丛，经了大大小小的几场霜后，无论是柳树还是青杨，叶子都变色了。青杨的叶子变黄的居多，而柳树的叶子，多半变的是红色。红红黄黄心形和眉形的叶子在秋风中颤动着，以最后的绚丽向这一季的人间告别。卓霞置身树丛里，觉得自己就是一个心事透明的婴孩，被一块巨大的花布包裹了。只要老天乐意，将这块布四角对折，她就会被卷到天上去。到了那儿，也许能与刘良阁相遇？卓霞常常会在暮色苍茫的时刻，想起他们曾有的欢娱，想起他看她时那眷恋的眼神。她憎恨齐向荣，如果那个夜晚她不闹鬼，他就会来她这里；即便是不来，她安安静静的，刘良阁早点休息的话，也就不会因疲劳驾驶而出事。

刘良阁不在以后，卓霞遇见过齐向荣两次。一次是在马铃巷的肉摊前，一次是在花烛巷的美发店前。齐向荣在肉摊买的是排骨，当摊主问她还要不要猪腰子时，她痛痛快快地说："以后再也不用吃那玩意了！"那天她穿着白衣蓝裙，这色彩本来就把人往高了抬，再加上她也的确瘦了一些，看上去好像是长个儿了，很精神。她碰见卓霞，同以往一样，只是微微点个头。而在美发店前碰见她的那次，齐向荣刚做了头发出来，身上散发着橘子香型的洗发香波气味，穿黑色长裤，深灰的立领拉链上衣，拉链上坠着一颗水滴形的黄水晶，湿漉漉的头发一丝不乱地向后梳去，露出明净的额头，显得精干利落，端庄秀丽。卓霞很惊异，刘良阖死后，齐向荣没有灰暗下去，反倒是青春勃发了。

　　齐向荣和刘良阖在一起时，从来没有觉得他属于她。相反，丈夫离世了，她倒觉得拥有他了。齐向荣因为是家中独女，上面又是四个哥哥，打小起，她就和男孩子在一起玩，上树掏鸟窝，下河捞小鱼，打群架，掀房瓦，男孩子干的坏事，她都做过。齐向荣的母亲是个仔细人，四个儿子穿小了的衣裳，她不舍得扔，就让女儿拣着穿，这样，齐向荣小的时候，几乎没穿过一件花衣裳。她长成大姑娘后，也爱往男孩打扮，梳着短得不能再短的头发，从不穿裙子，而且衣服的颜色限于深蓝或草绿，走路大步幅，说话高嗓门。她经人介绍嫁给刘良阖，新婚之夜，当新郎俯上身时，她本能地把他掀翻在地，骑到他身上，给了他一巴掌。刘良阖刑警出身，擒拿格斗，是他的看家本领，齐向荣哪里是他的对手，就这样，她最终还是被捺在他身下，成了她并不想成为的女人。从那儿起，每每床笫之事后，她都有说不出的嫌恶，不吐上几口，觉都睡不安稳。为了培养自己的女人味，齐向荣总是花衣不离身，可这无济于事，她越穿得艳丽，心绪越烦乱。当婆婆得了尿毒症，她把一个肾捐献出去后，有种如释重负的感觉。因为在此之前，她一直担心刘良阖有一天会抛弃她。少了一个肾后，她知道，刘良阖不管爱上谁，都不会拆散这个家庭了。齐向荣虽然看上去没心没肺的，其实她与其他女人一样，天性是敏感的。自从那年卓霞到她单位，送来了刘良阖在霞布做的那套休闲服后，她就明白，丈夫看上这个拉林人公认的最有女人味的女人了。她忧虑、嫉妒，看见卓霞时恨不能剥了她的皮！她对丈夫严加看管，可是不幸还是发生了。那个黄昏，在民惠巷，当她看到卓霞领着的堂堂，见到刘良阖后，表现出对主人才有的亲昵和热情，她明白了，丈夫已经出轨了。如果刘良阖是与那些不三不四的小姐发生了关系，她虽然也会生气，但不会恐惧，因为他图的可能只是个新鲜和痛快，不会动心；而卓霞这个女人，却令她胆

寒，因为她占尽了女人的风光！打败这样的女人，绝非易事。齐向荣想来想去，既然身为公安局副局长的官职都约束不了他，她也没有姿容的优势拿住他，看来只能求助鬼神了。她在画鬼魅和磨刀斩鬼的过程中，感觉到丈夫又渐渐回到了身边。刘良阖出事前的那个夜晚，她一回家，就察觉到丈夫有点异常，他做了一桌子的菜，拿出一瓶五十八度的高粱烧酒，说是要和她干掉了它。齐向荣想，他是要把她灌醉，趁她熟睡时，去跟卓霞幽会。一旦看穿了丈夫的计谋，她当然是滴酒不沾，而且未等刘良阖下桌，她一撂下筷子，就嚷着见着鬼了，披头散发地大喊大叫，画鬼斩鬼，让那个夜晚销蚀在阴气重重的鬼魅中。她哪能料到，真正的鬼正潜伏在拉林河谷中，几个小时之后，索了刘良阖的命！她恨卓霞，如果不是她，她不会制造那个地狱世界，描绘那个世界的时候，她几乎真的疯掉！

天越来越凉了，穿风衣的人多了起来。这天下午，卓霞觉得心里不那么忙乱了，于是取出处方笺，打算把罗郁的活儿给做了。当她仔细打量衣服的尺寸时，大吃一惊，因为这孩子的上衣的衣长是十五公分，袖长十公分，肩长只有七公分。裤长呢，不过二十公分。如果尺寸无误的话，这孩子跟猫崽似的，实在是太小了。卓霞掏出手机，想问问罗郁，是不是尺寸搞错了，但一想罗郁做事一向细致谨慎，而且是个怪人，便没有打那个电话。她心想，即便这衣服是给鬼做的，我也随罗郁的意吧。于是先裁剪了豆绿底儿带靛蓝条纹的布料，踏着缝纫机做起小衣服来。

卓霞正做得投入，齐向荣来了。她手持一个淡青色的画筒，穿一件咖啡色大开领的短风衣，系一条米色长丝巾，黑色长裤，半高跟的黑皮鞋，看上去英姿飒爽的。卓霞见到她，停下活儿，半晌说不出话来。

"你这店里的生意好像不怎么样嘛——"齐向荣坐在紫檀色的长条凳上，拖着长腔说，"正是换季的时候，怎么一个客人都没有啊？"

卓霞说："花烛巷又开了一家布店，这里人少了，也正常。"

"你还好吧？"齐向荣问。

卓霞没有回答，反过来问："你好吗？"

"良阖虽然是走了，可他留给了我一个好儿子！刘齐真是懂事，每隔一两天，都要往家打一个电话，他说了，非北大清华不上，说是将来要在北京安家，把我接过去享福。咱们都是女人，在后代这点上，我可是比你命好啊，老来有指望！"

卓霞明白她是来干什么的了，她无所谓地笑笑。

"我想送你一样东西，做个纪念。"齐向荣说完，要打开画筒。

"我胆子小，别打开了。"卓霞制止道，"蹦出那么多的鬼来，我怕是招架不住的。"

"你怎么知道是鬼画？"齐向荣问。

卓霞不语。

"噢，一定是那个该死的告诉你的！"齐向荣恨恨地说。

卓霞指着画筒，一字一顿地说："你用它杀死了他！"

"是你杀死了他！"齐向荣霍地站了起来，大叫着。

"是你杀的！"

"是你杀的！"

她们声嘶力竭指责对方的，是同一句话。

卓霞终于忍不住，哭了起来。齐向荣看着她憔悴不堪的样子，大约动了恻隐之心，轻声说："你不要鬼画，我就不强给你了。不过，有一样东西，我得还给你。"齐向荣打开画筒，将一把钥匙，"当啷"一声倒在缝纫机上。她说："清理良阖的遗物时，我在他办公桌的笔筒里，发现了它。"

卓霞抬起头，泪眼朦胧地看了一眼钥匙，说："早换了，没用了。"

齐向荣凄凉地说了声"真的换了吗"，摇晃了一下，用手扶着缝纫机板，一副欲哭无泪的表情。待她恢复平静，要离开霞布的时候，她指着卓霞做着的那件小衣服说："这是给布娃娃做的吧？"

就是这句话，令卓霞茅塞顿开。她想，罗郁不喜欢实质的婚姻，当然也就不会喜欢实质的孩子。他的孩子，也许真的只是一个布娃娃！他为孩子做的这两套衣服的颜色，卓霞总觉得眼熟。她冥思苦想，终于忆起了，刘良阖那天跟于十环来霞布时，她从于十环递过的那沓信中看到，蔡雪岚曾对心上人说，不能让五魁总穿蓝色的，要再给他做两身衣服，橘黄的和豆绿的！而罗郁做的，恰恰就是这两种颜色的小衣服！看来，蔡雪岚爱上的那个人，是罗郁。而五魁和七巧，不过是他们虚拟的儿女。

卓霞取下蔡雪岚做的那件风衣。天啊，都不用尺子量，一打眼，她就能看出这确是罗郁的尺寸。可是当初她怎么就没有想到这是为他做的呢！不过，她为什么叫他"四耳"呢？卓霞把"罗郁"二字写在纸上，仔细打量，发现罗的上半部果然有个"四"字，而"郁"的右半边，竖着个"耳朵"。

组合起来，可不就是"四耳"么！

至此，卓霞又有勇气穿素色的衣服了。她悉心为五魁做小衣服的时候，甚至开始怀念，她和罗郁度过的那些相安无事的夜晚了。

这天晚上，月亮把自己打扮得很好，光光鲜鲜地走在天上。卓霞也把自己打扮得很好，穿着雪青色的长风衣，系一条深灰撒银点的开司米围巾，足蹬黑色的羊皮靴子，轻轻盈盈地走在地上。她捧着一件男款风衣和两套刚做好的小衣服，穿过花烛巷，走上萧瑟的银树大街，然后拐向暖阳巷，朝罗郁的住处走去。已经是晚秋了，凉风沁骨，卓霞的身上起了阵阵寒意。她想，这件风衣，罗郁没能抵挡上春寒，抵御秋风，正是时候啊。

作者简介

迟子建，女，1964 年元宵节出生于中国的北极村——漠河。童年在黑龙江畔度过。1984 年毕业于大兴安岭师范学校。1987 年入北京师范大学与鲁迅文学院联办的研究生班学习，1990 年毕业后到黑龙江省作家协会工作至今。1983 年开始写作，至今已发表文学作品五百余万字，出版五十余部单行本。出版《迟子建文集》四卷、《迟子建中篇小说集》五卷和三卷本的《迟子建作品精华》。曾获得第一、第二、第四届鲁迅文学奖，第七界茅盾文学奖，澳大利亚"悬念句子文学奖"等多种文学奖励，作品有英、法、日、意大利文等海外译本。

办公室主任廖健雄在一次饭局上认识了美女记者金樱子，后来他们有了肌肤之亲。不久，金樱子暗中帮忙，廖健雄又被提拔为副局长。然而，神秘的女记者却被人杀害。到底谁是凶手？神秘莫测的人生，复杂多变的官场，惊心动魄的故事，读来令人震撼！

玫　瑰　门

刘　丹

1

　　两年前，廖健雄被局里任命为办公室主任。

　　这个职级对于他来说，不是太早而是太迟了。要知道，他的许多品学并不兼优的同学，已经是副厅或正厅级了。因此，得到这个任命，廖健雄并不觉得有多高兴。

　　有位早已在相同岗位上泡了好几年的同学闻讯，给他发来这样一条短信：

　　贺喜！特发"部颁"《合格办公室主任标准》给你，愿与老同学、新同道共勉——
　　领导没来我先来，看看谁坐主席台；领导没讲我先讲，拍拍话筒响不响；领导讲话我鼓掌，带动全场一片响；领导吃饭我先尝，看看饭菜凉不凉；领导睡觉我站岗，和谁睡觉我不讲……

　　他看后龇牙一笑，当即删除了。想想，就又顺手给老同学回了信：

　　"多谢指点！"

　　人家是怎么做办公室主任的，他不知道。他只知道他廖健雄做的是伺候人的活儿。他心知肚明，假如，把他为这个职级所付出的努力进行细分的话，那么，有八分是来自摸透了领导的脾气，拍顺了领导的马屁；只有两分是因了他的办事能力超强。而在那只占两分的办事能力当中，又有百分之八十与替领导办好私事有关。

廖健雄的领导把古人说的"食色性也"，理解成"吃过饭（食）就跟漂亮女人（色）解决性的问题"。于是，每次吃请（食）之后，领导总要带着那个经常撒娇撒痴的相好（色），到郊外别墅去"性也"滴干活。依照老规矩，车到目的地，司机就离开了，到点才来接人。而廖健雄却不能离开，他得留在现场做"全程陪护"。等领导上楼忙活了，廖健雄就在楼下的客房看电视。

领导在相好的身上使劲，从来都是做足一个小时。

"没有这点掌控能力，就别在官场上混。"领导多次这样教导着廖健雄。

但是领导从来不与相好在外边过夜，这是领导的家规。每每与相好尽兴后，领导才在廖健雄的陪同下回家。每回的"例牌"动作都是由司机打开车门，廖健雄跟在领导尾后替他拎包，进屋后，再将领导那只大号皮包，放到书房的写字台上。让女主人目睹整个过程，并且不出一丁点儿的破绽，廖健雄这一天的工作才算圆满结束。领导很知道，中箭落马往往是从背后射来的冷箭最致命。因此严防死守着，绝不让自己的后院起火。而廖健雄，便是他可靠的同盟。

领导的太太做一百二十个梦也想不到，这位口口声声大姐长、大姐短的小廖，会对她男人贴身服务到如此程度。但凡有这位被她叫作"帅帅的廖主任"陪伴在旁，领导太太对领导的行踪从不怀疑。

那天晚上，廖健雄在领导上楼后没多久，就开始了心猿意马。他斜靠在沙发上，眼睛盯着对面的电视荧屏发呆。没人知道，眼下让他分神的，是那个平时可望而不可即的女子。

下午刚一上班，他接到的第一个电话，是省电视台当红主持人金樱子打来的，说是近期要约廖健雄面谈"贵局廉政建设的情况"，省台将为他们局拍一个专题片。

"请问，是谁让你来找我谈这么尖端的话题的？"廖健雄想要弄清楚对方此番采访的来历，同时也想来点幽默，令双方的交谈不致成为"公文版"。

金樱子在电话的那一头笑了笑："怎么，阁下要充当'新闻检查官'？"

"噢，我不是那个意思。我是说，这个话题应该是局领导谈较合适，我……"

"让领导自己为自己唱赞歌？你琢磨琢磨，这合适吗？"

"那……我向领导汇报一下，然后再联系你，行吗？"

"行。不过你得尽快，我这个任务可是限时完成的，多谢合作。"

随即，她很干脆地挂了电话。

本来，按照正常的工作程序，金樱子理应直接与局政治部联系，待到进入实拍阶段，需要安排接送人员的车马、食宿以及提供相关资料时，才会找到廖健雄的头上。而今……

正是有了这个不同于以往的而今，才让廖健雄有了反复的揣摩和细细的回味。

关于她的传言始于她的名字——据说她原名叫张金英。这个名字明白无误地告诉他人，她来自普通的市民阶层，且父母的文化程度不高，致使女儿的名字都带着土气和俗气……但是，张金英凭着一张漂亮的脸蛋，一副甜甜的嗓音，还有几分刻苦和机敏，终从一家名校的播音系毕业，后又分配到省电视台做了播音员。

据说到单位报到时，部门领导瞄了一眼姓名栏里的那三个汉字后，问她："有播音名吗？"

张金英的脸先自红了一下，她知道她的名字实在是叫不出口，但她又不知道该给自己起个什么样的播音名才不露怯，于是将为难的眼光投向部主任。那位主任看她一脸的纯朴，便为她起了个"金樱子"的播音名。部主任大概以为，无甚背景的她，会一直像山野里的金樱子那样，朴实无华，自开自败。

没想到金樱子接受台里的指派，随省领导出访美国回来后就一炮走红了。接着，坊间便有闲言碎语传出，说是金樱子的走红，与省里那位分管文化宣传的官员有关。然后又有传言称，与她有染的省领导已经不是一位而是几位。金樱子的夜晚，得由那几位领导按见报的排名顺序划分。而令那些官员着迷的，据说概因金樱子的"波涛汹涌"。还有人说，以前金樱子的"波涛"并不汹涌，是京城里的那个著名的整容机构，让金樱子得以挺胸做女人……

之后，金樱子除了主持人的身份，还同时是制片人了，而且专制"含金

量"高的片子。但凡企业有新产品问世，或是有产品想要问鼎国家级、世界级金奖、银奖；企业意欲跻身中国××强，企业家争做"十佳"杰出青年……金樱子都会为他们制出生花之片。后有有心人注意到，比起那些急功近利的企业来，政界人士的图谋，要含蓄而又冠冕堂皇得多。某局长爱民、亲民的事迹，在金樱子的专题片中出现没多久，就升任副市长了；某市的书记大抓民心工程做了金樱子的访谈对象，很快就到省里履新了……凡此种种，都让金樱子披上了神秘的面纱。不了解内情的人会以为，金樱子是奉上级之命，为某些人的升迁作铺垫。而台里每回在金樱子报道某人之后没多久，得到那人新的任职消息时，总要在会上着力表扬金樱子一番，说她有着很强的新闻敏感，她的报道抓得很准，总是与上级的意图相合拍。

几年下来，金樱子买了豪宅，有了靓车。

廖健雄第一次与金樱子接触，是在单位组织党员干部，认真学习十六大文件精神的讨论会上。作为省直机关，廖健雄他们的学习情况引来了金樱子的关注。当时他并不知道，金樱子让摄像记者给了他一个埋头做笔记的特写镜头。许是他那周正的长相，从那时起就进入金樱子的视线里。拍完新闻，局领导请那一干记者，到省城最高档的酒楼去用"工作餐"，廖健雄自是得陪伴在领导左右。

他那天坐在金樱子的对面，这让他将她看了个清清楚楚，明明白白。金樱子美得并不张牙舞爪，你得细看才会看出道道，她属于耐看的那种。廖健雄觉得，她那双桃花眼总给人以微笑的感觉，而且是那种意味深长的笑。对异性而言，她这样的美目极具勾魂摄魄的功力，她只要深深地看哪个男人一眼，那个男人就会有心跳、气短、继而手心出汗等感觉。廖健雄暗自断言，在这个女子面前没反应的男人，一定不是正常的男人。

趁她同领导讨论巴以冤冤相报、美国公司作假令股市汇市狂跌的话题时，廖健雄又仔细地打量她的妆容。很意外的，她居然不施粉黛，素面朝天。只是那文过的嘴唇色泽粉嫩，与那一嘴整洁、雪白的牙齿相得益彰，显得健康而有朝气。她的衣着很随便，浑身上下几乎没有一件名牌商品……仅凭这些，金樱子却能鲜亮夺目，光彩照人——这是个很自信的女子，而且不张扬。

她给他的印象，与以前他听到的她那些负面的传言，发生了严重的错位。一定是有人嫉恨她，才编出那些话来贬损她的形象。廖健雄想。这个被多位省级要员青睐的女子，各方面的条件绝不会太差。廖健雄又想。

落座后，金樱子开始向主人们派发名片。当几位正副局长拿着她递过来的名片细看时，金樱子手里的名片就像是算准了那样，不多也不少，派到廖健雄时正好就没有了。只见她略略欠了欠身子，对他莞尔一笑：

"抱歉，名片不够，下次再补吧。"

很多人在很多时候说"下次再补"名片的话，其实都是一种托词。说这话和听这话的人心里都明白，不会有下次了。而没拿到对方名片的人，大抵是在场面上无关紧要、无话语权、无排名权的"三无"人员。然而，这样的"待遇"廖健雄还是第一次领受。此前局里接待过的所有来客，没有谁敢于这样忽略廖大主任的。但在当时，廖健雄根本没当回事似的，他冲金樱子微微点了点头，说：

"没关系。"

这人有着很深的内敛功夫，金樱子不由得在心里暗自笑了一下，那是为自己没有看走眼的得意之笑。廖健雄不知道金樱子心里的小九九，他依然在忠实地行使办公室主任接待客人的职责。鉴于金樱子那"头牌"主持人的身份，他给予她特殊的"国民待遇"——无论是点菜还是叫酒，廖健雄都周到礼貌地以金樱子为中心：

"请问樱子小姐，你喜欢吃些什么？能喝点红酒吗？"

廖健雄注意到，不管她与领导聊得有多投入，只要他向她发问，她都听觉灵敏，都会及时地将双眼从领导的脸上掉转过来，专注地望着他，作认真思索状，然后，轻轻地回答他的问题。每当这时候，她都要望定他，浅浅一笑，说：

"谢谢！"

这让廖健雄觉得，金樱子是把一半的心思，用在了对他的倾听上——这个发现着实让廖健雄很是意外而又很是受用。

席间，金樱子的话虽不多，但却精彩，且面面俱到。酒过三巡，领导忽然向金樱子夸赞起廖健雄来，无非是"能力强，有才干，长得帅"那老三样。廖健雄深知，这是领导自以为高超的领导艺术。当着客人的面夸奖部下，不但尽显领导爱才惜才之心，而且让部下对领导的知遇之恩心存感激，日后为领导效力，哪怕是肝脑涂地也在所不惜。当然，领导是不是看到金樱

子没给廖健雄名片，便想到用夸奖廖健雄来为他挽回面子也未可知。

听完领导对廖健雄的夸奖，金樱子八面玲珑地说：

"强将手下无弱兵，来，我先敬强将，再敬强兵。你们喝不喝、喝多少我不管，我只管先喝为敬。"

也不等人响应，自己就把两大杯酒干了。

饭桌上响起了掌声。

那顿饭，宾主都吃得很开心。

饭后，领导及其副手为表示对金樱子一行的高看，一致表示要送他们到酒楼的大门前。此举被金樱子很坚决地拦住了：

"各位千万不要这么客气，你们抓紧时间去睡一小觉，下午还得上班。下面，我和我的同事，热烈欢迎廖主任代你们送客！"

她说完这话，就示意她的同事和廖健雄赶紧出来，她一人断后。等该走的人全都走出了那个包间，她冲留在屋里的众领导招了招手，说：

"拜拜！"

话音刚落，金樱子当即反手把包间的门给带上了。廖健雄这时听到，被金樱子关在里面的领导哈哈一笑，说：

"你们看看这个小金，那小嘴真逗！善解人意呀，啊？"

其他副手同声附和："就是就是。"

不卑不亢的廖健雄，向电视台的一干人马做出个"请"的手势，一行人就向外走去。这时，金樱子有意错后众人一步，并且轻轻叫住了廖健雄。只见她变戏法似的，将一张名片递给他说：

"看我这记性，采访本里就有名片的啊。"

接过名片，廖健雄没有马上收入袋中，而是认真地看着名片上的内容——所有待人接物的礼仪普及读本上，都将这一举动视为对对方的足够尊重。他注意到，金樱子给他的名片背面，有用钢笔另行补写的 24 小时联系电话的号码。那一瞬间，廖健雄的心加速猛跳了几下。想必金樱子留在达官贵人那里的，也是这样的名片吧？这让他的虚荣心得到极大的满足。但在当时，廖健雄脸上端着的却是一副波澜不惊的样子，极有风度地与金樱子他们挥手告别。

金樱子今天的这个电话，让廖健雄思绪万千。

领导要在近期动一动了？抑或，是风情万种的金樱子对自己的撩拨？廖健雄不愿对领导的升降作过多的猜测，那不是他要做的事。他更愿意对自己的后一个念头，作一番大胆、放肆、深入的遐想。

但是，金樱子看上自己哪一点了呢？这个炙手可热的女子身边，并不缺围着她转的有权、有势、有钱的男人啊。有钱的男人想要买到权力，会以她为介体；而有权的男人想弄几个钱花花，也会通过她去变现。那么，他廖健雄有什么？

不是有副好皮囊吗？不是会写两笔好字，同时会胡诌两句歪脖子诗，经常在都市报的报屁股上发表吗？还有一条他自己知道，那就是他在酷酷的外表之下，有一颗对女性柔柔的心。

那一个晚上，廖健雄满脑子都是金樱子的影像。他打开电视，觉得荧屏里的金樱子只对他一个人含情脉脉地笑。他直勾勾地看着，不一会儿就感到浑身血脉贲张，燥热难当。廖健雄多少有点懊恼又有点不舍地关了电视，起身到浴室里去洗澡。

就在这时，门铃声大作，那扇厚重的木门同时被人拍得山响！廖健雄赶紧扯过一条毛巾来裹住下身，刚要光着身子走出来，房门就洞开了。

是警察。说是接到这屋里有人嫖娼的举报，特来执行公务。

突如其来的情况，让廖健雄惊出了一身冷汗。谁干的？这是他心里冒出来的第一个念头。接着才去想：怎么办？一想到怎么办时，廖健雄的话就说不周全了。他深知官场中"一朝天子一朝臣"的惯例，更知道一损俱损、一荣俱荣的道理。眼下，换句话说，保住了楼上领导的乌纱帽，就是保住了自己的九品顶戴。心里有了这些杂念，脸上自然就惊恐万状了。警察一看就认定，该人有嫖娼的嫌疑！

警察喝问："你哪个单位的？叫什么名字？"

一涉及单位这个词，廖健雄就醒过神来了。此时，他已经下定决心，不怕牺牲，排除万难，去争取领导顺利过关！此刻，他要做的，就是进一步扩大警察对自己的怀疑，并迅速转移警察对他人的关注。于是他冲楼上喊叫：

"阿倩，下来吧，有我呢，警察是讲政策的。"

等于是向楼上的领导发出信号：天大的事由我来承担！

没多久，那叫阿倩的女子就衣衫不整地下来了。

走完该走的程序后，警察问："是罚款，还是让单位来领回去？"

廖健雄赶紧申辩："我和她知根知底，我们不是嫖客和妓女的关系！顶多算……婚外情。"看看警察的脸色不好看，他赶紧又补充道，"当然了，烦劳你们跑这一趟，今晚的宵夜算我的！我这有五千元你们先拿着，我再送各位五千。但是不好意思，我手头的现金没这么多，得有劳各位跟我去找银行的柜员机刷卡。"

现在，廖健雄的思路和出路，都被他迅速理清了。他既要替领导担责，又想把自己的政治损失减少到最低。同时，赶紧设法将这一干人引开，好让楼上的领导尽快得以脱身。

最后的结果尽如廖健雄所愿。

那天晚上，廖健雄把惊魂甫定的领导送回家。之后，领导返身又亲自把他送出门去。黑暗中，领导拍拍他的肩膀，异常亲切地说：

"小廖不错！成熟老练了。"

但是，廖健雄的这档子"风流韵事"，像是长了脚的"八足"，第二天就在市里快速流传开来。此后，廖健雄在电视里看到金樱子时，总觉得她对他满是讥讽的嘲笑。他虽然想到过要给她打个电话，但又觉得那样很厚颜无耻，于是只有选择沉默。

然而，被人们传得沸沸扬扬的那件事情，并非普通风化案那么简单。没几天，领导就得到消息说，是他的政敌给他下的套。尽管有廖健雄将事情承担了下来，但是，领导后来惶惶如丧家犬般，从那栋别墅里逃出来的时候，还是被人偷偷拍了照……

这让领导很不安，他找廖健雄来商讨对策。廖健雄想了想，安慰领导说：

"没在床上抓现行，谁想说啥都没用！您为何在别墅出现？这个问题很简单嘛，我这个部下出了事，您是领导，当然得到现场去了解情况呀。"

领导沉吟良久，像是自言自语，又像是对廖健雄说道："还得做点活才行。"

2

不了解廖健雄的人，还以为他是钻石王老五。

然而，连他都觉得奇怪的是，当年怎么会那么爽快，那么不计后果，不假思索地就上了家人为他安排的婚床？

廖家娶媳妇的时候，廖家阿爸正病得要紧。

他们家的鸡、猪、牛全部拿去换了药给病人吃，廖家厨房终日飘出那种苦涩的气味经久不散。但是，廖阿爸的病却总也不见好转。春分过后阴雨连天，廖阿爸的病就越来越重了。几位叔伯弟兄帮着把人抬到县医院，在医院明晃晃的白炽光灯下，廖阿爸的脸显得越发的蜡黄。医生看了半天化验单，最后摇了摇头，说：

"抬回去，好吃好喝地伺候着。"

廖家的人紧追着问："不开药么？那样能好得了？"

医生叹道："回去等日子吧，只怕……不是初一就是十五了……"

廖家的女眷闻讯哭成一团，男人们跺了跺脚，去找族里的长老。

老人们说："怕是只有冲喜这一条法子可以想了。"

廖家阿奶于是拖着哭腔发话："快去，找阿雄！要他快快回来……救阿爸！"

阿雄的大名叫廖健雄，他在几年前的高考中，考了个全县文科状元，这事着实让廖家上下威风了好些日子。眼下阿雄大学毕业了，刚被分配到省里一家许多人做梦都梦不到的大单位。消息传来，镇里的人们纷纷向廖家贺喜。大家一致认为，这回阿雄是彻底跳了龙门了，日后只等着阿雄带回个城里妹仔，廖家就算是功德圆满了。

"廖嫂，到时你还用做么？还不去城里享清福呀？"

"不知道人家愿不愿意叫我这个乡下婆上门。"

"切！等有了细蚊崽，你这样的免费保姆她去哪里找？"

"谁知道人家怎样想呢？"

廖家阿妈嘴里的"人家"，指的就是日后城里的儿媳了。

尽管廖家阿妈嘴上对未来城里的儿媳表现冷淡，其实心里对阿雄娶回个城里妹仔还是很期待的。毕竟，这是儿子的成功，是廖家的光荣……可如今，阿奶要替阿雄娶个乡下妹仔来冲喜，她心里很是失落，很是可惜，甚至觉得是委屈了儿子。

这样想了之后，廖家阿妈对阿奶说："阿雄……假如在城里……有了意

中人……"

廖家阿奶摆摆手，拦腰截断了廖家阿妈的"假如"："阿雄城里的意中人，能朝朝晚晚在她公公身边侍奉汤药？不能吧？那就没得讲！人命大过天，想来阿雄是个孝顺的崽，他不会忘记，没有他阿爸当年每天天不光就上山去捉蛤蚧，赶到城里去卖个好价钱，一分一毫地攒下来供他读书，他能有今天？你就不要私底下作怪了。"

这番话说得廖家阿妈眼圈红了，她低头擦泪时，小声应了个"是"。

那边阿雄正在搭火车转汽车不停歇地往家赶，这边方圆几十里的媒人，也如车轮滚滚般地开到廖家。几经合八字、看样貌的细细挑选，廖家阿奶为阿雄选中了邻村姑娘阿秀。在那一带，阿秀是出了名的靓女，既温柔，又贤惠。阿秀的父母看中廖健雄是吃皇粮的公家人这一条，也就不计较廖家子女多、家底薄的种种不足，爽快地应承了这门亲事。廖健雄因出身农村的缘故，寒窗苦读期间，根本不敢对城里姑娘有非分之想。于是，廖家长子廖健雄，便与阿秀姑娘来了个闪电式相亲、登记、进洞房。

直到一辆五成新的手扶拖拉机，喘着吭哧吭哧的粗气把阿秀接了回来，阿雄这才得以细细端详他的新娘：虽然是村姑，阿秀倒也长得唇红齿白，小巧秀气的鼻子，大且黑亮的眼睛，身材匀称、丰满……最让阿雄目光迷离的，是阿秀那紧绷绷、圆鼓鼓的胸脯。他不敢长久地盯着那儿看，因为全身会发热，会膨胀得难受。这让他对阿秀充满了好奇和期待。

阿秀看新郎是怎么看怎么欢喜——阿雄的一双剑眉下，看人的眼光是幽幽的，你拿不准他是欣赏你还是厌恶你。不管是欣赏还是厌恶，他都不动声色。这才对女人形成杀伤力——在那样的眼光下，你一心只想做得好一些，只想让他的眼光在自己身上停留得久一些。此时此刻，阿秀禁不住时常用眼角去瞟一眼阿雄，看他是否在注意着自己。阿雄那边觉得新娘很是耐看，于是就紧盯着不放，这样自然就接住阿秀丢过来的眼角了。二人的眼光碰在一处时，他和她都会悄然一笑，倒好像是相识已久的知己。

廖家的喜事虽则是用作冲喜的，但他们还是操办得一丝不苟，像模像样。这是廖家阿奶的主意——我家阿雄既然做过县里的状元，就得有状元爷的架势。猪是自家养的，专挑那大的杀；鱼是阿雄的叔伯弟兄下河摸的，只拣那大的上；青菜瓜豆地里一应俱全，择了洗了切了，炒出来就是色香味俱全的佳肴。

吃饱喝足之后，就是"听房"了。

廖家阿妈一再对人们说："他爸病着，你们'听房'又不是第一次，这回就别听了。要是天早睡不着，那就都回家，自己听自己的房去吧。"

千百年来，小镇盛行的"听新房"的古风，一直经久不衰。如今阿雄又是跃过了龙门的城里人，人们认定，他肯定会有不少新花样。于是，大家"听房"的兴致就不是一般的高了，哪肯轻易就这样回去的？

当即有人说："舍得跪就不差拜了，何不样样都做全了呢？"

有了几分醉意的阿雄，听见人们吵吵嚷嚷的，忙问旁人是为何事。有人对他耳语了一番，他挥挥手，大方地说：

"听听听，我让大家尽兴！如果连聋子也想听，那就都来听吧。"

人们大笑。细蚊崽则发出"呵呵"的欢呼，好像听房是他们的盛大节日。

廖家阿妈小声咕哝说阿雄傻，阿雄却大声说："冲喜就是让大家都喜气洋洋的才好呢！"

其实，廖健雄在男女之事上是一片空白，他根本没有很快就结婚的思想准备，自然也就没有时间去做那些"功课"。而阿秀更是白纸一张，全凭阿雄的调遣了。只是循环往复，几上几下，历经几番拼杀，每一回都给阿雄留下时间太短的遗憾。浑身是汗，直喘粗气的阿雄，看看身边饱受自己折腾的阿秀，却像睡着了一般，悄无声息，纹风不动……

屋外，有人在发布"听房"的结果：三回，回回都是一个字。

每次仅是五分钟，阿雄对自己很不满意。

婚后不久，新郎就回城上班了。新娘阿秀既精心侍奉阿奶和公婆，又悉心照料三个小叔子。只要一听说有偏方能治公公的病，阿秀必定不辞劳苦去弄了来。奇迹就这样出现了——被医院判了"死刑"的廖阿爸，居然从此告别了病榻！

其间，阿雄频频回来。

每次，他总要对单位上的人说一句："回去看看阿爸，不然阿奶会闹的。"

他的同事总是这样应答："应该的。"

其实阿雄心里明白，回去看阿爸，最终就是回到阿秀的身边。

廖健雄勤来勤往的结果，是阿秀在年底为廖家添了一个男丁。

镇里的人都说，阿秀是廖家的福星和恩人。

等到廖健雄官拜正处级，被人们誉为旺夫天后的阿秀，已被生活熬得脸上满是皱纹。原先圆鼓鼓的胸脯，不知什么时候缩了水，现在只能隐隐看到，胸襟下那两只被掏空了的"布袋"，无力地在胸前晃荡。阿秀成了干瘪的小老太婆了，有人劝她别居功自傲，赶紧携子进城守着老公是正经。

阿秀放不下家乡的公公婆婆，放不下她种养的果树鸡鸭。更重要的是，她觉得自己不属于城市，到了那儿她的手脚都没处放了。还有，老公从来不提让她迁居城里的事，她觉得健雄这样做自有他的道理，她信老公。

渐渐地，廖健雄回家的次数越来越少，家人只是每月从银行提取生活费时，才能感受到他的存在。在长长的一年里，家人都难得见他一面了。父母在家里对阿秀说，也在外对外人说："阿雄忙，实在太忙，顾不上家了。"

廖健雄工作忙是不假，但是，城里令人眩晕的羁绊太多也是真的。

3

突然有一天，廖健雄回家探亲了。这次他一住就是十几天，并且绝口不提哪天回城的话。他终日陪伴在父母身边，哄得两位老人笑得有牙无眼。

只有阿秀知道，老公变了。

长期的单身生活，廖健雄积攒了超强的欲望。但是，如今他宣泄这一欲望的对象不再是阿秀了。廖健雄的心里满满地装着个金樱子，当他面对阿秀时，便有说不出来的厌恶和烦躁。吃过晚饭没多久，乡亲们来串门。廖家阿妈从儿子与乡亲有一搭没一搭的聊天中，感觉到了儿子的心不在焉，便从体贴儿子着想，不顾礼数地对乡亲们下了逐客令：

"阿雄累坏了，大家就让他早点睡吧，有话明天再说。"

当晚廖健雄在床上辗转反侧，难以入睡。阿秀一会儿摸摸他的额头，一会儿帮他擦擦汗，这些举动让廖健雄觉得，这是阿秀求欢的一种原始信号，一种对他的讨好和……示爱。

廖健雄在黑暗中望着屋顶，长长地叹了口气。

行房。

他要她叫。

阿秀实在不知该如何叫才好，但是看到丈夫渴望的眼神，她强迫自己去做不会做的事。阿秀发出几声类似抽泣的呻吟，很假，很生硬。廖健雄竟像遭了霜打似的一下子蔫了，他颓然起身，扔下阿秀一个人在厢房里，自己径自到客厅里去睡了。而且，直到他走，他都没再去碰她。

离婚的话，是在廖健雄临走的头一天出口的，挑了个阿秀不在场的时刻，他对父母说了离婚的打算。父母一听，立刻勃然大怒：

"你敢！我们进城找你的领导！"

廖健雄叹了口气，说："你们真的去找我领导的话，我就不敢离婚了。领导会处分我的。"

廖健雄说完这话就回城去了。

廖家夫妇认定，去找儿子的领导投诉，是解决这一家庭变故的关键！于是，自以为得计的廖家夫妇，在儿子走后的第二天，以迅雷不及掩耳之势，双双追到了城里。

领导会见廖家夫妇时，特意叫来了纪检会的同志。这样一来，廖健雄闹婚外情的事才算铁板钉钉地落实了。当着三头六面，领导对廖健雄语重心长，廖健雄表示虚心接受，并决心痛改前非。最后，领导很大度地说：

"年轻人，犯点糊涂是可以理解的，这次念在你检讨深刻，态度诚恳，就不给你处分了。"

当办公室里只有领导和廖健雄两个人时，领导说了这样一番话：

"你这办公室主任也干了好几年了吧？黄副局再有半年就退休了，到时我为你运作一下。"

廖健雄仍以他那惯常的平静说："谢谢领导栽培。"

那副样子很傻，很天真。

4

凌晨一点，24小时待机的廖健雄于睡眼惺忪中，意外地收到一条短信——

"一个精神病院的病患在写信，护士问：'你写信给谁呀？'

病患答：'写给我自己啊！'

护士又问：'你在信里都写了什么呢？'

病患把眼一瞪：'你有精神病啊？我还没收到信，怎么知道信里写了什么？'"

廖健雄不禁哈哈大笑——他已经很久没这么笑过了。其实，单就短信内

65

玫瑰门

容来看，还不至于让廖健雄如此开怀大笑。是发短信的那个手机主人，让他大喜过望，欣喜若狂。

他当即回信："那位病患太有才了！"

对方发过来一个笑模笑样的 QQ 表情。

二十分钟后，廖健雄出门。

按照短信的地址，他不太费劲就找到了"世纪豪庭"那个号称尊贵府邸的高尚住宅区。

刚要摁门铃，那门却无声地打开了。

"你算计得这么准呀？"

"我是在阳台上看着你进来的。"

来开门的金樱子刚洗过澡，浑身上下散发出好闻的香气。

"请问樱子小姐，什么事这么急，要在半夜里请我来？"

"先生，请问您贵姓？"

廖健雄知道，这是金樱子对他用那种公事公办的口吻的一种报复，便龇牙一笑。

"本来想请你到电视台去谈我的想法的，但是我……实在抽不开身，那个专题不能再拖了，所以……只好请你到这儿来加夜班。"金樱子说完，给廖健雄倒一杯加了冰的柠檬茶，"可是你来了我又改变主意了，今晚咱们不谈工作，聊聊天好吗？"

"好，咱们聊天。"

廖健雄这时才看到，金樱子家中所有的落地窗前，都设置了厚厚的金丝绒落地窗帘，即便在大白天，屋里也如黑夜那般漆黑一片。经过白天与黑夜的场景置换，无论谁置身其中，都会很快就肆无忌惮地升腾起欲火，并且，让人有着十足的安全感。

正胡思乱想着，金樱子已坐近他的身旁，只听她满含笑意地说：

"伸出你的左手来，我为你看手相，不准不收钱。"

"噢，你还有这等本事？看来我是有眼不识'金半仙'啊。"

"如果你身为重臣，那你一定是忠臣，哪怕所伺之君不仁不义，你也会为他赴汤蹈火。假如你是君主，你绝对是明君，受万民拥戴。但你不会对一个女人始终如一，你……"

廖健雄赶紧抽回自己的手，说："一派胡言！你这是骂我还是夸我呀？"

但是廖健雄心里还是有点吃惊，看来前些日子自己甘愿替领导担责的事，金樱子知道得清清楚楚。这真不是一个普通女子啊。

"好了不说你了，说我行吗？"金樱子把玩着手里的磨砂玻璃杯，自顾自地说，"最近，我一直在等一个男人的电话，却总也等不来……从第一天的等待开始，我就……成了那个……给自己写信的……病人，精神病……人……"

廖健雄愣住了，一时竟不知该如何回应才好。因为，对她身后那些重量级的男人评头品足，他既没有那份心，也没有那个胆。拿捏了一会儿，他才说：

"或许，他有……迫不得已的原因？"

"我不想知道他的原因，我只知道，我等他等得有多苦！我再也不要这么痛苦地等下去了！"

"这倒是个……明智的选择。"廖健雄咽了咽口水，此时，金樱子看他的眼光充满了期待，这让他忽然心有所动，于是，他大着胆说，"问题是，对那个人的……无情无义，你想怎么办？狠狠地……教训他吗？"

"当然要教训他！你知道他是谁吗？愿不愿意为我……"金樱子说到这里顿住了。

"我怎么会知道他是谁呢？但是……我愿为你，去做你想要我做的任何事。"

廖健雄说完，他觉得自己临时生成的愚忠样儿很到位，因此对自己很满意。

"好，现在我来告诉你，那个折磨我的男人——就、是、你！你说吧，我该怎样教训你这个摧花辣手？"

判断正确。

廖健雄长长地吁了一口气。接着，他一面紧紧地盯着金樱子不放，一面慢慢地走向这个因思念而落了形的女人。他想告诉她，他为她神魂颠倒的日子里，那种撕心裂肺的思念有多么的不堪忍受。但是一转念，自己那个如影随形的"绯闻"，会令他说什么都显得虚假和轻浮。他决定什么都不说，只用热烈的肢体语言来向她表白就行了。

金樱子虽然作势躲闪着，但却用火辣辣的双眼去与他对视，那眼神分明

是在鼓励他一步步走近自己。两人面对面了，金樱子那一阵阵带着香气的呼吸，吹拂在廖健雄的脸上。随着他呼吸的加重加快，廖健雄二话不说，粗暴地一把将金樱子拽进怀里，然后是一阵令人窒息的狂吻。一直吻到金樱子瘫软在地，他才将她拦腰抱起，而后又重重地扔到床上去。

短兵相接，廖健雄就知道，自己遇到了强劲的对手。

在金樱子娇喘吁吁的"小锤子、小棒子"的呢喃声中，廖健雄的功力经受着严酷的考验。桌上那只 KT 猫闹钟发出"嘀嗒嘀嗒"的行进声，让他想起领导关于"掌控能力"的一再教诲。

最终，金樱子先于他溃败。

廖健雄最后才让自己融化在一股奔腾的岩浆之中……

他很满足。这是以往从来没有过的感觉。

事毕，她咬着他的耳垂说："今天，我才知道什么是男儿本色。"

他说："我也是。假如没有你，我真的以为所有的女人都……一样。"

"都一样？都……怎么样？"

"呈大字躺着，没反应，没声响。"

"你坏——讨厌！"

"现在，我在人们的眼里是个浪荡子。我……没想到，你还会……记挂着我。谢了！"

"我在人们的心目中不也是个坏女人吗？啊！你干吗呀？"

"再次合并同类项！"

5

两个月后，没等到黄副局退休，领导倒先行调离本局，到一个比原来的单位小很多的"庙"去任职了。临离开局长办公室时，领导感慨万千：

"衙门深似海呀！弄了我一个措手不及，很多事都来不及安排。小老弟，对不起你啦！"

尽管廖健雄满腹委屈，但是到了金樱子跟前，他也只是把领导对他说的那些话复述了一遍，没有添加任何自己的观点。即便是面对红颜知己，廖健雄都将一名办公室主任应有的良好素养，表现得完美无缺，这已成为他的一种习惯。

金樱子用她那双穿透力极强的眼睛，像盯着外星人那样，把廖健雄盯看了很久：

"原来你也有官瘾啊？但是要想做大官，你就得放弃许多偏好，比如说与配偶……之外的异性……相好这一口，你就得戒了。"

廖健雄当即表示："你别用这种怪怪的眼光看我，什么官不官的，见鬼去吧！我只要我亲亲的小樱子就行了。"

金樱子反问："是不是呀？别假模假样地哄我欢喜。"

"想想自己何德何能？说真的，我如今这顶乌纱帽就够大的了。有了你这个小樱子，我真的就别无所求。每当想到上天让我遇到你，我半夜都笑醒过好多回呢。"

当然，对于他以往在官场上的付出，对于领导曾经的许诺，他还是有所期待的。否则，他就不会在领导无奈失信之后，心里会有那么大的落差。金樱子正是从他将领导的话向她复述一遍的举动中，看到了他内心那个隐秘的小角落。

"其实，想要有更大的进步也没什么不好，我想你绝不是没有进取心的酒囊饭袋。"金樱子说。

廖健雄笑笑："那是你高看我了。"

四个月后，黄副局长光荣退休之日，廖健雄被提拔为副局长。这个消息让他都感到十分意外！要知道，觊觎这个位子的人，站起队来都能排到机关的大门外去了。

据说，有位与他素昧平生的省领导，在他的任用问题上，狠出了一把力。

廖健雄独自一人在办公室的时候，常常会醋海翻波。那位替他说话、办事的男人，一定是金樱子的相好了。像那种吨位的男人，吃水一定很深。为替他谋来这个职位，金樱子付出的是什么样的代价？他曾在一本妇女杂志上看到这样的披露，有个上了年纪的台商，在大陆包养一个比他小了近四十岁的"二奶"。由于年龄悬殊且又经常两地分居，台商总是怀疑"二奶"另有相好的。于是，那男人常常在他离开大陆的前一天晚上，往那个小女子的私处塞进许多碎石沙子。小女子须等到老男人下次回大陆时，才能在他的陪伴下到医院去清洗……万一，金樱子为了他也得吃类似的苦头……廖健雄不敢想下去了，他只能狠狠揪住自己的头发。否则，满腔的嫉火、怒火就会熊熊燃烧。

渐渐平静下来之后，他在心里拷问自己：靠着女人出卖色相往上爬，我是不是很无耻？

但是，廖健雄很清楚，如果仅靠他的勤恳与水平，他是绝对爬不上去的。那么，他与金樱子的关系呢，是不是也很龌龊？堂堂一个七尺男儿，想在这个社会上体面地活着，居然也得出卖……色相！

不不，他扪心自问，自己是爱金樱子的。如果当初与她共渡欲河只是想满足一下自己的虚荣心的话，那么现在，随着他对她从感情到肉体了解的步步深入，他对她是动了真心和真情的。

一个农家子弟，在这样残酷的现实面前，你还想怎么样呢？你还能怎么样呢？

廖健雄对金樱子除了浓浓的爱，便是深深的感激。

6

机关里开始"三讲"了。

廖健雄做梦也没有想到，自己会成为"三讲"的先进典型。

那天刚上班，办公室主任就告诉他，省电视台的记者要来采访他，内容与廉洁、廉政有关。廖健雄一下子就想到，那是金樱子打着采访的幌子，想来见他玩的把戏。

那天金樱子没来，来的是另外一拨人。这帮金樱子的同事说，他们了解到廖副局长期与妻子两地分居，按照他目前的职位，解决一下这种问题易如反掌。但是廖副局没有为自己谋私利，致使自己的妻儿至今仍是农村户口。

"很不容易呀，这是少之又少的廉洁典型！"那个胖墩墩的文字女记者说。

记者们在他的单身宿舍里忙活完了，就又驱车前往廖健雄的老家。按照记者们的摆布，廖健雄一会儿下地与阿秀同劳动，其间廖健雄多次替阿秀擦汗；一会儿同一双儿女促膝谈心，他即兴语重心长地对孩子说：

"你们的前途得靠自己的努力去挣回来，只要刻苦读书，有了文化和知识，就有了安身立命的本事。靠父辈是没出息的表现，当年我靠你们的爷爷了吗？没有，一切都得靠我自己。"

接着是廖健雄的父母、阿秀、村里的左邻右舍谈廖健雄印象，直把个廖家阿雄塑造得高大完美才收队。从始至终，阿秀高兴得双眼满是晶莹的泪花。不管丈夫有多久不回家，他愿意让记者宣传自己与妻子如何恩爱，就意味着她与丈夫的关系是牢固的，阿雄对她是一心一意的——这是多少女人视为人生终极目标的大事！

阿秀对胖女孩他们不知说了多少遍"谢谢，你们辛苦了"。

那个胖女孩在阿秀又说了一次同样的话之后，说："不要再说谢谢了，都不知道我们带回去的这些'功课'，'头儿'收不收货呢。"

他们这拨人的"头儿"就是金樱子。

看到记者要走，阿秀赶紧用竹篮装了好几篮鸡蛋，又用编织袋装了好几袋槟榔番薯，她让记者们带回去尝尝鲜。将一人一份的土特产放到车尾箱时，胖女孩发现阿秀多给了一份。灵巧的阿秀轻轻地说：

"这是你们'头儿'的那一份。"

这时廖健雄张了张嘴，想替金樱子推了阿秀的那份心意。但是最终，他没能说出话来，因为一时找不到合适的理由。

专题播出之前，电视台先做出"片花"造势——

"一个副厅级干部，妻子却在家务农，他如何面对没见识的她？这对身份、地位悬殊的夫妇，将演出怎样的故事？请您关注本台近期即将播出的《特别姻缘》。"

观众的胃口被高高吊起来了，专题播出后，据说收视率创下该类节目的新高。专题极尽溢美之能事，又是煽情，又是褒扬。连廖健雄看着这些关于他的报道，都感到耳热心跳，自惭形秽。他觉得除了名字是自己的之外，记者所报道的那些事情，都像是别人的故事。但是观众反响强烈，人们早已将几年前发生在廖健雄身上的绯闻，遗忘得干干净净。时间对记忆的掩埋，具有超强功能。

那班记者又乘势做了连续报道，组织一帮各行各业的观众，谈执政为民背景下廖健雄不谋私利、廉洁奉公的标杆意义；谈市场经济条件下，"糟糠之妻不下堂"还是应该成为社会的主流德行——因为，这既是反腐倡廉的需要，也是建立和谐社会的题中应有之义。

纸媒不甘人后，竟也后来居上地对廖健雄来了番图文并茂的新闻轰炸。报社所选取的角度与电视台的不同，他们着力报道的是，廖健雄在任期内不但自己没有违法乱纪，就连他所分管的处室，也连续三年没出过一起违纪案件。不知道记者从哪里找到一些当年曾经求到廖健雄门上办事的民营企业的

老板，让那些人谈廖健雄如何坚持原则，不吃请，不受贿，如何急企业之所急，如何特事特办，一举为企业挽回经济损失百万元、千万元，甚至超过十几亿元……的先进事迹。

其中有位姓黄名斌的民企老板，他的说辞似乎很有市场：

"这样的干部不予以重用，是组织部门的失察！"

在报社配发的时评里，黄斌的说法成了主要论点。

廖健雄俨然成了省直机关的一面旗帜。

没多久，时任局领导升任更高一级的领导。在人大对任免干部的讨论及表决时，廖健雄的"扶正"议题几乎是获得全票通过。

他没想到，在金樱子的策划下，土得掉渣的阿秀，竟也能成为他升迁中的一个重要砝码。

继而他又想，自己与阿秀的婚姻，还真就是特别姻缘。在外人看来，维持住这段婚姻，就是少有的品德高尚。但对他以至对阿秀而言，其实是一种道德绑架，是一副挣不脱的枷锁！

他再明白不过，只要他想继续在官场上混下去，阿秀的地位就不可撼动。否则，他廖健雄必将身败名裂，遗臭万年！

金樱子如此精心安排着这一切，是否让他从此安分守己，不许挣破在他看来是牢笼的婚姻？廖健雄感到悲哀：她看破的，不正是那个在衣冠楚楚之下躲躲藏藏的我吗？

见不到金樱子时，廖健雄心里有许多话要对她说。见到金樱子时，他却又不知从何说起了。在这个他所深爱的女子面前，承认或者否认自己的弱点，对他来说都是一件很困难的事。他索性就把糊涂装到底，以更多更深的爱来还报她便是了。

其实他与她的幽会，不是想来就能来的，一切全得听从金樱子的调遣。他们十天半月见不着面，是常有的事。一旦见上面，她和他都惜时如金。

在更多的夜晚里，廖健雄闲得发慌。金樱子却不让他去亲近别的女人，在这一方面，金樱子很霸道。她认为男人去拈花惹草，必得贪图金钱，而千金买笑的结果，是男人的自取灭亡。除了不能碰别的女人，金樱子从不让他利用职权，为她办一丁点儿的事。每次颠鸾倒凤之后，金樱子总是重复那样一句话：

"我要你好好地活着，别去'触雷'。"

廖健雄明白，已然在"雷场"中的金樱子，得应付一圈的人。哪一天有哪一点做得不周全，她将死无葬身之地。她对这一切已经厌倦，但又无法自拔，她自然不愿他步其后尘。而在她家那道厚重的帷幕后面，她和他都是坦诚地面对对方，没有利用与被利用，没有尔虞我诈，勾心斗角，她很享受这种单纯的男女关系。

每回激情退潮之后，他和她会躺在床上聊天。曾经有一次，廖健雄鼓足勇气，向金樱子求婚。那次，金樱子无限温柔地抚摸着他的脸，而后叹了口气，说：

"原以为借个已婚男子的肩膀靠一靠，不会给对方造成感情负累。现今世界，'家里红旗不倒，外面彩旗飘飘'的男人举目皆是，只有你竟会不计利害得失，如此真心实意地待我。"

他用手摩挲着她的脸，说："我是认真的。每逢想到你被那些强势男人……我就心如刀割！唉，不说了，樱子，到我怀里来，我给你温暖，给你光明，只要你愿意，我还想给你一个……孩子。"

"我会给你一个结果的，这个结果是好是坏我不敢说，我尽力就是了。"

看到廖健雄失望的样子，金樱子解释说，她不是不爱他，是她目前的境地不允许她向他靠拢。就连她与他的这段地下情，都不能让"他们"知道。否则，就会连累他的，甚至会让他"伤筋动骨"。

"请你告诉我，我们还有以后吗？"他问。

那天金樱子的情绪很好，她毫不犹豫地答道：

"当然有！我们可以在适当的时候双双移居国外。出国后的花费由我来筹集，你别瞎操这份心。"

因了这个约定，廖健雄顿时觉得自己是这个世界上最幸福的人。

但是这话说了没多久，金樱子的情绪忽然很低落，那天见面后，她甚至扑到他怀里莫名其妙地痛哭失声。她边哭边说：

"亲人，爱人，抓紧爱我、亲我吧，我们没有以后了。"

直把廖健雄哭得方寸大乱！他连连吻着她那张梨花带雨般的脸，说：

"别哭别哭啊，我该死！我不应该逼你，不该再给你增添更大的压力。我们就保持现状好了！我错了，让我现在就变成一头大笨牛。"说到这里，廖健雄就在金樱子的身边双膝跪下，双手撑地，偏过脸来朝她傻笑，"来，本老牛任你骑来任你欺！"

金樱子破涕而笑道："你……真是我的傻哥哥！"

一言未了，她真的就趴到廖健雄的后背上了。她用她那柔软的前胸，紧贴在他那坚实宽阔的后背上。廖健雄就那样驮着金樱子，在那个将近一百平米面积的大客厅里缓缓爬行，嘴里还念着现编的顺口溜：

"咯噔噔，咯噔噔，骑着牛儿到山冲，山冲有个傻阿雄。"

7

见到那个叫作黄斌的人，是在廖健雄扶正近一个月的时候。

那天是省报记者带着黄斌来见廖健雄的，一见面，黄斌立刻伸出双手，紧紧握住廖健雄的手，嘴里也不闲着：

"哎呀呀，这回可是让我见着我的偶像了！"

廖健雄原以为他是为求自己办事而来，但是黄斌的第二句话就挑明了："今天是纯粹的礼节性拜访，请廖局务必赏光。"

饭桌上，两人也没什么像样的话题，黄斌只是没话找话地把社会上流传的一些段子，绘声绘色地给廖健雄说道说道：

"丈夫有外遇，妻子告到居委会。居委会主任拉着该女子的手，语重心长地说：'妹子啊，只要枪杆子还在我们手里，浪费点子弹算什么呢？何况打的还是你的敌人。'"

当时，黄斌说到"拉着该女子的手"时，就近拉起了廖健雄的手；说到"语重心长"时，他就在廖健雄的手背上轻轻地拍了拍。黄斌在饭桌上的这些言与行，让廖健雄捧腹不已。

这位快人快语，因而给人以豪爽印象的黄老板，从来没找他帮过什么忙。维系他们之间联络的，是一年当中的那几个公众假期。黄斌不是本地人，而廖健雄是难得回家一趟的，于是，四十刚出头的黄斌，常以"咱们两个孤寡老人聚聚吧"为由头，邀约廖健雄出去吃饭。

当然，黄斌也会让廖健雄"吃不了兜着走"的——每次吃完饭后，黄斌总要送廖健雄一些洋酒、名烟之类的礼物。

每当这个时候，廖健雄都要说："无功不受禄。"

意在试探黄斌是否有事相求。

而黄斌总会这样答道："行了，下不为例。"

表明无事劳烦，小菜一碟，不必介意。

时间一长，廖健雄真的以为黄斌是位正直、仗义的热血汉子。

有一次在金樱子那里，廖健雄把黄斌其人其事告诉了她。当时金樱子很不以为然：

"中国有句古话叫作'无故殷勤必有一想'。西方的谚语是'没有免费的午餐'。局座，你得当心了，已经有人在惦记着你了。"

那一次，金樱子的这些话，让廖健雄的心里有点不愉快。

8

虽然廖健雄没再提离婚，但是他回乡探亲时再也不会在家里过夜了。一年回家一次半次的，总是在中午时分到家，吃了午饭凳子都没坐热就走了。这让村里的人都为阿秀的今后捏着一把汗。

不时有风言风语传来，说阿雄在外包了"二奶"，生下的崽女都有一个班了。

公公婆婆没有给阿秀说什么，只把一张车票塞进儿媳的手里："去探阿雄，住上一年半年的，我们不生病你就别回来。"

她去了城里，但她没有丈夫宿舍的钥匙，只能坐在楼梯口等候丈夫回来。

很晚了，她听到保安在打招呼："廖局长，您回来啦，您的妈妈从乡下看您来了！"

阿秀一下子愣在了那里。

廖健雄急步上楼。在昏黄的灯下，他一看来的是阿秀，先是一怔，然后很快收起一脸的不悦，有一句没一句地问候着妻子。

阿秀对丈夫的客气感到局促。打开房门，廖健雄说：

"入屋吧。"

他自己便径直走进屋里去了。阿秀紧忙跟进去，那样子，就像是廖健雄从乡下找来的笨手笨脚的女佣。

接着他给酒楼打电话："送餐。听涛街 5 号，老菜式。啊，加一个卤水鸡翼。"

卤水鸡翼是阿秀的至爱。

丈夫仍记得这些，这让她很感动，刚才因保安而来的尴尬顿时一扫而光。

她进了卫生间去找木盆，想给丈夫打一盆洗脸水，但被廖健雄制止了："你晕车晕得很辛苦吧？别动了，坐着。我洗脸不用木盆，用卫生间里的洗脸盆，那是固定的，你搬它不动。"

一句"你晕车晕得很辛苦吧"的话语，令阿秀心头一热，她几乎要流下感激的泪水。她想对丈夫说些什么，却见廖健雄靠在沙发上，一声不吭地看起了电视，阿秀只得欲言又止。默默无语地吃了晚饭，廖健雄不让阿秀拖地，不让她洗衣服，他要她坐下，他有话对她说。那一刻阿秀的心跳得很厉害，手心也开始出汗了。

廖健雄说他来自农村没有后台，走到今天这一步不容易，靠的是自己搏命搏来的。有人不服气，有人嫉妒他，给他造了不少谣。他说别人怎么讲他都能当作春风过马耳，只要上头和家里信他就行。如果家里人都不信他，跟着外人一齐来整他，那他就必死无疑了。

一番话，说得阿秀又急又愧："现时是农忙，我本不想来的，是爸妈放心不下你，叫我来……照顾你几天。"

接着阿秀告诉丈夫，阿旺从城里回去时讲了他的坏话，她要丈夫提防他。阿旺只是个贩海鲜的，他能对廖健雄构成多大的杀伤力？但是与别的女人相好这种事既让个小贩都知道了，这绝对不是什么好事。何况金樱子身份特殊，背景复杂，这样的风声传将出去，首先对金樱子不利，至于他自己，几时被人悄悄给灭了那是分分钟的事。廖健雄心中志忑不安，心情也就好不了了。

当晚，廖健雄强迫自己亲近阿秀，他不想腹背受敌。

哪知道激情如火的金樱子，早已用迭出的花样，把他惯成极难伺候的主儿。此时，他心心念念全在金樱子的身上，对在床上仍保持不说不笑、不打不闹的"原生态"的阿秀，自然就因陌生而引发厌烦，当然就成不了事了。

阿秀心慌又心疼："怎么回事？你……是不是病了？"

廖健雄长叹一声："累啊！压力又大，秀，我都……不是男人了！你看看，我这个样子，还能出去搞女人？"

阿秀当即掉泪了，她要丈夫好好睡一觉，她不要他"那个"。

廖健雄一听这话，就像是战犯获得了特赦，只见他从床上一跃而起，一边在黑暗中搜罗自己的衣服，一边急切地对阿秀说：

"我睡隔壁房，这样你也能睡一个好觉。"

丈夫"不行"了，阿秀好难过。自己帮不了他的忙，反而还要扔下一堆的杂事跑来缠住他（公公婆婆的本意如此），真是太不应该了。她打算在这儿为丈夫调理几天后就回乡下。

阿秀去菜市场买回很多有壮阳效果的食物，精心煲了老火靓汤给丈夫喝。哪想到阿秀把汤热了再热，廖健雄都没有踪影。等到他深夜十一二点钟回来，冲了凉便进隔壁屋去倒头就睡，话都不多说一句。除了感觉到丈夫很忙之外，阿秀还觉得丈夫不愿意她在他这儿久住……

第二天阿秀起了个大早，她把头天买来的一大堆补肾壮阳的保健品，放在餐桌显眼的位置，又为丈夫做了早餐，然后就悄然离去了。两个小时后，她出现在乡下自家的菜地里，逢人就说：

"阿雄忙得姓什么都不记得了，却还记得陪我上街，为我买了好多好吃好穿的。今早上还亲自开车送我到车站呢！"

公公婆婆半信半疑，望着阿秀漾着笑意的脸，私下里说：

"不像是装给我们看的，真是她说的那样就好了。"

9

在那段日子里，警方抓获臭名昭著的江洋大盗的新闻，成为省城市民茶余饭后的谈资。传媒着力报道警方神勇的同时，各路江湖术士也不甘寂寞，纷纷通过不同于官方的民间渠道，争说自己如何成功掐算出大盗的出没时间及窝点所在地，又如何将这些天机无偿提供给警方，终将大盗擒获。

在这个"人民大众开心之日，捣乱分子难受之时"，金樱子频频约会廖健雄，这让他又惊又喜。为能长时间地缠绵，金樱子把叫外卖的时间都省却了。她和他靠吃面包，喝牛奶度日。而且，金樱子破例地没让廖健雄采取任何安全措施。

"出问题怎么办？"他问她。

"那就让我怀上你的孩子。"

"尽说傻话！告诉我你的真实想法。"

"你别想那么多了，我让你尽兴不好吗？"

当两个人都精疲力尽时，金樱子趴在廖健雄身上，有一下没一下地亲吻着他的眼睛、鼻子和嘴唇。她忽然问道：

"你说那个邱谦，有没有人能救下他来？"

"你是说那个大盗吗？绝对没人能救他，这次他死定了。"

"上次不就让他越狱逃跑了吗？"

"他越狱后作了更大的案，让公安部督办了，这回他肯定插翅难飞。"

"那……如果有人劫刑场呢？"

"我说今天你怎么了？这么关心一个'人渣'的死活，要写电视剧本吗？"

"不是在扯闲篇等你吗？"

"不用等，我现在就行了，这回我非要你讨饶不可！"

10

廖健雄真的有点担心，那么肆无忌惮地胡闹，会让金樱子怀孕。让他意外的是，一向谨慎的她，这回却那么放开来造爱，很有点努力"造人"的意思。莫非，她已选准了出国的时机，只是眼下不说，到时给他一个惊喜？

时间便在廖健雄的胡思乱想中，悄然过了许久。

从上次见面到现在，廖健雄已经有一个半月的时间得不到金樱子的消息了。她就像是从这个世界消失了似的，忽然杳无音讯——这是从来没有过的事情。以前她如果抽不开身与他相会的话，她一定会忙里偷闲，发几行甜蜜的短信给他。这次，她居然除了沉默，还是沉默！他按捺不住心里的焦虑，曾违例给她发过几条短信。为遮人耳目，他换用新的手机卡，且用的是只有他和她才看得懂的暗语。

但是，他收到的回复永远是："您的信息未能发出！"

金樱子出了什么事？或者，是"他们"中有人出事了，进而牵连到金樱子？据说某些部门办案，常常会从同当事人关系最密切的人身上寻找突破口。于是廖健雄叫人搬来最近三个月的省委机关报，一版一版地查找"他们"的行踪，看看谁有很久没露面了。结果是"他们"一个都没少。

现在，他唯一能做的，就是耐着性子等她的短信了。

廖健雄渐渐对任何事务都失去了兴趣，只对与金樱子有联系的人和事保持着敏锐的触觉。在等待金樱子消息的日子里，省城各报纸的社会新闻版头条，醒目地刊载了抢劫杀人犯邱谦被处死的消息。草草看了一下大小标题，廖健雄便想到，金樱子曾杞人忧天地问他，这次有没有人能救下邱谦。现在她应该可以放心了吧？这个恶魔终究没能再次脱逃。

一想到金樱子，他就企图用回忆那些甜美的细节，来取代心头对她强烈的牵挂。但是没用，他对她的牵挂分明不是出自肉体的渴念，而是……担心她的安危。他开始心慌意乱，越到后来，廖健雄的心就越是没来由地惊慌，是那种大难临头的坐立不安与惶惶不可终日的……虚空。

那周的周六凌晨三点，短信进入的铃声，将似睡非睡的廖健雄惊得从床上一跃而起。是她的短信！廖健雄心头一阵狂喜！来不及亮灯，他就着手机荧屏那束蓝色的光亮，打开并阅读那条新来的短信——

金樱子遇害身亡

如同五雷轰顶般，廖健雄一下子呆傻了！

他将那条骇人的短信反复看了几遍，确信没有看花眼。

他的心剧烈地疼痛起来！

他用颤抖的手，回拨那个发短信的手机号，令廖健雄感到恐怖的是，他手机里传来的是电脑提示音：这个号码是空号！

他希望是噩梦，就又再次翻看那条短信。

然而，那七个汉字明白无误，触目惊心！

跌跌撞撞地下楼，失魂落魄的廖健雄来到车库，他哆嗦着拿出车钥匙，却又在那一瞬间改变了主意。他像没头苍蝇那样冲到街上，双手在空中挥舞着，终于截停了一辆的士。在浓重的夜幕中，车子朝金樱子所居住的尊贵府邸飞驰而去。

十五分钟后，他来到目的地。

小区门口有大量警员走动，金樱子的寓所门前停放着好几辆警车，保安在向警方指指点点地说着什么。廖健雄抬头望着金樱子曾无数次在那儿眺望、等候他到来的那扇落地窗，厚重的金丝绒，一如既往地将屋里的动静掩盖得严严实实。他没下车，在看了近半个小时之后，他才让的士司机原路返回。

回到家，他无声地哭了。为金樱子，也为自己那不可预知的命运。

第二天，各家报纸都尽可能详尽地披露了这一惊人的消息。

报载，本市一个著名高尚住宅区内，今晨发生一起入室抢劫杀人案，一单身女子被人发现时已倒地身亡。从发案到破案，警方仅用了不到两个小时……据悉，杀人疑凶是一名曾在那个小区做过保安的青年男子。该男子半

夜爬上大厦外墙的煤气管道伺机作案，当其攀爬至一单身女子居住的某单元时，发现卫生间的窗户大开，便从窗口跃入室内。这时，疑凶发出的响动将女事主惊醒，在短暂的搏斗中，疑凶用匕首向女事主猛捅一刀后逃逸。那致命的一刀刺中心脏，当外出宵夜的邻居回来发现时，被害女子已气绝身亡。据知情者称，被害女子系某电视台著名主持人。但记者在向某电视台求证时，对方未作肯定的回应。

在同一版面上，采编人员甚至用制图的方式，将疑凶与被害人之间所可能发生的情景，作了看似精确的模拟。金樱子被劫杀的血淋淋的场面，不分昼夜地在廖健雄的眼前闪现。他反复辨认报纸绘制的模拟图，最终认定金樱子是死在客厅的茶几旁。而那里，正是廖健雄头一回登门时，金樱子为他看手相的地方。

他痛苦地叫道：樱子樱子，我可怜的樱子啊，上天为何要让你死得那么惨？进而，他又作这样的设想，假如那天自己与樱子在一起，那么，她也许就不会做刀下鬼了。无论如何，他会抢上前去，为她挡住锋利的刀尖。

但是如果疑凶同时要了他们两个的性命呢？那么这条新闻的爆炸性就更强更大了。此时，廖健雄忽然心有所悟：金樱子肯定已经预感到危险正在逼近她，为他免遭不测，她决绝地断绝了与他的来往！

如若这样，那么，这起命案就绝对不是普通的谋财害命，而是……谋杀！

还有，那个神秘的短信，是谁发给他的呢？目的又是什么？

百思不得其解，廖健雄很快就憔悴不堪了。

没过多久，报纸就又以两个整版的篇幅，推出了对杀人疑凶的庭审直击。而且，将被害人金樱子的名字及大幅照片亮了出来。

廖健雄几乎是一个字一个字地抠着字眼反复研读的。

"……疑凶对公诉人所罗列的事实供认不讳。在被问及入室目的时，疑凶一口咬定：谋财。再问疑凶之前是否认识被害人，疑凶予以坚决否认。当法官宣读一审判处凶手死刑的判决书时，凶手面不改色。当被问及是否上诉时，凶手表示不上诉，一副只求速死的模样。那种从容赴死的德性，让人想到训练有素，且心理素质极好的职业杀手。"

其后，记者没有局限于庭审中的一问与一答，而将笔触轻轻一拨，为读者挑出了这样一个耐人寻味的线头：

"声称谋财的疑凶给我们留下无法解开的疑团，在凶杀现场，记者看到，被害人放在床头柜上的贵重首饰没被取走，其手袋里的数千元现金也分文未动……"

这就让人对疑凶在庭上的供述产生无边的遐想。

很快，各种流言便在社会上流传。

两个同为金樱子老相好的官员，为一个升迁机会的争夺，不惜拼个你死我活。本来他们与金樱子的关系因着女方的保密措施严密，双方都不知道他们几年来其实是共享一个情人。偏偏事有凑巧，其中的李领导有一回去香港，因有一张全球知名的某专卖店的 VIP 卡在手，又因为送这张卡的人告诉他，该卡是全球仅有一百张中的一张，去到连锁专卖店时，将享有尊贵待遇。送卡人一心想让大领导务必好好地消费一把，就没把将享有何等样的尊贵待遇说出来，他给李领导留下一个巨大的悬念，好让领导自己去体会。出于好奇，也出于想要"潇洒走一回"的虚荣，李领导去了那家专卖店。没想到一进门，秘书出示那张贵宾卡之后，所有的店员就忙碌起来。他们忙不迭地将原先在店里的顾客一一请出门去，然后再把店门关上——偌大个店铺，十几名店员只为李领导和他的秘书这两个顾客服务。享有此等待遇，想消小小的费都不好意思，想不消费就更不好意思。秘书大气都不敢出，因为那个店里最便宜的商品，是两千元一条的内裤。这时，只见李领导一掷五十万金，买了一只名贵女表。见到秘书盯着那些标价不菲的内裤发愣，以为秘书喜欢，就一气买了一打，让秘书回去送妻子，送亲戚。

开了眼界的秘书回去后，便对金樱子的另一个相好潘领导的秘书描述了一番。当然包括李领导如何以五十万元买下名表的豪举，因为秘书觉得，在大陆，即便是党和国家领导人去某一间商场购物，都不会享有这等尊贵的待遇。

当天晚饭后，潘领导便从秘书那里知道了这件事。

同样是在当天晚饭后，潘领导就在金樱子那里，看到了李领导送给她的那只尚来不及收藏的名表。金樱子哪里知道其中的关节？见到潘领导有那样的兴致来欣赏那只表，也就坐到潘领导的腿上，与他一道观赏起来。这让潘领导不但看清了尽显名表来历的"出世纸"，还看准了名表出货的商号及日期。截获李领导天机的潘领导，立即让人将"名表事件"抖了出去，给李领导造成很大的被动。从此，这两位领导都对金樱子有了戒心。李领导认为金

樱子出卖了他，而潘领导则认定，收下名表的金樱子与送礼人的关系，肯定比自己更近一些。这两个人都同时认为，以往自己通过这个女人做的一些见不得光的事，将会成为不知何时爆炸的定时炸弹了。

当两位政敌兼情敌之间的争斗白热化时，金樱子成了权力斗争的牺牲品。

谁是幕后指使人？人们说，潘、李两位领导均有嫌疑。

然而，令廖健雄心悸不已的，是这样的传说——

邱谦落网后，其团伙从境外专程回大陆找到金樱子，提出以一亿元的价格，买下邱谦的性命。而金樱子只消将邱谦行刑那天的路线告诉他们就行，等到邱谦安全出境，他们会将余额如数交付。那个团伙认定，这件事对金樱子来说易如反掌，一是她的身份可以做报道需要为名，预先知道刑车的路线。二是她的一位相好直接掌管此事，即便不是以工作为幌子，在枕边套出实情也并非难事。金樱子起初断然回绝了，但是那个显然是有备而来的团伙抛出了杀手锏：如果金樱子不愿合作，他们将灭掉她的全家！

心惊肉跳的金樱子经过再三权衡，只好接下这笔"业务"。

收下五千万元定金后，金樱子频繁地与那位目标要员缠绵。许是工作的性质所致，也可能是阅女无数，没有相当的手段，那位铁血要员在床上是极难现出疯狂形态的。根据以往经验，只有将他伺候得灵魂出窍，他才会满足你的任何要求。就在邱谦将要执行死刑的头一天晚上，那位如释重负的要员心情舒畅，终于在金樱子面前全线崩溃，出现难得一见的欲仙欲死的巅峰状态。当他搂着她大声吼叫时，金樱子知道，她将得到自己想要的东西了。

哪想到第二天刑车会突然改变出车的时间和行车的路线！那位老谋深算的要员，从一直以来都没跑过公检法这条线的金樱子，突然问起这档子近期机密的举动里，嗅出了异常动态。但在当时，浑身通泰的他心无旁骛。而当金樱子与他依依惜别之后，他就出自本能地决定，立即启动应急预案，下达了明天刑车改道的指令！他明明知道，更改路线后金樱子只有死路一条。但是如果不更改的话，自己除了立刻被踢出局去，不会有更好的下场。在两害相权取其轻的掂量中，要员毫不犹豫地选择了自保。

这边的邱谦被顺利执行枪决，那边的金樱子香消玉殒。

起初，廖健雄觉得，后一个传说更接近事实。但是一想到金樱子遇害那天凌晨，自己收到的那条短信，就又相信第一种传说才是真相。能在第一时间向他通告金樱子的死讯的人，必须是知情人。那人不仅知道金樱子被杀，而且还知道她与自己的亲近关系——而这，正是匪夷所思之处。她和他的关系，是金樱子视作比性命都重要的秘密。真心实意对他好的金樱子，决不会让他为她受累。那么当初，金樱子为他谋划职级时，一定是让人心存疑窦了。于是他判断，给他发短信的人，是想通过传递金樱子的死讯，向他作某种警示：保持沉默！

那人一定以为，金樱子曾经将许多秘密都告诉过他了。

是的，一定是这样。

11

作为与金樱子有着深厚感情，且有着难忘的肌肤之亲的男人，廖健雄不能让自己深爱的女人死得不明不白。廖健雄要去见金樱子的家人，尽管会有危险，但他顾不得这么多了。

金樱子从来没有对廖健雄谈起过自己的家庭情况，他觉得她不说自有她的道理，就没有主动提起这些话题。她经常为他的父母亲买衣物。有一次，廖健雄劝她说：

"你这么忙，就别再为我父母的这些琐事操心了。"

这时她说："我是在为妈妈和哥哥买换季衣服的时候，顺带给你家二老买的。"

这是金樱子唯一一次提到她的家庭成员。

她从不邀请他到她家去做客，他也就不好贸然提出任何非分的要求。但是有一回，金樱子的妈妈过生日，蛋糕店的人给她打电话，想要确认生日蛋糕送达的地址。这才让他无意中得知金樱子妈妈的住址，当时，他就把那个地址悄悄地记下来了。

他自然不会想到，这个地址竟会在这个时候让他得以找到金樱子的家人。

那是一套老城居民住宅区里的小三室一厅，背阳，昏暗，阴冷。一进门，他就闻到一股浓烈的药味。金樱子的妈妈是个面色惨白的妇人，看得出来，她长年累月足不出户。那是一个金樱子的"老年版"——金樱子长得很像她的妈妈。

老人面无表情地听完了廖健雄的自我介绍，在反复核对并确认站在她跟前的男人，就是女儿生前一再跟她说过的"廖局"时，老人这才紧紧拉住他的手，把他让进了客厅里。

金樱子的哥哥闻讯，也从里屋出来了。但他不是走出来，而是以一张小方凳作支撑，一步一步挪出来的。廖健雄赶紧起身，想把他扶到椅子上去坐，他勉强地笑了笑，说：

"不用，我坐地，都坐了快三十年了。小儿麻痹留下的后遗症，没药医的。"

廖健雄继而对老人说："伯母请原谅，我……来晚了。"

老人未及说话，倒先自哭了。廖健雄坐到她身边，紧紧握住了她的手。

老人擦了擦眼泪，喃喃地说："阿英没说错，她说过，总有一天，廖局会自己找上门来的。但是，你来了，她却……走了。"

老人又哭了起来。

廖健雄的心里很不是滋味，他怎么也不会想到，在外人眼里那么风光的金樱子，她的家境竟是这么的不堪，这么的令人难以置信！

那天在樱子家，廖健雄听到了在成为金樱子前的阿英那令人震撼的故事。

12

阿英家境贫寒。

父亲是靠蹬三轮替人拉货的老实人，阿英上小学的时候，每天早上，他爸爸就用三轮车载着哥哥和她，把这兄妹俩送到学校门口。等到放学时，爸爸又总是赶来接儿子女儿回家。学校门口的马路边一字排开的，是各种各样名贵的公家车和私家车，那些或气宇轩昂，或趾高气扬的男人和女人，站在车旁等着自己儿女的出现。阿英父亲的三轮车常常得停在离校门很远的地方，因为他挤不进那些靓车的行列，人们常常会呵斥他：

"剐花我的车你赔得起吗？"

父亲风雨无阻，天天准时在放学时出现在学校门口。在把一双儿女送回家后，父亲就又重新出去揽活。每天，父亲都要到月亮升起老高老高后才回家。家里的主要生活来源，基本得靠父亲那双永不停歇的脚。靠了父亲一个月三十天的日夜勤奋，挣回近两千元的血汗钱，家里的一对子女才有了生活费和学费。

阿英的妈妈在一家餐馆做"地哩"，这个工种就是把酒足饭饱的客人留在桌上的碗碟撤下，再一头扎进厨房的洗消间去，把那些堆起来比她还高的餐具洗干净。工资不高，但工作时间却在十个小时以上。

阿英从小就长得漂亮，且又酷爱文艺。为着做演出用的服装，妈妈经常不休一个月两天的假，她顶别人的班。这样才让阿英的衣着也闪出一点光彩来。阿英的哥哥因为一直得在地上爬行，他的衣服从来都是用厚厚的劳动布做的。磨破了，就用各色的碎布来补。但是，这丝毫不影响这对兄妹的深厚感情，逢着阿英在少年宫演出，父母为着生计不能来观看，她哥哥总要早早到场，坐在第一排的位子下面，为妹妹喝彩。

灾难是在他们毫无准备的时候降临的。

那天，做父亲的答应女儿，去学校参加她的毕业典礼，因为她将最后一次在小学的舞台上登台演出。为此，她父亲早早就收车了。赶往学校的途中，他看到路边的一家大型超市门前摆满了花篮，他确信这家超市刚刚开张。经验告诉阿英的父亲，每当有新超市开张，就会有特价商品推出。他还注意到，最受市民关注的大米、食用油的价格，在超市新张时，都会比平时便宜一些。商家正是摸准了顾客的心理，以低价粮油吸引顾客光临。而阿英爸爸，也就摸准了商家的促销套路。他常常在新开张的超市里，买回特价的米和油。那天，那样的好事又让他碰上了，他于是停车，进超市，抢购了一包三十斤的马坝油黏米，还有一桶超浓花生油。看着油桶上写着的"中南海指定食用油"的字样，阿英的父亲很是惬意：我们平民百姓也能吃一回皇帝吃的油了。

出得门来，阿英爸爸竟出了一身冷汗——他发现三轮车不见了！没有它，就没有生活来源呀。要再去买回一辆来，二手车都要七八百元呢。看他急得双脚乱跳，有人指了指马路的对面。他定神一看，马路那边停着一辆卡车，工作人员把最后一辆乱停乱放的摩托车扛上卡车后，正准备收队回去了。阿英爸爸一急，一手抱着米，一手拎着油，朝那辆即将启动的卡车飞奔而去。这时，一辆疾驰的宝马看到不管不顾的阿英爸爸横穿马路，连忙紧急刹车。车轮与地面的强力摩擦，发出一声刺耳的响声。但是晚了，在人们的惊呼声中，阿英爸爸被撞倒在地，前轮从他的头部碾过——这位顾家的男人当场死亡！他死的时候，头与膝盖蜷缩成一个几乎是三百六十度的圆，而那

袋米和那桶油，却意外地在他的怀里完好无损……

父亲死后，阿英的妈妈独自撑起了一片天。

仅靠餐馆那点微薄的薪水，维持不了家用了，阿英的妈妈到人家的家里去当"月嫂"。虽然伺候坐月子的产妇和照料新生儿的工作很辛苦，但是工资比"地哩"高了许多。已是初二学生的阿英哥哥，主动向妈妈提出辍学，到私营珠绣厂去接串珠子的活回家来做，他与妈妈一道，齐心协力供品学兼优的阿英完成学业。

省电视台举办小主持人大赛，阿英朗诵自创的诗歌《唱给父母的歌》，由于声情并茂，感动了全场的观众。在雷鸣般的掌声中，评委们含着泪水，给她打了全场的最高分。阿英那次技压群芳，获得大赛的金奖。相貌出众、声音极佳的阿英脱颖而出，大赛后省台经常邀她做少儿节目。加上接拍厂家的广告，做知名品牌的代言人，阿英一下子就挣到了一大笔钱。

在与妈妈商量如何规划她挣回来的钱时，她说想为哥哥买一台电脑，让他闲暇时上上网，这样他的生活不至于太单调。看到妈妈几番欲言又止，在阿英再三追问下，她才知道，妈妈罹患尿毒症已有一年多了。事实上，她早就不能胜任"月嫂"的工作，改做搞卫生的钟点工了。由于浑身疲软的尿毒症症状，她做的活常常被雇主所指责，每回做足了六个小时的时间，雇主总以她磨洋工为理由，常按四个小时甚至更少的工时来付费。为了让女儿完成学业，还为了不得不治的病，她向亲友们告借，弄到亲戚们都不敢再见她了……但是坚强的妈妈独自面对这个山一样大的困难，她不想让女儿分心，她怕影响女儿的学习。

就在那一刻，十五岁的阿英一下子长大了。她发誓，从今以后，要把免除妈妈的病痛当作学习的动力，一定要考上好学校，分到好单位，挣到高收入。当下，她一声不响地把挣回来的钱分成若干份，挨家挨户地到亲戚家去还债：

"谢谢你们的帮忙，这点钱先收下，剩下的我会努力挣来还给你们。"

高考时阿英填报了北京广播学院的播音专业。

廖健雄可以揣摸得出，一心要尽快给妈妈换肾的阿英，把挣大钱、挣快钱，当成她的人生目标。她认定，电视台的工作将给她带来不错的收入。

这时，樱子的哥哥提醒母亲："廖局很忙的，还是先办要紧事吧。"

金樱子的妈妈连忙擦干泪水，从里屋拿出一个加了锁的首饰盒，并且将一把精致的钥匙交给了廖健雄：

"不好意思，占了你这么多的时间。这个盒子……是阿英要我交给你的。"

廖健雄接过来时问："那是……什么时候的事？"

"她出事前三天。她说可能要出趟远差，来不及给你了。还说你会来取的。"

"除了我，她还有什么东西要你转交给别人的吗？"

这时金樱子的哥哥答："没有了，但是不断有人来问我们，妹妹有没有给什么人留下了什么东西。"

"你们怎么回答？"

"当然说没有了，打死也没有！"

廖健雄从这对母子的口中还知道，金樱子出事后，法院曾有人打来电话说，他们可以自行处理这套房子了。但是他们放盘后却无人问津，因为没有人敢于买下这套凶宅。金樱子的那辆名车倒是卖了，售价仅是原价的三分之一。如今，金樱子留给妈妈和哥哥的遗产不到五十万元。樱子妈妈仍然没有换肾，长久以来都等不到适合的肾源是一个原因，再者，钱总是凑不够，她一直是在靠做血液透析来维持生命。大笔的医疗费，全靠樱子独力承担。如今樱子一走，老人就执意不肯换肾了，她要把钱留给儿子。

"我老了，儿子的日子还很长。"老人说。

说到这里，这对母子都哭了。

廖健雄的眼窝也涌出了泪水。

临走的时候，廖健雄记下了樱子妈妈银行存折的账号。

那位思维仍很敏捷的老人，顿时满脸疑虑，半晌，她才吞吞吐吐地说：

"廖局，不好……把我的话都放在心上。有句话，不知……当讲不当讲。"

廖健雄知道老人想说什么，但仍鼓励道："伯母有话只管说，我听着呢。"

"我想……不该拿的钱千万不要沾手。这句话我没有同阿英讲过，我怎么就那么糊涂？如果早点提醒她，可能就……不会出这样的事。她从小就很乖，会听我的话的。"

廖健雄忙安慰老人说："请伯母放心，我只是想看看，能不能找人买下那套房。"临出门，他又加了一句，"保重，我会经常来看望你们的。"

13

廖健雄参加工作以来，从未休过国家给予所有干部一年十五天的年休假。起初是为了博得领导的好感，等到他自己成了领导时，就更是自愿放弃享受这一待遇了——他不愿回乡下去面对阿秀，他希望天天与金樱子待在一个城市里，即便不能朝夕相聚，能够共处一城，似乎就可以嗅到她的体香，听到她的呢喃……

现在，他第一次休假了。

他需要有完整的时间来解读金樱子短暂的人生历程，破解她惨死之谜。

金樱子在她的生命进入倒计时的时刻，把她与官商之间如何"合作"的光碟取出，并请母亲转交给了他。这个周旋于那么多男人之间的女子，最终只把他当成至亲。这让廖健雄感到痛楚的同时，也感到了温暖。

用了近半个月的时间，廖健雄看完了某些人群的犯罪全纪录。一股股寒冷之气，从脚底升起，一直冷彻肺腑。

在那些光碟中，廖健雄觉得，金樱子似乎在告诉他，仅靠电视台每个月那份固定工资，是远远不够的。支付了妈妈的医疗费，金樱子就捉襟见肘了。而一旦成了电视台的主持人，她就不能接拍工商广告，更不能做企业产品的形象代言人了。于是她积极争当制片人，那样她至少可以拿到一定比例的分成。维持全家人的生计是没有问题了，但是她不甘心让妈妈和哥哥，一直住在那套难见天日的旧房子里。

那天，有人打电话给金樱子，说是想要同她"交个朋友"，约她出来吃饭的地点，是本市新开张的旺上旺酒家。起先金樱子以为是那些无聊的男人的纠缠，就一口回绝了。但是她刚收线，电话铃声就又持续不断地响起，她只好再次接听。对方这次一开声就自报家门，说是"金色阳光置业有限公司"的马作枢，请金樱子小姐到旺上旺酒家餐叙，商谈该公司的宣传企划大计，请务必赏光。

有人说，"金色阳光"在当地是地产界的后起之秀，也有人说，这个公司是地产市场的一匹黑马。不管怎么说，"金色阳光"的掌门人马作枢，在省城是个不可小觑的人物。

马作枢原先只是个贫困县的建筑包工头，经过商场、官场潜规则浸淫与历练，如带资施工后又带钱前去恳请执权柄者，挤牙膏似的支付工程款等等，终于守得云开见月明——新上任的县委书记发布施政纲领，提出要让县城"旧貌换新颜"——这成了马作枢可遇不可求的机会。

他立刻主动向中心城区的区委领导建议，本区的旧城改造应该首先从那个臭气熏天的大垃圾场开始。在那个几任班子都没有解决的臭烘烘的空地上，建造现代化的大型商贸市场，让当地盛产的当归、党参等中药材，有个规范、划一的交易场所；让大批下岗、待岗人员，有就业的机会；让本地的人和物一起拉动 GDP 的快速增长……区领导听完他的构想，热血仅仅沸腾了几秒钟就迅速冷却了：

"我们一直靠那一点可怜的财政拨款艰难度日，工资经常不能按时发放，哪有这样一笔钱投入到旧城改造中去呀？"

马作枢立即开导说，可以这样一种股份制形式来操作——甲方为区委、区政府，他们以地皮入股，而作为乙方的马作枢，则以工程款为股份，合作兴建商贸市场。以后，按月收取经营户的租金，所得收入按甲方占 51%，乙方占 49% 的比例分成。

区领导上下左右地想了一遍，认为此举实属"多赢"战略。这一方案上报到县里，得到县委一班人的高度赞扬。作为该县旧城改造的开篇之作，县里自是十分重视，书记当即承诺，如果商贸市场获得成功，将考虑把中心广场、会展中心等大工程，也交由马作枢来承建。受到表扬和鼓舞的区委，很快便与马作枢签订了为期二十年的合作协议。

凭着马作枢区区几年的承包工程所得收入，用于商贸市场的建造还有很大的缺口。这项工程开工后不久，马作枢就向区里提出，在社会上广为招商，凡是有进场经营意向者，每个摊位需交两万元的诚意金。此招其实就是变相收取集资费，区里起先担心会在社会上引起非议，但经不住马作枢明里暗里地做工作，区里的主要领导想到这样一来，倒是可以对未来的经济效益作个预期估计，也好心中有数，便同意按马作枢的意见办。

这一举措刚开始实施时，马作枢的市场筹建办公室简直是门可罗雀。后来马作枢给他的手下下达指标，每个员工务必在三天之内，为商贸市场拉来十个客户。听到员工们随之而来的嘤嘤嗡嗡的议论声时，马作枢才又不紧不慢地补充道："看你们的那点子出息！我会让你们的亲朋好友吃亏？等你们客户的钱到位，三天之后，公司以两万五千元的价格回购。"

等到他的员工把各自的七大姑八大姨，都动员成了商贸市场的首批客

户，马作枢却把送上门来的钱挡在了门外！他先是打电话给区里，说是加盟的人太多了，区里得帮着把把关才行。区领导一听形势大好不是小好，立刻答应予以适当控制规模。尔后，马作枢要求员工的亲戚们须凭区领导的批条才能办手续。于是，人们潮水般地涌向区里。区领导一看马作枢反映的情况属实，又纷纷将这个大人情分送各自的关系户。后来，提着钱袋子来表示诚意的人，几乎要把市场筹建办的门槛给挤破！商贸市场的摊位指标被爆炒至五万元一个。商贸市场还没开张，区领导们已经"袋袋平安"了。两千五百位加盟者的诚意金，为马作枢筹到了五千万元的工程款。

在自己的家门口起步，马作枢赚到了进军地产界的第一桶金。

跻身省城的房地产开发时，马作枢的"金色阳光置业有限公司"不惜以重金诚邀欧洲一流的建筑设计师，为他名下的地产项目设计一流的户型。结果，"金色阳光"开发的住宅小区，都以超大户型让人觉出它的气度不凡。合理的布局，流线型的宽大飘台，外观时尚，且又独树一帜等诸多强势，引得顾客趋之若鹜。"金色阳光"在省城同业中异军突起，很快创下不俗的业绩。

金樱子决定，前去结识这样一个传奇人物。

出现在金樱子眼前的，是一个年近五十的精瘦精瘦的男人，且个子不高。你无论怎么努力，都无法将那些在社会上盛传的商战谋略、指挥若定、嗅觉灵敏……与眼前这个男人联系在一起。

这才是人不可貌相的典型呀。她想。

双方落座，马作枢就径自点菜了。虽说出于礼貌，也问金樱子喜欢吃什么和不喜欢吃什么，但他几乎是按照自己的喜好来点菜。也许，正是这种霸气和意气，才能让他从芸芸众生中脱颖而出。

既然是以商谈"金色阳光"的宣传企划为由来吃这顿饭，马作枢也就没有太多的铺垫。点过菜后，马作枢当即掉转头来望定金樱子说：

"'金色阳光'走到今天这一步，我想，树立我们的企业形象，就不能仅仅停留在'让你心里充满金色阳光'这种低级、原始的阶段了。所以，特地请你来帮我们策划策划。像金小姐这样的资深媒体人，见多识广，肯定能为我们出好谋、献良策的。"

对于这种踌躇满志的老板，你去献计献策真就是瞎费劲。他们早就成竹在胸，他让你出主意其实是在为自己寻找一个"标高"。待你说出想法之后，他才将自己的谋划和盘托出，而后在众人的一致叫好声中，轻易地就超越了你给出的那个"标高"。当然，他既然请你来，压你一筹不是他的主要目的，他是要你在他面前落败后，去做他棋盘中的一只走卒。此时的你肯定不想示弱于人，那么——成交！

这样的人金樱子见得多了，自然也就应付裕如了。只见她似笑非笑，缓缓地端起那杯碧螺春，吹了吹漂在水面上的茶叶，又不紧不慢地抿了小小的一口茶，这才放下杯子说：

"这个玩笑您可就开大了，我若能为马老板出主意的话，还做什么制片人？也去做个威风八面的地产商得了。所以，今天我只带了耳朵来。若是马老板觉得，有什么自己出面不方便的活计需要我去做，只管直说。能办到的话，我决不推三阻四的；不能办的事，也给您当面说清楚，决不拖泥带水。让别人成天惦记着不知办成办不成的，因而让人成天在背后骂你，这有什么好？你说对不对呀，马老板？"

"哎呀呀，谁敢在背后骂金小姐你告诉我，我去跟他急！听你这一番话说的，在情又在理，金小姐真是个爽快的女中豪杰！今天可是让我见识了，来来来，上酒！"

几杯酒落肚，马作枢提出，他想为省城即将承办的青年运动会出点力，比如捐赠某个比赛场馆什么的。"我不知道省里是否都有了安排，金小姐人面广，可否……代我递个话？"马作枢进一步说。

民间有这样一句歇后语，用来形容马作枢与目前省里运作这项工作之间的关系，倒是十分贴切："眼困遇着了花枕头——求之不得"。而主抓青运会筹备工作的，正是外面盛传与金樱子关系非同一般的省委副书记李军。

将相关信息都掌握得如此详尽的马作枢，在金樱子面前却装得跟个傻子似的。这让金樱子觉得好笑，但又不好点破他，还只能顺着他的"戏路"，一直将这出戏演下去。金樱子知道，有了马作枢捐赠青运会场馆的"豪举"，让李副书记的工作显出了成绩，自然是能让李军展颜一笑的好事。

金樱子正在思量如何应答，马作枢就又说道："这是我托你办的第一件事。第二件事就是你一句话的事儿了，'金色阳光'想向金小姐赠送一套大宅，借助名人效应，为敝公司造势。不知道……"

刚刚动了买房的念头，就有人要送房子给她，此事让金樱子觉得，她的运气好得真有点想什么就来什么的意味。当然，谁要轻信马作枢那番"名人造势"的鬼话，谁就是一等一的弱智。只听金樱子微微一笑，说：

"马老板的第一件事，请在三天内听我回话。事成之后，咱们再办第二件事吧。"

那天金樱子的言谈举止让马作枢觉得，这是个冰雪聪明的女子。

说好办事期限是三天，金樱子就绝不会拖到三天零一分去。第三天晚上，她告诉马作枢，青运会筹备办公室对"金色阳光"的义举十分赞赏，拟请马作枢就有关细节前去面谈。

此事进行得很顺利。双方签约后，由青运会筹备办举行了一次答谢酒会。那一次，马作枢见到了李副书记。那一晚，金樱子告诉李副书记，"金色阳光"的工程人员严重不足，他们实在抽不出施工队伍来赶建捐赠的体育馆。

"马作枢的意思是，请青运会自行找施工单位，所需费用由他们支付便是。"金樱子最后说。

李副书记听后哈哈一笑："这个马作枢有意思！他是不愿承担交付使用的工期、工程质量等后果吧？"继而长吁一口气，说，"行，这个'烫手山芋'就由我来接吧。"

随后，李副书记让他家乡的一个建筑公司来承接这项工程。他对马作枢说："我从来没为家乡的父老乡亲谋过一点点好处，今天这个机会，还是马老板你给的。"继而转向他的"父老乡亲"说，"哎，我说你们呀，一定把这个工程做好、做实，可别辜负了人家马老板的一番好意，别给我丢脸喽！"

别人不知情，但是金樱子知道，李副书记家乡那个挂靠省里某大公司的私营建筑队伍，法人就是他姐姐的儿子。没外人的时候，他管李副书记叫三舅。

媒体对"金色阳光"这次的大手笔，给予了"狂轰滥炸"！马作枢本人，也荣登"感动本省年度人物"。其间，李副书记约见过马作枢一次，当着金樱子的面，对他说：

"小金为人不错，这次的策划取得这样的成功，有她的一份功劳。我不太懂企业的那一套，不知马老板有没有算过，用你捐赠体育馆的钱去投放广告，那个效果……"

李副书记说到这里，端起酒杯来喝了一大口酒。他有意将省略号留给了马作枢。

马作枢连忙答道："绝对不一样，那是不可比的！明天我会让人来为金小姐办理赠房手续，'金色阳光'不会忘记帮助过它的每一个人的。"

马作枢说到做到，第二天，他就派人把房产证准时送来了。金樱子看到，房产证上写的是自己的名字。但是，"金色阳光"附有一份赠房协议，其中的一个条款是，金樱子需为该公司做足五年的公关顾问。在此期间，金樱子只有该套房产的使用权。五年期满后，"金色阳光"将视金樱子为他们所作贡献的大小，来决定她能否拥有该套房产的所有权。

一直以来，马作枢遵循着这样的创富准则：当自己赚到十元钱时，必须将其中的八元送出去作关系网的"维护费"，自己能占有两元就好了。舍不下大钱，你就赚不来小钱——这是时下的新行情。

当然，他绝不是见人就送钱的慈善家，他追求的是物超所值的交易法则。比如眼下对金樱子就是。马作枢心里清楚，这套房子，其实也就是让金樱子有了为"金色阳光"开展公关服务的处所而已。

有了这样的协议，马作枢才有了安全感。否则，他怕金樱子反水。

两年之后，李副书记做了省政协主席。

三年之后，马作枢成了省政协委员。

金樱子深知，她这样的角色充满了凶险。因此，她将自己以初夜换来的那笔还算像样的钱，心情复杂地存进银行的同时，也把自己写下的遗嘱一并锁进银行的保险柜里去了。

这样的角色自然是绝不能谈婚论嫁的，她得一直为那些男人保持绝对的安全性和可靠性。她很明白，即便不为她所服务的男人着想，也得替一旦做了她丈夫的那个男人考虑，有谁能够容忍自己的老婆，去做横跨官商两界的男人们所共享的泄欲器呢？

14

很快就瘦了一圈的廖健雄，在休完最后一天假的时候，叮嘱自己：抓紧机会，在较短时间内，为金樱子的妈妈筹到换肾的钱。

可是，金樱子在生前告诫过他"别触雷"的话，还听不听呢？

直觉告诉他，眼下，不管他触不触雷，他的这个职位很快就保不住了。

如果自己因谋私被拉下马呢？

没关系。这个位子本来就是金樱子为他谋来的，现在利用它来替金樱子

尽孝，天公地道。那些狗男人利用金樱子谋了多少私利，他们居然这么没人性，不按劳付酬也就罢了，竟还要了一个弱女子的性命！还有没有天理？

自认为良心未泯的廖健雄觉得，他无论如何都要替金樱子出手搞钱了。

如果事情败露，自己被判刑呢？

不怕，不是有金樱子的光碟在手吗？几名省级干部腐败的直接证据，无论如何都能为他换来减刑几年的宽大处理。

或许，金樱子早已预料到会有这一天，特地为他备下了"秘密武器"？

不管后果如何，他决定放手一搏。

15

黑色皇冠风雨无阻地在酒楼前频繁吞吐廖健雄的时候，他已由最初众星拱月的惊喜变为一种司空见惯的麻木了。不知怎的，这一次饭局，让他在赴宴途中有点儿心绪不宁。这在以前是没有过的。

这是一次看似普通的应酬。

那位好几年前就认识的名叫黄斌的民营企业家，说是想要和他"叙叙旧"。他和这个忽然想叙旧的黄斌认识这几年来，可谓关系清白。但是这一次并非年节的邀约，黄斌所为何来呢？

廖健雄在接到对方的邀请电话时，略略沉吟了一会儿，才回复对方：

"君子之交淡如水，不必太铺张，聊聊天就好。"

下班后，廖健雄进得旺上旺酒家的门来，一位小姐早已手捧托盘迎了上来。那个托盘里的红色金丝绒的上面，是一把小小的金钥匙。只听那位小姐对他说：

"您是我们旺上旺酒家第 888 位尊贵的客人，谢谢光临。"

廖健雄颔首微笑，既不把玩金钥匙，也不细看靓小姐，他随意地把金钥匙扔进上衣的口袋里。自始至终，他于貌似不经意间，刻意打造一个有着良好教养及至尊身份的男人形象。

他心里明白，那把金钥匙是黄斌这次安排的见面礼。透过这个举动，黄斌告诉他，这次是要他廖健雄出大力、帮大忙了。

尽管廖健雄"常在河边走，从未湿过鞋"，但是，这些场面上的细微末节，他还是能够揣摩得到的。唉，由此刻开始，自己将"晚节不保"了。以前金樱子的提醒，今天算是应验了。廖健雄想。

早前就有的心绪不宁，现在找到了缘由。

廖健雄没有猜错，黄斌这次没有再讲黄段子，他有要事相求。

把一瓶 XO 喝下近三分之二时，黄斌苦着脸对廖健雄说，他有一批进口货，被廖健雄的手下扣在口岸上了。本不想毁了他廖哥的一世英名，但是这次的事情闹得有点大了。

"假如你不愿出手相帮，兄弟我可就倾家荡产了！"黄斌说完一仰脖，把一大杯酒倒进了肚里。

直到此刻，黄斌才现出了原形。廖健雄不得不佩服，黄斌一直以来不动声色的"放长线钓大鱼"，营造了一个"铁哥们儿"的氛围，让你在关键时刻说不出那个"不"字。当然，已经铁心要让"水"湿鞋的廖健雄，此时是不会说"不"的了。

廖健雄用湿毛巾擦了擦嘴，问道："货值多少？"

黄斌答："有两个……多亿，毛利却……少得你都不会相信，只有三个点。现在生意难做呀！"看看廖健雄那没有表情的脸，他又赶紧接着说，"如果局长大人肯帮这个忙，我不把本全赔进去就当是赚了。"

这等于是告诉廖健雄，事成之后，他黄斌将把这批货的利润如数奉送给廖哥。

廖健雄一边拿起手机拨号，一边问黄斌："货票号多少？"

一周之后，那笔款就进了樱子妈妈的账上。

接着，廖健雄去看望老人。

金樱子的哥哥却告诉他，老人已在医院做了换肾手术，并且获得成功。如无意外，本周周末就可以出院了。

这个消息很出乎意外，廖健雄惊讶地问："不是钱没筹齐吗？"

金樱子的哥哥说，就在他上次来看望他们之后没多久，就有人来张罗这件事了。他们自称是金樱子的朋友，并且，不由分说地让老人立即住进了医院。

"像廖局长跟妹妹这么好的朋友，都不知道我妈的病情，这些人是怎么知道的呢？"金樱子的哥哥很是疑惑。

联想到他曾听说黑社会要收拾金樱子家人的传言，廖健雄顿时吓出了一身冷汗！他要樱子的哥哥立即陪他到医院去一趟，他要搞清楚干这事的是一

帮什么人。

在医院住院处,廖健雄只是得知,樱子妈妈的住院费,是由一张大面额的支票支付的。但是这张支票的主人是谁,住院处的那个中年妇女却拒绝提供其他情况了。为此,急火攻心的廖健雄一反平时温文尔雅的常态,与那个执意油盐不进的把关女人,惊天动地地大吵了一通。

廖健雄又到病房去了解相关情况,主刀医生只是长久地陶醉在他这次手术的成功里,而其他的问题全都不得要领。当然,廖健雄最终还是弄清楚了一个问题:樱子妈妈得到了有效的救治而不是谋害。

黄斌与廖健雄的关系大大地进了一步。

知根知底,且又极会表情达意的黄斌,很快就将一个名叫林薇的女子,介绍给廖健雄做小蜜了。黄斌告诉廖健雄,林薇毕业于大学本科,父母均为干部。黄斌替廖健雄想得很周到:有了个小蜜,总比自己亲手接受别人的贿赂要好许多。一旦事发,他廖健雄完全可以一推六二五,说自己完全不知情。包小蜜仅仅是生活作风问题,与收受贿赂是完全不同的两码事。如双方处得还可以,黄斌建议他离婚另娶林薇为妻。

廖健雄对黄斌的一席话不置可否,但事实上他是依计而行了。那林薇倒也"守合同,重信义",每有客户送钱给她"买花戴",她都会将所得款项一分为二,与廖健雄共享。廖健雄拿到钱,就汇到樱子妈妈的账户上了。

廖健雄是在极度难耐的饥渴和寂寞时,才带着林薇到他长包的酒店住房里去的。别看林薇年纪不大,却很是善解风情。起初,林薇也曾伪装高潮,借以激发廖健雄的性趣。但却适得其反,每当这种时刻,廖健雄就会陡然不振了。有一次,万般无奈的他,不得不对林薇说:

"请你保持安静,好吗?"

之后,林薇发现,只有她保持沉默,这个男人才能一鼓作气到结束……

在与林薇缠绵时,廖健雄不会再说那些曾经对金樱子说过的情话了,很多时候,他只有闭着眼,把林薇当成金樱子,才会稍稍尽兴。

16

接到去北京参加高级研讨班学习的通知,廖健雄只有大半天的时间作准备。其实他准备的大部分内容,都是为着安排好那对母子的生活。通知写明学习时间为半年，他得为他们准备好半年时间里的生活必需品。捎带着，也替林薇安排好她日后去北京"陪读"的一干杂事。

在首都机场，当廖健雄走下舷梯时，被有关部门的工作人员带走了。原因是廖健雄涉嫌受贿，致使国家蒙受重大损失。

紧接着，廖健雄被正式逮捕。

一旦身陷囹圄，以前的自由就十分令人向往了。廖健雄也不例外，他从被宣布逮捕的那一刻起，就想方设法地做着早日获得自由的努力。专案人员告诉他，如果他能把受贿款项积极退赔，在量刑时可作减刑的依据。于是廖健雄很配合，积极主动地交代了林薇所住的房子、所开的车子以及银行里存的票子……均为受贿所得。他对专案人员一再强调，他的所作所为林薇全不知情，那是一个十分单纯的女孩。

"如果……可以，请转告她，假如有那一天，我会和她一起，用自己的劳动去挣回干净的钱。叫她……保重！"他说。

专案人员奔赴林薇的住地，已是人去楼空。林薇早已将房子与车子转卖他人，存款也被她席卷一空了！而且，房屋成交的日期早在廖健雄出事之前！后经警方调查，林薇原名林玉莲，高小文化，现年三十岁，由于面相显得年轻，她对廖健雄谎称二十三岁。她曾经在家乡与一个停薪留职的司机结婚，因忍受不了家乡的贫穷，半年后即离婚，到南方来成了"四产人员"……廖健雄事发后，林薇已不知去向。

听到这一消息，廖健雄又气又急。仅仅一夜之间，他的满头青丝就变成了一头白发。他没想到，一向自认为是高智商的自己，居然被一个只有高小文化的女人给骗了这么久！他觉得自己很失败。

廖健雄不甘心栽得这么惨，这么……彻底，想要再挣扎一下的他，几次想要抛出金樱子给他的那些"杀手锏"。

于是，他在又一次的受审时，试探性地提出，他有重大情况要举报。

得到审讯人员的许可后，他一咬牙，说出了李军的名字。

但是，他没有从审讯人员的脸上，看到他所希望看到的如获至宝、欣喜万分的表情。这让他疑惑，自己会不会因此而跌入李军布下的大网中？

好不容易，他的举报有了结果，他被告知，由于已经有人先于他告发了李军，且他的材料尚不及别人的翔实，故，廖健雄的举报不被视为有重大立功的表现。

最终，廖健雄被押回原地宣判，他被判处有期徒刑十五年。

他服刑的监狱就在他风光过的城市的郊区。

就在一个冬雨迷蒙的日子里，廖健雄在狱中读报时得知，李军被双规了。

这条消息如同暗夜里的一道闪电，忽然照亮了廖健雄此前那混沌不清的思维——金樱子，那个深爱着他的金樱子，一定是有关部门的……卧底！他把事情的前前后后想了再想，一会儿觉得像，太像了。如若那样，自己后来的所作所为，就是在与金樱子作对呀！一会儿又觉得不可能，绝对不可能！在可能与不可能这两种猜测的撕扯之下，他整夜整夜地失眠，头发也大把大把地脱落了。

他仿佛一下子老了十多岁。

17

廖健雄入狱后没多久，便是除夕了。

那天早上大约八点钟光景，狱警走到廖健雄的监舍门前，递给他一只小纸包说：

"你老婆给你的！"

虽则林薇曾经整日里把廖健雄"老公老公"地叫得山响，但他知道，来给他送东西的绝不会是林薇。他打开纸包，里面包的是八只煎堆，还有一封字迹歪扭的信——

老公，我来陪你过年，这八只煎堆代表我们一家八口人，希望你开心！

阿秀

此时，廖健雄把那封信贴在心口上号啕大哭。当他得势的时候，阿秀没沾过他的光，相反还受到他百般冷落和厌弃；如今他成了阶下囚，阿秀仍以她的善良和宽厚包容他，直令他无地自容！他知道阿秀晕车晕得厉害，每回坐车都会把黄胆水给吐出来，现在那么早，她就赶来陪他过年了，她该吃了多少苦啊！还有，他想不明白，她将怎样陪他过年呢？

九点整，阿秀的第二个纸包又递到廖健雄手上，这回她包的是两只苹果，两只橘子。字条上写着：——

老公，我坐在监仓大门外陪你过年。你吃苹果，吃橘子吧，祝你平安吉利！

遗忘多年的往事，此时在廖健雄心底回放：每年辞旧迎新之际，阿秀总会托人给他带来苹果和橘子，取其平安吉利之意。他从来就没想过，他把一个善良女子的美好心愿给辜负了……

时针指向十点的时候，廖健雄从狱警手里接过阿秀的第三个纸包。一捧花花绿绿的糖果，在他掌上闪着多彩的光亮。阿秀在字条上告诉廖健雄：

老公，现时的棉花糖跟以前的不一样了，它们有心了。你试试看好不好吃？

那年廖健雄作为新姑爷，要陪阿秀回娘家，糖果自是少不了的。阿秀未等廖健雄看清柜台里摆的是什么品种，就已叫售货员称好五斤散装棉花糖了。

"这种糖最好，轻秤，又耐分耐看。"阿秀说。

那份节俭，那份细致和体贴，曾让廖健雄心底一热。如今，棉花糖夹有心了，而他对阿秀早已没了那份心，那份情……

整整一个白天，每隔一个小时，阿秀就会托人送进来一个内容不同的纸包和字条。每回看信，廖健雄都涕泪滂沱，像是要把四十三年来没流过的泪一次流尽、流干。那天，当最后一个纸包递到廖健雄的手上时，监舍里已浸淫在暮色之中。阿秀要向廖健雄告别了：

老公，现在是下午五点多了，天已经不早了，我要回去陪爸妈和孩子吃团年饭。明天一早我再来陪你，好吗？

廖健雄不知用什么方式来表达他的悔恨和歉疚，他用头去磕监牢那堵厚厚的砖墙。阿秀，好人，亲人！我多想……多想回到家乡，回到你的身边去，重新开始，从头开始。可是，我还能……回得去么？

当天晚上，廖健雄做了个梦。他梦见一个全身素白的女子，用她那只柔软的手，轻轻拍了拍他的脸，说：

"傻哥哥，争取早点'毕业'，我在三娘湾等你。"

是金樱子么？声音分明是她的，但身材却像是阿秀。此外，让廖健雄心存疑惑的是，金樱子从来没有向他提起过那个叫三娘湾的地方，他自己也从来没听说过这个地名。但是，"傻哥哥"这个称呼，却又是金樱子常用的。

这让廖健雄很是费解。

编"五一"劳动节的墙报时，廖健雄终于在劳改干部的办公室里，看到墙上挂着的中国地图。他凑上前去，想看看那上面到底有没有三娘湾这个地名。劳改干部看到，他的鼻子几乎贴到地图上去了，查找得很是辛苦，就问他想找哪块地方。廖健雄告诉了他，没想到那位姓阚的干部很干脆地说：

"三娘湾在 G 省呀，但是它太小了，地图上是找不到它的。我有个在越南战场上牺牲的战友，老家就在三娘湾。我到那儿去看望过战友的父母，哎，那里才一丁点大。不过那地方风景优美，最主要是还没有开发，所以就没受到污染，有点世外桃源的意思。"

"为什么……叫三娘湾？那里一定有个美丽的传说吧？"

阚干部没有马上回答廖健雄的问题，他慢悠悠地点燃了一支烟。这让廖健雄觉得，阚干部在卖关子。好不容易的，等到他闭上眼，深深地吸了一口，又将烟雾缓缓地吐出，尔后，阚干部才把眼睁开，用夹着香烟的食指和中指，朝廖健雄点了点，说：

"这个传说美不美丽，由你自己去掂量，我只管给你讲'古仔'。"

阚干部告诉廖健雄，洪武十八年间，南方一处小海湾有个姓余的穷秀才赴京赶考。最终，该人以榜眼的名次，留在京城做了官。其时，明朝皇帝朱元璋为整治贪赃枉法的各级官员，颁布了极其严厉的《大明律》。这部法典规定，凡是犯有贪赃罪的官吏，一经查实，一律发配到北方荒漠去充军。贪污赃银在六十两以上者，将被处枭首示众、剥皮实草之刑。当时，朝廷命各府州县，在衙门的左侧设皮场庙，即专门用作剥人皮的刑场。贪官被押到皮场庙后，先被砍下头颅，挂到木杆上去示众，而后再剥下人皮，塞进稻草，摆到衙门公堂边，用以警告继任者。

尽管如此，那余姓官员仍财迷心窍，难以抵挡银子的诱惑，遂不惜铤而走险。他在一次宴会中，收受了下官为谋求升职而送他的银两。东窗事发后，余某被革职并被发配到渺无人烟的北漠去充军了。消息传来，他那个在家中被人唤作三娘的妻子，每日发散银两给众乡亲，自己则粗茶淡饭，以此来为丈夫赎罪。后来，三娘每天日出必到海边眺望，直至日落方回。她盼望有朝一日，丈夫会忽然归来。尽管这是不可能的事，但三娘的远望天真而又执着。日复一日，年复一年，三娘的等待一直没有改变。直到有一天，人们忽然发现，伫立海边的三娘，已然变成了一尊石像……

"人们把那个石像叫作三娘石。"阚干部说。

阚干部这时看到，廖健雄的目光穿透了时空，变得辽远而又……涣散。他的嘴唇翕动着，说了很多很长的话。但是，旁人却听不懂他在说什么。阚干部拍了拍他的肩：

"说啥呢？大点儿声。"

"咯噔噔，咯噔噔，三娘骑牛到山冲，山冲有个蠢阿雄。"

廖健雄清楚地吐出这几句话后，声音就哽咽了。

阚干部却笑了："不错呀，你会编顺口溜。下次开晚会，非让你上台露一手不可。"

作者简介

刘丹，女，广东作协会员。曾是电台、电视台的记者，做过电视剧的制片主任，后供职于南方报业传媒集团。多年来发表小说、散文、报告文学近二百万字。已出版报告文学集《第三者：玫瑰色的幽灵》《苏联：沉没前的一百天》《大海作证》；中短篇小说集《无名镇风情》。

一枚价格高昂的红宝石，母女两代人的青春轨迹。清者被生活抛弃，浊者恰恰在生活中如鱼得水。拥抱物欲，也就拥抱着繁华的生活。时代病了，人的精神世界也病了。

红 宝 石

王昕朋

　　在一个社会里，假如人的尊严比不上黄金白银和珍珠玛瑙的亮色，生活在这个社会的人们会很无奈，很不安……

——本文女主人公的话

一

　　宋佳佳去机场的路上，一直都在和女儿冯蓓蓓斗嘴。

　　依着你坐飞机还不行，非得坐头等舱，两千多元钱够你外爷爷外奶奶吃几年肉了！她不停地嘟哝着，火车票还不到两百元。这不是烧包吗？

　　冯蓓蓓在家里就听妈妈埋怨，上了路又听妈妈唠叨个不停，心里生出几分不满。送她的是她中学时一位同学，虽然在她们母女之间没插话，但唇边挂着一丝嘲讽的微笑。这让冯蓓蓓觉得很跌面子，于是反驳道，飞机就是让人坐的，咱这地方建机场图个啥，还不是图个方便。咱坐飞机也是为地方经济发展做贡献！

　　宋佳佳还是心疼那两千元钱，说，我一个月的工资加上乱七八糟的收入也就刚到两千。你以后真在北京安了家，来一趟花两千，我还敢来啊？

　　冯蓓蓓说，妈，我可没说在北京安家，我出国的手续快办好了。

　　宋佳佳说，那你以后就别要爹妈了。

　　冯蓓蓓说，哪能呢。等您和我爸退了休，我把你们都接过去。可能怕宋佳佳再提那两千元钱的事，她又不屑一顾地说，妈您说的两百元钱火车票农民工才买！

　　宋佳佳不高兴了。农民工怎么着！你爷爷你外爷爷他们和他们那一代再往上不都是农民？你小舅现在也是农民工。

　　冯蓓蓓哼了一声，那还不是我老爸装廉洁。我小舅堂堂复员兵，在部队

还立过功。他肯活动活动，我小舅不能进机关事业单位，进个正儿八经带编的单位还有问题？

宋佳佳听女儿说自己的丈夫装廉洁，真的生气了。她一伸手拧住坐在副驾驶位子上的女儿的耳朵。女儿咧着嘴叫了一声疼，跟着转过脖子瞅了她一眼。她的眼睛突然被强烈的光亮照得睁不开，这时她才发现女儿脖子挂着的一枚食指和拇指环扣大小，颜色像熟透了的樱桃一般艳红且色泽鲜润，又如喷薄欲出的朝霞般极具穿透力，质地则水润莹透，鲜活生动的红宝石。她虽然不懂宝石，也能看出这枚樱桃红般的东西价值不菲，尤其是戴在女儿细长、白皙的脖子上，给女儿平添了几分娇贵和娇艳，同时又让女儿多了几分沉稳和淡定。她仿佛在哪儿见过这件饰物，却一时又想不起来。她想，也许是在电影电视剧中见过那些贵夫人、阔小姐戴着这样高贵的饰物吧。她本来不想追问，却又恋恋不舍地在手中把玩了一会儿。好东西养眼。

冯蓓蓓小心翼翼地拿在手上，轻轻摇了摇，得意洋洋地说，妈您听见没，里边有微微的响声，像小溪流水，又仿佛微风吹动树叶，悦耳动听。这是老坑的东西，可贵重呢。

她同学接上说，唏，那我用我的这辆宝马车给你换，你干不干？

冯蓓蓓哼了一声，做梦吧你！

宋佳佳感到惊奇，问，什么叫老坑？

冯蓓蓓唏了一声，这都不懂？简单点说老坑就是古代的坟墓。

宋佳佳急了，那坟墓的东西不就是死人戴过或陪葬的东西？你怎么戴这玩意儿，不吉利！说着，伸手就要帮女儿摘下。

冯蓓蓓也急了，妈，你干嘛？这块红宝石叫鸽血红，是红宝石中最贵重、最顶级的，能在北京换一套三室两厅的大房子。你别给我摔碎了！稍后，又得意洋洋地说，红宝石的英文名叫 ruby，在圣经中是所有宝石中最珍贵的。还有称它是不死鸟，说它象征着热情、爱情、永恒和坚贞。它不光是好看，还能健身，比如改善内分泌，加快血液循环，把人的气色变好，对肠胃的疗效更明显，能活化内脏，帮助排出身体中的毒素，舒缓肝病、风湿、神经痛……

宋佳佳说，让你一说真成宝了！

冯蓓蓓说，那是当然，要不怎么会价值连城？

冯蓓蓓的同学在一旁插话，说，蓓蓓你这次回来，我看你气色明显比上几次见到的好，精神也爽快！

冯蓓蓓兴致来了，又介绍了一番红宝石的作用，什么平衡心理，减轻精神压力；什么维持身体与心灵和谐，让人博爱、忠诚、孝顺、勇敢；什么神佑幸福、平安、长寿。她说，我过去嫉妒心很强，就是见了个子比我高一点的女孩都愤愤不平。自从戴上它，嘻，这嫉妒心慢慢消失了。

宋佳佳不想听女儿往下说，也不想当着女儿同学的面追问红宝石的来历，就接着刚才的话题说，蓓蓓我不许你贬低你爸。你爸怎么叫装廉洁。你爸就是廉洁，在咱们县，咱们市家喻户晓。他是全市的廉洁标兵。

冯蓓蓓说，妈您得了吧。我爸在副局长的位子上坐了快十年了，屁股都坐出茧子了。走了三任局长也没轮到他。听说他上边的局长马上退休，好像我爸还没有"转正"的希望！

她的同学接上说，冯叔冯局长是个打着灯笼也难找的好官。要说口碑在咱县真没人能比。可眼下这社会好人没好报，好官也没好报。不跑不送，原地不动；又跑又送，提拔重用。现在就那么回事。我手机收过一条短信，说广东有个市级贪官在法庭上公开喊，要是哪个科长说他的乌纱帽不是花钱买的，你们就枪毙我。看看，多猖獗！

冯蓓蓓不服气地又哼了一声，说，我爸想送也得有的送？

宋佳佳说，我和你爸很知足。祖祖辈辈当农民，到你爸这辈子当了副局长，不容易啦！

冯蓓蓓不高兴了。妈，瞧瞧你和我爸那点出息。县里的副局长怎么说也算个官，人家山西有的副科长在北京光房子都几十套！我要是指望我爸给我在北京买房子，那还不得学愚公，祖祖孙孙等下去……

冯蓓蓓的同学说，就说我想开发城西湖那块地盖别墅吧。西关街道办主任是冯叔的学生，只要冯叔打个招呼，面子会给的。蓓蓓帮我找过冯叔，我也找过冯叔。他说那里规划是建个大公园，县城几万老百姓休闲娱乐场所，不能只考虑有钱人的效益不考虑百姓的利益，硬是把我拒了。结果怎么的，人家汪大天找领导照批，就这一个项目挣了一个亿！他伸出一根手指头晃了晃，扭头看冯蓓蓓一眼，要是咱拿到手，挣一个亿怎么也得有你蓓蓓两千万！

宋佳佳急了，不顾情面地对冯蓓蓓的同学说，你可不能害俺家蓓蓓。她想站起来，头咣当一声顶在车顶上，疼得直咧咧嘴，蓓蓓，你爸爸和我给你

多次说过，钱不是什么好东西，钱多了会害人。

冯蓓蓓说，钱少了更会害人。那些犯抢劫罪偷盗罪的有百万富翁千万富翁吗？都是些没钱的人。

宋佳佳说钱得自己挣，花了才踏实。别人的钱，一分也不能拿。

我花我老公的钱没问题吧！冯蓓蓓不耐烦地说。她不等宋佳佳开口，赶快用话堵住。妈，您又要给我上政治课不是？别逼我，不然我要跳下去了！说完，她找了个话题，和她同学聊起中学时代的事情来。这一下宋佳佳插不上话了。她闭着嘴巴，一直到机场都一言不发。

宋佳佳是第一次坐飞机出远门。女儿在北京读大学四年，大学毕业后参加工作也已两年。这六年中，她到北京看过女儿三次，都是坐火车来回，其中有一次赶上国庆长假，她来回都没买上卧铺。女儿劝她晚走一天，她没同意。她说我是班主任，开学第一天同学见不到我，我就是失职。女儿送她上车时，车厢里挤得水泄不通。好不容易挤到车上，女儿给她新买的一顶绒线帽子不翼而飞，气得女儿哭了一场，哭得很伤心。她说等我参加工作有了钱，先让你坐飞机在天上转一圈。女儿还给她丈夫冯军发了条短信，埋怨他太抠。一个局长的夫人买站票同农民工挤在一起，你这个当局长的脸上有光！

冯军接到女儿的信息后回了条短信：与农民工挤在一起才更能了解民情。谁规定局长夫人坐火车就得享受卧铺？他本想和女儿幽默一把，却弄巧成拙，女儿气得几天没接他的电话。

宋佳佳所在县是国家级贫困县，财政支出主要靠上级转移支付。冯蓓蓓上小学和中学时，她和冯军两个人每月工资加起来不到两千。冯军的老母亲还健在，和他们住在一起。老人家是农村户口，生病吃药都没地方报销。她的父母也都健在，住在乡下，平时的零用钱和红白喜事来往的大钱也是她给。一家六口人就靠着他们两口子的工资，日子过得紧紧巴巴。女儿到北京上大学那年，他和冯军的工资增加了一千多元。这增加的一千多元扣除物价上涨的部分，全都给女儿用还不够。女儿大二那年就打算出国，报名参加了几个补习班，都需用钱，所以女儿第一年暑假就没回家，在北京找了家公司打工。虽然宋佳佳和冯军有时也会生出对女儿的愧疚感，但一想到家庭平安，也就自我安慰了。

冯军多年来对自己要求一直很严格。冯蓓蓓上初中时，想转个离家近、好一点的学校，他对女儿说，有本事你就考过去，我不能给你开后门和偏门放你进去。他和宋佳佳的中学同学汪大天想把孩子送进好点的学校，提了两万元钱登门找他，被他严厉批评了一顿。每年小升初、初中升高中以及高考的阶段，他的办公室和家里总是车水马龙，人来人往，有他和宋佳佳的七大姑八大姨、七大姑八大姨的七大姑八大姨，有他们小学、初中、高中、大学的同学，还有县机关各个部委办局、各乡镇的负责人……那一段时间，也是他精神高度紧张的时期。再往后，到了那个阶段，他就掐断家中的电话，每天回到家就关手机。他对妻子和女儿约法三章，除了自家直系亲属，任何人不能让进家门，有事到办公室去谈；任何人，在任何地方送礼送钱都不能收；逢年过节，全家三口一起去乡下陪父母，省得有人登门送礼。他对妻子女儿也不讲什么大道理，只简简单单一句话，犯罪的事我不沾。就为这，冯军和宋佳佳得罪了不少人，有得是至亲好友。

进了头等舱休息室，年轻漂亮的服务员递上茶水。宋佳佳四下看了一眼，觉得好奇，蓓蓓，飞机上不是说能坐一二百人吗，怎么就这几个候机的？女儿哭笑不得，说，妈你真是刘姥姥进大观园。飞机能坐一二百人，可咱这种机型头等舱只有八个座位。

宋佳佳说，哪咱不是搞特殊化了？冯蓓蓓理直气壮地回答，咱花的就是特殊化的钱。又说，妈您烦不烦，又不要您掏腰包，您有必要心疼得跟割肉似的嘛。说完，走到一边打电话去了。宋佳佳不知女儿和谁通话，但从她眉飞色舞，时而咯咯咯大笑，时而抿着嘴笑，一脸得意和幸福，猜测八成是和男朋友通话。宋佳佳心里甜滋滋的。女儿终于有了归宿，而且看得出对男方很满意，这对做父母的来说是莫大的宽慰。她这次去北京就是代表冯军，准确地说是代表女方家庭和男的见面。冯军的意思很明确，你们结婚办婚礼在北京办，我和你妈争取参加。只有宋佳佳了解冯军的心情。如果女儿回家办婚礼，教育局副局长女儿的婚礼，参加的人一定不在少数，那些平时钻窟窿打洞都想和他攀上的，能放过这样的机会？报纸电视上经常报道领导利用子女婚礼收受礼金受到处分的例子。冯军还是不想给那些人留机会。

女儿冯蓓蓓大二那年开始谈恋爱。追她的是外地一个市长的儿子。女儿不好给父亲讲，就给她说。她开始不同意，说你刚上大学就谈恋爱，影响学习。女儿说我要不恋爱才影响学习呢！你女儿这么漂亮，往校园里一站，就是一道风景；从大街上走过，就是一道彩虹。天天有人追，听大课有人递纸条，上食堂吃饭有人往身边挤，就连上厕所都有人在过道上等着套近乎……

天天弄得哭笑不得，不更影响学习？她无可奈何同意了。不同意又有什么办法？过了几天，她没接到女儿电话，打到宿舍一问，同宿舍的女孩告诉她冯蓓蓓经常不住宿舍。她给女儿打电话责备女儿，女儿坦诚地告诉她和男朋友在外开房间。妈，你看看你，这有什么大惊小怪的。不就那么回事吗？

不到半年，女儿和那个市长的儿子吹了。女儿告诉她的理由是，那个市长的儿子太霸道太张扬，花钱大手大脚，让她没有安全感。冯蓓蓓说，有一回出去吃饭，他点菜时，服务员女孩漏记了一道菜，他就冲那女孩发火，还说了句我爸是市长！妈您看这种男人靠谱吗？她对女儿说，你做得对，往后你就好好学习吧。

女儿的第二个男朋友是大四那年谈的，没有多久也分手了。那男孩子在北京找不到工作，也落不了北京户口，只好回老家去了。冯蓓蓓告诉她，我反正不跟他回他那老家。我从县城考到北京，毕业了又到一个县城，那不是原地踏步走？

冯蓓蓓大学毕业后，在北京一家国有企业上班。上班后不久又谈了恋爱。那个男孩子她去北京时见过，长相英俊，性格温和，工作也很上进，尤其是对冯蓓蓓好。女人对爱情的敏感性强，女儿掩饰不住的幸福感，常常通过电波让她深切感受到了。她当然高兴，给冯军一说，冯军也满意。过了不到半年，女儿又不满意了，先是在电话中埋怨那个男孩子抠门，她花自己的钱买了部新手机，他还不高兴。接下来又说房子问题、车子问题，一次次地埋怨男孩家里穷。他家在农村，父母就他一个儿子。他每月工资都要往家寄。她说这最好了，说明这孩子孝顺。现在这样孝顺父母的孩子打着灯笼也不好找。冯蓓蓓说我和他结婚，到哪年哪月才能买得起房子买得起车子，又到哪儿找钱出国？我们单位的女孩凡是找老板的，都买房买了车，哪像我天天挤公交坐地铁。妈你没看公交车上男人看我的目光。

宋佳佳劝女儿说，不就是色吗？你这么漂亮女孩让人多看一眼，还能把你吃了。

女儿说，妈你说什么呀！那些男人目光像刀子，不吃人也扎人。他们一定在想，这么漂亮的女孩挤公交车，不是生理上有缺陷就是性格不好。

宋佳佳对冯军说女儿变了。冯军倒表示理解。他说女儿的本质没变，就是现实一些。她想有套房子也不算过分吧。

女儿最终和那个男的分手了。女儿很长时间都没从痛苦中摆脱出来。一提那个男孩就哭，说世道不公，那么好的男孩，几乎没缺点，就一个缺点：穷！现在的女孩，尤其像你女儿这样漂亮的女孩，哪个能接受这个缺点！

现在好了，女儿终于找到一个称心如意的男朋友。女儿每次在电话中都夸他，说对她如何如何好，如何如何体贴她。恋爱不久，他就给女儿买了辆车，还买了一套三室两厅的房子准备结婚用。她心里七上八下，问冯军这样合适吗？冯军倒是很开明，说人家地地道道，正正经经做生意，钱是自己挣的，没啥。她心里才踏实一些。但是，过了一段时间，冯军也觉得有点不踏实了，女儿从不告诉他俩这个男朋友是什么地方人，多大岁数，从事什么职业。每次她问到这些，女儿都像大街上经常碰到交通管制绕道行走一样给绕开了，实在绕不开，也就不耐烦地回答，你总得见吧，见了你不就知道了，还用我描述吗？有一天夜里，她一觉醒来，忐忑不安地问冯军，咱闺女不会找了个腐败分子的儿子吧？

冯军抚摸着她被噩梦惊吓得出汗而潮湿了的头发，说，那就见一见呗。

婚姻大事岂能儿戏！这回到了北京见了蓓蓓的男朋友，一定得摸摸底。宋佳佳心里想。

飞机起飞后，空姐过来问吃什么东西，冯蓓蓓点了两碗牛肉面。宋佳佳忙拒绝说不饿，回头责备女儿，飞机上的东西多贵，能省就省吧。冯蓓蓓说这是飞机上送的，每个乘客都有。她才心安理得地吃了。

大约过了半个小时，她忽然感到胸闷，头也有点儿晕。她竭力装作若无其事的样子，借口上卫生间。进了卫生间，她哇地吐了一口痰，发现痰里带着血丝。她的头又涨大了。这半年，她几次出现痰里带血丝的情况，但她一直没去检查。她怕万一查出个大病拖累丈夫和女儿。

二

宋佳佳原以为女儿的男朋友会到机场接她们，在那儿可以见到未来的女婿。然而，迎接她和冯蓓蓓的是女儿男朋友公司的司机小张。小张开得是一辆奔驰吉普车。他告诉冯蓓蓓，老板到国外去了，还要两天才回来。冯蓓蓓不高兴了，骂了句，这孙子又去尽孝了。

宋佳佳问小张，你们老板是外国人，还是父母亲在国外？

小张看了冯蓓蓓一眼，冯蓓蓓抢着回答说，他老娘在国外，出去几年了。小张笑了笑没有说话。

冯蓓蓓住在北京东三环一个高档小区里。正是华灯初上时分，小区里灯光中的楼台亭阁，小桥流水别有一番情致，各种名贵的树木散发着阵阵清香，沁人心脾。上楼之前，冯蓓蓓先拉着宋佳佳在小区里转悠了一圈，说是让她参观参观，了解一下富人住的天堂到底是什么样子。她告诉宋佳佳，这个小区在北京算顶级小区，一半以上的住户是外地老板。她随口讲了一个小段子：街道计划生育办的工作人员来小区调研，到了大门口被保安拦住了。他们说是来调研计划生育的，保安说俺们这小区没有几户在北京落户口，生的孩子也不算北京人。

你男朋友是哪里人？宋佳佳顺便问了一句。

冯蓓蓓紧张得松开宋佳佳的手，埋怨说，妈，您别老是穷追不舍地问这问那好不好？有话您见了他的面再问。

一进房间，宋佳佳惊讶地睁大了眼睛。她的学生中不乏老板的子女，有的在当地响当当的首富，住着宽敞的别墅。作为老师，她去他们家中做过家访，从来没见过有冯蓓蓓这套房子那么大的客厅，如果以冯军那样一个副局长六十多平米的房子比，眼前的客厅就比她们家的房子大几倍，装修得更是富丽堂皇，假山、草坪、瀑布、金鱼池……客厅简直就是一座空中花园。客厅里摆放的东西有些她不仅没见过，连名字也没听说过，和客厅相连的是餐厅，光一人多高的双开门冰箱就有四组，仿佛一个小冷库……

这，这得花多少钱？宋佳佳问。

我们这算不上豪华装修，加上家电家具也就花了不到二百万。冯蓓蓓一边给妈妈倒水一边说，我一个同事家光装修就花了上千万。妈您知道吗，她家的家具全是檀香木的，贵着呢！进了她家的屋子就像进了公园，香气直往你肺腑里钻，味道可好闻了。

宋佳佳百思不得其解，疑惑地问，不是说北京寸土寸金吗？让一个家庭住那么大，睡觉还不是一张床，浪费！

冯蓓蓓扑哧笑了，妈，哪轮得到您忧国忧民，当领导的能不比您算得清楚？这也是拉动内需！

宋佳佳见女儿端上来的杯子里放着几根像草一样的东西，端在手上看了又看，问，这是什么茶，我怎么看像草根。

冯蓓蓓又乐了，说，妈，这是草，不过叫冬虫夏草！

宋佳佳一惊，那不是生长在青藏高原的一种名贵植物吗？

冯蓓蓓说，妈您连这也知道，不简单呢。

宋佳佳说，我是听人说的，一根几十元，比黄金价格还贵。你当茶喝？她说着，身上像起了一层鸡皮疙瘩般又疼又痒，忍不住问女儿，你男朋友是什么地方人，到底做什么事的？

冯蓓蓓看了她一眼，怎么，查户口？

宋佳佳说，你不给妈说清楚，妈这心里老是七上八下。

冯蓓蓓坐到她旁边，搂着她的脖子，妈，您就放心吧。你女儿的眼光能差了吗？他在山西开煤矿。

煤老板？宋佳佳听到这个敏感的词，身子如同触电一样弹了一下。她推开女儿站了起来。这些年报纸上，电视里对煤老板的报道她看了不少。有的矿难发生后，煤老板把井口一填，连人也不救；有的为了占地挖煤，对反对拆迁的老百姓动用黑社会恐吓甚至殴打……一批批官员因为煤老板行贿倒下。她和冯军的中学同学汪大天，从小就爱打架，人长得五大三粗，到上中学了，擦鼻涕还用袖子去抹。老师嘲讽他，说他的袖口可以让剃头匠用来磨剃头刀用。农村的剃头匠，一头挑个生火烧热水的炉子，一头挑个装理发工具用的箱子，上边挂一条黑黑油油的布，就是磨剃头刀用的。汪大天的衣袖就那种样子。到了夏天，他穿的短衬衣没有袖子，就用大拇指和食指挟着鼻梁弄出鼻涕后朝裤子上一抹，或者朝地上一甩。她和一些女同学见了汪大天就感到恶心、害怕，离他远远的，有时宁肯多走几步路也绕开他，生怕他那把鼻涕甩在自己衣服上。

就是那个汪大天，不知天高地厚，给她写过求爱信，她连看也没看就交给了老师。前些年听别的同学说他跑山西开煤矿去了。有一年他回去，想找冯军这个老同学办事，进门就扔盒茶叶，里边装着两万元人民币。冯军当即把他批评一顿，让他带了回去。她和很多人一样，对煤老板的印象极差。她毫不客气地对女儿说，煤老板再有钱也不行。万一发生了矿难，不光害了别人也会连累你。再说，那，那也不算个正儿八经的职业。

冯蓓蓓说，人和人不一样。我男朋友就不是社会上唾骂的那种暴发户式的煤老板，他是文化人，博士呢。他几年前就到北京来发展，买了房买了车还买了一栋写字楼，转行从事文化传媒业了。他投资的电影电视剧都在拍，明年都能上映。一些大导演、大腕都是他朋友。他在山西那边的几个矿正在卖。她边说边走到钢琴边，打开钢琴，说，他还会谱曲。北京奥运会征集会歌，他还投了稿。虽然没被采用，但有位专家评价说有一定的基础和修养。说着，她就弹奏了一首曲子，还高兴地哼着。宋佳佳没等听完就说，这曲子听起来怎么那样熟悉？像咱老家流传的一首民间歌谣？

冯蓓蓓乐了，妈你这是在变相表扬他。说明你喜欢这个曲子。我一会儿打电话告诉他，他保准得高兴。

冯蓓蓓打开冰箱，弯腰摆出个请的姿势。妈，您喝点什么，牛奶，果汁，啤酒，矿泉水，还是吃点苹果，纯日本进口的；柚子，海南产的；榴莲……

宋佳佳哇了一声，你这可以开冷饮店了。

冯蓓蓓问宋佳佳饿不饿？宋佳佳点点头说，咱下点方便面吃吧。冯蓓蓓说，咱到外边吃，妈我带你去簋街。

宋佳佳吓了一跳，鬼街？冯蓓蓓抱着她，笑得直不起腰。妈，簋街是北京最有名的小吃街之一。这么给你说吧，你到那儿肯定能碰到不少熟悉的面孔。

宋佳佳说，我在北京又不认识什么人，怎么会碰到熟悉的面孔？冯蓓蓓指着正在播放的电视剧中的女主人公说，是这些熟悉的面孔！他们经常在那儿泡。宋佳佳给了女儿一拳头，鬼丫头，净拿你妈开涮。

母女俩说笑着上了电梯。这是一部观光电梯，从二十二楼下行，远远近近的夜景尽收眼底。冯蓓蓓告诉宋佳佳，他开始买房时，要买底层带花园的，我没同意。我说住得高看得远，住在高层，整个小区整个北京都是咱家花园。土帽！

她的话又把宋佳佳逗笑了。哪能这样说人家！两个人要想过得好，就得互相尊重，尊重是感情的基础。

冯蓓蓓说屁！什么感情？我又没打算……她发现自己要说漏嘴，又赶忙改了口，好就一块过，不好就拜拜！

宋佳佳愣了，指了指女儿的额头，这事能那么轻率啊？她和丈夫冯军结婚已经二十六年，婚后第二年生下的冯蓓蓓。这么多年来，夫妻俩一直相敬如宾，没有红过脸。尽管日子过得清苦，但夫妻间恩恩爱爱的生活让双方感到满足。对于宋佳佳这一代人来说，爱是至高无上的。她怎么也想不到，到了女儿这一代，两人之间的感情已不是那么重要。

电梯中间停了一下，上来一对男女，旁若无人地搂抱着亲嘴。女的不知是真的因身体某个部位受了刺激，还是故意寻找刺激，喉咙里嗯嗯地冒着声音，像呻吟，又像漏风。宋佳佳虽然脸朝观光玻璃外，但那两人反射到玻璃窗上的亲密的身影和夸张的动作看得一清二楚。不知是被那两个人的动作气的还是晕梯，反正她觉得有点晕，微微闭上了眼睛。那一对男女也是到地下停车场。男的去开车时，宋佳佳忍不住又看了那个男的一眼，见他满脸岁月沧桑，看上去比她家冯军的年纪还要大，而那个女的也就是女儿相仿的年龄。这算什么关系？是电视剧里常见的男人包养二奶还是真的夫妻？上车后，她发自内心地用鄙夷的目光看了那对男女一眼。

冯蓓蓓了解妈妈的性格。她从来不轻易说别人的坏话，对不关心的人和事也只是通过神情表达出来。她把车子驶出地库，上了马路才一手握着方向盘，一手抚摸着妈的手，劝导地说，妈，这有什么大惊小怪的，值得让你生气！自古至今都是美女爱英雄，只不过对英雄的要求和标准不同，现在流行找事业有成的大男人。一方面可以减少自己的生存压力，一方面享受父亲般的关爱。

宋佳佳白了女儿一眼，那就不要爱情了？

冯蓓蓓笑噎了，妈，都什么年代了还爱情呢！这世上有真正的爱情吗？就算是有，爱情又有多大价值。你可以找个和我这样年龄的女孩问问，一个爱你但没房没车的男人，一个你不爱但是有房有车的男人，她会选择哪一个？她一定会告诉你选择第二个。

宋佳佳不想和女儿争辩。她看过一些相亲类的电视节目，有些女孩子面对成千上万的观众直陈自己的婚姻观，就是女儿现在说的。她曾不解地对冯军说，都怎么搞的，像这样的节目也能全国直播，想教孩子们什么东西呢？冯军也只是摇头叹气，说，老师辛苦一年的教育，不如电视一个广告节目对孩子的影响……

冯蓓蓓的车速越来越慢，有点儿像蜗牛爬行。她指着前边说，我靠，又塞车了。这都什么点了，下班高峰早过了。她使劲按着喇叭。她一按，后边被堵的车也积极响应，一时间喇叭声喧天。宋佳佳觉得刺耳，忙用手把耳朵捂上。又过了几分钟，前边仍不见缓解。冯蓓蓓气得骂了几句脏话，下车就向人群里走。宋佳佳不放心，追着下了车，拉着女儿的胳膊劝她不要多管闲事。你一个女孩家逞什么能。万一沾你身上，你洗都洗不净。冯蓓蓓说路见不平一声吼！是血溅一身我也得从容不迫！说着，她返身熄了火，锁了车，

使着劲儿往人群中间挤。

其实，马路上发生的是一个很不起眼的交通事故。一个骑三轮车收破烂的，车上装得太满，有几张旧纸箱拆了后的纸板拦得太宽，过十字路口时与一辆拉煤气罐的三轮车碰了一下，双方都没有损失，也无人员受伤，但两个人都是年轻人，不知在哪儿遇到不顺事，心里正火着，就吵吵起来。这一吵引来不少人围观，交通倒真的堵塞了。冯蓓蓓和宋佳佳挤进去后，两个年轻人还在你指着我，我指着你地对吵，唾沫星四处飞溅。听两人的口音都是河南的。冯蓓蓓往两人中间一站，大发雷霆，你们吵吵什么，让这么多人听你们吵架有意思吗？要真有气没地方出就动手啊！你车上不是拉的煤气罐吗，点了它，看看到底谁不怕死！她的话一落音，周围人群中响起一片呼应声，有的说抄家伙动手！有的说点煤气罐，我这儿有打火机。那两个年轻人互相对视了一眼，各自骑上自己的三轮车走了。围观的人中有人说冯蓓蓓厉害，比警察还牛。

上了车，宋佳佳批评女儿，你怎么那样说人家，就不怕那两人对你来？

冯蓓蓓拍了拍胸脯，就我这行头，这气势，他两个农民工敢对我怎么着！她一挺胸，脖子也直了，露出那块宋佳佳觉得眼熟的红宝石。

宋佳佳说，你别一口一个农民工，我和你爸对农民工这个称呼都觉得刺耳，农民就是农民，工人就是工人，农民当了工人就是工人。农民工不伦不类，有点儿污辱人。

冯蓓蓓说，妈你拉倒吧。你以为农民工值得同情。是，大多数农民工默默无闻奉献，给城市带来了文明和富裕，让人尊敬，但也有不少农民工让人烦。就说我单位聘用的打扫卫生的农民工吧，刚来见了谁都是笑脸相迎，热情得不得了。过了几天，她弄清谁的职务高低了，态度也就不同对待了。还有刚才那两个，听口音不近不远，又都在北京打工，同是天涯沦落人，何必相煎？宋佳佳觉得女儿这句话听起来还顺耳，点了点头，是呀，这些孩子遇事怎么就不能好好说呢！

冯蓓蓓接上说，妈，你看现在年轻人的出息了吧，就那两下子。我认识的几个姐妹都不愿找同龄人做老公。就说我们同学——她发现妈妈的目光很警觉，赶忙说，现在都称老公，我是说我老公对我好。宋佳佳好像感觉不对劲，又挑不出女儿话中的毛病，小心翼翼地问，你不会是也找了个和在电梯里见过那样的吧？

冯蓓蓓沉默了一会儿，我倒是希望他像人家那样。可这孙子就是不见老，比我刚认识他时还年轻了几岁。

宋佳佳笑了，哪有盼着自己丈夫老的？

冯蓓蓓说，老是魅力啊！你看我爸，往那儿一站，成熟、稳重、学者风范——

宋佳佳推了女儿一把，得，得，别那么瘆人，我都起鸡皮疙瘩了！

冯蓓蓓突然想到了什么，掏出手机，一边拨号一边说，我得给老公打个电话。他有半天没和我通话了。这孙子人长得不咋地，但是有钱，身边一群群苍蝇围着屎壳郎一样的漂亮女孩。

宋佳佳看了看手表，说你这才两个小时就想，还说没有爱情。

冯蓓蓓伸了下舌头，妈，你别吓我好不好。又是爱情，哪来那么多爱情。我是怕他给别的女孩花钱。他给别的女孩多花一分，我就得少得一分。这时，对方手机已经接通，她忽然想起了什么，警觉地看了宋佳佳一眼，把拿手机的右手和握方向盘的左手换了一下，这样，手机与坐在她旁边的宋佳佳距离又远了一点。宋佳佳听她接通电话先骂了一句，我操你个大爷！生气地瞪了她一眼，又拍了拍她的后脑勺。冯蓓蓓若无其事，还是骂骂咧咧，你大爷的你还要两三天才回来？是不是你那个心被哪个银环拴住了？我告诉你啊，我妈来了。我得带我妈去逛街、吃饭、购物、美容，还得做体检。你快给我卡上打十万元钱！宋佳佳越听越不舒服。干什么打着我的旗号要那么多钱，吃什么购什么衣服要十万？不知对方说了句什么，冯蓓蓓愣了一下，说红宝石在我脖子上戴着啊！不信你问问我妈！说完她向宋佳佳扮了个鬼脸。宋佳佳这下明白了，女儿脖子上那个红宝石是男朋友送的。

宋佳佳听不见对方的话，只能从冯蓓蓓的话中判断对方话中的内容。她听见冯蓓蓓低声说，你放心，我会让她缴械投降！心里有些犯嘀咕：弄啥呢，神神秘秘，还缴械投降，跟打仗似的？

冯蓓蓓这个电话打了一路。宋佳佳在旁边听着，一会儿觉得别别扭扭，一会儿觉得腻腻歪歪，反正心里不舒服。

吃完饭，女儿又拉她到商场购物。一开始，她看什么都嫌贵，冯蓓蓓急了，让她坐在顾客休息的沙发上等。等了大约一小时，女儿大包小包提了十几个出来，有衣服、有鞋子、有化妆品，足足花了三万多。她看着那些东西，心里特别难受，提在手上也觉得有千钧重负。

晚上回到家，趁着女儿洗澡的工夫，她给冯军通了个电话，简单说了自己对女儿言谈举止的感受。她说我觉得咱闺女变了一个人，变得让我有点陌生，有点发怵。冯军沉默了一会儿，也觉得女儿有点儿怪怪的。不过，他不相信女儿会让他失望。反过来劝慰宋佳佳说，咱也不能用咱年轻时候的经历来要求女儿。毕竟时代不同，环境不同，接触的人和文化理念不同……

三

冯军对女儿的自信是有根据有理由的。

他是大学毕业那年和宋佳佳结的婚。当时他所在的县城还很破旧，一条狭窄的主街被当地人称为屁街，意思是说街这头放个屁，街那头都听得清楚。虽说这是民间夸张了的说法，但足见县城之小。整个县城没有几座楼房，最高的邮政大楼也只有三层。县委，县政府办公大院基本是平房，只有县委办政府办是三层的楼房。他结婚时，单位腾出一间车库给他做新房，炒菜做饭都在这十几平米的房子里。婚后第二年，女儿冯蓓蓓就出生在这间平房里。女儿大一那年寒假回来，宋佳佳带女儿经过那里，那里正准备拆迁。冯蓓蓓回家对他说，爸，我看了诞生你伟大女儿的地方，挺不错的。我大学毕业要是能在北京有这么一间房就心满意足了！

冯蓓蓓上小学那年，县城已经发生了天翻地覆的变化，街道像一个瘦子吃成了胖子，略显有些臃肿。高楼也多起来，最高的十五层。冯军在县委办当了科长，家也搬到了新盖的县委宿舍楼的两居室里。那时，有钱的人也多起来。有一天，宋佳佳上街道买菜，看见十字路口一块醒目的广告牌上十位全县致富典型的大照片，其中一个是她和冯军的高中同学汪大天。汪大天春风满面，得意洋洋，胸前的大红花把原本黑土似的脸映得红光照人。

他们上中学时，阶级斗争还天天讲。汪大天因为家庭出身不好，整天一副可怜巴巴的样子，走路都挨着墙根，见人先咧着嘴笑，平时不显山不露水，也不爱讲话，和根正苗红的同学走对面，不是把目光转向一边就是低着头，尤其是对冯军、宋佳佳这样佩戴着红卫兵袖章的学生，他更是退避三舍。宋佳佳的心眼好，除了见他想擦鼻涕，赶忙躲开，平时并没有因为他出身不好对他冷眼。有一回，县大礼堂放映反击右倾翻案风的电影《欢腾的小凉河》，明确限制出身不好的学生不发票。宋佳佳不想看那个电影，就把票给了汪大天。汪大天感动得眼泪鼻涕流过了嘴巴。也就是那张电影票，让汪大天产生了幻觉，以为宋佳佳对自己"好"。几天后给她写了长达二十多页的求爱信……那时，农村中学实行住校，学生自带干粮在食堂里免费加工。宋佳佳家庭条件与其他同学相比不上不下，经常带的是粗粮，每顿饭喝两分钱一碗的白菜汤。有一天她发现书里夹了一张五毛钱的菜票，觉得很奇怪，就交给了老师。正好食堂发现有一张五毛的菜票被盗。这样，追来追去追到了汪大天那里。汪大天受了处分，她却受到了表扬。那时她才知道那张菜票是汪大天夹在她书里的。

他们中学毕业那年正赶上恢复高考，冯军考上了省城的大学，宋佳佳考上了地区师专，汪大天数学英语考了两个零分，一时传为笑柄，被人称为二旦，汪二旦的外号就是从那时传开的。后来，宋佳佳听同学说汪大天回家后一天农活也没干，就去她上师专的城市卖苹果了。有一天，她和两个同学上街，听到路边小摊有人大呼小叫，买苹果喽，买苹果喽！她听着声音熟悉，抬头看了好大会儿，才认出那个光着膀子喊叫的人是汪大天。大概是她上师专第二个学年的一天放学后，传达室捎信叫宋佳佳去一趟，说有人带东西给她。她到后，传达室老师递给她一纸箱苹果，说是一个小伙子送来让交给她的。传达室说学校有规定，不让外边人进，他还挺不高兴。走时，我问他贵姓，他回答，你见了宋佳佳指指天她就明白了。宋佳佳马上想到是汪大天。她多年后还记得，纸箱里一共有十八只苹果，都是经过挑选的，个头很大，红彤彤的，像被朝霞染红了的孩子的脸。她突然想起，那天是她十八岁的生日。不过，尽管她对汪大天有些感激，也同时有些不安。这苹果是集体的，汪大天是花钱买下的还是偷拿的？因为无法和汪大天联系，她没敢动那些苹果，一直到苹果放烂了，倒进了垃圾桶。不久，冯军和宋佳佳建立了恋爱关系，假期走到一起时，两人还偷吃了禁果。

宋佳佳师专快毕业时，汪大天又找过她一次。那一次汪大天请她在学院附近一个小饭店吃饭。那时的汪大天手头已经宽绰了。他开了一辆大卡车，说是自家买的。他的穿戴也发生了"革命"：上身着一件白衬衣，还打了条领带。不过，那件白衬衣的领子几乎变成了黑色，胸前还有几滴鼻涕的印迹，领带打得也不标准，和小时候系红领巾一样形状。就要分手时，汪大天从包里掏出一只环状的红色饰品，说是他奶奶的奶奶传下来的，是老坑的东西，好几百年了，很值钱。那些年地富反坏右受管制，他奶奶没敢拿出来戴。他奶奶说一定要送给最亲的人。宋佳佳只匆匆看了一眼。她说，我和冯军已经确定关系，等他大学毕业我们就结婚。汪大天一愣，那小子有什么，上大学又怎么样？宋佳佳笑笑没有说话。汪大天劝她重新考虑，她断然拒绝了。又过了两个礼拜，汪大天再次上门找她，公开提出要和她处对象，她生气地转身就走，没再理他。直到她和冯军婚后两个月的一天晚上，冯军回家来告诉她，汪大天出事了，投机倒把被抓了，判了三年徒刑。没想到他出狱后短短几年时间，成了县城响当当的老板。宋佳佳问冯军，汪大天到底做什么生意，怎么像变戏法似的那么快就发家致富。冯军笑笑，那我可要问神仙了！

冯蓓蓓的同学中有一些像汪大天那样，当时称作个体户家的孩子。有些孩子事事处处都表现得比别的孩子优越，上学和放学有车接送，穿的用的不是外国货就是广东深圳或者福建带过来的。冯军是县委办的科长，宋佳佳是教师，女儿上学的时间两人还可以轮流去送，但接孩子的时间就无法保证。冯军经常陪领导下乡。有时领导下乡早出晚归，总不能请假去学校接孩子？宋佳佳是班主任老师，带的是毕业班，学校为了争先进，要求毕业班多加两节课，她每天回到家也很晚了。这样，冯蓓蓓上学和放学都是自己走。县城那时只开通一条公交线路，高峰时人山人海，一个小孩子根本就挤不上去。有两次下雨，冯蓓蓓挤车时连鞋子都挤掉了。她回到家也没告诉爸爸妈妈。后来她有一篇作文在全县小学生作文比赛中获奖，题目是《寻找雷锋叔叔》，喊出了和她有过同样乘车经历的小朋友的心声，宋佳佳才知道女儿受到过的委屈。

冯军对女儿的评价是：懂事，省心。她放学回到家，第一件事是做作业，不管爸爸妈妈在不在家，她不会去开电视机，以至于到小学毕业还不知电视机的开关在什么地方，让她大舅的女儿嘲弄了一番。爸爸妈妈回家晚了，她从来不吵不闹不埋怨，有时自己端着饭盒到一墙之隔的县委机关食堂排队打饭。县委机关食堂的师傅以及县委机关不少同志都认识这位衣着朴素、脸蛋像阳光般清纯的女孩。有一次也是下雨，食堂的台阶滑，她一步踏空摔倒在台阶下边，饭菜撒了一地。食堂的几个师傅赶紧丢下手中的活跑出来扶她，几个机关的同志抢着为她再打一份饭菜。当时的县委书记正巧去食堂吃饭，看到了这一幕，亲切地问她，小姑娘，你的腿磕破了，饭菜都撒了，怎么没听你哭一声。她的眼泪在眼眶里转圈，紧闭着嘴没有回答。县委书记得知是冯军的女儿，第二天上班时把冯军叫到办公室，夸奖她女儿坚强，这么小的孩子就这样有出息，今后是个好苗子。县委书记还说他昨晚看见冯蓓蓓穿的是运动鞋，说雨天得让孩子穿胶鞋。县委书记拿出了一双红色防滑胶鞋，冯军，给你女儿说大大送她的，让她今后踏踏实实地走路。

冯蓓蓓上高中那年下半学期，冯军出任教育局副局长。任命一公布，他办公室电话、手机电话都被打爆了。然而，他一直想接的电话并没有打来，因为那天是周日，女儿蓓蓓在家，他想如果蓓蓓打电话来祝贺，他会告诉她，应该接受祝贺的是咱们一家，爸爸今天的成就里也有你这个女儿的功劳。宋佳佳在学校给学生补功课，下课后打电话来，第一句话就问我的祝贺晚了吧？接着就问女儿打没打电话，冯军沮丧地回答没有。宋佳佳过一会儿打电话来，说家里电话一直没人接。宋佳佳匆匆忙忙赶回家，一会儿打过电话告诉他，你宝贝闺女在家学习呢！她说给家中打电话的人多，影响她学习，她把电话连接线拔了。冯军听了长长舒了口气，继而笑着对宋佳佳说，咱闺女在做我的义务监护人！你替我谢谢她！

第二天晚上，冯蓓蓓和奶奶在家，家中来了一位不速之客。这人就是汪大天，他说来祝贺老同学荣升副局长。临走，又留下一个装着两万元钱的信封，说是让老同学改善家庭环境装修用的。他说，都副局长了，哪个局有教育局管的人多？家里来个客人总得有个地方坐！他还送给老太太一件东西，说是他奶奶的奶奶传下来的。冯蓓蓓坚持让他把钱和东西带回去。冯蓓蓓说，叔叔你要是不带回去，我就报警，说你拉拢腐蚀领导。汪大天灰溜溜地走了。冯军和宋佳佳回来后都表扬了女儿。冯蓓蓓对汪大天的印象极差，呸，送礼还那么不要脸！

不久，县里一位副局长因经济犯罪案发，宋佳佳和冯蓓蓓都长出一口气，她们平安才是真正需要的日子。冯蓓蓓说的更简单，爸，我没有你们那样高的觉悟。我只想要个好爸爸，一个团团圆圆的家。

此后几年里，冯军的家庭负担不断加重。先是宋佳佳的父亲生病住了半年的医院，花去了冯军和宋佳佳一半的积蓄。接着又是冯军的母亲下地干活不慎跌伤，又住了几个月的医院，出院后宋佳佳就没让婆婆回去。她嘴上没说，心里想得很明白，儿子当了副局长，七十岁的老母亲还下地干活，乡亲们私下会戳冯军的脊梁骨。知情的人会说冯军廉洁，当副局长也没多少收入；不知情的会骂他不孝。不孝的儿子背后一定有个不孝的儿媳妇，这是大众观念。人们常说有个好儿子不如有个好儿媳，有个好闺女不如有个好女婿

就是这个道理。

事实上，冯军所在的贫困县公务员的工资收入的确很低，当然，农民的收入就更少了。像冯军和宋佳佳的工资，养一个女儿，日子可以过得轻轻松松，可当他们人到中年，双方家庭老人健在，而且都在农村，需要他们供给，孩子尚未成年，需要他们抚养，加上亲戚朋友和小学中学大学同学的人情来往支出，七去八去，日子就过得紧紧巴巴了。冯军完全有机会改变这种状况，即使不伸手收受贿赂，利用职务之便给亲戚朋友经商提供便利，从中也可以得到些收入。的确有亲戚朋友找过他，汪大天就几次劝他在他的公司入股。汪大天说，全县那么多学校在改造、建设，市场大得很。我不要你投一分钱，是干股。但是，他都回绝了。他说，我讲别的你们以为我唱高调，那我就说实话：我不想进监狱。

宋佳佳、冯蓓蓓默默而又坚定地做他的后盾。冯蓓蓓高三那年，家里发生了一件事。她的二舅，也就是宋佳佳的弟弟从部队复员后，曾想让冯军给他安排一份工作。宋佳佳给挡住了。她说你姐夫是有能力给你安排一份工作。可是，他开了你这个口子，就不能堵别人的口子。她弟弟一气之下，半年多没理她。后来，他弟弟和几个朋友一起，办了个装潢装修公司，自己承揽工程。那几年县一中、二中等几所重点学校建设工程多，装修装潢的活也多，同时竞争也相当激烈。有一天晚上他到家里找冯军，让冯军打个招呼，把县一中新建的教学楼工程交给他，冯军说我从来不插手工程的事。宋佳佳也批评弟弟没事给冯军找事。她弟弟吃了闭门羹以后，又采取迂回战术，第二天到冯蓓蓓的学校门口等她，以她姥姥想见见她为由，硬是把她拉到一个酒店里。她姥姥当时的确在场。吃饭时，宋佳佳的弟弟一个劲地抱怨姐姐姐夫不帮他，不够意思，又说冯蓓蓓小不懂世事艰辛。你爸爸妈妈一点积蓄也没有，你以后上大学舅舅帮你。饭后，宋佳佳的弟弟把冯蓓蓓送到她家的楼下，从车上拿出一盒茶叶，让她带给她妈妈。冯蓓蓓当时就打开了茶叶盒，看见里边放了一只小巧玲珑、非常精美的盒子。她虽然不知里边放着什么，但猜得出那个盒子里的东西一定很珍贵。她当即翻了脸，舅舅，您不是想让您外甥女学坏吧？说完，她转身上了楼。

这事不知怎么让一家报社的记者知道了，到学校采访冯蓓蓓。冯蓓蓓说，记者阿姨你别烦我，我不想当什么典型，也没有什么经验给你。我就是不让他们害我爸！

冯蓓蓓上大学后，学习很艰苦，但生活过得很清淡，准确地说清贫。她与第一个恋爱对象一个市长的儿子之所以分手，就是觉得那个市长的儿子花钱大手大脚，一顿饭吃了两千多一点儿也不心疼。恋爱不久，他就要带她逛商场，进了商场又专拣名牌的贵重的东西让她买，她不同意，他还说她看不起他。他还把他家所在的市驻京办的奥迪车开到学校，自己长期使用……她说我爸也是公务员，即使没他爸的工资收入高，也不至于差距这么大。

冯蓓蓓上到大四，给冯军和宋佳佳来电话时，话中开始有些牢骚和不平，主要是担心在北京找不到工作。她也让冯军和宋佳佳帮着找在北京工作的同学想想办法。冯军说现在单位招人要求很严格，招考的过程透明，你自己如果考的成绩不好，爸爸妈妈也没有办法。宋佳佳则劝女儿，在北京留不下就回来呗。爸爸妈妈就你这么一个女儿，还不舍得让你离得太远。冯蓓蓓听到这里，什么话不说就挂断电话。再往后，冯蓓蓓电话中有了埋怨，说爸爸自私，光想着自己的乌纱帽；妈妈也自私，只考虑自己的名誉。爸爸妈妈都不替女儿考虑。宋佳佳说女儿思想出了毛病。冯军虽然也有感觉，但又认为人在一生最关键的时刻，思想上有些变化属于正常，并不能说明女儿的本质变了。

冯蓓蓓大学毕业后，没有考上国家公务员，情绪一度非常低落。冯军和宋佳佳不断给她电话，让她好好准备第二年再考。她说在北京留不下就出国。后来，她考进一家国企工作，虽然有了稳定的收入，但房子、车子等问题又成了挂在嘴边的牢骚。直到去年下半年，这种情况才有了好转。有一次，宋佳佳的弟弟对宋佳佳说，听说蓓蓓在北京混得不错，房子有了，车也有了。宋佳佳听了大吃一惊。她打电话问冯蓓蓓，冯蓓蓓才告诉她找了个男朋友。宋佳佳问她男朋友是做什么的，她不耐烦地说以后告诉你们。

一段时间里，宋佳佳吃不香，睡不安。她和冯军商量，利用学校放假到北京看个究竟。果然，不看不知道，一看吓一跳，女儿现在的生活方式，生活条件，尤其是思想变化，让宋佳佳大为困惑。她想，只有见女儿的男朋友才能弄清真实情况，那就等几天吧！

她也只有等的份儿了。

四

宋佳佳在北京三天过去了，依然没见到女儿的男友。

冯蓓蓓请了几天假在家陪母亲，用她自己的话说做几天"全职女儿"。宋佳佳自第一天晚上跟她去簋街吃了一顿饭，排队排了大半天，又嫌太闹腾，就再也不愿到饭店吃饭。冯蓓蓓只好戴上围裙自己下厨房自力更生。她小时候经常自己做饭做菜，尤其是尖椒土豆丝和红烧肉做得最拿手。

你男朋友能吃惯你做的饭吗？宋佳佳用筷子指着盘子里的辣椒问。冯蓓蓓刚说一句他和咱口味一样，突然又停下了，不悦地说，妈您能不能别老纠缠着问这些问题？

宋佳佳一愣，我，我只是随便问问。她不理解女儿为什么对她和她男朋友的事那么敏感。

母女俩默不作声地吃完了一顿饭。宋佳佳心里很不是滋味，隐约感到女儿有什么事情瞒着她和冯军。同时，明显感觉到女儿与她这个当妈的距离在拉远。究竟是什么原因，她自己也说不清楚。

冯蓓蓓好像意识到了对妈的态度不好，吃完饭主动对宋佳佳说，妈，我已经和医院的朋友联系好了，明天就陪你去做检查！这是我奶奶我爸交给我的一项光荣而又神圣的任务，我必须保质保量完成。

宋佳佳的心口疼已经有几年了。她也在县医院做检查。医生看了她做的X光片以后说是心脏没什么毛病，可能压力太大，休息不好。这次她到北京来，冯军叮嘱她找个医院去查一查。冯军还让她带上一万元钱，被冯蓓蓓挡住了。冯蓓蓓说，爸，你是寒碜你女儿。我妈到北京看病还要从家里带钱，那还要我这个女儿在北京干什么？

其实，冯军对冯蓓蓓经济上的变化也产生过疑问。她找的这个男朋友到底是做什么的？这也是他让妻子到北京"考察"一下的原因。他对宋佳佳说，要真是正儿八经的，遵纪守法做生意的，那就尊重女儿的选择吧！我们也没理由没必要非得给女儿定个择偶标准。所以，宋佳佳最着急的是和女儿的男朋友见面，了解下他的真实情况。让她感到蹊跷的是，女儿对这件事不是躲躲闪闪就是想法儿绕开。没办法，她只好答应和女儿去医院。

检查的结果让宋佳佳非常震惊，是慢性心脏病，专家建议她手术，放支架，不能再拖延，否则会威胁到生命安全。冯蓓蓓看到检查结果，当场就哭了。妈，您怎么对自己的生命这么不负责！病成这个样子还坚持工作，您是想当英雄模范？她又给冯军打电话，爸，您这个做丈夫的太残酷了，妻子生命都危险了，您还不给她看。

宋佳佳陷入了深深的恐惧和痛苦之中。生命对每一个人来说都很重要。她当然不希望自己的生命在这个时候终结。她答应了专家让她住院做手术的要求。可是，当负责办理住院和手术手续的护士长报出费用时，她惊得目瞪口呆。因为那个数字对于她这个普通的中学教师来说，简直是天方夜谭。她坐在医院走廊的长条椅上，双手抱着头，心情坏到了极点。

妈，我给爸打个电话。冯蓓蓓在宋佳佳身边说，您不用愁手术费医药费，我都包了。这点钱算什么！

宋佳佳抬起头，惊恐地看了女儿一眼。冯蓓蓓一下子紧张起来。妈，您怎么这样看我。我又不偷不抢，不找爸爸打招呼帮忙做什么事，您担心您闺女给您行贿呀！宋佳佳把女儿的手拉在自己怀里紧紧地抱着，好像生怕女儿丢下自己。冯蓓蓓的手感觉到了妈妈的心跳，又通过手输送到她的心脏，把她的心和妈妈的心贴近了。她亲着妈妈的头发，竭力控制着冲动的情绪，没有让眼泪流下来。突然，她觉得眼睛一闪，妈妈的头上已经有了几道白发，她再也控制不住，泪水像喷泉一样喷湿了妈妈的头发。

因为手术要预约，宋佳佳的手术时间要在第三天。不一会儿，冯军的电话过来了。他告诉宋佳佳，一定要照专家的嘱咐去做。不要担心钱。我已经请了假，明天晚上的火车就赶过去。在你手术之前我一定会到医院。

宋佳佳的情绪稳定下来以后，冯蓓蓓才陪她离开医院。在她居住的小区地下停车场，又遇上了宋佳佳刚来那天晚上在电梯和停车场见过的一对男女。这次，宋佳佳在电梯间又看了那个男的一眼，觉得心里特不舒服。回到家里，她又说了一句，那女孩做什么的，不怕爸爸妈妈反对呀？

冯蓓蓓说，我认识那女孩，比我晚一届。她上大学时就和那个男的认识了。

那——宋佳佳不知该用什么语言形容自己的心情。

冯蓓蓓说，妈，我知道你心里想的啥。可是你不知我心里想的啥，更不知那个女孩心里想的啥。她开了一瓶可乐，倒了一半给宋佳佳，然后挽着宋佳佳坐下，继续说道，就说那女孩吧，父母都是国家干部，但是都像我爸和你一样清正廉洁。

宋佳佳说，清正廉洁有什么不好。无论哪朝哪代，清正廉洁都是一家人平安的基础。

冯蓓蓓正在修指甲。那枚挂在她胸前的红宝石在灯光下闪烁，让她越发

显得气质高雅。她说，妈您得了吧。我不了解官场，我男朋友了解。他说他搞工程、开煤矿，接触的官员不少，真正清正廉洁的不多。他认识的一个县煤管局长，光在北京就十几套房子，其中有几套还是大别墅。

宋佳佳不信，这官胆也太大了吧？他就不怕出事？

冯蓓蓓冷冷一笑，有人告过他。可是，他的上级让他买通了，保他。你没听说官场上流行的一句话，出事的都是得罪了领导的。平时只要不贩毒，不走私，不反党，也就是不得罪上级，就不会出事。我爸爸就是胆小……她见宋佳佳脸色不太好看，就转了话题。得，得，不说我爸。我再跟你说那女孩。她大一大二大三都还很努力，到大四开始联系找工作，去网上向招聘用人单位投简历，然后就去面试，坐地铁，转公交，再换乘车，两三个小时找到地方，就这样来来回回折腾，回到宿舍累得连饭也不想吃。

那就不能回自己家，为什么非留在北京？宋佳佳不解。

冯蓓蓓说有那么简单吗？我有几个中学同学大学毕业回去，有的到现在还没找到工作。公务员每年就招那几个人，事业单位在改制，也是有进必考，县属企业大都改制了，到民营企业打工，钱赚得艰苦不说，不知哪句话哪件事不称老板的意就炒你鱿鱼。再说，中国的工资分配制度你又不是不知道，像咱那儿一个县长一年的工资能比得上北京一个科长的收入吗，更不用说和那些垄断性的大企业比了。

宋佳佳听女儿说的是实情，无可奈何地叹了口气，说，过去到西部工作的大学毕业生，都是挑了又挑，选了又选的，党员、班干和学生会干部、优秀学生才能有这样的机会。

冯蓓蓓说，那都是老黄历了。咱接着说那女孩。她爸爸妈妈和你与我爸爸的观点一样，就是你刚才说的，在北京留不下就回老家。她这时才大梦初醒，认为爸爸妈妈不关心她。

宋佳佳皱了皱眉头，仔细地看着女儿平静的神情，心里有些不安。女儿会不会借着说那个女孩，发泄自己的情绪呢？想着，她插话说，这女孩就不对了，怎么怪爸爸妈妈不关心她呢？一个人的前途、事业，在很大程度上取决于个人的努力。再者说了，回老家就没前途，这也太武断了吧？

冯蓓蓓抬头看了宋佳佳一眼，说，妈，您这话真说对了。

宋佳佳高兴了。她终于找到了和女儿的切合点。但是，冯蓓蓓接下来的话又让她心情沉重起来。她说，那女孩不想给爸爸妈妈找麻烦，自己的事自已解决。她参加了一家大企业的招聘考试，成绩不错，顺利地进入了面试。可是，问题就出在面试这一关。咱们现在的一些政策，那是故意给有权有钱的人创造条件。就说面试吧，招八个人，面试比例非得一比一，十六个，面试看上去有标准，实际上有很大的操作空间。结果，成绩排前边的面不上，排后边的却面上了。那女孩后来一打听，上的人不是有关系就是花了钱。

宋佳佳说，不是那么绝对吧？我有个学生不是考进银行了吗？我认识他父母，都是下岗工人，在北京有什么关系？冯蓓蓓眉毛一扬，哼，你说的那人我也认识，在驻京办吃饭时见过。你不知道吧，他大三时认识他同校一个比他大三岁的研究生女孩。那女孩她爸就是那家银行的一个领导。

宋佳佳半天没说话。她相信女儿的话是真的。不用说北京，就是她所在县城也是同样。老师们闲下来时，也会对社会上的事情说三道四，全县三十个乡镇，加上二十多个委办局，把主要负责人排一排，主要来源有三个方面，一是过去担任过市、县领导或者市、县部门领导人的子女；二是跟市、县领导做过秘书或者服务过的；三是其父辈与市、县领导一个部门工作过，有交情的。她曾把听到的这些说给冯军听，冯军听了不是沉默不语，就是长长叹息。所以，她找不到说服女儿的理由，只好说，那她就找个老头子呀？

冯蓓蓓反驳说，找个同龄的也是同时期毕业的，能解决什么问题？他就算是挺优秀，考上了公务员，或者进了大企业，一年那点儿工资收入到哪年哪月能买房子？背着贷款当房奴吗？还要不要孩子，拿什么让孩子接受好的教育？家里的父母老了又拿什么尽孝？找个老板，一是疼她，既有父亲对女儿的关爱又有丈夫对妻子的宠爱；二是可以少奋斗二十年，房子、车子都是现成的……

宋佳佳生气地说，这样的女孩，不是犯贱吗？把自己的青春当作资本。

冯蓓蓓说青春当然是资本，而且是价值最高的资本。

宋佳佳说，你这是歪理邪说，做女人最重要的是贞节名誉。那样才受人尊重。

冯蓓蓓冷冷一笑，妈呀，您这是什么观念？现在你说这个话，没有几个女孩信服。贞节也好名誉也罢，能比生存重要，比生命重要？你也不是没看电视上，报纸上说的，那些落马的省部长市县长有几个没有女人，他们的女人中有明星吧，有让人羡慕的电视台主持人吧，还有的女人是当官的吧？这些女人平日里哪个不以为别人尊重她们？她们难道不也是用漂亮的脸蛋和身

体当资本？

宋佳佳说那毕竟是少数，是女人中的败类！

冯蓓蓓说得了吧，不出事时谁一语道破她们败类。有的演员、主持人和当官的出了事，最多被网民骂几句，过一段日子照样出来红红火火。有人说可能又跟别的当官的睡了……

宋佳佳觉得再和女儿争执这些可能会对女儿产生负面影响，就说困了，睡吧！冯蓓蓓倒了杯开水让她服了药，又给她铺好床，帮她脱了鞋子。

躺在床上，宋佳佳翻来覆去睡不着。她无论怎么想也想不明白女儿的观念为什么会发生这么大的变化。是环境的影响，周围人群的影响？女儿大学毕业时就该坚持让她回去。就这么一个女儿，留在身边多好。可是冯军就是不开这个口，不给女儿找个合适的工作。这个冯军，多少年来家里的事一点不办。她弟弟从部队复员，他也没给找个事做。她弟弟自己开公司，想让他打个招呼揽点工程，还被他训了一顿。他自己的姐姐、哥哥也都埋怨他没人情味，把官位看得太重。现在这世道，清清白白做官的不光官运不通，而且会众叛亲离。排在他后面的副局长有的已当了副县长。他呢，荣誉倒是落了几个，什么廉政建设先进，什么优秀工作者，还有……落了个好口碑，几次民意测验，他的票数都领先。他说这就是民意。宋佳佳过去也一直很满足，一个农民的儿子能到今天已经不容易了。所以，她总是理直气壮地站在冯军一边。过去女儿也是他们的支持者。可是这两年女儿言语中透露出的却与以往截然不同。让她自己最苦恼的是，在同女儿讨论一些人生话题时，她常常被女儿举的大量触目惊心的事例说得哑口无言——

宋佳佳从床上起来，走到窗前，拉开窗帘向外看去。窗外的世界尽管是深夜，依然灯火辉煌，五彩缤纷，一派繁华景象。繁华背后，我们子女的精神世界到底是什么样子，难道不应该关注吗？她颓然地坐在床沿上，脑子一片混乱，心也空荡荡的，不知不觉流下泪。女儿卧室里不时传出笑声，她在和什么人通电话，说的是出国的事。那笑声听起来不像儿时那样纯洁，不像前些年那样生动，而是带有放荡，甚至说淫荡，让她听起来是那么陌生，那么悲凉。她长长地叹了口气。孩子大了，属于社会了，做父母的已经无能为力改变他们的生命轨道。她这样安慰自己。

冯蓓蓓卧室的门轻轻响了一下。宋佳佳赶忙躺回到床上。她先是听见卫生间传来动静，不一会儿，冯蓓蓓在门外喊她，妈，我有点事要出去一趟，您先睡吧！

　　宋佳佳到阳台上向下看，她想看到女儿的身影，然而茫茫灯海之中，女儿在哪里呢？

五

　　早起是宋佳佳多年养成的生活习惯。县城中学过去有早课，班主任都要跟班。她做好早饭，然后在客厅里一边翻着旧杂志，一边等女儿起床吃饭。七点到了，女儿没起床；八点过了，女儿那边还没有一丁点动静。她有些不放心，女儿昨晚没回来，抑或住在外边了？她走到女儿卧室门前，犹豫了一会儿，敲门，还是不敲门，拿不定主意，怏怏地回到沙发上坐下。

　　又过了半个小时，冯蓓蓓起床了。她还没洗漱完，就回了卧室，稀里哗啦地像在翻什么东西，接着又匆忙到了客厅，茶几上、电视机座上，甚至连沙发下边都翻腾了一遍。宋佳佳问她找什么，她回答说红宝石不见了。宋佳佳一边帮着她找，一边问她，那枚红宝石挺贵重吧？冯蓓蓓没有回答。她好像心里上了火，喝了一杯冷开水，翻腾东西时的手脚重了，咣当咣当，把衣柜和抽屉弄得发出呻吟和抗议声。沙发的几个靠垫也被她扔到了阳台上。接着，她的喘息声也变粗了，眼泪在眼眶里直打转转。

　　宋佳佳看女儿着急，心里也跟着发慌。她说你昨天晚上回来得晚，会不会落在车上了。冯蓓蓓这才拿着车钥匙到地下车库，在车上找到了那枚红宝石，阳光和笑容又回到了她的脸上。回到屋里，她抱着宋佳佳亲了一口。我的好妈妈，还是您智慧！

　　宋佳佳也长舒了一口气。她说看你刚才着急的样子，找不着恨不得自杀。

　　冯蓓蓓捧着那枚红宝石对宋佳佳说，妈，您不懂，所以就不知道它的价值。您看看它温润细腻、晶莹剔透的质地，手指划过有丝柔水润般的感觉，就像你女儿的肌肤和长发。你再看它的成色，好像里面射出光来……我不给您讲那么多了，讲了您也不懂。您看您女儿戴着它好看吗？

　　宋佳佳点点头，禁不住赞叹地说了句女人味更足。

　　冯蓓蓓又高兴地搂住宋佳佳的脖子，妈您说得完全对。我老公说了，佳人颈间悬垂红宝石，会让佳人更具女人味道，更懂得忠诚，是人类最美的装饰品……

宋佳佳听到这里，突然想起来了，当年汪大天送她一枚环状的东西时，曾经说过这样的话。她捧着仔细看了看，心跳一下加快了。对，就像这枚红宝石。难道？她的脸色一下子涨得通红，严厉地问，蓓蓓，这东西你是从哪弄来的？

冯蓓蓓一边穿衣服，一边不耐烦地说，买的！

宋佳佳不信，你买的？它的价值你知道吗？你买得起吗？你给妈说实话，是谁送给你的？

冯蓓蓓进了卫生间，扔下一句话，造假的多了，你去几个古玩市场看看。

宋佳佳的确不懂宝石，但是一个女人的天性告诉她，一块好的红宝石尤其是这种有一段历史的红宝石，一定具有独一性。她从第一眼看见女儿脖颈上戴着这枚红宝石，就有种似曾相识的感觉。现在，她几乎可以断定，这枚红宝石就是当年汪大天曾经送给她，被她退回的。难道汪大天通过女儿让冯军为他办什么事了？不对，没听冯军提起过，冯蓓蓓也从没有给冯军说事。那就是另外一种可能，她不敢想的可能。她把那枚红宝石小心翼翼地放在餐桌上，然后去厨房盛饭。那个她不敢想的可能在她脑海里闯来跳去，让她想得头疼。

妈，我帮您找了个专家，您就放心做手术吧！冯蓓蓓刷着牙，对宋佳佳说。宋佳佳感觉女儿是在回避谈那枚红宝石的事。不过，她决定还是要问个究竟，心里踏实。

没想到，她刚提这个话题，女儿突然火了，把饭碗一丢，起身进了卧室。她愣怔地坐了一会儿也跟了进去。这回没等她问，冯蓓蓓接过红宝石挂在脖子上，大大方方地说，这就是汪大天送给我的。

他是不是想打通你的关节，让你爸给他办什么事？宋佳佳问，又说，闺女，你千万不要背着你爸爸招揽麻烦。

冯蓓蓓不屑一顾地说，妈，你以为我们非得找我爸才能办成事？老汪和书记县长、市长的关系比我爸都铁。他在咱县城的房地产，哪一块地皮是我爸给办的？给你实话实说吧，老汪根本就看不上我爸。

你们？宋佳佳睁大了眼睛，惶惶不安地问，你认识汪大天？

冯蓓蓓这次没有回避，点了点头。她回到客厅，冲了一杯咖啡，坐在沙发上慢慢地品着，一副心不在焉的样子。妈，您不到健忘症年龄吧？老汪和你、我爸是同学，又是咱县咱市有名的大老板，想认识他的人多了。

宋佳佳说，我就不想认识他。

冯蓓蓓说，事实是你认识他，这总是不可回避的吧？又不满地说，我弄不明白，你们那一代人的仇富心态有点畸形了，一说老板就给人家戴顶灰色的帽子披件黑色大衣，仿佛老板就是阶级敌人。人家老汪怎么了？人家是有钱，几个亿都不止。可人家那几个亿是财富，不是偷来抢来的，用着大大方方，坦坦荡荡。据我所知，老汪的小学、中学、大学同学中只有你和冯军与他没来往。他朋友圈子里县长局长副市长的都有，和老汪都称兄道弟。老汪对他们以及对他们在北京的子女照顾得都很好……

宋佳佳惊奇地问，汪大天还有大学同学？他什么时候上的大学，骗你小孩子吧！

冯蓓蓓说，我首先声明，我不是小孩子了，辨别能力丝毫不比你和爸差。至于老汪的学历，你说他花钱买的也好，人家就是博士。他外语是差了些，老是把爱拉夫油念成爱拉猪油——她说着笑了起来，喝到嘴里的咖啡也喷了出来，说，我骂过他，你爱拉猪油还不如拉石油挣钱呢。

你和汪大天这么熟吗？宋佳佳这回更惊奇了。直到这时，她还不敢把女儿和汪大天联系在一起。

冯蓓蓓大大方方地回答说，当然熟了。咱县驻京办一年就几万块钱活动经费，全吃老汪。我给它起名字叫"啃汪办"。这"啃汪办"一请客或举办活动，老汪就来，一来二去不就熟了。再说，她知道我是冯军和宋佳佳的女儿，对我特别亲。

宋佳佳问，他没让你找你爸办事？

冯蓓蓓不耐烦了，妈，您能不能别这样咄咄逼人？老汪听说您来北京了，要住院动手术，打算请您吃饭。有什么话您当面问他吧。

宋佳佳生气地说，我凭什么和他吃饭？

冯蓓蓓说，是县驻京办给您接风，老汪买单。您不给老汪面子，不能不给县驻京办面子吧？

那就等你爸来了再说！宋佳佳的确不想单独见汪大天。前年一个同学的儿子结婚，她陪着冯军去赴宴，在宴会上见到了汪大天。汪大天虽然不像有些老板那样脖子里挂着又粗又长的金项链，手指上戴着钻石戒指，身上穿着名牌，说话大大咧咧，但他说话不讨她喜欢。比如他称县委书记，县长都直

呼其名，某某那小子听说我回来了，硬要请我吃饭。我说了，一辈子同学三辈子亲，我同学的儿子结婚就等于我儿子结婚，我能缺席吗？这期间，他一直想找机会接近宋佳佳，宋佳佳则故意回避。互相敬酒的时候，他端着酒杯走到她面前，她不能拒绝了。那么多同学会反过来说她小气，再说，不看僧面看佛面，这毕竟是同学儿子的婚礼。他敬酒时悄悄说了一句，你让冯军盯紧一点，这回别再把局长的宝座让人抢了去！

宋佳佳回到家，把汪大天的话说给冯军听了。有人说汪大天是咱县地下组织部长，他能操纵让谁上让谁下，我都奇了怪了。冯军苦苦一笑，说听他吹呗，吹牛皮又不要报税。后来，汪大天让同学捎信给她和冯军，说是冯军如果需要帮忙尽管找他。她和冯军一口回绝了。这回，冯军会接受他的宴请吗？她心里没底。

冯军没有如约到北京来。县里一所山区小学的教学楼被暴雨淋塌，十几个小学生受伤。教育局长不在家，他这个主持工作的副局长离不开，是在去事故的路上给宋佳佳打的电话。他在电话中再三请求妻子原谅，你手术时我不能陪在你身边，心里很过意不去。宋佳佳说孰轻孰重我宋佳佳还不清楚？这可是天大的事，老冯你一点不能掉以轻心。放下电话，她难受得流了泪。她是一名教师，非常疼爱自己的学生。听说孩子受伤，心像被刀割了一样疼。

县驻京办的宴会，她在冯蓓蓓的再三动员下去参加了。一进酒店的豪华包间，看见两个男人正交头接耳说话。冯蓓蓓喊了一声，老汪，我妈来了，还不迎接！那两个男人这才忙不迭地站起来，上前与宋佳佳握手。他们一个是县驻京办张主任，一个是汪大天。汪大天穿一件红色短袖衬衣，打着黑色领带，看上去显得年轻了几岁。让宋佳佳惊异的是，他戴了一副眼镜。她想，这小子该不会戴的平镜吧？汪大天和她握手时，正好站在她和冯蓓蓓中间。她清楚看出汪大天比冯蓓蓓矮了两指。汪大天的目光落到冯蓓蓓脖子挂着的红宝石上，脸上露出欣喜。这一细节被宋佳佳捕捉到了。

冯局长不能来太遗憾了！张主任说，这件事发生得太突然，省领导都批示了，非常重视。县长也正往出事地方赶！

汪大天接着说，看起来要追究责任了。

宋佳佳的心咯噔一下。每次地方上发生安全生产或其他恶性事件，上面都会追究处理几个干部，有警告的，有撤职的，还有的法办。县长有一次在县长办公会上说，咱班子就这么几个人，一年处理一个，一届下来剩下不了几个。那么大个县，你能知道哪个地方会出事？何况往往又是突发的。冯军作为教育局副局长，正好分管农村小学这方面的工作，农村小学校危房改造上级三令五申，你们县怎么还有危房，还会伤亡学生？

冯蓓蓓说，就该追责，越严厉越好！把那些对老百姓麻木不仁的官员统统撤职查办！我爸爸这样的好官员才有机会。

宋佳佳白了女儿一眼，心想，这孩子怎么说话不靠谱呢？

该上桌了，汪大天抢先一步把椅子向后挪了挪，请宋佳佳坐。然后又给她铺好台布。这家饭店是做粤菜的，第一道上的汤。他又主动为宋佳佳和冯蓓蓓盛汤，对张主任却说，你自己动手吧！冯蓓蓓坦然自若，而宋佳佳对汪大天的殷勤有点诚惶诚恐。一再说，我自己来，自己来！冯蓓蓓脱口而出地，妈，您就给老汪为您服务的机会吧！说完，发现宋佳佳的神情不对，又赶忙解释说，在这桌上你今天是客人嘛。她又给汪大天使了个眼色，汪大天忙点点头，是呀，佳佳你今天是客人。冯蓓蓓拿起面前餐巾盒中的毛巾朝汪大天扔了过去，呸，怎么没大没小地对我妈，你得称我妈老师！汪大天又冲宋佳佳说，宋老师好，尊师重教是传统美德，我为老师服务是应该的！冯蓓蓓高兴地笑了。

宋佳佳从女儿与汪大天来往的眼神和对话中，隐约感觉到他们之间的关系非同一般，但到底是长辈与晚辈之间的关系，大朋友与小朋友之间的关系——她想不清楚也不敢往下想。

汪大天的手机响了。他看了一眼来电显示，说了声抱歉，拿起手机向外走。冯蓓蓓刚才还笑容灿烂的脸瞬间变得阴冷了。她好像不在乎宋佳佳和张主任的存在，霍地站了起来，椅子也被她带倒在地上。她怒气冲冲地跟上了汪大天。宋佳佳一时茫然不知所措。张主任端着酒杯过来给她敬酒，说，宋老师，你生了个漂亮女儿，有福啊！宋佳佳觉得他的话中有话，但又不好拉下脸来。就在这时，门外响起冯蓓蓓的嚷嚷声，姓汪的我警告你，你要再和那个女人来往，我就废了你！

张主任看了宋佳佳一眼，那一眼太深奥了，让宋佳佳感到很艰涩；那一眼太锋芒了，让宋佳佳如刺在身。她突然后悔，后悔不该参加今天的宴会，后悔不该跟女儿来北京，后悔……

汪大天和冯蓓蓓是一起回来的。冯蓓蓓好像余怒未消，脸上阴云沉沉。

她把右手里的手机朝桌子上轻轻一扔，左手里的手机却是朝桌子上一拍。她左手拍的手机是汪大天的。宋佳佳的心猛地跳了一下。汪大天却完全是另一种模样，依然满面春风，笑容谦和，坐下就给宋佳佳敬酒。宋老师，这第一杯酒敬你和冯军恩恩爱爱走到今天不容易。

宋佳佳看了一眼冯蓓蓓脖子上的红宝石，觉得有必要对汪大天提点醒。她说，汪大天你也老大不小的人，又是大老板，老同学忠告你一句：千万别学坏。我最近听到一个顺口溜说，男人五十才更坏，怀里搂着下一代！

汪大天一下子愣住了，看了冯蓓蓓一眼。冯蓓蓓目瞪口呆地看着宋佳佳，脸上一片茫然。张主任倒是脑门儿灵活，接上句说，那不叫坏叫本事，叫能耐，用咱老家的话说是老母牛掉酒缸里——（醉）最牛！

冯蓓蓓给宋佳佳夹了一只油炸大虾，嗔怪地说，妈您这都是从哪学来的，男人五十就不能爱年轻女孩子？都什么歪理邪说。

汪大天也接上说，我也听说北京流行的顺口溜，身高不是距离，年龄不是问题——他还没说完，就被宋佳佳打断了。宋佳佳这次爆了粗口，说这都是些什么屁话，流氓拿来哄骗无知少女的。她说完起身进了卫生间。汪大天看着宋佳佳略显苍老、疲惫的背影，不知是出于同情还是怜悯，感慨地说，差距就差在观念上啊！冯蓓蓓拉了汪大天一把，你给我老老实实地坐着吧，能不能少说几句，别惹我妈生气。她明天就要动手术了！

这顿饭实际上不欢而散。冯蓓蓓回到家就埋怨宋佳佳，人家老汪怎么得罪您了，您鼻子不是鼻子脸不是脸，让人家多没面子！

宋佳佳说，姓汪的说的是人话吗？和我这老同学说说还行，可你还在场，你是个涉世不深的黄毛丫头。

冯蓓蓓笑了，还黄毛丫头呢。我都大学毕业三年，奔三十的人了。跟您这样说吧，您总以为您在世道这个水里蹚的年数多，可咱县城就是小水塘，比起来北京是大海。大海的水多深？我游一次比您在水塘里游一百次一千次喝得水都多。

宋佳佳说，所以我和你爸怕你被淹着。

六

宋佳佳的手术非常成功。

清醒了过来，她看见女儿冯蓓蓓，冲她笑了一笑，示意女儿放心。可当她看到手捧鲜花的汪大天时，笑容即刻逝去，把脸扭向一旁。进了病房，她毫不客气地对冯蓓蓓说，你不要让我再看到汪大天那张脸！冯蓓蓓仿佛受了很大委屈，眼泪一下子流了出来，说，您这不是故意难为你女儿吗？这医院是老汪找的，专家是老汪请的，就连这样单间的高干病房也是老汪出面找院长解决的。你女儿哪有那么大本事啊！

宋佳佳说我不要他同情他帮忙。我就一个乡下的中学教师，住什么高干病房？说着她就要从床上下来。冯蓓蓓按住了她，你身体里放的支架是不是也要取出来？妈，我真想不明白您观念还这样落后。

宋佳佳说你说我落后就落后，不高兴就甭叫我妈。

冯蓓蓓说您别再给我爸添堵了行不行？

宋佳佳一愣，你爸，你爸他怎么了？

冯蓓蓓扶着宋佳佳重新躺好，拿毛巾给她擦了擦脸，然后又给她倒了一杯温开水。宋佳佳看见冯蓓蓓脖子上的红宝石，不高兴地扭过脸，茶杯也没接。冯蓓蓓扶着她，让她把水喝了。她说，我原不想今天告诉你，你刚做完手术要休息。

宋佳佳急了，什么事你就快说，你越不说我心里越着急。

冯蓓蓓说，咱县不发生小学教室倒坍砸伤学生的事吗？上边挺重视，要追究责任。有人想把责任推到我爸头上。

宋佳佳一听又急了，怎么能推他头上，盖校舍的事又不归他管，他管的是教学。

冯蓓蓓说，可赶上了我爸在下大雨前两天到那个地方去过，回来准备向财政局等有关单位反映，这还没来得及不就出事了。人家就说他对群众反映的问题不关心。

宋佳佳急得眼泪都流出来了。这不是牵强附会硬要整人吗？我早就给你爸说，下边矛盾多，你能少下去就尽量别下去。他就是不听。别人是遇着矛盾绕着走，他是吹着浮土找矛盾。看看，又让别有用心的人逮住小辫子了吧！局长马上要调走，赶到这节骨眼上……

冯蓓蓓说，你也别着急上火。你着急上火有什么用？这事老汪答应出面给摆平。

他，你说汪大天？宋佳佳哼了一声，我发现你是被他骗了。他不就有俩臭钱，凭什么？

冯蓓蓓回答，就因为他有俩臭钱，才能摆平这件事。过去有句话叫有钱能买鬼推磨，现在升级了，叫有钱能买磨变鬼。老汪经常帮人摆平事。你有个同学的老公在咱县交通局当局长，他前年犯事您应当知道吧？

宋佳佳有个大学同学的老公在县交通局当副局长。前年那位副局长被施工队检举受贿案发。她同学知道冯军的学生在纪委工作，找到她和冯军，让冯军关照一下。冯军说我不管纪委工作，就是管纪委，也帮不了你这个忙！她同学哭着骂着离开她家，说她和冯军两口子不是人。一周以后，那位交通局副局长被放了出来，官复原职。他们两口子专程到宋佳佳楼下放了一串鞭炮，气得她饭也没吃。此后，那位副局长夫妇连着三个晚上宴请亲朋好友，席间大骂冯军两口子装孙子！有的人说是你们送的太少。宋佳佳知道后问冯军怎么会这样？冯军苦笑着摇摇头，眼角流下两颗硕大的泪珠儿。今天，女儿冯蓓蓓一讲，宋佳佳才明白是汪大天从中运作的。她想起冯军说过的一句话：如果让我重新选择，我决不会踏进官场！

这件事情以后，宋佳佳曾有一段时间的苦闷。她甚至动摇过，彷徨过。后来一想，人已过百了，既然上半生平平安安过来了，那就平平安安走完这一生吧，清贫也好苦难也好……

冯蓓蓓见宋佳佳沉默不语，以为触动了她的心。她没有继续往下说，出去打电话了。宋佳佳想给冯军打个电话，问问他那边的情况。拨了几个号以后又停下了，她知道这个时候冯军一定很忙，也一定很苦恼，不然他不会连电话也不打一个。难道真的像蓓蓓所说，有人想给冯军扣屎盆子？她不敢往下想。再用几年就退休了，局长可以不做，但也不能栽个跟头。

一阵淡淡的香味沁人心腑，宋佳佳睁开眼睛，看见了怀抱鲜花的汪大天和张主任。张主任笑容可掬地说，宋老师的气色不错，比手术前显得还年轻了。他扭过头看着汪大天，这都是汪老板介绍的专家医术高。听说这个专家是专为省部级高官操刀的。

汪大天连说了几声应该，应该。

宋佳佳对张主任说想和老同学单独聊聊。张主任知趣地离开了。

汪大天从包里取出一堆瓶瓶罐罐，上边写的全是英文字母。汪大天说，这都是从美国捎来的高级补品，对你的病有好处。

宋佳佳示意汪大天坐下。汪大天犹豫了片刻，搬了张凳子靠墙边坐下了。他好像猜测出宋佳佳会给他说什么，一开始有些局促不安，很快又镇定了下来。

宋佳佳问，我们家冯军是不是又要替别人顶雷？

汪大天点点头，说，市里昨天夜里开了个紧急会议，会上决定要处理一名县领导一名镇领导和教育局领导。有一位副书记点了冯军的名，说他在出事前去过那里。

宋佳佳竭力保持着镇静，她不想让汪大天看出自己软弱。

汪大天说，这事闹得有点大了！现在，中央和各级领导非常重视校园安全问题。出了这样的事，想包也包不住，没人出来顶雷怎么能过得去。

宋佳佳淡然一笑。

汪大天的手机响了。他看了一眼，神神秘秘地冲宋佳佳挤巴下眼睛，走到阳台上接听起来，喂，是我，你汪大哥，兄弟，那事办得怎么样了？我给你说，这个冯军是我小学中学的同学，倍儿铁的哥们！对，对，就是那个冯副局长——

宋佳佳听得出来汪大天是在故意说给她听。她也十分牵挂着这件事，所以欠了欠身子，侧耳听着。

汪大天听对方说了一会儿，脸上露出焦急和不耐烦的表情。兄弟，哥今天把话给你挑明了。你们谁要是动我这个哥们，别怪我汪大天翻脸不认人！挂上电话，汪大天松了口气，好像心里舒坦多了。宋佳佳向他招了招手，让汪大天坐下，想和他谈谈蓓蓓的事。可是话到唇边又咽了回去。汪大天精明过人，猜出了宋佳佳的心思，有点不好意思。他看了看表，又看了看窗外，冲宋佳佳笑了笑。

宋佳佳终于想到了开头的话。她说，蓓蓓一个人在北京，我和冯军每天都为她担心。她现在老大不小的了，我们想给她说个婆家。我们没有过高要求，只要两个人年龄相配，有稳定的收入，对她好就行了！她的话没说完，冯蓓蓓火急火燎地一头钻了进来，接上她的话茬说，这事不用你和爸操心。现在都什么年代了，还干涉儿女的婚姻。妈，我告诉你，我要找的男人首先要有房，没房住哪里？住露天地？租房？我受不了。其次要有钱，我想要什么都能买得起。不能让我囊中羞涩。当然还要对我好，像我爸一样疼我……

宋佳佳瞪了她一眼，说什么呢？你是找老公不是找老爸！

冯蓓蓓说，现在就时髦找老爸式的老公！一是事业有成，不要再艰苦奋斗；二是知道疼人，不像一些大男孩还得我疼他，累。

汪大天听着这母女俩的对话，走也不是坐也不是，脸上的表情也瞬息万变。最能表现的是两颊的两块肥肉，一会儿紧巴巴的，一会儿松垮垮的。冯蓓蓓忍俊不禁，轻轻打了他一巴掌，说，老汪，你能不能让你脸上那两块肉别跳舞？

汪大天嘿嘿笑着，瞅准这个时机，一边应着一边走出了病房。

宋佳佳责备女儿，说，不管咋说，老汪长你一辈，你怎么说话没大没小，还对他动手动脚。

冯蓓蓓嘻嘻笑了，他就一活宝！

宋佳佳没有再追问女儿男朋友的事。她现在一脑子装得都是丈夫冯军的命运。

七

一周过去了，宋佳佳在医生护士精心照料和女儿冯蓓蓓的关爱下，恢复得很快很好。这天早上，她跟冯军通了个电话。她问冯军，那个事完结了吗？

冯军说，你不要着急出院。我的事不用你担心。我们得相信组织，组织会公平处理的。

宋佳佳长长地叹了口气，说你每次都这样安慰我。五年前那次提局长，你民意测验、组织考察票排第一，你说相信组织，结果呢……我听你这话都没信心了。

冯军沉默了一会儿就挂断了电话，让她感到惊异。是他精神压力太大，一时疏忽，还是觉察到了什么，不愿触及，为什么不问一句她见没见到女儿的男朋友呢？她决定还是由她给女儿摊牌。这个事情不弄明白，她的心脏病治好了，心病也会发作。

聪明的女儿好像猜透了她的心思，一连两天都以单位加班为名，没到医院里来看她。这期间汪大天倒来过一趟，是给她说冯军的事。汪大天说宋老师你放心吧，冯军的事基本上摆平了，这次处分的人里没有他，最多也就写个检讨，走走形式。

宋佳佳说你别叫我老师。咱们是同学。你这样叫我听着特别扭。

汪大天说那是那是，一辈子同学三辈子亲。我第一次见蓓蓓就觉得很亲。

说完几句话，两人没话说了。她不想再在汪大天面前提女儿的事，就自然而然地问起汪大天生意上的事。这些年不大见你回老家，在哪儿发展啦？

汪大天诡秘地笑了笑，掏出纸巾，假装要打喷嚏，走到门外果然阿嚏阿嚏了几声，进了屋又急忙掏出手机，说是要接个电话又出去了。他这次出去带上了门。他这一连串几个鬼鬼祟祟的动作，引起了宋佳佳的怀疑。她隐隐约约感觉到，汪大天和冯蓓蓓之间一定有什么事情瞒着她。汪大天过了一会儿进来告辞，她也没有挽留。汪大天走后，她马上给冯军打了个电话。

汪大天这些年在哪里，在干些什么你听说过吗？她直截了当地问冯军。

冯军迟疑了一下，说你管他在哪里、干什么，咱又不靠着他吃靠着他喝。

她说，我看见咱家蓓蓓脖子上挂着枚红宝石好眼熟，和那年汪大天要送我的一模一样。我就问了蓓蓓，蓓蓓说是汪大天送她的。我真担心……

还没等她说完，冯军在那边发了火。你别担心这担心那疑神疑鬼的好不好。你现在第一任务是休息，是养病，病好了就出院回家来。说完就挂断了电话。

她既委屈又不安，哼哧哼哧地哭了。这时，冯军的电话又打过来。他说我正在反省，正在写检查，情绪不好，刚才对你发脾气耍态度，实在抱歉，请你别往心里去。听见她在哭，他更加不安，接连说了几个对不起。你当妈的关心孩子可以理解，孩子再大，在父母面前还是孩子。不过，孩子毕竟长大了，有自己的见解，自己的追求，自己的梦想，我们做父母的……唉，怎么说呢？我觉得你的担心有点多余。他汪大天再说也是咱俩的同学，孩子的长辈。就算……他，他也不能那么没人性吧！

放下冯军的电话，宋佳佳心里舒服了一些。

临出院前，冯蓓蓓和汪大天一起来了。她决定相信冯军的话，拿出了老同学的热情，对汪大天一口一个老同学地叫着，还提到了好多他们小学和中学时代有趣的事情。汪大天也好像回到了那个年代，深有感触地说，那时候大学生在女孩子心目中才是白马王子，找个大学生是多荣耀的事啊！可事实呢……凭老同学你的条件，当初如果不是嫁给冯军，现在哪能过得这么难。听说你在菜市场买菜，为鸡蛋涨价还和人家卖鸡蛋的吵得红脸……

宋佳佳气得一句话也说不出来。汪大天说的事的确是事实。你总不能连事实也否定吧？

汪大天坐了一会儿，说是去帮着办出院手续出去了。宋佳佳问冯蓓蓓，你男朋友到底还来不来？她的目光咄咄逼人地看着女儿的眼睛。当了多年教师的她，深信眼睛是心灵的窗户这句话。

冯蓓蓓的目光很坦然，回答得也从容不迫，他已经来了！

在哪儿？宋佳佳的心一下提到了嗓子眼。她已经意识到将有什么样的事情发生。

冯蓓蓓指了指汪大天刚才坐过的凳子，呶，刚才还坐在这儿。

宋佳佳仿佛受了莫大侮辱，一下子坐起身来。由于用力过猛，身上的刀口撕裂般地疼了一阵。她的心更疼，喘息也重了。你，你是说姓汪的？他，他，他是你的男朋友？

冯蓓蓓不以为然地点了点头，怎么了，老汪不能做我的男朋友？是中华人民共和国宪法规定的还是联合国人权公约规定的？

你滚，你给我滚，别让我看见你！恼羞成怒的宋佳佳歇斯底里的吼叫着，抓起床上的枕头向冯蓓蓓砸去。冯军没有你这样的闺女，宋佳佳没有你这样的闺女。接着就号啕大哭，冯军啊冯军，看看你闺女多给你争光争气呀……

护士长听到病房里的叫声赶了过来，劝宋佳佳消消气。你不能感情冲动，不然会影响伤口愈合甚至可能引起并发症。宋佳佳说，那就让我死吧，死了啥也看不见听不见，不痛苦了。

护士说，再痛苦的事莫大于死亡。你死了就是把责任丢给了你的家人，把苦难丢给了你的家人。宋佳佳不想和护士辩论，拉过床上的毛巾被盖上头放声痛哭。护士给冯蓓蓓使了个眼色，冯蓓蓓无动于衷，好像已经麻木了。护士连拉带拽地把她请出门外，刚要批评她，她一扭身又回了病房里。护士还想去拉她，被一直守在门外的张主任拦住。张主任说护士小姐你就别操心了，她们母女之间必须面对一场抉择。

冯蓓蓓进了病房，见宋佳佳还蒙着头大哭，身子也不安地滚着，两只脚拍打着床。她打开了电视，把音量调到最高，盖住了宋佳佳的哭声。然后，她走到阳台上去打电话。她这个电话打了大约半个小时。挂断电话后，她径直出了病房。

宋佳佳哭得累了，也哭烦了。她感觉自己的心已经死亡。女儿，她的独生女儿，她的希望所在，竟然背着她和丈夫，与一个当年曾苦苦追求过她的人、她和冯军的同学、可以称作女儿父亲的人同居，而且口口声声称其为老公。这到底是怎么了？是因为从小过惯了艰苦的日子，想报复？还是消费主义时代的影响，抑或是高房价压力下的心理畸形？

她的手机铃声响了一遍又一遍，她没有理会。她猜想得到，这个时候一定是丈夫冯军的电话，但是她想不出该不该把这个消息告诉冯军，更想不出冯军听到这个消息后能不能经受得住打击。

张主任轻手轻脚地走到她床前低声说，宋老师，冯局长的电话，他请你接电话。

宋佳佳是个要面子的女人。她不想把自家的事情让外人知道，更不想让外人看这出笑话。她擦了擦眼泪，接过了张主任的电话。张主任又知趣地退出了病房。

喂，你还好吗？冯军在电话那边问。

宋佳佳一只手拿着手机，一只手捂严自己的嘴。她怕一开口，积满了胸中的痛苦、不满就会像决了堤的洪水一样喷出来。冯军等了一会儿，见她不回答，又说，手术很成功，这就好。不要多想其他事情了。我们都已经年过半百，不需要把所有责任都背上。

宋佳佳哽咽着问，你这话什么意思？

冯军踌躇了一会儿说，蓓蓓已经给我打过了电话。我开始和她吵得一塌糊涂，后来我，我……

那么说你默许她了？宋佳佳火了。

冯军没有回答。不过，宋佳佳从电话里听得出，冯军的喘息声好像拉风箱一样急促而又粗重。她又问了一遍，你冯军就这么没骨气？

冯军还是没有回答。宋佳佳忍不住地吼叫，是不是姓汪的答应给你摆平事，许诺帮你当上局长，你就向你女儿投降了？冯军你还有没有做人的尊严，还有没有父亲的责任？这么多年你的理想，你的追求，你的坚持，你的努力都土崩瓦解了吗？

冯军终于说话了。不过，他的声音让宋佳佳感到陌生，感到惊诧。那是一个苍老的男人苍老的声音、苍凉的声音、苍茫的声音。我对这些都无所求了。我已经写了退休申请。停顿一会儿，又说，但是，我们这代人的确没办法向蓓蓓她们解释清楚很多现实的问题，当发现我们的坚守并没给女儿带来幸福和欢乐，我们的语言在现实面前显得苍白无力，你说我们怎么办？

宋佳佳说，那，那她不该……我们俩再苦再难，一辈子不也过来了吗？你就不能好好说说她。

冯军叹了口气，说，我们是我们那个时代。你是她妈，你又能拿出什么样的道理说服她呢？

宋佳佳回答不上来。她气恼地挂断了电话，然后毅然决然地走到阳台上。这一瞬间她想到了死。是啊，她失败了，冯军失败了，这是她无法面对和接受的事实。可是，当她的一条腿翻过阳台时，护士的话又在她耳边响起：你死了就是把责任丢给了你的家人，把苦难丢给了你的家人。她知道自己这一跳下去就解脱了，可是那将给女儿戴上终生也解脱不掉的精神枷锁。也许女儿一辈子都要在自责和痛苦中不能自拔。一个做母亲的，没有这样的权力！人不能太自私，尤其是做父母的不能对儿女自私。

她觉得自己的心已经碎了……

八

两周后，宋佳佳出院了。她坚持不回汪大天为冯蓓蓓造的那个窝，而是要直接回家。

这之前，她和女儿之间还有过一次对话，一次让她刻骨铭心的对话。她说，蓓蓓你是爸爸妈妈的好闺女。爸爸妈妈不怪你，一定是汪大天那坏东西骗了你！

冯蓓蓓说，妈，先纠正一点，汪大天不是坏东西。我不止一次考验过他，他没有三妻六妾七十二妃，一心一意对我好。他没骗我，我知道他有老婆孩子，也知道他当年追求过你！追求你就叫坏呀？

那，那他一个有老婆孩子的半大的老头子和你……

冯蓓蓓说，我愿意。他如果能离婚，我愿意嫁给他。

宋佳佳几乎要疯了，你，你是个大学生，你这，这都是怎么学的？

冯蓓蓓毫不迟疑地说，现实。妈，假如你生活在我这个时代，让你在我爸和汪大天之间选择，你也会像我一样……

宋佳佳终于明白了冯军感叹的缘由。不知为什么，她强烈的愿望就是扑到冯军怀里放声大哭一场。

离京时，驻京办张主任把宋佳佳和冯蓓蓓一起送到机场。宋佳佳是回老家，冯蓓蓓是出国。这之前，冯蓓蓓已经告诉宋佳佳，汪大天已经帮她办好了出国留学手续。她出国后，他们两人就友好分手。宋佳佳这才知道，冯蓓蓓和汪大天是订了"君子协议"的，她和汪大天同居三年，汪大天送她一套北京的住房，再为她办出国留学手续，在国外给她存一笔可供学习期间花销的美元。冯蓓蓓说，凭你和我那廉洁清高的爸爸，连我出国的飞机票钱都不一定能拿得出来！

宋佳佳张了张嘴，欲言又止。

在和女儿分手的一瞬，宋佳佳清楚地看见，她的脖子上仍然戴着那枚红宝石。她想扯下来，狠狠地摔在地上，把它摔得粉身碎骨，可是终于没有那么做。因为她已经知道了那枚红宝石的价值……

作者简介

王昕朋，男，笔名彭晓、肖彭，安徽萧县人，祖籍江苏徐州，中国作家协会会员、北京市作家协会会员。先后出版长篇小说《红月亮》《天理难容》《天下苍生》(合著)《漂二代》《团支部书记》；中篇小说集《是非人生》《姑娘那年十八岁》《北京户口》《红夹克》《金骏马》《风水宝地》《并非闹剧》；散文集《冰雪之旅》《我们新三届》《金色莱茵》《宁夏景象》；长篇报告文学集《雄壮地崛起》《雄性的太阳》《丰碑》；新闻特写集《躬行集》《境界》《布赫访谈录》。长篇小说《漂二代》2011年入选中国作家协会重点扶持作品，2012年由人民文学出版社出版，同年入选中国图书国际推广计划，英文版于2013年5月由美国PODG出版集团在纽约出版，全球发行。

为给女朋友买房子，桂德林贪污公款十八万。通过装病，他从看守所里逃出来，一路南下，来到一座海滨城市，在鹰嘴湖水库落脚，承包了水库。一天深夜，他救起一个投湖自杀的女人，因女人爱嗑葵花籽，他买回种子，开荒种了一大片葵花。女人与葵花的故事、女人与男人的故事由此展开，读来令人动容！

女人的葵花

南　翔

一

看守所在狮子岭下，桂德林所在的 5 号监舍面北，从早到晚不见阳光，却正好从前庭看到郁郁葱葱的山岭一角，运气好的时候，还能看到喜鹊在围墙上的电网下探脑袋撅屁股、跳来跳去。监舍里等待判决的日子太难熬了，窄窄的一间房，住了十个人；窄窄的一条床，一字排开十条，挤得房子只剩宽可容身的一个过道。

监舍里明文规定不能抽烟喝酒，理论上他们也没有这方面的获取与存留，甚至连打火机也不能有；可是只要进到里头，再木讷的人似乎都有办法满足自己一时半刻的口腹之欲，说满足或许过了，偶尔寻求一点小享受与小刺激，并不难。那天，桂德林看见同监舍的老赵在院子里配合电视台采访进来，从兜里掏出一包没开封的芙蓉王，还有半包软中华，那份高兴，鼻头沁出点点汗珠、红得像朝天椒，话也比平时稠了一倍。天可怜见，一个原市交通局的大拿，脱了面具上电视，鼻涕一把泪两行地现身说法，得了一包半烟犒赏，就幸福得几乎忘了自己姓甚名谁！

人啊，真是到什么境地做什么姿态。

桂德林有过三年的吸烟史，后来戒了。戒烟者最好是回避别人抽烟，尤其是在这样的境地，满腹忧愁，一腔郁闷，憋得心胸像一座大大超水位等待行洪的水库，不仅袅袅的烟香，就是吸烟者那种其味无穷的充溢在嘴角眉梢的享受姿态，都是可耻可恨的诱惑。他走到前庭，把琢磨了两天的计划重重

夯实在心底了，换句话说，是老赵以及同监舍其他人的缤纷表现，巩固了他一个反复酝酿过的出逃动机。他不能像老赵和其他人那样，为了一口好烟一口好酒，或一点别的什么轻贱的口腹之欲，就把头低到了尘埃里。人的本质上的轻贱也体现在这里，只有到了这地步，他才切肤之痛地悟到了劳改二字的含义。劳动加改造，劳动是为了改造，改造需得通过劳动；通过劳动，知道稼穑不易、摒弃不劳而获的思想，这个道理太简单了，简单得就像幼儿园小朋友手中的一册看图说话。

可是，人又太容易受到诱惑，不在那个位置，什么大道理都懂，不仅懂，说起来滚瓜烂熟、头头是道，批判起来更是正义在手、义愤填膺；屁股一落座，三下五除二就全面缴械了。六号床位那个自诩"炮兵司令"的老谯，不过一个变电站站长，他说他那个周围的村妇就像向右看齐一样排队来向他搔首弄姿，结果他就在行了好事之后，任村妇们插着大电棒煮猪食、点着大电炉烘尿布。他没收过村妇的钱，充其量收过一点时鲜花生、红薯或菜籽油，转手就把篮子里的土产连形式带内容一起送了别人，他的问题主要是接受性贿赂。他说进来之前从没听过性贿赂这么个词，他最后的判罪很可能是玩忽职守。老谯愤愤而又不无自得道，妈的，不就打几个横炮么，打出一个玩忽职守！

老赵说他坐的是一个火山口的位置，到他这一任，已经是第五任前赴后继了。老赵嘿嘿一笑说，说白了吧，制度比美德重要。他看德林是一个年轻的知识分子模样，问，大学毕业还没几年吧？受贿，还是贪污？德林很没劲，很不想和他们等量齐观，尽管老赵也是一个电大毕业，后来还混了一个经济学硕士文凭。他德林乃是正宗上海财大会计专业本科毕业，当年这个专业的录取分数可以上清华的最低投档线。想到个把月之后宣判服刑，接触到的一定是比老赵、"炮兵司令"更恶心的一群人，那时候，想不取低姿态都不行。每每想到去一个条件恶劣的煤矿或采石场服刑，五年、十年甚至更长时间，不待出来，就是一个面目全非、低三下四的桂德林，他就不寒而栗。甚至，能不能出来都是问题，他有肝病，肝病是富贵病，要养的；收监了，整日劳动，还想养哪样！

这天下午是他姐姐来探监，他已经设法捎话叫姐姐带点酒来，不要多，就要一小瓶二两装的二锅头就行，当然要高度的。他不知道姐姐能否如愿带来。除非进汽车，监舍大门一般不开，脚下安了滑轮在轨道上开与关。进出探监的以及管理人员都是从小门进出，小门嵌在大门一侧，进出三道门，四周是高墙、电网以及武警踞高把守，想从这里跑出去，那叫插翅难飞。

他把希望寄托在酒上。

姐姐进来之后，胸前吊着一个进门的红牌，如果不是在这个地方，就是一个庄严的会议代表。包袱照例要检查，有奶粉、茶叶、饼干，还有风油精、眼药水、马应龙痔疮膏。他和姐姐面对面坐在小屋里，看守将包袱放桌前，一样一样排出，又笼统一收手，出去了。

什么时候判？

下个月吧。

不要太远才好。

无所谓了。

爸爸每天吃五粒舒乐安定还不能睡。

没用的。

她来看过你吧？

……

妈讲，一眼看她，就不踏实，虚荣。

现在的，有不虚荣的吗？

太虚荣，把你给害了。

想个房子，不算过分。

爸妈要帮你，你又不要，撑面子，这下好……

姐姐透一口长气，眼眶顿时红了。

在家你把爸妈照顾好，就是帮我。

我整天在他们面前，当不得你回家见他们一面。

……平日你又不喝酒，要酒做什么？

眼前一亮，看着姐姐。

姐姐的目光转移到一听茶叶上。

你的肝不好，不能喝白酒。

想喝点。

才几天，头发都白了。

又说，想开。

到点了。

下次，再带点啥？

也就这些吧。

看守已经站在门边了，抬腕看表。

姐姐站起来，眼泪流出来了。

他也站起来道，跟爸妈说，我很好。

姐姐走了，边走边抹眼睛，她的背影让他不好受，姐走路越来越像妈了，有点小步子。

他拎着包包往5号监舍走，一脸若无其事。看守跟在他后面。他能感觉到手里的分量，那是想象出来的分量。一进门，身后就哐啷一声落了锁。

阳光呀自由呀，其实都隔着一念，一念之差之后是一道门，再然后是一连串长长的无可奈何的日子。他已经束手就擒，但不能坐以待毙，没有自由的日子，比待毙好不了多少。他的铺最朝里，放下东西，一样一样在包里摸索着清点。打开茶叶桶，两个指头在里面扒拉，触到了一个扁扁的酒瓶，他慢慢拔出来，放在一边，是二两装的二锅头，不用看也知道是高度的。他捻了一撮茶叶在嘴里嚼，觑一眼左右，看书的看书，看报的看报，"炮兵司令"对着一面小镜子剃胡须，一条紧绷绷的三角裤，把肚脐下裹得像一个发酵的面团。昨晚睡前，都笑"炮兵司令"把人家一辈子的活，一年半载就干完了，现在储藏的炮弹都只能在被窝里打冷炮了。"炮兵司令"一脸不屑道，我以后自有办法舒舒服服地处理，还有叫你们眼红的时候。都这地步了，也不知他是不是说大话。不过，里头是学校，不进来就是一片未知。不管怎么说，桂德林现在并不想让大家知道他有酒，当然也不想叫大家知道他喝酒。其他人那是有好吃的就拿出来炫耀呀，那是要让邻舍知道，他进来的日子不比在外头过得差呀。其实，越是炫耀，越让人觉得可怜。有本事，你出去呀！即使比人家早出去一天，那也会嫉妒得舍友掉出眼珠子来。

晚饭后，人都有些散淡，有人搞内务，有人看报，有人吃点积攒的零食，这时候是桂德林实施喝酒的时间。趁大家各忙各事，他揣着酒瓶到前庭，一仰脖子，一气喝了个干净。盖紧空瓶，屏息一阵，便从裤兜里掏出一把茶叶填进嘴里大嚼。知道嚼干茶叶可以驱除大蒜的冲味，那么，同理亦当可以遮蔽酒味吧？连吃了几把茶叶，一努一努地咽下，这才回屋。他想自己的脸一定通红了，他没有什么酒量，日常哪里这么喝过。进屋就躺下了，老赵问，这么早就睡了，想媳妇吧？

他蜷曲着身子，捂着腹道，今天肚子不大舒服。

老赵道，家里带好东西，吃多了。

也没什么。

在里头没劳动就别吃得太好，吃太好，不是肚子难受，是肚子下面那条虫难受。

老赵二指打横，点着"炮兵司令"道，你倒像劳改过多少次了，红口白牙讲有办法舒舒服服地处理，倒是及早传授给大家呀，免得大家夜夜放空炮，难洗被窝。

老谯就凑过去，与老赵耳语了几句，左右看看，一脸神秘的坏笑。

老赵的腮帮子倏然红了，搡了他一把道，你这是什么馊主意嘛，地道一肚子坏水！

老谯捂着嘴道，喔哟哟，你是正经，古人也这么干过的呀。

尽管有人想知道底细，桂德林却不再有兴趣，他猜想"炮兵司令"在外头基本上是一个五毒俱全，平日谈起吃喝嫖赌，最是来精神，攒一堆一次性筷子，都可以邀左右过把赌瘾，赌资可以是烟、茶，也可以是饼干、奶粉和瓜子。老谯对人还大方，不像老赵，经手上亿，却连一罐辣椒酱都不愿跟人分嗑。

一个染缸啊，桂德林的清高遮掩不住，所以也受到比较多的奚落。他想出逃的愿望一日比一日强烈。现在肚子隐隐作痛，太阳穴也隐隐作痛，知道假戏已经做真了，为了远远离开这地方，远远离开这群人，他不惜付出身体的代价。

第二天吃早饭，他没有起来，看守进来以后，他依然蜷曲着身子。看守蹙眉发问，哪里不好？他转过脸来，翕动着唇，轻轻呻吟。看守问，脸色怎么这么难看，吃坏东西了吧？他有气无力道，没有，一直不想吃，我的肝不好。看守头一仰，后退了半步道，你得过肝炎？甲肝？乙肝？进来不是检查过身体吗？他道，想必是又犯了。

于是，趁着一早没喝水进食，叫医务室派人过来抽血化验。一上午只喝了两碗粥，虽然饥肠辘辘，只是忍着。下午三点，看守匆匆过来，用脚踢踢地铺他的床沿，高叫赶紧收拾搬房子。一时兴奋得惊起，又装作无力的样子，慢慢折叠床上被褥、枕头。边上人都惊讶了，有的说，你有肝炎？我还吃过你的饼子呢，不会传染吧？有的说，该你去住单间享清福了。他故意不

舍道，享什么福呀，我真愿意跟你们住一起，有那么多好故事听呢。老谯说，你一个人，有些福就享不了了，除非叫你老婆来陪你。又对看守道，主任，现在好多监狱都实行人道，你们也可以拣出几间房来，给我们的家属过周末嘛。见看守不语，又大胆道，历史事实说明，消除火气，更利于犯人改造思想。看守终于忍不住了，厉声道，把你那家伙一刀阉了，看你还哪来火气。老谯嘿嘿一乐，涎着脸道，要割，也应该在我当站长之前割，没了一对卵蛋作怪，今天我也就不会一跤跌到里头来……

啪的一声，老谯脸上重重地挨了一巴掌。他捂着嘴呜呜退到一边道，你管教打人，我是讲事实摆道理……管教瞪他一眼道，再啰嗦再扁你。老谯不由得噤了声。

说话间，桂德林已经将简单行李收拾妥当，跟着看守出来了，讨好道，那个老谯就是该打，平时不是谈男人的家伙就是谈女人的东西，乌烟瘴气！又扭着头问，我的转氨酶好多？

看守不理他，直到走到西长廊的尽头，打开一间房叫他进去才道，不低，也死不了。

直到第三天，来了一个副所长，他才看到化验报告：大三阳，乙肝病毒DNA（脱氧核糖核酸）阴性，但谷丙转氨酶（GPT）高达 102IU/L，正常值是 0 ～ 65，医生建议：慢肝，卧床休息并辅之以适当治疗。

他按捺住内心的喜悦，快快道，难怪这些天有气无力，不思饮食，小便也黄得很。

副所长凝着眉道，你现在这种情况，本来是等待判决，不能出去，但里面医疗条件有限，也怕你传染别人，经研究，决定你可以取保候审。

他抬头，满心感激，他等待的就是这句话。

不过，副所长说，有个前提，你得将挪用公款及贪污的账目还清，才能取保候审。

就像一个落水者抓住了救生圈，道，可以叫我未婚妻还。

副所长一对浓眉打成了弯弓，道，我们找过她了，她讲她和你没关系了，她帮你还了 6 万之后，已经没钱了。

他叫道，怎么叫帮我还！为买房子，我陆陆续续一共给过她 18 万不止了！

副所长摇头，这是你们自己的事情。

他问，能不能给点时间？

副所长道，可以，不过这个时间是你在这儿等的时间，所以拖的也就是你的时间。

他道，行吧，我来找人借吧。

副所长出门之后，他头脑转成了马达，怎么办？思来想去，还是先向姐姐求救为好，姐姐就一个儿子上高中，姐姐是小学一级教师，收入稳定；姐夫在烟草专卖局当处长，暗中福利远胜过账面的薪水。况且，姐夫当年追求姐姐，父母并不乐意，嫌他抽烟喝酒太不会划算，是他帮姐姐说话：不会划算的人，一说明他能赚钱，二是相对大方的人。与姐姐的传话很快有了结果，他还欠正在追缴的公款共9万，姐姐姐夫愿意借他6万，其余3万他得另想办法。姐姐说，外甥高中没考好，现在准备自己花钱，上一个有外资背景的中学，学费特别高。不管姐姐是否真困难，能够这样帮忙，他已经很感激了，血浓于水呀，关键时候，尤其见出亲情的可贵。他想，即使未婚妻已经表现出要和他了断的势头——她一次也没来看望就是证明，他就算向她借3万总是说得过去的吧，前缘已了，旧情宛在啊！可是姐姐去商谈的结果，碰壁而返。女人说剩下的钱，他进去之后一部分还了人情债，还有的花在装修上了……

那几天闷得不行，这次出事的结果，使他警醒了很多，婚姻的不可不慎就是其一。当务之急是如何再还3万欠款，事不宜迟啊，如果下次体检，转氨酶不超了，纵是一个大三阳，怕也不能取保候审了！心里有事，不免辗转反侧，通宵思索，那是将穿开裆裤时期的好友轮流排队，一个个排到面前，又一个个落到后面，不是觉得别人不合适，就是觉得自己不合适。借款如同找朋友，那也是要两情相悦，不是一个能不能借到就可以定夺的。直想到脑壳疼，也没个了断，忽然，直不愣愣面前就站出一个人来，这是一个身高不到一米六的相貌平平的女孩，名叫韦小倩。小倩性情率真，甚至有点大咧咧，说话急了，就有点口吃。他俩是中学六年的同学，到高二的时候，小倩明白无误地表露了对他的意思，譬如，晚自习之后，会磨磨蹭蹭等他一道回家；会告诉他，哪个男同学给她递了小纸条。他后来借着喝了一瓶啤酒的胆量，在学校后面的树林里拥吻了她，也隔着衣服捏疼了她发育完好的胸脯。但是第二次单独见面，他就表示，他俩只能做好朋友。小倩失望之余，接受了这个现实。如果说对同班同学有好感，那是另外一个更显瘦弱却仪态标致

的女孩。那一段时间，男女生都迷篮球，一个中锋能打很漂亮的阻击与三步上篮，人们都拿他好比世纪天才乔丹。仪态标致的女孩硬生生扑进了中锋的怀抱，自知没戏的桂德林有个隔着玻璃的暗恋对象，那滋味是一半儿嫉妒，一半儿甜蜜。小倩直到毕业工作，都没忘发短信告诉他，她开始在自来水公司做抄表员，后来又做了出纳。平庸的女孩通常结婚更早，好像，小倩已经有了一个儿子。

一想到有难，才去求助小倩，桂德林不由得后悔，应该在她结婚、生孩子的时候，送上一个份子嘛，人哪能都那么势利呢！让姐姐联系上小倩，她倒是很快就应承下来，甚至当天就把三扎百元大钞送到了姐姐家里，姐姐照例给她写了借条，说明是代桂德林借的。小倩说打什么借条呀。姐姐说，那当然要的，不要借条以后就说不清楚了，你以后讲欠3000或者30万也没个依据了。既然这么说，小倩也就收了。

小倩甚至和姐姐一道来看守所探他，小倩冒充是他的妹妹，待看守出去之后，小倩大咧咧道，早知道你还这么年轻，我要讲是你二姐才像呢。这话让桂德林受用，说明在看守所呆了两个月，还不显老。人都说，里面呆一月，抵外头呆半年一年呢。有的落差大、心理调适不过来的，一夜白头也不是奇闻。

小倩还是那个样子，齐耳的短发、脸更圆了，双手交叉抱在乳下，胸脯越发地挺起来，周身气息醺醺的，好闻得令人迷醉。他想如果让时光回到过去，他或许会应承她的。女人喜欢讲，与其找个她爱的，不如找个爱她的，当然最好找个互爱的。男人若是懂得，也应该说，彼此彼此，男女一律；很多事情，时过境迁才明理呢。

桂德林鼓起勇气道了句，谢谢。小倩哟了一声，谢什么谢呢，人都有个难的时候。桂德林老实道，还不知道什么时候能还上。小倩道，不急。大概是怕他尴尬，小倩接着讲了不少同学的旧情新况。桂德林做出专注的样子听着，小倩的表达很一般，讲快了就口吃。他对自己这时候还挑剔人家的谈吐，感到自责。姐姐带小倩走了，姐姐牵了她的手，有点依依不舍的样子，像足了一对姐妹。小倩在跨出门的刹那，回头望了他一眼。为这一回望，他心里又有点自责。

回到单身监舍，他想，如果是那个女孩来，他兴许会有些尴尬。为什么小倩给他借钱解难，还亲自来探望他，你竟然一点不尴尬呢？

莫非这就是一道爱与非爱的门槛？

一阵胡思乱想之后，他在筹谋下一步的举动。下一步既要跑得成功，又不能牵连任何人。他为自己逃跑的种种精心选择与设计弄得血脉贲张，好久都没睡着。

二

如果你正好某个夏天到了这个海滨城市，如果朋友又正好带你来到一个知名度不高的山区度假村而不是著名的十里金沙滩海岸，还如果朋友带你到度假村里的库区——鹰嘴湖乘船……那么你就会看到一个渔民，精瘦黝黑，一条深蓝运动裤，一件米黄或水红运动衫，脸上架一副大墨镜，头上扣一顶印着铁路路徽的麦秸草帽。一张脸，就越发收缩得像一颗熟透的橄榄了。

鹰嘴湖就是一个水库，叫黄木岭水库，水库边有两棵大叶榕，榕树下是几间铁皮屋，铁皮屋原本潦倒，是他来经手之后重修了。崭新的铁皮屋在阳光下灼灼反光，墙角边准备了红绿各一桶油漆，还没来得及漆上。他想把屋顶漆成红的，屋身漆成绿的。远远看去，红浮绿动，也是湖区的一道风景呢。他不大说话，如果开口也是不大听得出口音的普通话。如果你有兴致猜他老家是湖南、湖北、江西，或者北方的一个省市，那你就猜下去好了。他不会肯定，也不会否定，最多也最柔和的回答是，差不太多了……

这个三千多亩面积的水库，是半个城市的水源地，原本不让旅游的，怕污染。但有老顾客、懂行情的，上船之后，叫一声吴老板，走船，他就会很快收拾完手头的事情，跳将上来，一竿撑离土码头，再用手柄发动柴油机，突突地行驶二十来分钟，到坝那边去。其实也就是看个湖光山色。因为一湖绿水，就在一座座的小山里环绕穿行。下船之后每人给他三十元，也不言语，作势收缆系桩子；上来，在树下吃茶。有个女人，也不晓得是他的什么人，在一边早冲好一壶功夫茶了。还有一条黄狗花花，见人来了，也不叫，只一个劲摇尾，是兴奋，不是乞怜。待得它到客人身边去反复闻嗅，吓着了小孩，戴墨镜的渔民才会嗨一声。黄狗知趣地离开，到主人身边、前肢一伸，就势卧倒，那姿态，有几分慵懒，又有几分警惕。

来这里的人，多半是买鱼的。水库里满是白鲢、鳙鱼和草鱼。是放过鱼苗，但从不放饲料，更不要讲激素。这么大的水库，鱼是清水鱼，鲜而不腥，招牌上写的是"野生鱼"三个油漆红字，讲得过去。捞几多都卖得掉，人们都被市面的激素、抗生素喂大的鸡鸭猪鱼搞怕了。但是碰到水枯的节气，久久不下雨，水库蓄水只有出的没有进的，但见红线一米半米地天天往下落，那个揪心！水少，鱼就减产，甚至不免亏本。那就做梦都想到下雨了，山洪暴发，铁皮屋连人带锅碗瓢盆都冲到水库里，也是舒心的。吃的是一碗水饭，见到碧绿一泓水，心才安呢。

你是一个游客，当然不知道，这个叫吴老板的渔民，以前的名字叫桂德林，如今叫吴细根。一晃，他到黄花岗水库已经三年了。

他自从三年前取保候审之后，一路南下，走的京广线沿路的城市，或者有朋友，或者举目无亲，他都会去转转、看看，寻找机会。即使有朋友，那也是一般般的朋友，不大可能知道他的近况，免得惊吓人家。就这样，一直到了几乎最南面，这个海滨城市的风光和驳杂的流动性吸引住了他。有流动性才有更充分的安全感，他听一个干公安的朋友讲过，大城市为何不宜用警犬？人流加车流，还能剩下多少气味给狗鼻子嗅嗅呢。来到海滨城市，最后呢，落脚的地方却是海滨城市的山区，不是海边。不过，山里有个大水库，也是一个吸引。能到这么深入的地方找到工作，也是机缘，拐了好几个弯，最后一道弯拐得上线下线都不认识，至多算一面之交。

原来的承包主人是看守水库的边防头儿的一个亲戚，姓林，梅州大埔的客家人，没什么文化，待人还算厚道。吴细根做事也是忠心耿耿，好几次，林老板不在，他领着客人逛湖景。三两百的收下，又一个不落地上交。也不言语，只在老板倒茶水转身的一瞬，把几张票子压在他的杯子下。老板夸赞他的时候，他谦卑地笑笑，心里道，什么大钱没见过，还会眼馋你这点小钱！林老板承包了几年水库养鱼，外面接触多了，越来越没耐心赚这份寂寞钱，那晚一边跟吴细根喝茶一边感慨，前天跟一个房地产老板吃饭，他讲，赚了房地产的钱，什么钱都不想赚了。妈的，我要再不出去搏一搏，只怕就没有机会了。吴细根给他筛茶，道，你还有大把机会。林老板道，那家伙小时候，穷得衣裤都捡他姐姐的，惹得大家笑。现在房地产才搞几年，二奶都有十几个了，去北京、上海、或者香港，都有他的行宫，都有二三十岁的姑娘等他。吴细根甚至想象得到，林老板在他做房地产朋友面前的压抑与嫉羡，只有在这山深水远的地盘，他才会释放自己满腔的愤懑。他在释放自己一腔愤懑的时候，喜欢将 T 恤衫撩起，把自己又胖又白的肚皮拍打得啪啪作响，作势那是一面雪白的鼓。

吴细根没有料想的是，林老板立誓出去发展的那一刻，打算将水库转包给吴细根。吴细根连忙摆手道，别别，我跟你看好鱼就是了，你知道我没钱，就是一个打工的命。林老板哈哈笑道，我不要你交什么押金、转包费之类，统统不要，这口水库每年上交给区政府的承包费是8万块鱼钱，你交了8万，有多再给我一点点，没有就拉鸡巴倒。吴细根心里有一瞬的激动，他算过，做得好，主要是雨水充沛，每年老板的毛收入在15万左右。他也知道，老板志不在此，见多了大项目，大老板，这点收入不是他的企望。这两年，实际上是他在给林老板当家，林在外面已经有自己的装饰公司、饲料厂了。可这个水库对吴细根来讲，却是一个不可或缺的家，虽然每个月只有1500块钱左右的收入，他已经满足了。现在完全交给他打理，那是怎样多出来的一笔大进项啊！他被突如其来的幸福砸得有些眩晕，他还不能肯定林老板是否兴之所致、信口开河。他依然摆手道，你在外面做老板，这里依然是你的老板，我怕我管不好，天生不是当老板的料子呢。林老板就站起来，举起右手，并起中指与食指，斩钉截铁地一挥道，就是你了！爱拼才会赢，你会不会唱？世上从来就没有天生的老板，更没有天生的富人穷人，要改变我们的命运，全靠我们自己，我靠！说完，他自己先笑了。

坐下来之后，林老板跟他斟茶，悄声道，我看你平时看的书，还有一本《微观经济学》，猜想你也是生不逢时，不然，哪能落到山里来给我打工呢！吴细根顿时觉得腋下生汗，道，也是随便翻翻的，当时家里若是有钱，也想读大学的，读就读经济。林老板道，很多经济也是在买卖中学会的，书要读，但读太多了就是呆子、蠢仔。我那些赚了钱的朋友，都不是多读书的人；但他们会读人，懂啵？眼前社会，人读懂了，才一通百通。吴细根连连点头。林老板继续给他描绘前景，你当老板以后，要找两个好帮手，还要找一个好女人。这么久，在山里水边，怕是鱼的腥骚盖住了你对女人的向往，你也算个男人么！林老板这样贬低他，他并不恼，偶尔，老板带他进城应酬，他也就是一个马仔的角色。吃喝尽兴之后，老板带他去那样的场所，给他买了单，他也就是陪按摩女坐一坐，大多数情况下，连互相摸一摸都不肯，哪里还肯脱衣裤一泄为快，乐得按摩女在一旁小憩休闲等拿小费。只有一次，他想起母亲的生日，进城壮着胆给家里打了一个电话，是姐姐接的，说母亲蛛网膜下腔出血住院了。放了电话，他跟跄着自己找了一家路边发廊，也不管美丑，叫了一个，在楼上肮脏不堪的房子里作势一通发泄，那个女子装模作样的娇嗲令他恶心，那是连同自己一块的恶心。出门之后，觉得浑身不自在，觉得真是堕落了，曾经的挪用与贪污，都没有给他这么强烈的自责与自鄙。

夜深人静，听得山里苇秆哗哗、松涛飒飒，听得湖水拍岸、鱼儿泼剌，他扪心自问，是未婚妻令人丧气的打击，断了你对女人的念想？还是出道不几年栽了大跟头，存心自闭思过？都是原因，又不完全。下意识里，是老老实实地干活，让一身的汗水、透彻筋骨的疲劳，洗涤既往的莽撞与荒唐，忘记一个过去的自我。说到底，既是惩罚自己，更是麻痹自己。人呀，每常要为一个荒唐的闪念，洗刷一辈子。

林老板动真格的，很快，连合同都跟他签了，不由得他不当真。

第二天，他就开了船下水库作调查，一根十几米长的篙子一张网，篙子带着尖尖的铁头，网子带着沉沉的铅坠。浅处篙子才被水吃了三分之一；深处断然打不到底。深水处，他会三下两下脱得精光，猛然插下篙子就势滑到水底，憋住一口气在一二十米的深处睁开双眼，顿时就有一个水下的万千世界撞进眼帘。这里同样有争夺与拼抢、有逃亡与追逐、有死伤与新生，但更多的时候，是静谧与安详……湖底生物把他当作一个盲动的入侵者，好奇而又警惕，胆大的，穿过他的裆下蹭一下他的小腿，或者尾到他的背后，噙一口他的腰眼。他只不动，待得围拢渐多，猝然松手，哗啦一声蹿向水面，惊起一片逃散。一手攀船，一手带出篙子，心里却道，你们惊慌什么呢，好好地呆着，没人会来打搅你们的。

将船划到水库的皱褶里，枯水的时候，看得出来这就是山腰了。网子撒下去，有一网的活蹦乱跳，捡了几条大的入桶，其他悉数丢入水中。连着几天他都是这么开着船在水库转悠，与其说他是打鱼，不如说他是在嬉戏，他就是在嬉戏当中把握了鱼的密度、分布，哪些鱼喜欢到处游走，哪些鱼有大致的领地，这些为他下一步的鱼苗分类投放，作了心理准备。

通常回到岸边，就会把一桶大鱼倒进岸边的围网，静养着等待那些贪婪的食客来购买，那些食客只有很少一部分是散客，大多数是城里各家大酒店的派单。酒店买一部分水库里从不投食的野生鱼，与另一部分塘养鱼鱼目混珠，打的招牌一概都是"鹰嘴湖野生鱼"。他倾倒桶鱼的动作夸张而粗放，在餐桌上几十块钱一盘的鱼在库区简直不算什么呢。有些鱼性子野，居然从网上跳高夺冠一样跳了出来，在坡地上拍打翻滚，寻找生命的突围。哪料得不消主人弯腰捡拾，花花眼疾脚快，一个箭步冲下来，差点滑倒，俩前爪啪塔啪嗒，嘴里咬住一条，前爪抠住一条，眼见得还有一条白鲢连翻几个跟头，泼剌一声跳进水里。花花呜呜叫着，心有不甘却又无可奈何。他从花花嘴里脚下解围，一条一条扔进围网，拍拍花花的狗头。花花兀自挺立，看着微波涌起的湖面，像一尊遗恨千年的雕像。

光有花花就不寂寞了，但事情多了，一个人到底顾不过来。原先的帮手跟林老板走了，这天进城他到劳务市场看见一个跟他差不多黑瘦的男孩，就趋前问他是不是要找事做，男孩点点头，掏出身份证给他看。哟，男孩叫秦赞赞，已经18岁了，籍贯是江西大余。他核对照片无误，跟男孩讲了工作的性质，固定月薪800块，每年长100，直到1500为止，以后是基本工资加提成。男孩大概还考虑不了那么远，只是点头，跟他进了库区。有了帮手，不仅多一份力，还多了一份生气。赞赞大概从没见过这么大的水面，这么多的鱼，跟老板——赞赞已经是一口一个老板了，一起出船，当一网的跳跃铺在船底，他高兴得像花花一样，手舞足蹈。吴细根高兴的是赞赞勤快、肯学，够这两点，老板自然喜欢。

每个月第一周的周五，吴细根都会进城一趟，他进城之后，又会花7块钱乘中巴到临近的一个叫尖岗埔的新兴城市去寄钱。寄的是两个地址，他每次寄钱留的地址都不同，却是真实的，跟他不相关的真实，每次到不同的邮局。尖岗埔一共有大小十二个邮局，他想，正好一年一个轮回。

来去半天，吃了中饭出去，吃罢晚饭回来。他吃自己做的饭有些腻了，也需要在城里放松一下自己。他后来都是找那些场所放松，一次50或者60，最多80，他不会让自己超过100，放松之后，走路都有飘飘若仙的感觉。每次他都会戴上避孕套，那些个对你用不用避孕套无所谓的女人最危险，他倒是喜欢那些坚持要嫖客用避孕套的女人，下意识觉得会干净一些。一方面政府禁止卖淫嫖娼，另一方面又会在这些场所心照不宣地摆放避孕套，他觉得这不仅矛盾，也很滑稽。他想，这么多外来工，包括他这么一个刚当了老板的外来工，都要宣泄，没有公开的宣泄场所，就要找偷偷摸摸的宣泄场所；没有偷偷摸摸的宣泄场所，就会出现犯罪的宣泄方式。当然他再怎样憋屈也不会去寻找那种方式，他忘不了自己的出身，但现在他去宣泄，也不再有堕落感；他也是血肉之躯，不能满足自渎。每次他都不会空手回来，日常用度顺便买上，还会给赞赞带点吃的，两大包萨其马，或者几盒巧克力威化，这

家伙喜欢吃甜。赞赞你就还得忍两年，你还小，等挣了钱你好回家盖房子娶
个媳妇，你那老家婆媳妇不会太贵啵，你要干干净净地做人，别有邪念。

这晚不是阴历十四就是十五了，月亮从山背升起，一湖清波潋潋，岸边
的苇草尖尖上有千万个光屁股娃娃在喧哗跳跃，撞得一片丁当乱响。山上的
老鸹忽地升起，忽地降落，伸张的两片羽翼又长又黑，如同一个女巫在装神
弄鬼。赞赞一边啃着萨其马，一边呜呜道，老板你每周出去看老板娘，也要
把她带进来住两天呀。有个老板娘给你做饭洗衣，也免得你觑着我笨手笨脚
的不惯呀。

花花大概听懂了，蹲在一旁看看老板，再看看月亮，两枚狗眼在月光下
发出幽幽的蓝光。肚皮上栽着毛茸茸的一截，随呼吸起伏，像贴着一条短短
的僵虫。

吴细根想，这个精灵真假不辨，如果回去看老板娘，哪里有当天赶回来
的道理，留个寂寂黑夜给老板娘，她守得住那份孤寒！

浑身燥热，就驾了船连同赞赞和花花一道进湖去。

这次进湖便救得一个女鬼，一缕哀魂。

三

南方的沿海，三四月天就热了。老板吴细根和伙计秦赞赞，加上看门狗
花花，一行三条光棍，成一个三角蹲在船头，且行且看。前两条月光下索性
就褪了个精光，一会儿跳进水里，一会儿攀在船头。花花看得着急，船头船
尾，爪子拍打，猜猜低吠。赞赞顽皮，水底探出一个湿淋淋的葫芦头，猛然
一拽花花的前蹄，花花扑通一声就落进水里。老板说，该死！狗会游泳，但
凡离开陆地就没了跳跃功能，上不了船，急得它像一只鹭鸶围着船找豁口。
赞赞爬上船去，伸出一片单桨，花花四蹄死死抱住，赞赞站在船舱里压跷跷
板那么一扳，花花就从半空中骨碌骨碌滑下来，两个跌在一起，撞在一堆渔
网上。花花半天才甩甩一身的水珠，清醒过来。

赞赞早笑得抱着肚子直不起腰来。也难得他有这么高兴的时候，平时倒
是见他眼神里忧郁的时候多，这么一个后生仔，跳进冰水里都是一截冒白汽
的炭，忧郁什么呢！

船在山包里弯来绕去，四十来分钟以后，到了坝上。坝倒是一面长长的
斜坡，闸房下有油得沁黑的两条长长一直延伸到水底的钢缆，这是起闸的

缆绳。船就在这里停靠。上到坝顶，就可以远远看到城里的万家灯火。后生仔喜欢城市，偶尔，附近的酒店需要送货，老板就会派赞赞去。赞赞想带上花花，花花也高兴，向老板摇尾乞怜。老板有时同意，有时不同意，但凡同意，就会在花花头上拍一下道，你个花花，就喜欢花花世界。赞赞就往一辆五成新的嘉陵摩托两边挂塑料桶，舀水、放鱼。一旦发动，花花就跳上去，坐在赞赞后面，两只前爪死死抱住他的后背。不同意的时候，只不吭声。花花无奈地看看，知趣地走开。更远的地方或不熟悉的酒店，老板不叫送货。这是前任老板留下的规矩，萧规曹随，不一定就有危险，但林老板或许碰到过什么不顺与麻烦，林老板算得是地头蛇，尚且如此谨慎，他吴细根一个纯粹的外来客，实在充不得英雄好汉。

　　下了船，系好缆，两个人胡乱揩一把湿淋淋的身子。也懒得着衣，就光着屁股，带着花花上坝去看风景。水库是禁区，是一两百万人的生命线，有一个边防大队在山口看守，一般人白天都进不来，何况夜间。透过山岭远远瞄过去，灯光璀璨浮动，相距不到十里，山里山外，热闹与静谧，竟然不像在一个城市里。便凭空，长了许多人世的深浅感叹。

　　花花忽然警惕，昂头朝西面谛听，一对耳朵尖尖竖起，忽然撒开蹄子就朝那边奔去。两个人一头迷雾，也不知西面发生了什么故事，但怕花花冒失吃亏，一边跟着跑，一边就喊花花。

　　如果在白天，看得到坝西边是一个亭子，亭子一侧是一座花岗岩的碑，碑上有哪个领导题的草书不像草书、行书不像行书的几个红字：黄木岭水库。右侧是一段碑文，刻着始建的日期以及修缮的过程。有领导来视察，通常这就是一个观景点。站在这个亭子二楼，看得见一泓碧波，逶迤伸入山岭的皱褶。临坝的几座山包，浮翠滴绿，树木浓密得雨水怕都难渗进去。

　　花花跑到亭子边收住了脚，朝下面一通狂吠。

　　凭着月光，两人看见水面上载沉载浮，硬是一个人形。动作的张皇，一看就知道是落水鬼。赞赞水性泛泛，老板道，我去吧。不知深浅，未敢贸然下跳。抄一条小路作势下来，哧溜到湖面，已是风平浪静。赶紧跳进湖水，缩身潜了下去，幸运的是，就见一只活物在水里呼哧呼哧地挣扎扑打。赶紧贴过去，用背脊一顶，还没来得及转身就被溺水者箍紧了，两人一道紧急下潜。溺水者是从后面抱住他的，抱得那样生猛有力，完全不像是要逃生，却像是要同归于尽。两手使劲都掰不开对方铁钳子一样的手力，水下一使劲，

立马憋气，胸腔憋得像个打满气的皮球，脑子里倏然闪过的念头是，今天死在这个家伙的手里了！

一偏身，使尽平生气力，用右手肘朝溺水者腹部猛击。猝然松开了，人霍然升出水面。从后面反拽住溺水者的衣领，这时候，赞赞和花花一起下水了，不一定帮得上忙，但有七手八脚的鼓劲，好不容易将溺水者拖到岸边。

脸朝下，趴在岸边的竟是个一身黑衣的女子！

老板边啐边退，叫赞赞去船上拿衣服。待得穿上裤头，又扶起女子吐了一道二道三道苦水。就都有些筋疲力尽了。老板问，这么晚了，你是自己出去还是到我们那里去住一晚，明天再走？

女子不吭声，月光下的一张脸庞，白得像蜡，一头湿淋淋的长发，幽怨如鬼。浸成了一幅骇人图，走不走得出去不说，走在路上，还不把人吓个半死。于是不等她应承，就叫赞赞过去撑过船来。扶她上船，胸前一坨湿软奓着他，便有一瞬的迷乱。掌控不住会猜，是个什么因由，跑到水库里面来寻死？不是有神经吧？若讲精神病，门口有边防把守，哪里就能够从容进来。

到岸进了铁皮屋，腾出赞赞那间房给她住，拣出几件自己的穿着，要她赶快换洗，休息。有天大事情，那是明天再讲。进隔壁房之前，拍拍花花的头道，有它在这里，你尽管放心，连一只老鼠都不敢进来的。

花花就蜷卧在她门口。好久，听见了这边的盥洗声。老板这才安下心来，脚跟头的赞赞早已酣睡如猪了。

嗨，女人，有什么想不开的，不好好活着，要来投水。一晚的燥热，翻来覆去。

第二天清晨，熬了一锅稠稠鱼片粥，就了两盘辣条萝卜和酸菜，也不敲门，不时到门边来看动静。还是赞赞看不过，一边敲门，又是阿姨，又是姐姐的乱叫，我老板烧好了鱼片粥，喷喷香的，快起来呷吧！闻到了么？喷香喷香！

花花也看不过懒婆娘的作姿作态了，伸出两只前爪去拍门，刚上去就滑下来了，刚上去又滑下来了。赞赞就缩下来，捉了花花两只爪子有节奏地在门上拍打。一二一，一二一，一二三四五六七……

你当是出操呢。老板一旁看了好笑，女人昨晚即使是自杀也吓得不轻，让她睡个一天半天又何妨。

门却哐啷一声拉开了，女人穿着一身男人的衣服站在门口，半边脸还是那么白，另外半边脸被乌黑的头发遮住了。她一甩，头发又溜下来了，她一甩，头发还是溜下来了。

老板说洗漱一下吃饭吧，她不知什么时候早起来洗漱过了，现时径直就坐到桌边去。赞赞赶紧启锅盛粥。也不顾烫，她连吃了两三碗，老板也吃了三碗，并破例让花花也吃了一碗。赞赞道，花花鬼从来不吃粥的，花花鬼倒想吃粥了。

老板说，它跟你一样，就是一个人来疯。

赞赞说，我哪里人来疯了，我哪里人来疯了？瞥一眼女人道，我老板从来没有做过这么稠的鱼片粥呢，真是好呷死人了！

吃完饭，老板吩咐赞赞洗了碗跟我下湖去，今日大酒店下的订单多，要早点出船。

赞赞就举起花花的双爪欢呼道，挣大钱，挣大钱！

赞赞来这许久，从未见他这么稠的话，攒了这么多的高兴。

老板隐藏着脸上的表情，到树桩边去下渔网。这边赞赞刚要收拾，女人很快收拾起来。赞赞说，你做了我的事情，老板要骂我的，老板要骂我了。却并不争抢，看了一会儿就放下花花，过来帮老板整理渔网。老板道，你去做你的。赞赞居然顶嘴道，我不喜欢做女人做的事情。老板道，什么是男人做的事情，什么是女人做的事情？赞赞道，男人下湖捞鱼，开摩托送鱼，这些都是男人做的事情；洗衣做饭搞卫生，这是女人做的事情。老板就看一眼抹桌子的女人，道，这是你讲的，人家是不是那么认为呢？赞赞耍无赖道，我就是要有个老板娘子来帮我们煮饭炒菜洗衣服。

老板啐了一口道，把桶拿起，走船！边说，早已窸窸窣窣背起一大堆网子上了船。赞赞乒乒乓乓，提起两只半人高的蓝色塑料桶，跟屁虫一样跟在后面。篙子一点掉过头，船就突突突突离了岸。赞赞有个水葫芦，只将塑料管的一头伸进湖里，带葫芦的那一头就一股急水射进桶里。赞赞欢呼道，看鸡鸡屙尿了，鸡鸡屙尿了呀！老板道，你倒是会想，那是一个鸡鸡，你有那么大一个鸡鸡！赞赞一个痞笑，扬起水管，朝老板裆里一射。老板作势放了手柄，拿起船桨敲他的脑壳。赞赞早蹲在了桶下，求饶道，我不是故意的，老板，我哪是故意的呢！

老板心情也好，想到赞赞来了这么些日子，跟他是随便了，但像今日这么话多、痞里痞气，真是一个人来疯呢。

赞赞你这么大，在家里的，都有媳妇了吧？

有的讲了，有的没讲。

你爹妈给你讲了没？

你猜呢。

讲了。

凭哪样呢？

痞样。下次给你几天探亲假，把她带了来。

老板都没有，我们哪里敢有。

这事还有先后么？

老板，你是不是也跟我一样，是个光棍啊？

是又哪样，不是又哪样？

我想你是。

凭哪样呢？

凭你睡觉时候的动静，有和没有，那是不一样的。

你裆里毛都没出齐，每日睡得比花花还死，你晓得，晓得个屁！

我真的晓得，你就把那个女人留在这里，你好，晚上有个睡的伴；我也好，日常有人做饭洗碗。

你就晓得她甘愿为我们做饭洗碗。

看她的手，就知道她是一个会做事的人。

你倒精刮，会做，还要肯做哟！

你只要待她好，她会肯留下的。你想，她死的念头都有过，肯定是外面对她不好。

外面，哪个外面。

家里头。

家里头？

你不要问，不能问，你只要待她好，我想她肯定服你。巴巴的，你还救了她呢。她白天不服你，晚上也要服你的……

越讲越没得名堂！看网！

一网慢慢地远远地拖过来，沉沉的，赞赞也跳过来搭帮手。水湿淋漓地起网，一堆大小银亮的鱼就在船板上蹦来跳去，有的径直跳到了舱底两只蓝桶里，有的跳回了湖里。

赞赞骂了句娘，没有叫花花来帮忙。

老板心里说，花花留在家里，给女人一个伴。兴许，女人跟花花会讲两句话呢。

今天打鱼出奇地顺利，简直弹无虚发，网网都是一个结结实实。两个多钟点，两只半人高的蓝桶就装得挤挤挨挨。一色的青脊，清亮光鲜，就是一艘一艘待发的船舰。

老板索性叫赞赞把船底放些水，再捞，就径直把鱼抖落进去，一片哗啦啦的乱响。

返途，老板叫赞赞把了舵柄，斜了屁股坐在船头才觉有些腰酸。赞赞到底嫩相，一刻也不安静，嘴里乌啦啦也不知唱些什么，总之是兴奋得过了头。

船靠岸了，两人对着围网丢鱼，一条一条专拣大的丢，丢了桶里的一半，就抬下桶来，哗啦啦一起倒进围网。拣第二桶的时候，女人出来了，却并不过来帮忙，但见她拦腰系了一条围裙，在围裙上揩手，半边脸的乌发也早盘了起来，露出一张白白净净的瓜子脸。老板看得心喜，低声道，今天如了你的愿，下船就有热饭菜吃了。赞赞偏头看过去，手一松劲，桶就歪了，倾倒一片的活蹦乱跳。

老板赶紧侧身来托，不由得就哎哟一声叫唤，但觉右腰一道灼热的刺痛，整一边麻酥酥的。

见他立住不动，赞赞忙道，老板怎么了，踩到蛎子割了脚了？

女人过来了，帮着抬起桶，倾进围网，赞赞道，没想到姐姐你能发这么大力。

女人也不理他，兀自跳上船去，收拾船底的鱼。赞赞赶紧上来道，我来，我来。边对老板道，你回屋歇歇吧。

老板扶着腰站了一阵，缓过劲来，拔出脚，慢慢朝屋那边去了。

开饭了。一个清蒸鲫鱼，一个红烧青鱼，一个番茄鸡蛋，还有一个紫菜汤，再是两样凉拌蔬菜。这里远离尘嚣，也远离菜场，两样蔬菜想必都是女人就近采来的野蔬。老板尝了一样，满口腥香，道，这是鱼腥草。还有一样叶呈紫色，吃起来也有股子淡淡香味，便问，这是什么菜？没吃过。

女人抿了抿唇，道，路边就有好多可以吃的，蕨、鱼腥草、紫苏，还有野人参、野魔芋、益母草……

老板说，哦，你还认识不少野菜，省了我们每天吃鱼，赞赞天天吃鱼早吃腻了。揣度女人的口音，有点湖南味，又有点四川味。她是来这里打工的？老家到底在哪里？为什么晚上跑到鹰嘴湖来投水？

赞赞吃了不少蔬菜，看得出他在有意讨好，一口一个好吃，好吃。

吃罢饭，刚要站起，忽然就啊哟一声跌坐下来。

赞赞和女人一起看他，赞赞惊问，伤了腰？

老板扶了腰，掀起衣衫看看，并无意外，蹙了眉道，哪能那么痛呢？

赞赞和女人就一左一右搀了他，一步一步进得屋来，慢慢坐下，躺下。

女人出去了，赞赞在一边帮他捶腰，捶一下他啊哟一声，捶一下他又啊哟一声。赞赞忽道，怕是肿了？老板反过身去左边看看，右边看看，果然发现右边明显胖出左边。赞赞说，我送你去医院。老板说，怎么去？赞赞说，我开摩托。老板说，那我也要坐得稳。赞赞说，那就叫救护车来。老板说，救护车哪里找得到我们。赞赞想，救护车找不到，他也可以开了摩托到山口去迎啊，老板怕舍不得钱吧。果然，老板道，车子一动就是两三百，住了院，作一大堆检查，开一大堆药，哪里相干。赞赞朝手心吐口唾沫，轻轻旋按，道，我老板省了钱明日好娶媳妇呢。老板看着铁皮屋顶上的一只壁虎，心里忽然一暗，默念道，媳妇？你个混球哪晓得我每月攒钱、寄钱的，为哪样呢……

天黑尽了，女人回来，满抱的是一堆艾香。女人吩咐，赞赞快去烧一锅滚水！赞赞欢快地去了。女人拿了一把快刀，一刀一刀，很快将嫩枝叶和老秆子分作两堆，枝叶如飞。

赞赞在隔壁叫水开了，女人将一堆挑选的艾叶搂了一抱，放进隔壁的一个大锅里，沸腾十几分钟，一勺一勺舀进桶里，提到隔壁来。立时，又丢进两条毛巾浸泡。拍了一下老板的肩胛，老板慢慢翻身，一手扒下一点腰身，露出红肿的肌肤。女人想了想，又叫赞赞取了一条大浴巾来，垫在老板身子下面。

女人伸出二指，在热气腾腾的艾叶水里揽起毛巾，双手轮流拍打已经变成暗绿色的滚烫的毛巾，啪地敷在老板的腰上。老板乍受热巾刺激，鱼虾一样两头一翘，早已喊了起来。女人急忙揽起，反复拍打两下，再次快速敷下。这才发话，忍一忍，新鲜艾叶煎水，敷跌打损伤最好。

很快的，老板的短裤就洇湿了。女人把老板的短裤扒到大腿跟，两块毛巾一起上，一块盖在腰部，一块盖在臀部。不时地，在毛巾上推拿滚打，老板翘起颈脖子，痛得一张嘴嗤啦嗤啦地出不得声。

赞赞与花花站在门口，一个握着嘴偷笑；一个不解风情，不知所以地看看赞赞，再看看床边的那对男女。赞赞拍一下它的狗头，转身就走，花花犹豫片刻，屁颠颠地追了出去。

赞赞对花花道，老板这一跤跌得好，跌得有个女人服伺，有个女人在跟前讲话。

花花听得似懂非懂，对着一轮旺月，连打了两声懵懂的响嚏。

四

女人在库区也住了一段时日了，始终没有讲自己的来龙去脉。吴细根心里有百十种猜想，并不发问。越不问，就越问不出口，越不敢问，怕触动她的伤心，还怕，她某天起来就一拍屁股走了。女人甜也吃得，咸也吃得，辣也吃得，苦也吃得，荤也吃得，素也吃得，你倒是讲这是哪里的胃口，哪里的口味？

有个女人的住家，到底不同，有个能干女人的住家，那是彻头彻尾、彻里彻外的不同。两间住房清理得干干净净，床底下硬是扫出一堆鸡零狗碎，有林老板当家那阵吃喝的酒瓶烟盒、肉骨鱼刺，居然还有女人用的两只手镯，埋在尘埃中。

赞赞拍净，一手环一只，道，一定是花花藏的，花花想给它的女朋友送生日礼物呢。

花花睁大狗眼，一脸憨笑。

赞赞道，老板，你也该给嫂子买一只手镯呢，人家辛苦做饭搞卫生，还弄好了你的腰。

老板哈哈哈，怎么一会儿姨一会儿姐，现在又叫嫂子了？怎么叫弄好了我的腰？

女人在隔壁擦灶台，乒乒乓乓，锅碗瓢盆擦得锃亮。

天晓得女人在哪里找出来一只大木桶，几团芒草打成结，将桶子里外都擦出了本色。老板和赞赞陈年累月的衣裤，上面的鱼腥都刮得下二两，一起浸在冒着热气的大木桶里。一根木杵上下捣着，她捣衣的时候，胸脯的两团上下跳动，不但老板，连赞赞也看得别过脸去，又忍不住还是要看。觑她手脚的麻利，额上的汗珠，还有她用小臂去挡汗水的姿态，样样都是迷人。便是劳动，她的穿着也是从来的熨帖、挺透、有板有眼，看了爽气。老板已经不怕她一个人悄悄跑了，她甚至独自上街去买油盐酱醋的同时，买了衣物和女人的用品。她敢大大方方用老板的钱，这就是她不会悄悄溜走的证明。吴细根也开过车带她进城送货，那些熟悉的酒店老板不免开他的玩笑，一个道，这么漂亮的老板娘，难怪锁到山里不敢带出来，从前哪里见过。另一个道，接来老板娘，无怪得吴老板一张脸都瘦尖了，想必白天忙夜里忙，白天忙打鱼夜里忙放炮呢！吴老板不置可否，只是笑笑谈生意经，那生意经就有点飘。

通常，给赞赞买几包萨其马，给女人买几袋瓜子。女人没有其他嗜好，喜欢嗑瓜子，尤其喜欢嗑葵花子。

女人在木桶里捣衣之后，就一起倾倒在一只大藤篮里，挎到湖边。一件件摞在石板上，像撒网一样，撒出一件，衣服就在水面上睡出一个人形。赞赞叫道，那是一个我，那是老板你……女人弯腰去搓衣袖领口，露出一截白白的腰身，女人的腰身其实一点赘肉都没有，紧绷绷的，整个弧线从腰到臀再到大腿、小腿，都是简洁明快，一点都不拖泥带水的。

吴细根跟女人说，你在湖里洗衣抛衣的姿势，就跟我撒网一样。

吴细根说这话是半个月之后。他看见女人每天的操劳，忽觉得要为女人做点什么，做点什么呢？给她钱花，固然是给她的补偿，他甚至想到，果真哪天她提出离开，他会给她一个厚实的纸包，里头是该给她结算的工钱。他不知道她的年龄，更不知道她的生日，他甚至没问过她的姓名。她就好像一只轻盈的蝴蝶，不经意间飞了进来，举动大一点，会把她给惊飞了。所以，只要她不讲，他就不问，也叮嘱赞赞不要问。他不知道她的生日，就无法找借口给她献上一束花，即使野花。吴细根知道，不管什么出身的女人，对花总是喜爱的，平日到山上转悠，他总会采一些野花回来，多半是野蔷薇、野菊花之类，一大把插在玻璃盏里。吴细根看见女人会去嗅花瓣的野香，还会给玻璃盏里添水。

女人喜爱花，就更多地给她采，山里叫得出来和叫不出来的野花，很多，一个玻璃盏盛不下了，就放在脸盆里、塑料桶里。

女人终于道，够了，够了。

这两声够了，刺激了他，也启发了他。他从女人歇下来嗑葵花子的姿态里，霍然眼前一片响亮，一片金黄色的满山遍野的响亮。

他进了一趟城，送鱼之后，带回一袋沉甸甸的东西，赞赞要看，他不允，吊在屋梁下。那几天，他收拾与磨砺的尽是地里的用具：铁锹、锄头、四齿耙……尔后，他带着赞赞到湖右侧的一块向阳坡地去开垦。这块坡地一棵树也没有，全是杂草和荆棘。赞赞的裤腿上很快就挂满了苍耳子、狗齿刺，他的声音带着哭腔道，老板，能不能放火烧啊，一把火很快就烧没了。老板厉声回答道，不可以。他没有讲为什么不可以，但傻瓜都知道，山里能随便举火吗？这又不是你的自留山！

头几天割除荆棘，后几天耙出垄沟。一个多礼拜下来，赞赞累趴了，梦里都在哎哟哎哟的。女人不忍，在他睡梦里哎哟哎哟的时候，过这边房间给他轻轻揉搓。赞赞的哎哟哎哟就没个了了。吴细根不知他是睡了还是醒着，是真痛还是装蒜，他也想叫哎哟呢，他也想女人来给他揉腿捶背呢，但他不能太自私，他也不能像赞赞那样任性，女人累了一天，她莫非不想早睡？

再几天，解下梁上的塑料袋，是一大包颗颗饱满的葵花子！兑好艾美乐药水，拌种之后才能避免病虫。

老板道，不晓得吧！

赞赞道，哪个不晓得？我前几天都偷吃了，我以为你是留给我嫂子吃的，所以就偷吃了。

老板作势要去敲他。

他头一偏道，现在才晓得你是要做种的。

挎了一篮子种子到坡地上来，扒开一个洞埋几粒种子，扒开一个洞又埋几粒种子。

赞赞道，你到秋天要收获几多葵花子，一盘一盘，嫂子可以吃几年！你有这份累，与其在这里撒满山的种子，还不如到嫂子身上撒一粒呢！

老板道，没人讲你是哑巴。

赞赞道，我晓得你喜欢嫂子，我也喜欢，你千方百计要留她，所以要种向日葵，花好看，子好嗑。累不累呢！撒一粒种子累，还是撒满山的种子累呢？

老板道，真该割了你的舌头。

你又不往前走，你是一个男人不往前走，你还想哪样？

赞赞！

一面向阳山坡，一个洞一个洞地埋了一大包种子还不够，后来，吴细根又买了一包种子回来，补齐了坡地的空隙，不仅补齐了坡地的空隙，连路边、屋前屋后都任意撒了种子，多出来的种子也是多，一起埋下了。

挑水上山，那才是一个难，没得自来水，如果有自来水，可以扯一根长长的皮管子上去，一个洞一个洞地浇。赞赞到底挺不住了，道是情愿一个人下湖捞鱼去。依他，让他一个人撑篙子点着船，单单地进湖去。吴细根捡了两副挑子，不是与女人平分，一人一副，他不能叫女人做这么烦累的事。他先挑了一担水上山，女人拦腰系了一条花格子围裙，戴了一顶麦秸草帽，草帽印有一个红红的铁路路徽，拿了一个葫芦瓢跟在后面。女人挨着垄沟浇水的时候，他就下去挑第二担。在湖里左一舀右一舀担了水，他在桶里各放两片野芋头叶子，水就不易晃出来。毕竟浇水轻松挑水难，每当他挑水上山之后，女人的桶里还剩几瓢水，他擦汗的工夫，女人舀尽了，又把桶底一点不剩地淋在几个洞里。终于他明白过来，女人不想他太累，有意延宕了后几瓢浇水的时间。

一时，心里有几多温热，有几多遐想。

葵花苗子拱出地面之后，他服侍得更勤了，早晚浇水不说，还买了豆枯饼、烧了草木灰，挨着苗子逶迤圈埋。听赞赞的说道，我们家老板，有泡屎尿都要屙到山上去。屙到山里去不错，不是屙在苗子下面，是屙在路边一个大坑里发酵备用，新鲜粪尿屙到苗子下，那还不把苗子烧死了！

苗子长出一脚高了，叶子碧绿，女人在做饭洗衣的空闲，也会上山来，通常是拔草捉虫，有一种白背粉虱，见什么嫩叶吃什么。吴细根知道光靠捉不是事，兑好先前就备好了的喷雾器和药水，背起上山。女人说他应该带口罩。他道，偏偏就忘了买口罩，低毒的，没事。女人叮嘱，背风喷雾，再是低毒，也是农药啊。他就道，啊啊，晓得了。

吃饭的时候，赞赞道，你们都顾得山上，只怕下次下湖，白鲢大头鱼都不认得老板了！

老板道，那也是。

赞赞道，明天礼拜六，一早就有几个酒店要送货，围网里只有几十斤了，还都是一些个头小的白鲢，单子上多要的是大头鱼。

老板道，一窝蜂，先前爱吃豆豉鲫鱼，后来爱吃剁椒鱼头，现在又兴砂锅蒜鱼头，半锅鱼头，足足垫半锅蒜。

赞赞就咂巴嘴道，香死个人了。

老板道，那就叫你……那个给你做，鱼头是现成，蒜头也是现成。

赞赞重复道，那就叫你……那个给你做。

老板道，晚饭后，我进湖去捞个百把斤，你明天一早去送货。

吃罢饭，老板收拾网子、桶子上船去，女人帮着把家什拎上来，就不下去了。

吴细根心中一喜，道，你就一起搭个帮手？

女人道，我也想到湖里看看。

船开动的一刹那，花花忽然纵了上来。赞赞一旁叫道，花花不要去，花花你去凑啥子热闹吗？

女人抱了花花的头道，去，花花跟我们一起去。

吴细根一竿子点离了岸，笑道，你嫂子怕我欺负他呢！

天空是一弯上弦月，背衬着幽蓝的底色，就像被反复擦拭过的一柄弓弩，亮得发寒。发动机的声音太聒噪，转过一座山包，便熄了火，任渔船在微波上一起一伏。空气就倏然安静，静得能听见槭树上老鸹睡梦中的乍翅的刷拉刷拉，静得能听见湿地松的松脂凝结之后的滴答滴答。

却少鱼儿的唼喋、泼剌。

吴细根提了渔网，窸窸窣窣，窸窸窣窣，一个弓步作势，漫天一撒，沉静了一会儿，五分钟有么？再一截一截，一截一截，慢慢收回，一船的水湿淋淋，抖搂开，尽是一些指头长短的小鱼。

奇了，莫非今天不热，都躲下去了？

没有风，有点闷。

女人今天穿了一件黑色的长衣，两只袖口紧紧扣着，两只尖尖的前襟却打了个十字，交叉拦在小腹，露出的一箍儿蛮腰，与领口是同样的细白。

再一网，沉沉的作势，收上来，还是一些指头长短的小鱼，再就是螺蛳和水草。

连花花也急了，对着渔网前倾收腿，狺狺低吠，那意思是，鱼呢？鱼呢！

作怪了。

是闷呢。

女人撩起两只衣襟当扇扇。

吴细根不敢侧脸，船边扯起一根长长的篙子，一个点射，船便射向湖更深处。任船在湖里慢慢打转，又下了几网，十几网，每网能撞上了几条斤多的白鲢、鲫鱼，较平时的战绩，还是差得远。他的额上沁出了汗珠，她一边捡鱼一边揩汗。

她拧开一只军用水壶，这只水壶还是林老板留下的。她递给他喝了几口，接过来，她喝了几口。

热吧？

一动就热。你该下去凉快一下，水好得很。

他犹豫了一下，光了膀子，她递给他一条毛巾，道，收收汗，收收汗。

他前胸后背地三把两把擦过，褪下长裤，一个立跳，再伸出头来，已是十米开外了。

嗨呀呀！一个舒畅的响嚏，惊飞了槭树上的老鸹。

再一个闷潜，又是十几米开外，伸头回看，但见船上一片肉白色，还没定睛，一个扑通落进水里，便听得花花急叫个不停。

奋力往回游，猛然抱住她，她头发挽成一个鬏鬏，只着一抹文胸，一条内裤，早已攀住了船帮子。

她气急道，你带我游，你带我往前游，下次我一个人掉在水里，就淹不死了。

这里水深，不合适学游。

你带前一点，你在我就不怕。

他只有腾出一只手划水，另一只手托住她。

像青蛙那样，张开划，同时蹬腿。

她急划两下，哪里控制得住，紧紧抱住他的膀子，两人便一起下沉，浮起来又沉下去，浮起来再沉下去，一时两人都呛得巨咳。

花花船头船尾地瞎跑，爪子刨船沿，刷刷刷一阵疾风骤雨。

花花救我，花花……

花花哪里听过女人这般情急，忽地一纵，跳进水里。

快，抓住花花！

女人便一边架在花花身上，一边架在吴细根身上往回游，好在离船不远，反身攀住了船沿。吴细根一个下潜，用双臂托住女人的臀部，只一使劲拱她上船。然后自己再翻身上来。两个人都湿漉漉地躺在了船头。

还剩花花在水里，四沿转着找豁口。花花会游泳，但不会上船，不慎掉进湖里，就用桨板翘起它来。

两人的手握在一起了，他的左手，她的右手。女人松开了，找了条大毛巾给他擦头，擦脸，擦身子。

他接过毛巾，给她擦头发，擦脸，擦脖颈，擦完脖颈，再擦腹部，绕开了隆起的文胸。她背过手去，松开了，露出湿淋淋的乳房。

便有一怔，然后轻轻揩拭，像轻轻揩拭两件珍贵的玉器。

在她给他褪下湿淋淋的最后一件的时候，她也配合他将湿淋淋的最后一件褪下了。他们彼此轻轻揩拭了好一阵，都像揩拭珍贵的玉器一样细致而认真，轻盈而温柔。揩拭过后，两张嘴就轻轻触到了一起，当他俩感觉到唯有嘴唇还没有揩拭的时候，两张湿热的嘴唇已经紧紧地粘结到了一起，粘结得透不过气来。

花花在水面上当然什么也看不到，船还比它高出半个身子呢，它只是想不通，主人为何不马上伸出船桨来，拉它上船？它一边围着船打转，一边抠得船板嘎嘎作响。它闹不明白，主人为何不像以往那样迅速伸过桨板让它攀住？它还要帮主人捡鱼守鱼呢！

月牙儿能看见浩浩鹰嘴湖，山是碧螺，水是蓝绸带，有一只小渔船在月光下左右摇晃。

花花围着船打转，感受就更强烈了，这只船儿今日左右摇晃得甚是厉害，伴随着摇晃，还有呜呜的声响，凭它敏锐十分的听觉，听得出这是男主人和女主人喉咙深处发出的原始的叫声，但是两种呜呜声已经交融到一起了，它很难把此起彼伏交融一起的呜呜声区别开来。

而男女主人，已经忘记了鱼儿、渔网、船儿、花花，还有月牙、老鸹，甚或天地万物，高低贵贱，只有彼此的给予、无休无止；只有彼此的包容、阔大无涯；只剩彼此上下一致、融洽无间的呕心沥血、披肝沥胆、痛彻心肺、天坼地裂，同赴汤火，万死不辞……

人世的自由啊，自由啊……只有这个时辰才是贯穿性的体悟。他已然泪流满面了。

当一起停止了动作，仰面躺下来的时候，才发现，弓弩一样亮得发寒的月牙儿已经躲到白云后面去了，这才着了羞。她捡了一件盖在身上，他也捡了一件盖在身上。

花花呢?

花花!

两人倏然起身,急手急脚穿了衣,船头船尾转一圈,才发现花花抠住尾板,只露出一只湿淋淋的狗头,一对狗眼哀怨无依。探身,一人拽一只狗爪活生生吊上来。花花又是一声响嚏,响嚏之中将水珠子抖撒得到处都是。

女人赶紧捡一条旧毛巾,狗头狗尾地裹紧揩过去。

吴细根弓腰一摇柄,船发动了,回了。

船里的收获甚少,吴细根的心情却从未有过的舒展。

他一手掌舵,一手推挡,仰天吼了一嗓子:

嘿啦啦啊哟嘿啦啦啊哟嘿啦啦……

群山起应:

嘿啦啦啊哟嘿啦啦啊哟嘿啦啦……

老鸹扇翅:

嘿啦啦啊哟嘿啦啦啊哟嘿啦啦……

五

漫坡的葵花长到齐腰高了,嫩青的花盘儿羞人答答地,总不肯仰起脸来给人看个仔细。无雨的日子依然隔几天要上来浇水,这是件累活,老板和赞赞一人一担,女人只管浇水。土燥的时候,清冽的一瓢刚刚逶迤一线滋下去,就有咝咝声响,像一个饿孩子饥不择食的发声。女人为诱惑土地,先滴几滴,听见土地等不耐烦群起叫嚷的时候,再顺着葵花秆子劈头浇下,土地便是哇啦啦哇啦啦一片欢呼。女人听了这欢呼,心情就像盛开的葵花。赞赞开始不耐累,但得女人要跟他换挑子,他又脸上下不来,嘟哝道自己好歹还是个男子汉呢,哪敢叫嫂子受累呢!况且老板白天干活晚上还要陪嫂子,不照样高桶大担地挑上来,我哪敢像乌龟那样缩在后头!

那晚从湖里出来之后,老板就搬过女人这边来。赞赞欢天喜地道,我一个人一间屋,我一个人也是一间屋!老板跟嫂子是一家,老板跟嫂子硬是一家!

老板训赞赞,你不对,老板怎么跟嫂子是一家,应该哥哥跟嫂子是一家!

赞赞一愣,悟过来道,我叫惯了老板,叫不惯……

老板追问，叫不惯什么？

……哥哥。

蚊子叫一般，好勉强呢。

以后就叫哥哥，行不？

嗯。当得了啵？

老板都当得了，莫说……

莫说什么？

……哥哥。

三个人无论在船上还是在山上干活，就像一家人那样，有浓浓的亲密，却不洇不湿。远远看过去，一个站着，一个半蹲，一个倾身，在一片越长越高的葵花地里，构成一个带着毫光的剪影。

赞赞刚撒过草木灰的脏手，就去扳起羞人答答的花盘儿。女人一声叫，赞赞你桶里洗了手再看不好？赞赞就吓得赶紧松了花盘儿。

三人上船一道进湖捞鱼，那就让花花守家。其实这个家就是无人看守也很安全，以往老板、赞赞进湖，一定带着花花，留着不关门的家在岸上独享寂寞。现在有了一个女人，有了女人的物件，女人的气息，那就到底不同，就必须有一个人在家里，或者是三人中的一个，或者是花花。

花花乖巧，晓得自己最忠实的岗位应该在哪里，也不闹，一直站立岸边，目送渔船驶离，直到渺然不见，才对一泓湖水仰头一嚏，快快回到屋前的树边蹲下。

以后进城里办事，给酒店送鱼，更多的是老板发动摩托，女人抱骑在他身后。女人在城里逛超市，又细心，又耐烦，那是很能磨炼男人脾气和意志的。老板就说去跟酒店朋友聊天，其实是去尖岗埠寄钱，一份寄给姐姐，一份寄给老同学小倩。

寄完钱之后，赶回十多公里远的超市，还见女人兴致盎然地在购物呢。说购物未必准确，女人每次买的东西并不多，转了那许久，或许才是一件春秋衫，一条素白紧身裤。女人的穿着即使简单，也是一束精练与经看。女人是喜欢热闹，喜欢人多，也喜欢万千物品的商场吧？女人，既热爱精神包裹，也憧憬物质拥护。女人尤其是年轻女人，最不习惯的，或许还不是贫穷，却是寂寞。

这一想，就有些内疚，就任女人在五颜六色万紫千红的商品海洋里，作

目光和精神的恣肆漫游，他只在大门口等着。

但是今天他有些不安，他在超市的大厅里东张西望，才刚在尖岗埔西路口邮局寄钱的时候，有一男一女在门口逡巡。他俩不像要办什么业务，男的戴一副深色墨镜，女的，也戴一副深色墨镜。这很像某个电影里的镜头，当一件事情将要发生的时候，有两个不速之客或叫形迹可疑的人出现了，后面必定有故事而且多半是悲惨的故事。他几乎是逃一般离开了那个只有一扇门面、苍蝇乱飞的小邮局，头盔也没系牢。他不得不一手拽住系带，一手握住车把，开得风驰电掣一般。

女人终于露面了，手里的袋子比平日多了几个，跟他说，今天换季折价，给你和赞赞各买了一套运动衣，还给你多买了一件，是一件纯棉的长袖白衬衣。

你穿白色的会好看。

天热哪里要这么厚的衬衣？

总有几天冷的时候呢。你怎么不跟朋友多聊聊？

我……聊过了。

你是不舒服？女人到底警醒。

没有啊。

回到鹰嘴湖边，进得门来，吴细根就倒下了。脑子里胡思乱想，一会儿想起在看守所等待宣判的那些人和事，老赵，炮兵司令……一会儿想到父母、姐姐还有小倩。原以为鹰嘴湖是个有山有水的世外桃源，现今天上掉下一个几多体贴几多温柔的女人，早忘了自己有案底在身，是个亡命天涯的逃犯。渔民、山民、老板……这一切一切，都是表面文章啊。

女人过来搭了一把手在他额头，道，好像有点热。白天在水里湿气重，晚上又不盖。扶着头，靠着她的身子，喂他咕嘟吞了两颗感冒丸子。

又稠稠地熬了一碗鱼片粥，搁了好多细细的姜丝，一勺一勺，喂他趁热吃了发汗。

晚上一会儿发热，掀翻被窝，一会儿作冷，盖两床被窝还瑟瑟发抖。尤其梦多，一闭眼就是噩梦，要么在被人追到悬崖边，后面大喝一声，回头是岸；要么躲在虫蛇遍地的山林里，倏然被人发现；还有捞鱼上岸，过来几个人，一索子绑得仔细，还反手戴上手铐。见了这场景，女人那一对漆黑的眼眸子，始而惊诧，继而哀怨。

啊啊啊啊，他在梦中几次惊叫起来。

赞赞从未见老板这样，只着一条短裤从隔壁跑过来，惊慌道，要不要送老板去医院？

这句话，老板偏又听明白了，半梦半醒道，不要不要，送医院我就死定了。

女人说，暂时不要吧，明天再讲。

一夜不得安睡。天刚放亮，女人就带了赞赞到山里去寻采草药，不好久，一只自编的藤篮里，既有去热燥湿的黄柏、半夏，也有发散风热的薄荷、牛蒡。

赞赞叹道，嫂子懂那多中药，都可以做郎中了。

女人淡淡道，我公公就是一个老中医，乡下门板抬了来已经备了寿衣的病人，吃了他的方子，一个礼拜以后，提了挂面、鸡蛋，走了来拜谢他。

赞赞道，快请了你家公公来给我们老板看病哟。

走了。

哦？

十年前就走了。

哦。

要不然，我……

要不然你啥子？

回吧，够了。

够了，回吧。

连吃了三天草药，一煎一大锅，一喝一大碗。女人讲，她公公给人下药，就是分量重，譬如味辛、性热、有大毒的附子，他也敢比别人多用几倍。发汗解表的药，尤其量重。

三天之后，吴细根起床了，但觉脚跟发软，站在门前被炽烈的日头一晃，不禁头晕。女人着一件无领无袖的短衫干活，贴身也不要文胸，汗水洇湿，胸前的两个粉红凸点隐约可见。吴细根里头一件纯棉的白长袖衬衣，外面还披了一件咖啡色的茄克，湖风一吹，依然缩手缩脚。相形之下，吴细根愈发有些惭愧，一个男人，怎么说不行就不行了呢！

那几天，女人服侍他更勤更周到，下湖、上山都是她带了赞赞去。赞赞见老板病了，格外乖巧，跟了嫂子做事，手脚是越发的活泛，得空就叫

嫂子教他辨草药、编藤篮。女人道，赞赞你以后若是找了老婆，老婆一定舒心满意。

怎见得我老婆就会舒心满意？除非是你有个妹妹许给我。

我有妹妹……我要是有妹妹，一定许给你。

你到底是有妹妹，还是没有啊？

女人两眼迷离，拍拍篮子道，下午还要上山找点藤来，缺根老藤做耳朵。

每次都这样，赞赞想，讲到家里，嫂子就回避，眼里迷怔怔的，满是忧伤。

到底是气力蓄积在那里，先是草药调理，再是鲜鱼稠汤滋补，一周之后吴细根就精神复原，劲道重来。夜间女人见他上下翻腾，没个了断，不由得有些担心，婉劝他惜身。本来么，床上的好事，如同吃饭，人不是骆驼，可以一顿吃饱下次就不吃了。

吴细根不语，女人但觉他在紧紧相拥之中，比平日更加殷勤、奋发，那股子恋恋不舍、砥砺钻研的劲头超过了往常，并隐隐有一些迫不及待的紧张。女人轻轻拍打他的裸背，贴着他耳语，你就没个够，啊，你呀你……

他终于在泰山崩裂、江河倾泻的刹那，呜咽道，我，你，啊啊，我对不起你呀，啊啊……

他的面部深埋在她丰腴的前胸里，她感觉到他的热气和着热泪，一起涌流。他的身子在抽搐，深深的悲伤将他击倒，又在呜咽中慢慢释放。

她这时候是他全部的依靠，是宽宽的湖，是深深的山。

女人温厚地轻轻拍打他的光滑的背脊，道，你不要说，现在不要说，啊。

这天，林老板回来了，还带了八九个客人，男女都有。但见他大热天也是一身黑条纹西服，还贴着突兀的喉结，系了一根粉红底子起小白花的领带。他大剌剌地对客人道，这里原先是我的一亩三分地，现在呢，是我的兄弟吴老板在掌舵，归他开垦了。他这样说的时候，盯着女人看了几眼，道，还有一个好漂亮的……呃呃，女当家，难怪，没有了鱼腥狗臭，连风都是香的了。

一圈客人，有的笑了，有的只回报了一个表情。吴细根看见客人有几个也戴了墨镜，没来由就滚过一阵心慌。

客人吃饭、聊天，有人发现了山上的葵花，纷纷要上去照相。女人这才道，如果再晚来个把月，待得葵花都盛开了，就更好看了。

今天是女人一展厨艺的好机会，虽然主打只有鲜鱼，却炖、烧、蒸、炸，端出一盘又一盘，吴细根和赞赞只有打下手的份儿。客人们吃得杯盘乱响，甚是开心。这个道，要把女人挖了去城里开酒店，鲜鱼宴，一定火。那个道，有个这么能干的女人在身边滋润，难怪老板细皮白肉，比城里人还显嫩相。

林老板也叹，小吴，你只看我们在城里发达，不晓得有几多辛苦，你看看，还是在这里与世无争的好啊。

说着低头一挠，果见中央光光的一块，遂叉开五指撩撩散乱稀疏的头发。

大家就一阵叫嚷，需要地方支援中央啊！

吃饭途中，吴细根见几个墨镜有意无意地瞟他，腿肚子便一阵一阵转筋，后悔一开始没有也戴上墨镜。吃罢饭，客人要到湖中去吹凉风看湖景，他借口感冒，要女人陪了去。林老板道，开船也是力气活，你不能免吧？客人也道，老板进去可以介绍介绍库区的大好河山啊，硬是裹挟着一道上了船。

船一动，客人们便纷纷掏出数码相机拍照。他觉得自己前后都成聚焦，躲都没法躲，只有压低帽檐。可是客人说他是船老大，要与他合影，在他身边作姿作态的，他哪里还回避得了，脸颊上不停地流汗，既是燠热，更是紧张。

客人一直折腾到下午四点多才下岸离去，林老板嘱从围网里捞些大头鱼，都是三五斤一条的，每人带两条。林老板一边收捡一边道，鱼头加豆腐烧汤，鱼肉剁块红烧，不用味精，鲜掉下巴。

还有两个女客，要和女人照相，背景是一泓浩浩湖水。女人大大方方道，等葵花开了，你们再来吧。

女客道，等葵花盛开了，一定给我们打电话。

这晚，吴细根捉了女人的手道，我有一种感觉，不知当讲不当讲？

女人道，你是想离开这里？

吴细根一震道，你怎么猜得到！

女人道，你生病那天起，我就在猜。只是，我们的鱼啊，狗啊，赞赞啊，还有葵花啊，都在这里，如何离得开呢？

吴细根道，不一定就是这两天，但是要作好离开的准备，也不要先跟赞

赞提起。

于是接下来的两天，女人在悄悄收拾东西，不仅收拾东西，还频频往山上去，看着日渐丰盈的花盘儿，女人喃喃道，以后啊，你们要自己看好自己呢……

花盘儿一起点头，齐刷刷道，晓得了，晓得了。

女人便托了花盘儿，轻轻吻着，嗅着，那是一股子羞涩的馨香。

吴细根远远看见，眉头一会儿舒展，一会儿蹙紧。

心里想着事情，事情倏然就来了，却又都不是心里反复盘算过的。事后吴细根反复琢磨，一男一女，两拨儿素不相识的人一前一后地来，难道真没有一点相干？

事情是这样，周六上午，吴细根和女人都起得早，因为要给城里酒店送鱼呢。刚在围网里一尾一尾地取鱼，一辆六成新的奥迪就驶了进来，下来四个男人，为首的那个，中等身量，肚腩微微腆起，下车后就叫了一声，娥子！

女人下意识应了一声，刚捡起的大头鱼失手掉了。

那个男人径直近前来，摇摇头，温和道，我找你好久了，躲到这么山高水远的地方来当渔女来了！收拾东西，跟我们走吧？音调不高，却是不容置疑的。

女人的嘴唇簌簌发抖，一头跑进房间，吴细根拔脚跟了进去，急促促道，你不能走啊，你怎么能走呢！

女人转身伏在他肩上，一阵抽搐，道，你等我，我办完事，跟他了结了，就会回来。

吴细根追问，那个男的，是你什么人啊？

女人道，他是……一下子讲不清楚，等我回来再跟你讲，好吗？

女人只提了一个袋子出来，乖乖跟那男人上了车，直到落座，居然没有回头再看一眼。嗅着空气中淡淡的汽油味，听着花花跟着车子奔跑的狂吠，吴细根强忍伤心。回到屋里，见女人的衣物大都还在，他将女人的一件内衣捂在脸上，深深地嗅着那熟悉的气味，不禁泪流满面。

屋外，花花兀自狂叫，失去了母爱的孩子一般，委屈得久久不肯收声。赞赞抱着它的头，脑袋抵着它的身子，无比哀伤道，嫂子跟人走了，没有嫂子给我们做饭了。

朦胧中辗转一夜没睡，第四天中午，一辆红色的士悄然驶入，一个女子下车了，吴细根心里刚一激灵，马上觉得不可能，从身姿仪态看过去，都不可能是他的女人安然回来了。女子走过来，或者说，刚转过身来，吴细根就惊讶地张大嘴巴道，你，小倩，你怎么来了！

小倩走到他身边，一脸笑容道，桂德林，你叫我好找啊！

好久没人叫他的真名了，吴细根甚至不习惯人家叫他桂德林了。但他此时脑袋轰然一声，想到的是，小倩居然找到这里来了！

小倩大咧咧道，你放心，除了我，现在还有你，没谁知道我到这里来了。

他喃喃道，连你都找到了，别人怕也知道了。

小倩道，你是月月按时给我寄钱，我才找到的呀，你不晓得我找得多辛苦！

夜晚，小倩跟他讲了不少家事、同学，还有一些柴米油盐酱醋茶。他离家久了，一切都恍若隔世。但讲到母亲恐是忧思过度，患了心脏病和高血压，还有蛛网膜下腔出血，幸亏抢救得早，这两年老了很多。他啊了一声，泪水就顺着腮帮子流下来了。

吴细根回到赞赞房间与他同住，留下小倩住女人的房间。小倩看见女人的物件，问道，你这里还请过保姆吗？并不往深里想。很快地，他在隔壁听得见小倩的鼾声，便想，到底是千里迢迢而来，当是累了。

以后的日子，小倩跟着下湖捞鱼，上山浇葵花，当然比不得女人在时哪怕一半的能干，她反复问，你没有打算一辈子在这里呆着吧？除了湖就是山的。

吴细根反问，这里呆一辈子不好吗？

小倩道，这怎么可能！

赞赞对女客人似无多大兴趣，情绪明显闷得多了。花花呢，没事的时候，左爪子舔舔，右爪子舔舔，哪像女人在的时候，屁颠屁颠地跟在后面，湖里也去，山上也去。

终于在几天后，小倩告诉他，她已经离婚了，他给她陆陆续续汇的钱，她一分一厘都没动……她这样说的时候，眼睛径直望着他，双手交叉抱在乳下，意思不言而喻。

他瞬时有些愧疚，道，谢谢，谢谢你。不过，我们都在不同的轨道上生

活了，我又是负案在身，不能牵累你的。

小倩表态道，不存在你牵累我的问题，如果你愿意，我可以等你，即使现在公安把你抓回去，判刑几年，我给你送饭，等你，来日方长呢。

他更不安了，不妥，不妥，我自己都泥菩萨过江，哪敢牵累别人呢！

小倩幽怨道，我就知道你一直把我当别人！

又问，你心里从来就有别的女人？

他不作声了。不作声就是默认。

小倩叹道，勉强不得，明天我就回了，你有什么要托付你姐、你妈的？

他摇头道，不要了，告诉她们，她们也未必安心的。你也别再为我操心了。

小倩一点不恼，微笑道，你呀，你呀，哪里免得了人家为你操心呢！

六

话是这么讲，小倩依然留在库区，也帮了做饭、洗衣、下湖捞鱼，上山浇水——其实，也不用浇水了，花盘儿已经籽实累累，马上就可以收获了。小倩喜欢在葵花前留影，带了几件衣裳，换着照，且摆出各种姿势。吴细根心里不大耐烦，想着叫赞赞来帮忙，到底还是怕小倩不高兴，作罢。

他心里也盘桓着怎么开口，叫小倩还是回去，你不能跟我一样玩失踪啊，出来十几天了，如果家里人也找了来，问题就大了。

这晚，饭后两人在路边溜达，他鼓起勇气道，你该回去了，尽管有假，时间长了还是不好。

小倩回头道，桂德林——奇怪，她就从没省略过这个桂字——你好叫我失望啊。

他道，对不起，真的对不起。

你心里到底有个什么人？

……

有你也要早讲啊，我真的只是好奇。

很对不起你。

我不喜欢听你讲这个。

对不起。

那我明天就走吧。

我有很多不好，你以后会知道。

我早就知道。她生气道。

她的生气，令他松了一口气。

可是，人就是那么不争气，即使知道了，还是喜欢你。

一时间，她泪水出来了。他惶惶道，这一辈子欠得太多，真不知道怎样才能赎罪呢。

她抽咽道，你要能赎回就好了……

第二天，他帮她一起默默收拾行装，又悄悄塞了一卷钞票在她的衣兜里。他出去推摩托的时候，她已将钞票放回他的枕下，出来了。

行李袋捆扎好，她上了摩托，抱着他的腰，这里才刚发动，就听一阵急响，一辆丰田越野车迎面驶来，戛然停住，一左一右，下来两个身体健壮的男人。

一个男人拉开后门，下来一个人，一个女人，娥子！

他愕然张大了嘴。

男人上前给他亮出逮捕证，道，我们是警察。

他顿时脸色煞白，呆住了。

女人径直走过来，对他道，对不起，我先替你报了，接下来，接下来，该你讲了。我都处理好了，就在这里等你……

一个便衣警察从兜里拿出手铐道，桂德林，收拾东西，跟我们走吧。

另一个腰间配着手枪的便衣警察环顾四周道，这还真是一个世外桃源啊。

桂德林提着简单的行李出来，正准备上车，小倩追过来，大声道，桂德林，我也在家等你，啊，你听见了吗？哪个对你真心实意，你掂量掂量吧，桂德林！

桂德林回头看了一眼。

一个女人挎着行李，另一个女人已经换了装束出来，准备干活了。

汽车颠簸着，开动了，小倩挎着行李叫着追了过去。女人叫赞赞开了摩托去送她。

女人拦腰系了一条花格子围裙，戴了一顶麦秸草帽，草帽印有一个鲜红的铁路路徽，上了山。花花跟在她后面，屁颠屁颠，嘴里还咬着一只藤编篮子。

女人上得山来，不由得惊呆了，才多久时间，漫坡的葵花一起黄熟，沉沉的花盘儿一盏盏全都垂了下来，层层叠叠的花瓣儿映得天地都是黄澄澄的。风从湖面上吹过来，空气里弥漫着湖水的腥气和葵花的馨香，一杆杆的葵花随着风儿左也点头，右也点头，万千的点头、万千的葵花灼烧成一个黄灿灿的世界，一波一波地向山上隆隆滚去。

女人忘情地啊啊啊……

远远看去，女人在黄灿灿的波涛之中，俨如一个载沉载浮的水手。

作者简介

南翔，男，本名相南翔，教授，一级作家。著有长篇小说《南方的爱》《大学轶事》，中篇小说《博士点》《辞官记》《铁壳船》《我的秘书生涯》等，多部作品被《新华文摘》《小说选刊》《小说月报》等转载。

被任命为省引松水利枢纽工程管理局局长后，严珂的身边围拢了形形色色的漂亮女人。这些女人各施各的手段，千方百计缠住严珂。严珂不由自主陷进了有夫之妇雅雯的情网，甜蜜与痛苦交织。爱情有求有弃，政治也有进有退，明白这些的他到底该何去何从？

权 力 周 边

李 林

一

刚刚被任命为省引松水利枢纽工程管理局局长的严珂，就职演说仅用了二十分钟，可会场的掌声就炸开了三次。严珂一边讲话，一边用目光在座无虚席的会议大厅里无意地扫来扫去，蓦然，有三位靓女撞进了严珂的眼帘。

吃过晚饭，为送严珂上任的省水利厅长肖仁和几位随行人员，就匆匆赶回省城了。

引松局常务副局长郑志客气地对严珂说，今天太晚了，您也累了，早点休息吧。

晚上九点多，严珂回到办公室。办公室是个大套间，里面是卧室，外面是办公室，很宽敞很气魄很干净。茶几上摆了几盘苹果、香蕉、西瓜等各式水果。还有两铁盒大红袍茶叶，两条中华香烟。严珂看了，皱了下眉头，刚想喊把这些撤下去，可一想，都下班了，没人了。他从自己的衣袋里摸出了一盒烟，点了一支，往里间卧室走去，一抬眼，却倏地一惊——这不正是在会场上好险没站起来鼓掌的那位女子吗？那女子正在给严珂铺被褥，一见严珂，就像花蕾刚刚绽放，笑得又饱满又热烈。虽然初次见面，却没有拘泥，没有矜持，仿佛和严珂早已是亲朋故交了。她说，严局，被褥铺好了，我再给您倒茶去。说完，又风摆杨柳般地走到外屋，须臾，又飘然返回，端来一杯浓茶，轻轻地放在茶几上。说，严局，累了一天了，喝点茶，养养神吧，我再给您打洗脚水去。不一会儿，又从外屋端进来一大盆洗脚水，声音柔柔地说，严局，趁热洗吧。她把热水盆放在严珂脚下，然后，站在对面，情色

迷迷地看着严珂。

这时，严珂也打量了一眼女人。女人很性感，有一种成熟美，浑身上下像逶迤的山脉，该凸的凸，该凹的凹。不知严珂揣摩到了什么，突然问，你叫什么名字？女人从容答道，我叫宋莉莉。严珂一惊，叫什么？女人又重复回答，我叫宋莉莉。严珂犹如惊鹿撞怀，一下子张开了嘴，半天才合上。问，谁让你来的？宋莉莉还是笑眯眯地说，郑副局呀，怎么了？严珂渐渐地冷静下来，心想，真是她。便缓缓地说，啊，没事，今天挺晚了，你回去休息吧。宋莉莉说，严局，你家属没过来，个人生活不方便，我在办公室管后勤这块，今后，我一定经常来照顾你，把你的生活调理好。啊，对了，我再给你削个苹果。削完苹果，宋莉莉伸出纤细的手指，缓缓地递到严珂的手上，递苹果时，宋莉莉的手触摸到了严珂的手，嘴也伸到了严珂的鼻子底下，一股女人的气味喷到了严珂的口腔内，严珂的身子不为人知地往旁边闪了一下，又一次果断地说，谢谢，你回去吧。

宋莉莉恋恋不舍地走了。

严珂有点恨郑志，他早就听说过，宋莉莉是前任一把手邹肖的"老铁"。你郑志把她派来伺候我，什么意思？

严珂回忆宋莉莉走路的姿势，袅袅娜娜的，好像走台的模特，还迈猫步呢，禁不住在胸腔里笑了一下。他想起来了，他在省厅任工管处处长时，工管处的一位副处长到引松管理局检查工程管理情况，回到厅里惟妙惟肖地向他描述前任一把手邹肖和宋莉莉的丑闻。副处长说，晚上开联欢会，宋莉莉请邹肖跳舞，不请别人专请邹肖，一曲不落地请。宋莉莉喜欢跳舞，尤善非洲拉丁舞之类，一跳起来，提臀劈胯，那两瓣的屁股，上下左右一掰一掰的，把邹肖看得直流口水，宋莉莉前面那两座大山包，总往邹肖身上蹭。邹肖那张大嘴就总张着，就像吃啥总也没吃够似的。场外有几个起哄的小伙子，叽咕哑咕地说，邹局长小时候家里困难，缺奶啊！周围的人轰然大笑。

宋莉莉饱尝了当皇后的甜滋味。可邹肖突然转走了，宋莉莉就郁闷了，她真的想当武则天，既能给李世民当才人，又能给李治当皇后，所以严珂一来到引松，一看"李治"比"李世民"可年轻多了，就千方百计往上贴。第二天晚上，宋莉莉又来了，这次穿的是低开领晚装，袒胸露背裸肩，展示得明明白白，又隐隐约约，让你浮想联翩。宋莉莉说，严局，一楼有间浴室，是专供局领导用的，我先给你把热水放好，等会儿你过去，我等你，浴衣也在下面，我都给你准备好了。严珂想，这哪是后勤人员照顾领导啊，这几乎是老婆伺候老公了，就冷冷地说，宋莉莉，谢谢你，你请回吧，今天不洗了，我要赶写一个材料。宋莉莉又劝，又去拽严珂，严珂的脸色更冷了，说，宋莉莉，我这么大的人，生活能自理。不要你们费心了，你回去吧。这次没说谢谢，宋莉莉翻了他一眼，心里说，我还没见过不犯腥的猫哪，你就装吧！哼！两瓣的屁股一扭，忘了猫步，腾腾地走了。

宋莉莉走后，严珂进了一楼浴室。他放大水龙头的水流，滚烫的流水，热腾腾的雾气，使严珂浑身燥热，头脑眩晕。他慢慢地坐下来，迷蒙的雾气中，一张女人憔悴的面庞，慢慢清晰起来——那是半年前因肝癌过早离世的妻子黄煜。

黄煜走了，严珂的魂儿也没了。半年来，严珂几乎每天都呆呆地在窗前向远处张望，仿佛在守望着一种希冀。可他什么都没看见，眼神空空落落的，却又储满了阴郁、苍凉和无助。

二

那是一年前，也就是1994年春的事儿。

严珂当时任省银河水库管理处处长。有一天，他正坐在办公室看材料，忽然有人敲门，原来是副处长领进一位年轻的女子。严处，这是刚从兰西所调上来的工程师春梦，她要见见领导。副处长说完就出去了。严珂想起来了，是从下面调上来一名干部充实到工程科。严珂知道她是省水利学院水工系毕业的高才生，分配到兰西所一年多，表现非常突出，严珂还记得厅办副主任介绍过她。严珂看到她第一眼就一愣神，一边打量一边问，怎么，你是学水工的？是啊，那女子大大方方地回答。严珂想，学水利的女孩子大多数是农村去的，没有几个漂亮的，怎么就出了这么一个天仙哪？严珂又看了春梦一眼，只见她足有一米七零的个头，顾盼生辉的眼睛，毛茸茸的睫毛，润泽的双唇，尤其是她的身材，分明是舞蹈演员的好材料啊！心里这么一想，嘴就说出来了，你不该学水工。为什么？天仙歪着头看，还莞尔一笑。

在一个夏日的黄昏，严珂到水库边垂柳园散步，走着走着，在清风疏影中，出现了一个女人的身影，再一细看，站在眼前的竟然是天仙春梦。严珂一阵心跳，有点慌乱地说，你来干什么？春梦说，这是公共场所，谁都可以来呀！严珂手足无措地说，虽然……虽然……春梦看到严珂的慌乱，却抿着

嘴笑了，那笑，有点洋洋得意的意味，说，没想到严处那么有魄力，却在女人面前这么胆小啊。严珂说，这让别人看到，容易……没等严珂说完，春梦却一下子扑到严珂怀里。然后就把湿润香甜的朱唇印在了他的嘴上，严珂先是躲闪了一下，但无法挣脱，两个人便亲在了一起。

在以后的日子里，春梦被提拔为副科长、科长，不全是照顾，主要是她自己干得好。但她始终没结婚，也没什么绯闻。她像一颗星星，每天每夜都眨着眼看着严珂。严珂觉得，春梦近在眼前，可又好像远在天边。春梦像一个梦，香甜却缥缈。再以后，严珂就真的当成了梦。

千百年来人们都知道一见钟情，可这世上竟然还有没见面就相思的——春梦就是一个。

那是严珂调到银河水库前夕，春梦去省城姐姐家，春梦的姐夫是省水利厅办公室副主任兼汽车队队长，他告诉春梦，他的姑表妹夫严珂马上调到银河水库当处长。姐夫想和严珂说说，让他关照一下春梦。可春梦不同意，说，谢谢姐夫，我要靠自己。姐夫笑了，随即却叹了一口气说，唉，可惜严珂了。春梦问，怎么了？姐夫就把他姑表妹黄煜两个月前发现肝癌的事，对春梦说了。姐夫又叹了口气，双眉紧蹙凄惶地说，唉，黄煜没命啊，下辈子再也找不到严珂这样优秀的了……

春梦从姐夫嘴里知道严珂是个非常出众的人才，纯净的少女心田，播下的第一粒种子，竟然会膨胀起来。严珂转到银河水库，春梦看到他的第一眼，惊鸿一瞥之中，心，就被严珂掳走了。

可是，1995年初，严珂却突然调回水利厅，时间不长又转到省引松管理局任局长。临走的前天晚上，春梦约严珂到水库边垂柳园谈了一次话，她又一次对严珂郑重表白，你准备娶我的时候，就开着彩车来接我。严珂还是懵懂，说，你是说梦话还是笑话呀？我和黄煜好好的怎么……春梦却一本正经地回答说，不是梦话也不是笑话，是真话，到时候你就知道了。只要你爱我，我就一直等你。

春梦如一只雏燕在电闪雷鸣中盘旋着，像一棵枝干脆弱的小树在骤雨狂风中颤抖着。春梦病了，从市医院转到了省医院。

其实，这时的严珂离"准备娶她"已经不远了。只是严珂自己不知道。

三

　　严珂来到引松局的第三天，上午召开了班子会，听取了班子成员对引松局的情况汇报。下午准备去各分局和分局所属各站考察。利用短暂的空闲，严珂想把上任以来的差旅费等票据去财务处报销。

　　严珂刚走进财务处，一位清清爽爽的年轻女子，马上站了起来，严珂一看，这正是手拍得最响的那位。就问，在哪儿报？那女子又甜甜地说，我叫叶梅，是出纳员，在我这儿报。严珂笨手笨脚地填单子，叶梅贴上来，又是甜甜地说，严局，我给你填。严珂无意中扫视了一眼，但只见，这女子长得皮肤细腻，娇嫩的小圆脸上，一对媚气的杏核眼，尤其那对小巧的嘴，总是有点矜持的抿着，说话声音柔柔的，像春风拂面般让人舒服。当了十几年的领导，手下从几百人到几千人，可谓阅女无数，严珂的眼光平静地移开了。叶梅却说话了，严局，再以后报销给我打个电话，我给你填，把钱给你送上去，不用你总上下跑。严珂笑一笑，点点头。严珂刚转身往外走，只听她轻轻地说，严局，你的气质真好，第一眼看到你就知道你是当大官的，有官相福相，谁见了都会喜欢的。说完，有点羞涩地看着严珂，可那羞涩中，分明漾出一种甜蜜，一种风情，传递出一抹炫目的信息。严珂当官后，经常遇到女人的赞美，可这么突然的还是第一次，他真的不好回答，便像毫不在意的样子，可从他那有点发窘的神态中，却让叶梅窃喜。

　　严珂报销完了，刚要转身出门，叶梅又说话了，严局，我们可把你盼来了，原来那位老邹局长可把引松局坑苦了。怎么坑苦了？严珂似笑非笑地问。叶梅很激动，说话还带着手势：他拍拍屁股走了，我们可半年没开支了！她又接着说，引松局两千一百人，年收水费八千多万元，号称大安地区的"小香港"，按财务计划，应该年盈余资金两千多万元，可是，到年末决算，全局亏损三千多万元，把一个最富的单位活活地造穷了。严局呀，你可来了，我高兴得几宿都没睡好了。严珂看到她手舞足蹈的样子，觉得挺有意思，就说，能那么严重吗？叶梅却声音低下来，幽幽怨怨地说，当然了，因为看到严局那么帅气，高兴的呗。叶梅说完，眼皮一撩窥视严珂。严珂一听，这话有点不走正道，没法接茬，就说，我走了。严珂的一只脚，已经迈过门槛，叶梅又凑到严珂身边，嘴巴贴到严珂的耳边，神神秘秘地说，严局，邹肖在账面上有三十多万不合法的票据，将来有时间我详细和你汇报。

185

权力周边

严珂没说话，没表情，叶梅睁大眼睛看严珂。严珂走后，叶梅怎么也想不起来——严局是说话了，还是没说话呢？

　　严珂到任一周后，郑志副局长陪同严珂下各分局考察，还有一名办公室主任。严珂坐到副驾上回头一看，除了郑志和办公室主任，还有一位女士。再一细看，又是那位宋莉莉。严珂问，宋莉莉坐车上哪儿去？宋莉莉娇媚地说，领导下各分局，我是管后勤的，我得为首长的工作生活负责啊。严珂转向郑志，郑局，这是什么时候的规矩？郑志有点语塞，结结巴巴地说，过去，过去邹局长在时，都是这样的。宋莉莉情绪有点提升起来，声音也大了些，说，对，这是咱们局多少年的规矩了。严珂把脸放下来，又觉得空气过于紧张，说话的口气也放缓了一点，还笑了一下，说，郑局，让宋莉莉下去吧。咱们都几十岁的人了，下分局工作还需要专人照顾生活吗？严珂说话的声音不大，但让人听起来就是不容讨价还价的命令——有一种霸气。郑志把脸转向宋莉莉，宋莉莉，那你就先回办公室吧。宋莉莉滞滞扭扭地不想下车，严珂回头看一眼，两道寒光扎在宋莉莉的脸上，宋莉莉的身子一颤，乖乖地下去了。

　　汽车启动了，宋莉莉怒目圆睁地看着轿车扬起的一缕细雾，眼里分明喷着的是火。可，坐在车里的郑志却露出了鲜为人知的一丝狡黠的笑。

　　引松，即松花江引水工程。是为十三个市县供水的。局机关坐落在距省城一百多公里的大安市。下设十三个分局，分局下有五十八个管理站。十三个分局按照供水干渠的走向，分别设在十三个市县内。

　　严珂一行，利用二十天的时间，考察完十二个分局。这一天，来到了最后一个分局——大元分局。考察了一天，吃过晚饭，副局长郑志和办公室主任，有急事先行回局。严珂和大元分局长尤大田唠了一会儿，让他回家休息。

　　严珂想利用这一晚上的清静，深层次地思索一些问题。他还想在晚上把内衣洗洗。他坐在办公桌前，刚刚展开笔记本，倏然间，随着两声轻轻的敲门声，一位靓女端庄地站在了眼前。瞬间的一怔，严珂认出来了，这正是那位笑靥妩媚的靓女。严珂的眼光删繁就简地在靓女身上快速浏览一遍，那目光，那神态，像领导巡视，像首长检阅，有点居高临下，有点漫不经心。可女人却在他那眉毛的倏然一耸中，看到了他内心的波澜。严珂真的很惊讶，平心而论，这女子太漂亮了！严珂的心，像被人偷偷地拎了一下，你……

你……有事？严珂知道这双眼睛，但没正式认识过，只好当作不认识。这是我的家呀！啊，我娘家。她告诉严珂，她姓尤叫雅雯，在引松局宣传部工作，大元分局局长尤大田是她父亲，今天是周末，她回来看看。方才听她父亲说，严局已下来二十多天，衣服肯定需要洗了。听了雅雯的话，他低下头，下意识地翕动了一下鼻翼，真的嗅到了身上一股难闻的味道，他知道自己连洗澡都忘了，快捂馊了。雅雯好像早有准备，从提兜里拿出一套衬衣一套外衣，连裤头都准备好了。奇怪的是规格大小和严珂的衣服几乎一模一样。没等严珂脸上的惊疑散去，雅雯就笑着说：这是我爸的新衣服，还没穿过，不埋汰，是我爸让我给你送来的。严珂一听是分局长送来的，就到卧室换了。雅雯又说，把换下的衣服给我，我给你洗。严珂有点不好意思，雅雯就进屋把衣服拿出来，装进兜子里说，我回去洗，明早送来。一边说一边拿出一沓纸递给严珂，说，严局，这是我写的一篇散文，我知道领导既是清华大学水电学院的高才生，又是有名的大才子，水利厅的笔杆子，我今天斗胆，敬请赐教，帮我修改修改，好吗？雅雯走时，把一抹笑容，递给了严珂，那笑，灿烂，柔美，还有点朦胧，有点意味深长。晚上，严珂躺下不久，却全身燥热，用手一抹，脸上身上一层水珠，翻过来倒过去睡不着，索性起来，走到窗前，夏日的夜空，湛蓝深邃，皓月当空，繁星闪烁。这时，他看到一颗流星划过夜空，陡地，他想起了雅雯那双明亮的眼睛，还有方才看过的那篇散文。她在文章中是这样描写严珂的：原来，很多人传颂他的传奇故事，那时，他在我的梦中，现在，他就坐在主席台上，可谓近在咫尺，可我总觉得离我太遥远，因为，他的思想他的学识，他身上所有宝贵的东西，我有点可望不可及……严珂一边看一边想，这是一篇散文，确切点说可谓一篇散文信吧，似乎是专门为他写的，隐含着一种窥探一种期许。严珂躺在床上，毫无睡意，月光溶溶泻泻地洒进来。

四

考察回来后，严珂没休息，召开了一个座谈会，走访了三位老同志。严珂回到办公室，随手开了灯，太累了，刚想坐下来休息一会儿，唯！门突然被推开，扑噔！一位老太太泪流满面地跪在了跟前，严珂一惊，干什么？快起来！你是谁呀？严珂一边问一边拉她起来。老太太不起，严珂费了不少劲，才把她拽起来。给老人倒了一杯水，说，你喝口水，有啥事慢慢说。老太太刚说出，我儿子——随着哐当一声门响，闯进来一个小伙子，像头牛，像阵风，径直走到老太太身边，拽起老太太就往外走。老太太的身子往下沉，说，你回去，你回去！小伙子却大声吼叫，妈，咱们没钱有志气，不找这些贪官污吏，咱们走！两个人拖拖拽拽地走了。严珂却有点蒙了。他仰进沙发，慢悠悠地点燃一颗烟，瞪大眼睛，思考着方才的一幕。蓦然，一位女人的身影，在缭绕的雾气中轻盈地飘进屋来，定睛一看，是雅雯。雅雯方才在家属区大院散步（家属区在办公大楼后院），看见娘儿俩一前一后，一个悲悲切切一个气势汹汹，直奔严珂办公室而去，雅雯就知道了事由，她抿了一下嘴，等待着下文。不一会儿，又看见二人哭哭啼啼往家走，就有点糊涂了。她想，难道严珂也和前任邹肖一样——没钱办不了事？她的心颤了一下，一股温软的潮水漫过心头，一种说不清的担心和焦虑，像一双大手推着她，走进了严珂的办公室。她到底是为那母子俩焦躁还是为严珂担心呢？抑或是兼而有之吧。可是，当她见到严珂时，她的眼神，像一对出笼的鸟，喊不回抓不住了，一下子喷洒出两道强光，那光，太温暖，太热辣，像夏日中午的日头。严珂的目光杵过来，一下子又跳开了——就像一个行人快速躲闪对面飞驰而来的汽车。严珂微笑着说，雅雯来了，坐！雅雯也收拢了眼睛的光度，变得郑重起来。严珂忙问，有事吗？雅雯就把母子俩的事一一地说给了严珂。原来，那小伙子叫丁平，父亲原本是引松老职工，在前年大洪水抢险中因公牺牲。丁平去年转业，引松局有八个安置指标，丁平想，肯定有自己，每天脸上都挂着笑，等着好消息。可是，等到八个人都上班了，他还在家傻等呢，原来这八个人都不是引松局的职工子弟，他们的指标都是用八万至十万元买的，这是丁平的一个战友告诉他的。丁平去找邹肖讲理，说着说着就吵起来了，结果，邹肖找来保卫科的人把丁平送到公安局拘留起来了。丁平和雅雯家住对面屋，有一天，雅雯听到对面屋大声吵闹，赶紧敲门进去，一看，丁平手里拿一把刀，老太太正拼力往下抢，他要和邹肖拼命，雅雯费了好大劲才把事态平息。严珂听了，两道浓眉紧紧地锁在了一起，沉默片刻，他站起来感激地注视着雅雯，雅雯应视着，感觉有一汪热流扑到脸上，心想，和严珂接触几次了，头一次享受到了这样的眼光。她的脸上绽开了一片淡淡的红晕，心却咚咚地跳了两下，瞬时的惶遽间，她又听到了一个磁性的声音，雅雯，谢谢你！严珂边说边向前迈了两大步，又把雅雯的手紧紧地握在了手中，神情凝重地接着说，谢谢你提供这个情况！严珂的声音有点微颤，那双手又使劲地握了一下。

叶梅真可谓耳聪目明，每当严珂外出回来，往往第一时间上来的就是她。不管严珂的报销票据弄得如何凌乱，叶梅很快就能整理得板板整整，然后拿来让严珂签字，报销完了再把钱送来。一来二去叶梅和严珂熟悉了。有一天，她约严珂去她家，严珂不可能随便去一个女人的家，可叶梅说她父亲来了，说有要事非要见严局。严珂问，有什么事？叶梅说，我也不知道。严珂说，到我办公室谈吧。叶梅为难地说，我父亲腿脚不好，走路不方便。

下班后，严珂走进了叶梅的家。一进门，香味扑鼻，再一看，满桌酒席。你爸呢？严珂的目光满屋搜寻，叶梅的脸，像个粉红的鲜橘，那对杏核眼一闪一闪的，闪出了无数个柔情蜜意，她对着严珂，悄声细语地说，严局，你千万别生气，我怕请不来你，就撒个谎，其实，我就想请你喝酒，严局，能赏脸吗？不会让我难堪吧？叶梅的胸脯紧贴着严珂的身子，一股年轻女人的清新气味，飘进严珂的鼻腔内，严珂的身体微微一凛，但他的头脑十分清醒，两道浓眉使劲一拧，有点愠怒，说道，叶梅，这样不好，你……嘀，正在这时来了个救命的电话，是郑志的电话，没等郑志说两句话，严珂就大声说，好，我就回去。严珂借机有急事，说声对不起，一转身闪出了门外。

又过些天，已经下班很长时间了，严珂还在伏案写东西，他似乎已经忘了吃饭。这时，门轻轻地开了，严珂很惊诧，任何人不敢不敲门随便进他的办公室，谁这么大胆？一张甜甜的脸半遮半掩地一探，严珂知道，叶梅来了。叶梅穿得很露，一件薄如蝉翼般的内衣，让她的酥胸裸露，释放出了勾魂摄魄的诱惑。叶梅动情地说，严局，我一宿一宿地失眠，我要不把自己交给你，这一生就算白活。我，真的喜欢你。我已经和我爱人说了，他同意我和你相处，这是他的保证书。说着就把保证书递给了严珂，严珂睥睨了一眼，便看清了上面的一句话。我同意你和严局长相处，我决不干扰。下面是叶梅丈夫的签字和手印。严珂如同吃了一个死苍蝇，又像得了心绞痛，半天缓不过劲来。

五

每天晚上，严珂的办公室都不断人。这一天，严珂奔波一天有点乏困了，刚想要上床休息，雅雯的爱人娄权来了。跟来一位水灵灵的大姑娘。娄

权介绍说，这是他姑的女儿，叫豆花。严珂搭眼一看，豆花真如一棵顶露滴水的小苗，鲜嫩的青春气息，从她那发育良好的身躯内向外流淌。严珂客气地让座。闲聊了几句，娄权对严珂说，严局，我看你一个人住单身太困难了，你也不会照顾自己，从明天起，每天早晚，让豆花过来帮助你洗洗衣服被褥什么的，有些零活让豆花帮你做，不要工资，反正豆花大学毕业后还没分配，在家呆着也没啥事，就算我和雅雯的一点心意吧，严局你千万别客气。

正在这时郑志进来了。

听了娄权的话，严珂翕动了一下鼻翼，似乎在嗅一种味道，略一思索，笑着对娄权说，不用了，也没什么活儿，要是洗衣服拿你那里，让雅雯给洗就行了。

娄权赶紧又和郑志打招呼又介绍豆花。娄权走时，郑志送出挺远，探寻的目光半天才收回来……

娄权走后，郑志拉严珂去吃宵夜。严珂也觉得肚子饿了，就说，找个快餐店，简单吃点。

郑志领着严珂走进了名人大酒家。饭店豪华宽敞漂亮，房间有一流音响，严珂说，咱们用不着到这样高档饭店哪。郑志说，老人家早都说了，既来之，则安之。造吧。郑志把严珂让到正位，二人刚坐下，不一会儿，房间的门开了，严珂的眼睛被一片光亮晃了一下，一抬头，两个摩登时尚女子，款款走了进来。郑志从座位上弹起来，笑着给双方介绍，那位高个的叫宋白，市歌舞团舞蹈演员。严珂像例行公事似的瞄了一眼，但见她，魔鬼的身材，明星的脸蛋，会说话的眼睛放着强电，那是一般男人很难招架住的魅力四射，一看就知道，这是那种进攻性很强的女人。郑志说，宋白呀，你一定陪好严局。郑志又介绍另一位，说，这是我的朋友小纪。宋白补充说，我俩一个单位。宋白站起来，给严珂满酒，小纪给郑志倒酒，四个人碰杯，干！两位女士笑得星光灿烂，一会儿站起一会儿坐下，一会儿倒酒一会儿干杯，没话找话说，有话说得幽默些，似乎是两个肩负使命的人。严珂的身体有点热，脸皮有点紧，好像血压上来那种感觉。郑志喝出了兴致，摸起麦克就吼，吼了一会儿，搂着小纪就跳起来。宋白也站起来请严珂跳舞。严珂摆手说我不会，宋白就硬把他拽了起来。开始两人还保持一点距离，越跳越靠近，严珂斜睨了一眼，见那两位已经亲上了。宋白的体香氤氲着，徐徐拂拂地就钻进了严珂的嘴里，一股燥热如涌动的暗流，把身体撑得胀鼓鼓的。宋白胸前那两团肉乎乎的物件，已贴到严珂的身上，宋白的香唇马上就要衔住严珂的嘴。就听得宋白娇声嗲语地说，严局，喜欢我吗？做个朋友好吗？严珂觉得自己正在一片沼泽污水中往下沉，眼看自己就要沉没，突然，仿佛一盆冷水从头顶浇下来，他一激灵，礼貌地对宋白说，对不起，我接个电话。严珂走到门外，大声地知乎者也地说了一些话，然后匆匆地返回屋内，说，非常对不起，我姑妈来电话病重住院，我得马上回省城！郑志一脸茫然地唔唔了两声，没等说出话来，严珂已经大步跨出门外。

严珂没接到什么电话，他是为了脱身，自编自演了一个小节目。但他必须将错就错，否则，郑志就会识破。

严珂的车在通往省城的高速公路上犹犹豫豫地驱动着，上哪儿去呢？回家？可是，那个家已经人去楼空了！严珂的心一阵酸楚，正在这时，手机响了，一看号，春梦！严珂的眼睛忽地一亮，心想，真是个痴情的孩子。前些天，还发来信息说，抚平心灵的伤痛，鼓起生命的风帆，一个全天候盼你的春梦。一股暖流在胸腔里涌动，严珂惬意地笑了，对着手机大声说，喂，春梦吗？你过去说过的话，还算数吗？手机里传来春梦吭吭哧哧含混不清的声音，严珂调侃起来，怎么，不敢吱声了？手机里传来抽噎的哭泣声，严珂想，女孩子一高兴就会哭，真有意思。严珂兴奋起来了，声音也高亢起来，春梦，我现在就往银河水库去，接媳妇！你赶快梳洗打扮。严珂又扮成神父的腔调，春梦小姐，你愿意嫁给严珂吗？请回答。他等着春梦那银铃般的笑声。可是，春梦却说，严珂啊，我现在省医院对过的满汉楼 704 房间等你，有重要事情，请你快过来。严珂的身子唰地凉下来，一股不祥候地袭上心头。

严珂懵懵懂懂地走进 704 餐厅，春梦斜靠在沙发上，面色苍白，眼睛红肿，严珂如一股热浪扑向春梦，可春梦却冷若冰霜。严珂惊诧，你怎么了？春梦声音沙哑地说，严处，我过去对你的承诺不能兑现了。严珂嗷的一声，为什么？春梦清了清嗓子，她的喉咙里仿佛堵满了什么，说话异常艰难，缓缓地却是清楚地说，我已经订婚了，是我的一名大学同学，你不要等我了，对不起。春梦一边说一边滚下了泪水。可严珂却鄙视地看着她，心想，鳄鱼的眼泪！严珂想大发雷霆，想狠狠地训斥，可是，嗓子突然失声，什么也说不出，只有两眼喷出的火，扑烧着春梦。

大约过了十几天时间，严珂正坐在办公室看文件。嘀铃铃！办公桌上的电话急速地响了。他不接，电话不停地响，他烦躁地问，哪位？电话那边说，我是省医院观察室 504 病房，请你快些过来，春梦病危，她要和你说几句话。严珂的头仿佛泼下一盆冷水，浑身一抖，怎么回事？他找来郑志一同奔往省医院。

严珂和郑志走进春梦的病房，一股不祥的气氛扑过来，几个大夫忙着抢救，还有十几个人围在床边哭叫着，有一个老太太，趴到春梦的身上哭得死去活来，有人对严珂说，这是春梦的母亲。严珂走到床前，一看，春梦已经闭上了眼睛，严珂俯下身，拉住春梦的手，扒在春梦耳边，急急地说，春梦，春梦！一位权威模样的大夫说，病人已经停止呼吸了。说完，转身要走。这时，春梦却慢慢地睁开了眼睛，看到严珂，春梦的眼睛闪出一束光亮，苍白的脸上艰难地漾出了一丝笑意，蠕动着嘴角想要说什么，但终没说出来，眼里却含了一颗混浊的泪。

护士告诉严珂，春梦的枕头底下，压着一封给严局的信，严珂嗖的一下子把信拿过来站到病房走廊里急速地看下去。

信上写道，严珂哥，让我叫你一声哥吧——我深爱的人，我走了。我是带着遗恨走的。别人爱你像团火，你举目可见，可我爱你却似一湖水，深邃厚重但外表风平浪静。我太傻了，我要说的话和红楼梦里晴雯临死前说的话一样——欲知今日，何必当初。该给的没给也是傻呀！我根本没订婚，那不叫欺骗，那是无奈的谎言，因为，我不能用短命的青春去占有你。严珂啊，两年了，我在 730 多天里苦苦地等着你，每天都是望眼欲穿哪！终于熬到了这一天，你来了，我却走了，都说好人一生平安，唉，那只是一厢情愿哪！严珂哥呀，我就剩下一个老母亲了，她为我的婚姻大事哭过多少次了，她老人家永远也看不到我给她领回一个好女婿了，我欠我母亲的，今生今世还不清了。现在，老天给我的时间不多了，我只想和你说，如果真的有来生，我拼上一命也要和你做夫妻。后面是春梦绝笔。严珂看到信是春梦上些天和他见面前写的。

看完信，严珂一下子昏倒在地，郑志和几个人好容易把他抬到病床上。不一会儿，严珂苏醒过来了，可他的泪干了，嗓子哑了，便直挺挺地呆坐在那里。

六

接连失去两位亲人的双重打击，使严珂一下子病倒了，每天高烧39度，郑志和班子成员，火速把他送进了大安市第一医院。

领导住了院，医院便涌来了人潮滚滚。真可谓车水马龙，门庭若市。局领导，分局领导，中层干部还有部分职工接连不断前来探病看望。嘘寒问暖之后每个人都往枕头底下塞一摞子东西，无论严珂如何推辞，他们以为说不要是假。因为，当下，当官的潜规则是，要想快富，勤提干部，要想发财，到医院来。果不其然，严珂住院十几天就收到三十八万多元。

这一天，雅雯和她丈夫娄权来看严珂。一番寒暄之后，娄权伏下身子把脸贴上去，无限深情地说，严局，保重呵！引松局两千多人的命运都在你身上哪！你来引松之后，我们才有了希望啊！临走时，拿出两个厚厚的信封，硬摁在床上了。然后他脸对着雅雯说，雅雯啊，以后，你常来照顾照顾严局。

第二天晚上，雅雯来了，带来了她亲自煲的鸡汤，还有一些水果。把东西放下之后，雅雯脸对着严珂坐下来，热辣辣的目光便像扫描仪一样，在严珂的脸上瞄来瞄去。严珂感到，仿佛有一双温柔的手在脸上抚摸，不一会儿，脸热了，心也热了。严珂故意绷了一下脸，问，雅雯，别人可能不了解我，你们为什么还给我拿钱？雅雯稍微顿了一下，马上答道，他代表他自己，不代表我。严珂用怪异的眼光看了她一眼，微微晃了一下头，满脸的狐疑，满脸的若有所思。可雅雯却说了一句让严珂愣了半天的话，严局，我若是感谢你不会拿钱。那，那你拿啥呀？严珂不在意地问。雅雯低下头，眼光却向上直射着严珂的脸，说，我拿心。

雅雯意识到了自己的失态，但心无悔意面露喜色，站起来咬着严珂的耳朵小声说，原谅我太直白。说完，诡异地一笑。接着，她又麻利地削了一个苹果递到严珂的手上，又浸泡了一条冷水毛巾，往严珂的头上冷敷。严珂支撑着起来说，不用，不用，这么晚了，你回去吧。可雅雯却伸手去摁他，让他躺下，两个人正在撕扯，宋莉莉进屋了。宋莉莉一看，就乐了。说，哎呀，撕巴啥呀，病人就得听护理的。说完，把手里的一兜水果放在了旁边的茶几上，一双贼溜溜的眼睛，到严珂的脸上睃了一把，又到雅雯的脸上睃了一把，然后，扯了扯嘴角，意味深长地哑然一笑……

已经是晚上十点多了，严珂说，你们回去吧，太晚了，我也要休息一会儿。宋莉莉站起来爽快地说，我先走了，你们唠吧。雅雯一看，也站起身和宋莉莉一起走了。走到医院走廊，宋莉莉用手把雅雯搂过来，嘴贴到雅雯耳朵根，神神秘秘地说，雅雯，你看严局多有派，哪个女人看了都得动心，你说呢？说完便哈哈大笑起来，可眼睛却死死地盯着雅雯的脸。雅雯一时慌乱，脸忽地红了，支吾着说，看你说的，看你说的。忽然一激灵，随机应变地说，哎呀，是你看好严局了吧？宋莉莉却大方地承认，是啊，我看好了，不一定哪天，我就把他拿下，哈哈哈哈……

这一天，严珂正在把住院收到的钱，按照清单退回本人，恰巧这时，娄权进来了。严珂说，正好你来了，就剩你送的钱没拿回去了。娄权不接，满脸涨红唾液纷飞地说，这仅是一点小意思，将来我要重谢你的时候就不是这一点点了。严珂听了这句话，心里一悚。最后，严珂费了不少口舌，才把钱塞进娄权的口袋里。

严珂经常找人谈话，有一次，他和娄权谈话，谈着谈着，娄权突然说，严局，你手上最重要的事情，是选好接班人。选人的标准是一看能力二看忠心。严珂听了，脸上的肌肉紧了一下，乜了一眼娄权，紧闭了一下嘴唇，然后，淡淡地笑了。还有一次，局领导班子和部分中层干部在一起喝酒，娄权借着给严珂敬酒，坐在严珂身边就不动了，还和严珂频频碰杯，舌头打着滚说，我、我、我是你的人，我、我是你的人……严珂歪着头看他：舌头好像醉了，可眼神不乱不像醉……

严珂出院回到引松局，刚想倒在床上休息，却发现桌子上放着一封信。看字迹像雅雯的字体。原来，这一年来，雅雯已深深地爱上了严珂，近些天来，像决堤的水喷薄而泄，雅雯终于经不住煎熬，把憋在心里的话，一股脑儿地倒给了严珂。她不好意思当面说，用了三个晚上，终于写成了十几页的情书。她在信中说，严局，我对你的爱犹如洪水漫流，我自己已经管不住自己了，我刻骨铭心地爱你，你说怎么办哪？火辣辣的情话，让严珂看了烫眼，想起烫心，但严珂一咬牙把信锁在了抽屉里。

<h2 style="text-align:center">七</h2>

严珂从半年多的了解中认识到，引松混乱的根子，正如群众给编的顺口溜说的，腐败就在前三排，根子都在主席台。这句话虽然不适用全局，但

适合引松。前年，引松局盖了一栋家属楼，一把手得了大头，一位郝姓的主管副局长得了小头，基建科长得了零头，就连一个施工员还让施工队给买了一套沙发一张床。开党委会时，二把手郑志因为工程验收问题和邹肖吵起来了，邹肖居高临下地指着郑志的鼻子说，我撤了你！郑志啪地一拍桌子咬牙切齿地迸出一句更吓人的话，你敢撤了我，我能把你送监狱去！邹肖软了，首先开火的大炮顿然哑了。近两年多来，邹肖的威信一落千丈，连党委会都不敢开，按群众的话说，轰麻雀都不飞了，邹肖大部分时间是今天喝明天泡三天两头订机票（出国旅游）。厅长肖仁为了保护邹肖，把他调到水利厅任副厅级纪检组长，一时间全省水利系统大哗，人们说，选一名搞腐败的人管腐败，内行，对口，高！邹肖调走前，六七个人从办公室追到家往回要买官没兑现的钱，严珂为他准备的欢送酒宴也没敢吃，一边谦恭地说廉政，廉政，别浪费，一边慌不择路地跑了。邹肖离开引松后，路过也不敢回来，只偷偷地给一个叫宋莉莉的打个电话。严珂从邹肖的龌龊中，感到一股巨大的悲哀。他，陷入了一种深深的思索……

现任二把手郑志，今年四十岁，比严珂大一岁。邹肖转走，他也找人活动过，但他上面没人，便不了了之。严珂来了之后，他睁大了眼睛观察他，也给他设关布过卡。看他到底在财关情场上，是过关斩妖，还是中箭落马。郑志从严珂摆脱宋白，赶走宋莉莉，退回钱款，拒绝豆花，为丁平安排工作等一系列事件中，眼睛忽地一亮，认准了严珂是个难得的明君。

引松局召开党委会议，研究干部任免问题，研究到娄权任副局长时，大多数成员认为，这个人能力可以，但官欲大一些，应再考查一段时间。党委会议的第二天，娄权给雅雯来电话问，提拔有没有他？雅雯说不知道。娄权说，快成严珂夫人了，能不知道吗？雅雯说，反正咱俩马上就离婚了，我是谁的夫人你就管不着了。娄权冷笑一声说，别忘了，你现在还是我受法律保护的夫人，懂吗？然后，又狠狠歹歹地补上一句，别犯糊涂！

晚上，雅雯去严珂办公室，聊了半天，然后，又到引松局后院的植物园散步，两个人站在一棵大树下，亲着吻着，不一会儿，严珂的身体内就有一种东西往出蠕动。两个人回到雅雯的家。

夜半时分，雅雯在半睡半醒中，听到有轻轻的开门声，雅雯还在懵懂中，突然，她又听到了屋内好像有脚步声，猛地睁开眼，忽地坐起来，她看到娄权像一个幽灵，站在地中央，那目光恨意如冰。雅雯的身子痉挛似的抖动了一下，雅雯一看，严珂还赤身裸体地躺在那儿，脑袋轰地一下子像被炸开了，她一边用手拨拉严珂，一边大喊，严珂！严珂！快起来！快起来！自己慌乱地穿着衣服。严珂一睁眼的瞬间，便什么都明白了，他一边穿着衣服，一边用眼睛死死地盯着娄权，他要防备娄权行凶，可是娄权却蠹在地上眨动着眼睛，像在思考着什么。严珂不说话，穿完衣服又迅速穿好鞋，等待着。不一会儿，娄权的眼里又喷出了火，像一条瞬间就会扑过来咬人的野狼，像一座顷刻间轰然爆发的火山，墙上的挂钟嘀嗒嗒嗒地响着，空气凝固了，时间凝固了，浑身的血液也凝固了。又过了短短的几秒钟的死寂，娄权却从牙缝中迸出一句话，你走吧！

严珂回到了办公室，连他自己也不知道自己是怎么走回来的。他瘫软在沙发上，点上一支烟，打火机上下抖动着，火苗抖了几次才点着。不一会儿，严珂觉得脸上痒痒的，用手一摸，泪如潮水般在高低不平的脸颊上随意漫淌，严珂不理它，让它随意地流吧！他没开灯，他被黑夜吞噬着，他朝窗外看了看，天上也没有一点亮光，世界仿佛已陷进深渊。他像一个死囚犯等待宣判。

第二天早晨，雅雯来电话了，她的声音凄婉、沙哑、阴暗，没了往日的甜脆，像从地狱里传过来的，让人一听就毛骨悚然。她说，娄权折磨她一宿，让她下跪薅头发。严珂说，没人性！雅雯说，不听他的他就去省厅告你！严珂沉默，雅雯也沉默。严珂听到手机里有嗤嗤的啜泣声。严珂问，他到底要干什么？他让我告诉你，马上提他副局长，不然，就让你身败名裂。严珂一听，大骂一声，卑鄙！小人！啪！把手机狠狠地扣上机盖。上午九点，有一个汇报会，严珂要主持还要讲话，严珂想，我要挺起腰板，忘记噩梦，还没上断头台呢，不能像没骨头了似的，哪怕我严珂在这干一天，也不能耽误正事，也要对得起引松局的两千一百名职工。

晚上，雅雯来了，后面还有雅雯的父亲——尤大田。雅雯说，娄权根本没去上学，这些天始终监视我们，那天你说有人在丁香苑蹲着，其实就是他。尤大田问严珂怎么办？严珂说，我明天就去省厅承认错误，豁出去受处分！尤大田和雅雯当即反对，尤大田说，要那样咱们谁也好不了，全完了！再说了，雅雯孩子都一岁多了，一个家庭能分开吗！严珂看看雅雯，雅雯把脸扭到一边去了。不一会儿，雅雯呜呜地哭起来，一边哭一边说，咱们的事情一旦暴露，就成了全省新闻，那我还有脸活着吗？听了这句话，严珂惊愕地看了她一眼。雅雯抽噎了几下又接着说，现在，刀把在他的手里攥着，你把他提起来吧，反正他也是后备干部，提起来也不犯什么大错误。严珂木然地看着雅雯，大脑里一堆乱麻又好像一片空白。尤大田看着雅雯愠怒地说，哭什么，哭有什么用，现在最重要的是想一个三全其美的办法呀！尤大田把脸又转向严珂说，严局长，你已经干到这一步了，先保住自己最重要哇！我也不能老来呀，你好好想想吧。雅雯说，娄权在丁香苑等信呢。严珂的脸上没有松动，一脸的血战到底。

雅雯走后不到一个小时，就在电话里上气不接下气地告诉严珂，娄权跑了，说是连夜去水利厅告你，怎么办哪？严珂说，让他去吧，我一没贪污二没犯法，最大程度给我个处分。雅雯大声说，现在不能激化呀，先把事压下吧，还是现实一点吧。

撂下电话，严珂的身子蜷曲着，堆在了沙发上，他觉得有一座山在头顶上压着，站起来的时候，头昏眼花腿发软，仿佛一下子就衰老了许多！他紧贴着墙壁，身子软软的，眼里织了一层厚厚的泪，那泪在眼眶里浸泡着，而后，又一颗一颗地碎落在了地上

自己给自己编织的一场春梦一场噩梦，醒了，严珂也终于想明白了，爱情是有求有弃，政治也要有进有退。为了让雅雯早点解脱，也为了给自己留条路，违心一次吧。他想起来了，一位伟人说过，他还办过违心的事呢。

第二天上班，他先把郑志找来，串联提拔娄权的事，郑志用疑惑的眼光看着他，严局，你，有什么心事吗？严珂哈哈哈地笑了，声音很大，但听起来有些空洞，赶紧说，没事，没事。几个主要领导串联完了，下午召开党委会，勉强通过了娄权任引松局副局长。娄权一上任，引松局一片哗然，水利厅党组也接到检举信，反映娄权投机专营权欲膨胀是个野心家，但这类事情往往查无实据，加上肖仁对娄权的偏爱，久而久之也就不了了之了。

八

娄权当了副局长之后，脖颈挺着，肚子腆着，八字脚的四方步迈得更是有滋有味。见了严珂也趾高气扬的。严珂本来是个很霸道的人，连憋气带窝火，一下子病倒了。紧急把严珂送到市医院，一查，心脏和血压都有问题。班子的事情再大，也就像地下流动的岩浆，浮在地面上的群众看不出来——病房里看望的人照样熙熙攘攘，医院门前照样车水马龙。

严珂躺在医院，看着满屋惨白的被褥惨白的灯光，一张张惨白的脸，内

心陡地涌起了一股酸楚。他想起了爱妻黄煜，想起了痴情的春梦，想起了雅雯那张阴郁的脸，严珂长长地呼出一口气，仿佛要把压在心底的晦气一下子吐出去。他累了，脑袋有点胀痛，就慢慢地用鼻腔长长地吸气，想让自己的心平和下来。

娄权知道严珂的把柄在自己手里攥着，就有了底气，有一次，竟然和严珂顶了嘴。郑志眼尖脑袋灵，看出了一点端倪，心里就犯了嘀咕。严珂是有名的牛霸王，为什么能容忍？娄权哪来的胆量？晚上，郑志在家呆不住，惦记严珂，就推开了严珂的办公室。一进屋，郑志睁大了眼睛，找了半天才看到，严珂被埋在了烟雾之中。郑志走到沙发前，严珂还捏着一支烟头，一边咳嗽一边大口地吸着。郑志试探地说，严局，有什么不开心的事吗？严珂不说话，依旧大口地吸着。少顷，严珂说，老弟，走，陪我喝酒去。喝了一会儿，郑志就有点害怕，严珂那不是喝酒，简直是往嘴里倒酒，郑志慌忙劝阻，可严珂不听，举起杯，看着郑志的眼睛，诚恳地说，老弟，谢了。说完，把一大杯酒一口干了。郑志知道严珂的酒量，最多半斤，他说，慢点，慢点。可是严珂又举起杯，又干了一大杯，郑志摁着严珂酒杯，但没摁住，严珂又连干了两大杯。

郑志把严珂背回办公室，严珂吐了郑志一身，嘴里含含混混喊着什么，郑志听不明白，但那声音像哭，让人听了心疼。

娄权知道严珂不敢管他，胆子越来越大，没通过党委，乘严珂外出开会，私自把宋莉莉调到了归他主管的工管处。

娄权其实不喜欢宋莉莉，就像水库的水蓄多了，需要泄洪一样，纯属需要。另外，他俩之间，还有另一层秘密。宋莉莉是他的恩人。原来，严珂和雅雯的暧昧关系是宋莉莉告诉他的，娄权要去外地学习的前两天，两个人在一起龌龊，宋莉莉的计划是把雅雯挤走，她来鸠占鹊巢，就用话激娄权，这一个月，你老婆有人照顾了，你安心去吧。娄权低下头，脸憋得青紫，一声不吭。

娄权深谙谋略，他要利用雅雯向严珂要重礼。

有一天半夜，娄权满面怒气回来，一屁股偎在沙发上，点上一支烟，开始吞云吐雾，透过烟雾，乜视着雅雯，突然狠狠地骂了一句，臭婊子！养汉老婆！雅雯抬起了头，迎视着，咬着牙说，娄权，我已经受刑半年多了，你还有没有完了？娄权的一对眼珠子从左向右又从右向左骨碌碌地转了两个来回，然后微闭着眼睛，恶狠狠地说，雅雯，我告诉你，引松局有他没我，有我没他。两条路，一，让他调走，滚出引松！二，我当一把手，他退二线。娄权用眼睛瞟了雅雯一眼，接着说，你去找严珂谈，两条路任他选，两个月内办完，要办不到，就让他生不如死！没过几天，雅雯就像鬼使神差似的，把娄权的两条要求说了，她哭着说，严局呀，为了我，你就答应他吧！严珂一听，一口气堵住了嗓子，什么也说不出来，啪！手机被摔在了地上。

娄权当上副局，经常以汇报工作为名往水利厅跑，和水利厅长肖仁的关系比以前就更近了。他知道，在当下，关系是当官的第一要务，要想关系不一般，两人联手贪，要想关系牢，哥儿俩一起嫖，要想亲上加亲，最好能联姻。很快，肖仁家的门槛就被娄权踩平了，肖仁的夫人半年前去世了，娄权的眼珠子叽里咕噜乱转，转来转去就转出了门道。他对厅长说，我给你找一个保姆，年轻的，手脚利索的，千万别找那些岁数大的埋汰还有病。说完用眼睛盯着厅长的脸，他看到厅长的眼皮快速地跳动了几下，嘴慢慢地咧了咧。不到十天，娄权就领来一个称得上美女的大姑娘，那是娄权的表妹叫豆花，高高的个头，灵动的大眼睛，丰腴的前胸，发育良好的身材。肖厅长高个，肤白，由于眼角神经麻痹，说一句话得眨动三四下眼睛，见到这位美女后，紧眨了几下眼睛，嘴咧开了，娄权走的时候，还没完全合拢，心想，这尤物，像是绿色产品……

严珂在度日如年中煎熬着，白天，他强作笑颜，可那笑，如一潭湖水，水面上流光溢彩，水深处，却暗涌着无奈和晦涩。一到晚上，他这棵原本笔直的大树，似已干枝如虬，快要轰然倒伏下来了，这是严珂吗？不是，这是猥琐的严珂，虚伪的严珂，带着假面具的严珂，没有骨气的严珂，窝囊！卑鄙！人，不能这样活着！严珂的心坚硬起来了，身子也挺拔起来了，他已经历了半年多的煎熬，此刻，他，终于作出了一个果断的抉择。

他，鼓足了凛然之气，敲开了厅长的办公室，可是，肖仁不在。他又来到了副厅长何长兴的办公室，何副厅告诉他，肖仁已决定调到省政协，正在省委组织部谈话。又问，你找他有事吗？严珂一脸严肃地说，我方才没见到肖厅长，我是来交代问题的。何副厅惊讶地看着严珂。严珂就把他和雅雯的事情一五一十地全说了，严珂最后说，我宁愿自己受处分，也不能让一个有野心的人上来！我有两条请求，第一，请求处分并调离引松管理局。第二，建议郑志接替我当一把手。何副厅几乎是瞪大了眼张大了嘴听完严珂的交代

的话。他没想到全省水利系统号称身板最利索的严珂，还能出这方面的问题。可他转念一想，在当今社会，物欲横流，情欲泛滥，严珂像一处迷人的风景，年轻英俊又手握大权，招蜂引蝶在所难免哪！严珂这小子也太傻了，有多少当官的本来是能赌能嫖能搂的"三能"干部，可很多人提了裤子不认账，哪有自投罗网的？他沉吟片刻，心想，不能让老实人吃亏呀！再说，这是一般生活作风问题，和卖淫嫖娼贪污受贿本质不同，对这样的干部一定要保护，就态度明朗地对严珂谈了两条意见。一，你要认识错误，吸取教训，但今后，不要对任何人再谈这件事，到我这为止。二，娄权的问题，你不用管了，由组织来把关。他又告诉严珂，组织部周部长已和他谈了话，肖仁退下去他任一把手，让严珂回去先稳当干着。可是，严珂临走时，还是坚定地说，何厅长，我是坚决要求调离引松。

九

回到了引松局办公室，严珂马上把郑志找来，给他倒上一杯水，突然发问，郑志，你找一个合法的妻子，在生活上严格自律，这一点能不能做到？郑志不知发生了什么事情，有点晕头转向，满脸通红，支支吾吾地说，咋做不到，可、以做到，可、以做到。第二，今后少喝酒，尤其不能喝醉。郑志说，这条我已经改好了。第三，如果我走了，你来当一把手，你能把整个身心都交给引松吗？郑志的汗已经像水样地流了下来，他终于明白了，急切地问，你为什么要走？严珂沉默。郑志说，是不是有人逼你？严珂说，你不要问了，没有。郑志说，第一我没有你那么高的水平，当不了一把手。第二你不能走。第三你如果信得过我，就和我说实话，遇到了什么麻烦。严珂使劲地咬着下唇，眼珠一动不动地盯着窗外，忽地，仰天长叹一声，而后，喃喃地说，我是个不合格的一把手。郑志看到，严珂的眼里有一层水蒙蒙的雾气……

郑志确信，严珂遇到了麻烦，很大的麻烦。郑志猛然想起来了，听说娄权去南京大学读函授根本没去，在家死看死守半个多月，啊，明白了。又转念一想，哼，有什么大不了的，那些当官的，没有情人找情人，有了情人换情人，一个情人算人物，没有情人是废物。像严珂这样的干部上哪儿找去？你们都快离婚了，马上就办手续了，你先拿豆花当诱饵，又拿老婆当赌注，娄权你太他妈损了，好，咱们就以损对损！

没过几天，郑志在娄权办公室的床上，把正在疯狂扭动的娄权、宋莉莉抓了个正着。郑志一开门就开始录像，两个人光着屁股鸡捣蒜似的磕头作揖。郑志只说了一句话，老娄啊，别见怪，我这也是跟别人学的。第二天，犹如惊弓之鸟的娄权恭请郑志赴宴。酒过三巡，郑志说，什么事，说吧。娄权说了不少好话和废话，拐了半天才说，郑局，往日无冤近日无仇，大哥高抬贵手吧，小弟今后愿效犬马之劳。说完，从背包里拽出来一捆大票，轻轻地放在了桌子上，然后又慢慢地往郑志面前推了推，大哥，小弟孝敬您的，大哥别见怪，给小弟个面子。郑志轻蔑地看了一眼那一大捆，就知道是十万元。郑志点上一支烟，慢悠悠地吹出一缕清雾，声音低低地却一字一板地说，我不缺钱，你请收回，录像放在我这儿，不能给你。按严局的指示，马上把宋莉莉退回局办公室。再送给你两句话，先学做人，再学做官。说完，挺胸收腹地走了。

郑志接到厅人事处电话，通知后天来考核领导班子。考核小组由一名副厅长和人事处长负责，共五个人。先开的骨干会，来意是除了严珂，还有谁能当一把手。可在谈条件时，从年龄到学历到职称到业务能力，明眼人一听就知道指的是娄权。民意测验结束后，选票都被工作组拿回厅里去了。郑志从人们的议论中分析，娄权的选票不会太多，可郑志想，现在当官，群众选票往往就是可用可不用的参考数！有时甚至是考而不参。郑志去找严珂，问严珂知不知道厅里的意图，严珂摇了摇头。郑志看到严珂那只夹着烟的手指在微微颤抖，脸色铁青。

没过几天，肖厅长找严珂谈话。原来，水利厅长人选正在考核中，省委让肖仁再干两个月，谙熟政治的肖仁深知这两个月含权量的重要性，他要做一个与时间赛跑的好领导，在有限的时间里做出无限量的工作。他和严珂谈话说，严珂啊，我快退了，我心里总想着你呀，你不能总在引松哪，将来肯定要上来重用，现在就得逐渐往出拔腿，所以，把局长的工作分出去，你专做书记，再过一段时间上来当副厅长，引松局长的位置准备让娄权来接，今天和你谈谈，你好有个准备。严珂沉默了足有一分多钟，才慢慢地笑着说，肖厅长，是让我例行公事地表表态，还是让我说说真话呢？肖仁眨了几下眼睛说，可以谈谈嘛。严珂说了两条意见，自己调出，做什么都行；娄权不适合当一把手，建议郑志任局长。肖仁最后的话，简练而不容置疑，说，这是组织决定。

严珂从厅里回来，步履蹒跚，踉踉跄跄走进办公室，一下子跌在沙发

里。郑志跟进屋里，问，严局，厅长找你什么事？严珂停顿了片刻，用手指了指对面的椅子，示意郑志坐下。严珂说，我已给厅领导打了报告，要求调走。为什么？郑志愤愤地问。严珂说，我不适合在这儿当一把手。郑志说，别说引松，就是全省水利系统有几个超过你的？严珂似乎笑了一下，那笑有点苦涩涩的，又微微地晃了几下头说，郑志啊，别把我想得那么好。严珂低着头，眼睛看着别处，好像在躲闪着什么。郑志问，你走了怎么办？严珂说，厅长的意思让娄权先代理。郑志问，你同意了？严珂紧闭双唇，使劲地摇了摇头，又轻轻地说，我推荐的是你。郑志也转过身，慢慢地颓坐在沙发上了。顷刻的沉默，郑志腾地站起来，静静地站了一会儿，重又坐在严珂身边，脸对着严珂的脸，用力地说，严局，你不能走！说完，一阵风似的，转身走了。严珂惊愕地目送着他的背影。

郑志让司机把车开到180迈，从大安市到省城120公里，不到一个小时就到了省水利厅。郑志直接就闯进了厅长办公室，肖仁说，来，我正想找你呢。郑志坐下听厅长指示。厅长说，严珂一再要求调回厅里，经党组研究同意了，从发展的观点看，能接一把手的还是娄权比较合适，你这几年干得也不错，还要继续努力，别有什么想法，好不好？郑志说，肖厅长，你这屋里正好有 DVD，我给你带来一盘向你汇报的录像带。说完，把 U 盘插上。肖仁本来是坐着看的，看了一眼腾地站起来了，眨动的眼睛越眨越快越瞪越大，看到最后，眼珠子就快要鼓出来了。郑志的眼睛始终没离开肖仁的脸，他看到厅长的脸由白变红由红又变紫，最后也说不清是什么色了，只有几根苍虬般的青筋在额角蠕动。郑志暗暗高兴：厅长气坏了。是啊，手下出了这样的败类干部，哪有不生气的呢。厅长一转脸，郑志就知道暴风雨来了，可风向好像不对，果不其然，狂风挟着冰雹就砸向了郑志。肖仁斜眼看着他，说，你什么意思？郑志有点惶怵，我，我没什么意思。肖仁又迫不及待地说，都是班子成员还用这种手段吗？早不来晚不来这时候来，干什么？和厅党组唱对台戏呀？郑志的喉结滑动了两下，咽了两口唾液，从懵懂中醒过神来，肖仁还站在那里，可郑志却不慌不忙地坐下了。厅长，郑志说，他在办公室明目张胆地搞破鞋搞对了，我检举揭发还错了？郑志把脸扬起来，紧抿着嘴角，满脸的不恭，满脸的挑衅意味。肖仁用眼角一扫，身体不为人知地紧缩了一下，口气立马就软了下来，我没说你不对，我说你要讲点方法。郑志说，直到现在只有你一个人看到，这方法错了吗？郑志扬着的脸又向上抬了一下，两只眼睛一眨不眨地盯着肖仁，肖仁的眼皮却慌乱地跳动起来，紧接着向郑志闪了一下笑脸，挺了挺胸，居高临下地说，那好，U盘就放我这儿吧，啊。正在这时，郑志打了一个冷战，他知道，急需泄洪了，他慌慌张张跑进卫生间，没等放干净就提上了闸门，结果，两只手湿淋淋的，郑志下意识地闻了闻，一股尿臊味，他顾不得洗手，慌慌张张往厅长办公室跑，一边跑一边在心里骂自己，还他妈管大型枢纽工程呢，关键时候，连自己的小水库都控制不了，废物！郑志一边扣着裤子纽扣，一边回到肖仁跟前说，肖厅长，U盘我得拿走。肖仁说，我已经让办公室拿去存档了。郑志说，那不行，那是我——肖仁不耐烦了，终于摆出了领导的威严，说，这是共产党领导下的省水利厅，难道还不如你一个人可靠吗？

从厅里回来，郑志直接到严珂办公室，严珂看到郑志就问，你今天去哪里了？郑志的脸上挂着诡秘的笑，压低了声音说，我去省厅了。什么事？有点个人事。保密呀？郑志说，你别问了，我只告诉你一句话，你走不了，娄权当不了一把手。说完，几乎是一蹦一蹦地走了。严珂像猜谜似的目送他很远。

又过了十几天，肖仁带着工作组来引松局宣布班子变动的决定。党组的决定是，严珂任引松局党委书记，免去局长职务，临时借调尼尔基大型水利枢纽工程建管局。任命娄权同志为引松管理局局长。其他班子成员不动。肖仁作完重要讲话之后，把脸扭到郑志那边说，老郑啊，你这几年工作还是不错的，这次，上来一位年轻干部，你一定要配合好，多支持娄权的工作，啊，好不好？肖仁要的是效果，可是郑志塌个眼皮头没抬眼没睁，一声没吭，会场出现了暂短的静默与尴尬，肖仁自圆其场地笑了笑，其实那笑也就是扯了一下嘴角，眼睛又快速地眨动了几下。

十

清晨，严珂和郑志匆匆喝碗粥，直奔省城。不一会儿，郑志的手机响了。喂，我是郑志，松花江猫儿山旅游风景区开业大典，10点38开始，请严局参加，好，我知道了。郑志把脸转向严珂说，严局，你都听到了，大安市政府来电话，开业大典有章市长和你的讲话，咱们抓紧时间吧。严珂却说，不着急，我不讲了。郑志急了，说，旅游区是你一手抓起来的，你去讲话是再合适不过了。

严珂和郑志下了车，猫儿山旅游风景区开业大典的会场内外早已人山人海。广播喇叭不间断地催请严局上台，郑志刚要招手和主席台联系，被严珂制止。不一会儿，他们看见娄权坐到了主席台上。又抑扬顿挫地讲了话。

开业大典不一会儿就结束了。要分手了，郑志的目光始终游弋在严珂的脸上，像是看不够，好像一眨眼这张脸就飞走了。严珂停住脚步，亲切地对郑志说，回去好好干，别让群众对我们失望。郑志闭拢双唇，不断地眨动眼睛，喉结咕隆咕隆滑动几下，声音哽塞，赶紧使劲点头，又一把攥住严珂的手，使劲又使劲地握着。严珂的眼里忽地喷出一股雾气，声音干涩地说，郑志，对不起，我让你失望了。郑志张开嘴，翕动了几下，想说什么，嗓子里像堵住了什么，啥也没说出来，只有几滴浑浊的泪，落在了严珂的手上……

严珂最后使劲地拥抱了一下郑志，便头也不回地往会场外走去。

刚走出几步，却迎头碰上了叶梅，叶梅正挎着一位胖嘟嘟的中年男子，身子像黏在一起似的使劲贴着，歪着头扬着脸缠缠绵绵地奉送着笑脸与魅力。严珂用眼睛的余光扫了一眼，想起来了，那男人姓吴叫吴贵，是市委秘书长，去年，大安市干旱缺水，在市水利局长陪同下，曾经到引松局请调三千万方农田供水，检查节目时他们就已相识。严珂听说，由于此公荷尔蒙过剩，常闹些绯闻轶事，一些人便给他改了名叫"吴三桂"。据说，"吴三桂"身边有好几个"陈圆圆"。

严珂刚想扭脸躲过去，可叶梅没看见他，只顾往前走，一下子撞了个满怀。严珂刚想说几句道别的话和歉疚的话，可叶梅的脸由春天变成了冬天，由晴天变成了阴天，仅仅用眼皮撩了他一下，像不认识似的，从身边走过。

严珂惊愕，这是叶梅吗？又一沉吟，明白了，这才是真正的叶梅。

严珂和郑志在猫儿山分手回到省厅，他走到厅长屋门外，举起的手又放下了，腿发麻头发晕，站立片刻，一转身走了，他不知道如何面对培养过自己的老领导。

按照去尼尔基报到的要求，还有几天时间，想利用下午去看看老同学邹捷。邹捷是医大二院的妇科主任博导，正在出门诊。他来到妇科诊室门口，走廊挤满了人，门口也堆满了人。他的脚刚迈一步就僵住了，原来娄权的表妹豆花正在看病，豆花背向门口，看不到严珂，只听邹捷说，没啥大病，你怀孕了。豆花一下子没了声音，片刻，突然呜呜地哭了，嘴里叨叨咕咕地说，那咋办哪，那咋办哪？邹捷说咋办你自己拿主意，如果不想要就赶快做掉，已经有两个多月了，再晚有危险。邹捷没看见严珂，四五个患者围住了他。严珂赶紧悄悄地退出来，医院走廊里仿佛用人砌的墙，严珂好不容易从人墙的缝隙中挤出来，用手一摸已满头大汗，心想，经济发达了，污染源多了，得病的人也多了，要想自己保持身心健康真得经常查查病啊。

娄权红了，家也火了。就像一条原本冷清的街道，因为新添了一处好风景，蓦然间就变成了人的海洋。娄权的家也骤然间热闹起来了，一到晚上，汇报的求情的送礼的投石问路的增进感情的，一个接一个一伙接一伙。人们知道，娄权和严珂的口味爱好不同，所以，上有好者，下必甚焉。雅雯脸上挂着得体的亲切，用不断转换的笑容接待不同身份的人，她在迎往送来的忙碌中，含英咀华一种新的生活韵味。雅雯过去是平视或仰视着别人，现在却一下子变成了小太阳，顷刻间，周围便冒出了数不清的向日葵，围着她亲近她奉承她。雅雯的脸就像三月的梨花，一夜之间，就绽出了春光明媚，漾出了一波一波的笑影。有一天开大会，娄权坐在主席台上慷慨激昂地作着报告，阳光透过玻璃窗落在娄权的背后，给娄权勾勒出了一个斑斓的剪影。不知为什么，雅雯突然觉得那个剪影比以前好看多了，她揉了揉眼睛再看，是，是比以前精神多了。

1999年的春天姗姗来到尼尔基工地。严珂在工地和雅雯通过几次话，每次雅雯都说得唯唯诺诺，含混不清，严珂不知雅雯到底在犹豫什么。这些天来，严珂时常失眠，精神恍惚，站不稳坐不安，活了几十年，他平生第一次品咂了思念一个人的心痛与无奈。他奇怪，这半路冲过来的爱，竟让他这个以稳健著称的人，走火入魔般地疯狂起来了，他甚至在上一次通话中，大声呼叫，雅雯，你到底爱不爱我？雅雯，难道你自己说过的话忘了吗？严珂的心，在滚滚的爱火中被煎烤着。他停下脚步，矗立江边，又一次拨通了雅雯的电话，雅雯吗？电话里传来了雅雯的声音，严珂按捺不住内心的焦躁，问雅雯，咱俩的事情你考虑得怎么样了？原本伶牙俐齿的雅雯，和上两次一样，像得了中风，语焉不详，舌头打滚，说，严局，我真的爱你，真的，可是，可是，严局呀，我，我对不起你，你以后别打电话了，让他知道又得出事，我不能，我，凭你的条件，你找一个比我强的吧，严珂啊，我……严珂的手机里传来了雅雯那悲悲切切的哭泣。不一会儿，有门铃声开门声寒暄声，是雅雯家来客人了，严珂把耳朵紧贴在手机上，使劲喂喂地喊，使劲地听，听了半天，只听到了天地间死一样的沉寂。这时，一团弥漫天地间的灰土夹着沙石刷下子打在了严珂的脸上——沙尘暴来了。浊风黑浪，遮天蔽日。严珂的心里也刮起了沙尘暴。锥心刺骨悲恸欲绝的沙尘暴。

一晃，秋天到了，这是水利施工的黄金季节，有近万人施工的尼尔基水利工地，彩旗招展，机声隆隆，一派繁忙。尼尔基属特大型水利枢纽工程，是国家重点工程，集供水灌溉发电于一体，跨东北四省区，由水利部直管，水利部张副部长每隔一两个月就亲临工地一次。每次来都对严珂的工作大加赞赏，并把严珂找来谈了几次话，有一次竟然问起他的身体家庭以及今后工作打算，严珂一一回答，根本没想别的。可上些天，他回厅里办事，厅长何长兴（肖仁已到省政协）告诉他，水利部有意要调他任水利部工管司司长。又告诉他说，省委组织部周部长前几天也找过我，了解你的情况，听话音好像省农业厅长已经到届，想让你接任，但他没说细。

北方的十月，正是拼命抢工期的时候，严珂已经好多天没睡个囫囵觉了。这一天，他正坐在工地一个土墩上打盹，忽然有人拨拉他，他睁开发红的眼睛一看，一下子就蹦起来了，郑志来了。晚上，两个人一边喝酒一边唠，郑志向他报告的第一件事，是他和小纪下个月结婚。严珂说，好，好。随之又说，哎呀，搞文艺的不好把握呀！郑志说，我内查外调两年多了，挺好的，你放心吧。严珂又笑着说，喝喜酒别忘了我呀。郑志说，把别人都忘了也忘不了你呀！

郑志说的第二件事却让严珂吃了一惊，怎么，雅雯离婚了？原来，娄权和雅雯虚假地维持了半年多，后来，从水利大专分来一名女大学生，叫许月，这女孩子长着修长的身材，羊脂玉般的洁净，顶花带刺般的清新，娄权隔几天就找她谈话，给他买名牌服装买皮鞋手表买新潮饰品。一开始，那女孩厌恶地看着他，一再说，我已经有对象了。可这年头有一句不要脸的名言——有对象不要紧，我们可以平等竞争嘛！自古以来，烈女怕"缠郎"，一来二去，娄权就和许月上了床，眼看那女孩子要发福显身，娄权便和雅雯摊了牌，雅雯大闹了一场，但也无济于事。娄权结婚那天，雅雯服药自杀，经抢救才捡了条命。这些天来，引松局是一面旧人哭，一面新人笑，几家高楼美酒，几家苦雨凄风，唉。

还有一桩连带的花案，更是让人啼笑皆非呀，郑志故意卖了一下关子，看了一眼严珂，笑而不语。严珂说，还能有啥事啊？郑志这才说，娄权春风得了意，得了意就忘了形，吃了面包还想吃蛋糕，一来二去又和叶梅搞上了，他答应把叶梅的丈夫调到局机关总务处。可是，和叶梅提上裤子就光顾和那位大学生许月热乎了，答应叶梅的事愣是没给办，叶梅说了一句世界名言——天底下没有不要钱的晚饭！于是，就跑到省纪检委把娄权告了，告的是强奸。你猜猜是谁陪叶梅去的？郑志又卖了一下关子，严珂问，谁？是宋莉莉。严珂惊叹，啊？郑志接着说，前几天两个女人还打得头破血流，没过一天，两个人扳脖子搂腰，亲密战友了！现在，省纪检委和公安局的人正在引松局调查取证呢。严珂听了这些话，有点发冷，身子突然晃了一下。

郑志正像说评书那样津津有味地白话着，严珂的手机响了，看了半天才想起来，是雅雯的号。雅雯对严珂说，严珂啊，时间让我认识了一切，我和娄权离婚了，明天我想去工地看你，有些事咱们见面再谈。严珂哑然，目定唇翕，呆坐良久。过了一会儿，严珂终于从蒙昧中复苏过来，他把手机贴在耳朵上，刚喂了一声，手一抖，手机掉在了地上，严珂颤着手捡起来，使劲地攥着，生怕手机跑了似的。一股硬硬的江风忽地刮过，驱走了严珂脸上的温柔之气，郑志又看到了一张铁浇钢铸的冷脸，严珂的声音也蓦地铿锵了许多，几乎是一字一顿地说，雅雯，你不要来了，你的情况我都知道了。雅雯问，严珂啊，你还爱我吗？严珂说，雅雯，现在我才知道，爱情与婚姻，不能简单地用爱与不爱来诠释，我曾经爱你爱得死去活来，可是，咱们都是学水的，有一句名言说，一个人不能第二次进入同一条河流。爱如流水，流过去的再也回不来了，雅雯，珍重吧。严珂一口气说完，像一个运动员在跑道上，害怕一停下就到不了终点。严珂说完，使劲地扣上手机，又使劲地摁了摁，像泯灭一件不堪回首的往事。郑志怯怯地盯着严珂，像在看一场惊心动魄的决战。

严珂深深地埋下头，半天才抬起头来，郑志看到，严珂那绷紧的脸，肌肉一下子就松塌下来，他紧抿着双唇，像在极力控制自己。紧接着，面部一抽一抽地跳动几下，如江水般浑浊的泪，便刷刷地流淌下来……

严珂接到了国家水利部的通知，他，登上了飞机的舷梯，本想多看几眼这座美丽的冰城，多看几眼来送行的朋友，可人流匆匆，簇拥着他无法转身无法停步无法自顾，便急急地进入了机舱。他想，人生就是这样，有时，被一种看不见的东西牵引着，羁绊着，而随波逐流，而不能自已，而误入歧途，此恨曷极！

后　记

　　一个月后，严珂在水利部工管司司长办公室接到郑志的一个电话，他告诉严珂，明天省纪检委来引松局调查娄权。据说，一位已离任的某水利厅长出了受贿案情，牵连着他。郑志又补充说，据说，还有一个姑娘抱着孩子坐在省纪检委不走，这个孩子分不清是娄权的还是那个厅长的……

　　郑志又告诉严珂，严局呀，我这一年来，尽当"坏人"了，我到省里多次告他们，不把这些狗日的假面具撕下来，我决不罢休，哈哈哈哈……严珂觉得，郑志的笑真好听，好像春江月夜，空谷溪流，美似天籁。

　　严珂没有大喜亦没有大悲，他忽然想起了经典电影里的一句经典的对话——面包会有的，一切都会有的。只是，日出日落，花开花谢，冬去春来，生死存亡，世间的一切，都需要时间……

作者简介

　　李林，笔名丛山，男，黑龙江人，毕业于北京师范学院（现首都师范大学）中文系。现为黑龙江省作家协会会员。主要从事小说、报告文学、散文创作，尤以中篇小说为主。由于在县、市、省机关工作多年，比较熟悉当下部分领导层的原生态，故作品多为各具特色的反腐题材。作品发表在《北京文学》《报告文学》《章回小说》等全国各大报刊，约百万多字。中篇小说《局部地区阴有阵雨》，纪实文学《恩兄义弟》等作品，曾获国家或省级征文奖项。长篇报告文学《俄罗斯的中国农民》入选中国作家协会重点扶持作品。

一条手绢，一个女人，酿就了生命中一段错位的情感与婚姻。这到底是怎么回事？

丢 手 绢

王秀梅

1

不知道怎么的，她开始买起了手绢。

先是到超市和商场，后来是批发市场，再后来是夜市，小农贸市场。根本谈不上是买，只能算寻找。但是，同类东西，那些地方除了品牌繁多的纸巾，再就是大的小的方的长的毛巾，没有手绢。她觉得奇怪，她日常生活中所能应用到的方方面面的日用品，在这个城市里都是能够买到的，甚至她经验里没有涉及到的东西，都被人争先恐后地制造出来，时时让她觉得羞涩，不懂的东西太多了。然而，就那么一块简单至极的手绢，却没有人制造了。

大约有一个月的时间，她为买手绢东奔西走，在这个城市里居住十年所应该了解到的有关这个城市的事情，这一个月里全让她了解透了。小区里谁要是说起什么东西哪里有卖这样的话题，她每次都有足够的发言权。她丈夫金翔很奇怪地看着她的东奔西走，不清楚她忽然之间的变化因何而来，起初以为只是一时兴起，后来观察并非如此。伴随着买手绢也生发了一些其他变化，比如说她开始忽略金翔，忽略理家，忽略夫妻生活。她为买不到手绢而愁肠满怀，不那么讲究做饭和清洁卫生了，连做爱都在跟脑子里的手绢纠缠，没有什么高潮的表示，也不关注金翔是否满足。

一个月后，不知道受了谁的点拨，她找到了网购这个途径。金翔夜里回家，总见她坐在电脑前，屏幕上是淘宝网花花绿绿的网页，金翔凑到跟前看了几次，简直有些吃惊，网上居然有那么多手绢在卖，全棉，真丝，纱布，韩国出口，日本进口，提花的，印花的，中国水墨画风格的，法国油画风格的，可想而知对他妻子是一种什么样的诱惑。

她雷厉风行地开始网购手绢了，办了支付宝。几日以后，他们家里就

有各式各样的手绢进驻了，她很精心地把它们用皂液泡了，洗净，挂在晾衣架上，从楼下一抬头，就可以看到，一块一块花枝招展的，很热烈地簇拥着阳台。

此后她就弃用纸巾，改用手绢。这样，每天又多了一项日常家务，洗手绢。金翔说，用纸巾多好，方便又卫生。她仰头往晾衣架上挂那些手绢，笑着，不答话，让金翔忽然觉出了一丝神秘。以前，她从来就不是一个具有神秘色彩的女人，这也是金翔当初选她结婚的唯一理由，为此他妥协了其他方面的欲望。她是一个平凡的女人。

金翔婚前就很清楚找老婆必须是要理智的，客观的，出自男人本身生理和心理方面的某些要求必须放低，实用和安全是第一要务。无论从外形还是学历以及出身来看，她跟金翔都无法相提并论，他们认识的时候，金翔从全国最有名的医科大学研究生毕业四年，在市里最有名的医院做外科医生，而她仅是一名卫校毕业的中专生，职称药剂师，却在药材站站柜台卖药。金翔的父亲是中学校长，母亲是工商局副局长，而她父母是普通工人。

金翔跟她约会的时候，已经过了三十岁了，读研究生耽误了青春时光，却也让他躲过了容易因冲动而仓促陷入的不良婚姻。在认识她之前，金翔没有跟其他女孩谈过恋爱，亲倒是相了几个，基本上是见过一面就否决。跟后来顺利成为他妻子的赵小小倒不是别人介绍的，他去药材站办事，赵小小正在上班，他几乎是一进门就认定这个女孩做老婆是最合适的。

平凡的赵小小经过了一段时间的犹疑，才答应了金翔的约会。被金翔追求，这在她、在整个药材站其他站柜台的姐妹看来，都是一件不可思议的事情，那段时间她忽然成为药材站的焦点，所有人都在努力观察她身上到底有什么闪光点。其间有善意的大姐动用一些社会关系，打探金翔身上有可能存在的劣迹，以期判断一下他追求她这件事背后的隐情。

那些善意的努力当然是没有什么结果的，金翔几乎是完美的，她们很放心地把赵小小交给了金翔。

从一开始，金翔就是没有什么犹疑的，赵小小的安静，平凡，单纯，与世无争，都符合他的理想。赵小小长得也娇小玲珑，梳着直发，脸上不擦脂粉，无论从哪儿都看不出一丝张扬味来，一走到街上的人群里就会消失不见。

婚后的赵小小表现良好，完全印证了金翔选择上的正确，就连一开始极力反对的工商局副局长婆婆，都逐渐扭转了对赵小小的态度。有一点没有超出金翔的预计，赵小小结婚的时候还是处女。金翔倒不是很在意这个，但这个是金翔拿来印证自己选择正确与否的一个标准。过了两年，赵小小怀孕了，生了儿子，就不去站柜台了。这个时候，金翔神奇地发迹了，他不喜欢做外科医生了，下海进入了医疗器械行业，顺利掘到第一桶金，此后就一桶一桶源源不断了。

赵小小呢，就一直不再上班了，这是金翔的意思，金翔的意思就代表赵小小的意思，赵小小基本上对什么事情都没有自己的意思。儿子上幼儿园送的是全托，一周回家一次，赵小小专职理家，日子过得一点波澜都没有。

所以，买手绢这样的事情，就堪称这个家里的一点波澜了。这波澜让金翔新奇了不短的一段日子，直到有一天金翔在电视台一个社会调查节目中看到有人呼吁少用纸巾改用手绢，齐心协力支持环保，才把念头转到这里来。或许赵小小也是在什么地方看了类似呼吁，出于环保责任，才改用手绢的吧。赵小小是一个良善的女人。

尽管如此，过了几天，金翔还是去了一趟晨晖花园，他的岳父岳母住在这个小区。金翔去的时候没有带赵小小，只带着一个疑问。

金翔去的时候，只有赵小小的父亲在家，这个老实巴交的男人听到金翔谈到手绢的事情后，低着头沉默了半天，最后，表情甚是羞涩地告诉金翔，赵小小小时候偷过别的小朋友的手绢。

2

赵小小一段日子以来，总去晨晖小区旁边的西炮台山爬山，时间不是早晨，而是下午，这就证明她去爬山并非晨练。她父母每天早晨四点就相伴一起去爬山，那才是晨练，在树杈上压压腿，小路上散散步，五点的时候汇同其他老头老太太一起，在小广场上舞舞绸扇练练剑，然后捎了油条豆浆回家。

西炮台山顶上矗立着一座纪念碑，纪念当年抗倭英雄的，山脚下是小广场，排列着几门货真价实的大炮，苍松翠柏，环境幽雅。赵小小下午去，顺着石阶上到纪念碑下，坐在石台上俯瞰晨晖小区，确切地说，俯瞰晨晖幼儿园。从赵小小坐着的位置进行俯瞰，高度和角度都非常适中，视野囊括了幼儿园的全貌，特别是几座二层小楼中间地带的操场。

如果说赵小小和金翔的儿子金小金就读于晨晖幼儿园，那还能够理解赵小小俯瞰晨晖幼儿园的举动，但金小金并不在晨晖幼儿园，他父亲金翔有足够的资本让他脱离平民幼儿园，他将来的就学旅途一路都将是贵族化的。没有任何人知道赵小小为什么总是在下午三点多钟，坐在纪念碑下俯瞰晨晖幼儿园，她穿着品牌衣服，背着品牌包，识货的人一眼就能看出它们的讲究和昂贵，坐在石台上，表情安静。

也有一些少男少女结伴来爬山，纯粹出于游玩，少女会很注意赵小小的一个举动，那就是她手里拿着一方手绢，叠得很方正，但仍能看出一角花样，一截绣边。她们很奇怪这个女人昂贵的包包里放的不是心相印或是清风牌的纸巾，而是手绢，这无论如何是挺矛盾的。现在，就连上山晨练的老太太们，衣兜里装着的都是纸巾了，流汗了，抽出一张来，擦一擦，扔到垃圾桶里，脸上手上还会存留着纸巾淡淡的香气，简捷，卫生，时尚。纸巾的价格越来越便宜了，没有买不起纸巾的家庭了。

赵小小就那么坐着，将手绢在手里轻轻地捏着，触着，棉的或纱的或丝的质料触感不同，各有风味。她对少女们不解的回望心知肚明，但她们也只是回望而已。

只有一次，一个十二三岁的小女孩被她手里的手绢吸引，坐下来，很热切地问她，阿姨，这手绢真漂亮，从哪里买的？赵小小拉开包，拿出几条更漂亮的，展示给小女孩看，并告诉小女孩，她可以随意挑选一条，她赠送给她。小女孩犹豫了，陌生人这过分的热情，是妈妈反复教育小女孩需要警惕的。

赵小小就更遗世独立地把玩着手绢，俯瞰晨晖幼儿园了。她在等待一场游戏，丢手绢的游戏。丢，丢，丢手绢，轻轻地丢在小朋友的后边，大家不要告诉他，快呀快呀抓住他，快呀快呀抓住他。

这游戏是小时候常玩的，就在赵小小俯瞰下的晨晖幼儿园。只不过，幼儿园早已不是过去那个简陋的幼儿园了，它现在被整修得很漂亮，从外观上来看，找不到过去的一点痕迹了，甚至连场地都扩张了很多。但无论如何，赵小小都是在脚下这座幼儿园里玩过丢手绢游戏的，这个事实改变不了。

谁能看出赵小小在等待这样一场游戏呢，这游戏，现在的幼儿园，还有玩的吗？反正赵小小在石台上坐了两个月了，也没有看到晨晖幼儿园的老师们带着孩子出来，在操场上围成一圈，玩这个丢手绢游戏。操场上的游乐设施太多了，滑梯，秋千……课间的时候，小朋友们蜂拥出来，很快就分散到那些东西上去了，像一群蜜蜂飞到花朵上。

赵小小有时候就神思游离。

赵小小的神思，漫过遥远的时光，游离到过去的晨晖幼儿园了。她看到自己坐在小朋友们中间，大家围成一个圈，一个小朋友被老师指定出来，拿着一块手绢，在圈外跑，跑着跑着，很秘密地把手绢丢到某个小朋友的身后。小朋友发觉了，站起来，拿着手绢追赶。追上了，丢下手绢的小朋友就站到圈子中间，表演节目；追不上呢，拿手绢的小朋友就继续跑啊跑，很秘密地把手绢再丢到别人的身后。

没有人把手绢丢到赵小小的身后。她寂寞地蹲着。老师也似乎从来没有指定她做第一个丢手绢的小朋友。做第一个丢手绢的小朋友，这多光荣，多骄傲啊。赵小小很寂寞地蹲着，看别的小朋友跑来跑去，你追我赶，漂亮的花手绢被别的小手传来传去。她把自己的手背在身后，偷偷去摸，每次摸到的都是粗糙的地面。

每天下午三点半，赵小小都要这么寂寞地蹲着，陪别的小朋友玩丢手绢游戏。阳光有的时候刺到眼睛，赵小小的眼里就不自觉地汪出泪来。

其实，岂止是玩丢手绢游戏时赵小小是寂寞的呢，玩所有的游戏她都是寂寞的。只不过，丢手绢游戏更让赵小小清晰地体会到这种寂寞。那个时候的赵小小是没有母亲的，她母亲名声恶劣，跟父亲以外的男人有染，最后跟她父亲离了婚。小朋友们的母亲们，哪里容得下她们中间有这样一个跟她们过得不同的女人？尤其是，这个女人跟做轴承工人的丈夫离了婚，跑去跟了一个大学老师，而她们的丈夫，还都油渍满身地继续在做轴承工人。她们教育自己的孩子，远离这个品行不良的女人所生出来的孩子，母亲品行不良，难免就要教育出同样品行不良的孩子。

是哪一天呢，赵小小背在身后的小手，神奇地摸到了手绢。多柔软多幸福的手绢啊，像棉花糖，膨胀着赵小小的触觉，她抓住手绢，举到眼前，小脸兴奋地泛出红晕。之后，她几乎是跳了起来，将手绢捂在胸前，去追赶把手绢丢在她身后的小朋友。陈千，把手绢丢在她身后的小朋友名叫陈千，这小男孩回望赵小小，一眨眼，就跑到了赵小小的位置，蹲了下来。

赵小小拿着手绢，很激动地在圈子外面跑啊跑，她第一次拥有把手绢丢到某个小朋友身后的机会。那天阳光还是刺眼，赵小小眼里还是不自觉地汪

出了泪来。

赵小小的深思，游离在一片明媚的阳光下，游离在她泛着红晕的小脸上，游离在陈千短短的直直的头发上。

大约四点半，赵小小站起来，背着包，沿着石阶一级一级走下山去，走到山脚下平平的石板路上，再穿过晨晖小区外面一个菜市场，买些菜，开车回家。间或，赵小小还会买些菜，拎到晨晖小区她父母的家里去。她母亲，确切地说是继母，现在看到赵小小，态度讨好，神色谦卑，赵小小看了很不舒服。

3

这一段时间，金翔还觉得赵小小是有洁癖的，以他曾做过医生的经验来判断，赵小小的洁癖尚属于轻度。

晚上回家，金翔看到赵小小正俯在卫生间洗脸盆上，很卖力地擦洗，头发凌乱地搭下去，挡住了朝向门口这一侧的脸。金翔嗅到了一股浓烈的牙膏味，他走进去解了个手，赵小小让出来，让金翔洗手，金翔看到洗脸盆上涂满了牙膏，赵小小手里拎着一把刷子，木柄，白色的毛，看起来硬硬的。

金翔说，干吗涂这么多牙膏在上面？

赵小小继续俯下身子劳动，边劳动边说，试来试去，原来牙膏去污力最好，什么去污粉啦，全能水啦，都不如牙膏。

金翔说，不是挺干净的吗，不用刷了。

赵小小用刷子哗哗地擦着玻璃洗脸盆，不再说话了。

赵小小是个爱干净的女人，这一点金翔很满意。他曾做过医生，做医生的对卫生方面的要求有种天生的苛刻，以前他能看出赵小小是刻意为了他的苛刻而干净的，尽管他并没有很露骨地表示出这种苛刻。但是现在，赵小小的表现根本不是为了迎合金翔，而是为了迎合自己的轻度洁癖了。她似乎每时每刻都在怀疑家里有什么不洁的东西或异味存在，总是不停地洗洗涮涮，阳台上本来就搭着花花绿绿的手绢，现在加上每天可洗可不洗都要洗洗的衣服卧具，他们家的阳台就从来没有空闲的时候了。

金翔坐在沙发上，看着出出进进的赵小小，忽然问她，你是不是觉得闷，要不要找点事情做一做。

赵小小很奇怪地看他一眼，说，不闷啊！

金翔觉得赵小小说不闷并不是违心的，她看起来很奇怪自己丈夫的这一发问。金翔就不再问了，看了会儿电视，就去冲澡睡觉。水是一直热着的，赵小小似乎是为了让金翔每天都能一回家就洗上澡，而刻意将热水器一直开着的。他们家也不缺这几个电钱，金翔觉得赵小小这样做很好。自从他赚到了很多钱，他就觉得生活质量是很重要的，人生苦短。

关于生活质量，金翔自有他的一套逻辑，并且，一切似乎都很顺利地踩着他的逻辑在落实。比如说在关于找老婆、下海这两件事上他的选择和坚持，现在看来都是正确的，这两件事情是生活质量的根本，由于它们的牢固，现在金翔可以更充分地在很多其他事情上游刃有余，比方说，有个外遇什么的。

这是不稀奇的。外形、气度、智商、文化、口袋里的钱，适度的感性，成熟男人的理智，无论从哪一方面来看金翔，他都是优秀的，有魅力的，而这些优势综合到一起，更决定了盯住金翔的那些来自异性的目光，绝不可能是少数。金翔看女人的目光当然是挑剔的，但他的社交群体里自然也不缺乏各方面条件都很优秀的女士，产生偶尔的动心，也不是不可求的事。

金翔最近在做一件事，给一种喉炎治疗仪做省内总代理。仪器是一名留美女博士设计的，可以直接把药物推送到治疗部位。一段时间以来，金翔主要在忙碌这件事情，在北京住了一段时间，拿下了代理权，回来之后，就给公司里的几名业务员开会布置了指标，又去人才市场招聘了几名口齿伶俐头脑机敏的医科大学本科毕业生，分片跑起了省内市场。

在北京期间，金翔见了一次留美博士，留美博士在金翔回来之后，到金翔所在的城市小住了几天，考察兼旅游。博士三十六岁，比金翔想象里年轻，也比金翔想象里漂亮。按照常识来推断，念到硕士博士的女人，基本都是很不好看的，一个人尤其是女人如果特别漂亮，一般念书都不好，上帝是公平的，这符合基本规律。这样说来，博士就是一个个例了。

一个女人，学历高，长相漂亮，聪明有才华，这基本决定了她拥有素质和气质这两方面的天然财富，有了这两方面财富的女人，是不可能没有吸引力的。金翔对博士，博士对他，两人的感觉很合拍，都是英雄对英雄，惺惺相惜的那种。他们之间的互相吸引和欣赏是不用挑明的，语言对于这个层次的情感来说，完全多余。在北京的时候，金翔和博士没有单独相处的机会，通常他们跟金翔的北京同学，也是做这一行的，治疗仪所在的北京总部执行

官、主管人员在一起，研究的都是生意和业务上的事情，除了生意和业务，就是吃饭，偶尔也娱乐一下，KK歌。但基本来说，节奏是紧张和严肃的，这个群体所有人都是精英，博士也不例外，举手投足间干练飒爽，但偶尔朝金翔瞥过一丝目光，又不失闪烁的柔媚。

他们就这样暗生情愫，又很保留地把这情愫放在那里，等着水到渠成。

博士的国内考察兼旅游是北京总部安排的，在这之前，金翔和博士都没有个人角度的任何表示，这符合他们的素养和心意相通。博士考察到金翔这一站时，金翔全程私密陪同，放了司机的假，亲自载着博士跑了几家已经合作的医院，剩下时间，就载着博士观光，到附近海岛上小住，品尝海鲜。

在海岛上，他们住在渔民家里，每餐都吃渔民用渔网拉上来的海鲜，其余时间就在小岛上漫步，手拉着手，晚上睡在渔民家的火炕上，很优雅或很热烈很开放地做爱。

考察结束的时候，金翔开车把博士送到机场，两人都很平静，没有洒泪而别的场面。

对赵小小，金翔并没有觉得需要愧疚。需要愧疚什么呢，他从来就反对条分缕析地去看待外遇这类事情。但他反对不负责任的外遇，那种不理智的、闹得满世界鸡飞狗跳的外遇，在他看来是愚蠢的，不可原谅的。他呢，从来就没有想过跟别的女人产生短暂的心动，就要跟赵小小离婚，这种念头他一丝丝都没有产生过。他对赵小小在这个家里的地位很尊重，她是他选择的老婆，平凡但从不生事的老婆，她的安静和平凡，于他来说是种福，他感谢她的安静平凡和从不生事。她从不像别的有钱太太那样，扎堆在一起家长里短。她只做自己的事，理家，侍候他，周末接送孩子，闲暇时间开着他给她买的车，去做她的事情，购物，或者干脆就在街上跑一跑，也定期去做美容，洗澡，但都是独自一人。

因此金翔面对赵小小，从来都是笃定的。他定期跟赵小小做爱，不管感觉强不强烈，都尽其所能，履行做丈夫的责任。平时他也是关心赵小小的，比如她买手绢的事情，自从知道赵小小曾在幼儿园的时候偷过小朋友的手绢，金翔就结合自己读医科大学时学过的心理学，对这件事情进行了分析，甚至他还找到一个开心理分析门诊的同学，就此事进行了咨询。

金翔的同学认为不必大惊小怪，有专家研究表明，三年级以下的孩子自我意识还不够明确，这种偷窃只能算是一种不诚实的占有行为。然而当时赵小小的幼儿园老师批评了赵小小，并让她在讲台上罚站，她忽略了孩子也是有个性有思想有情感的，她偷窃那条手绢，无论如何分析，都应该是一种女孩子对稀罕东西的喜欢。很自然，这件事情在赵小小心里留下了阴影，这阴影一直隐形地存在着，在某个特定时刻，它会通过别的形式表现出来，比如说，赵小小现在购买手绢的嗜好。无论怎样，这都不算是不良嗜好，可以不必理会，顺其自然，它最终还是会淡去的，就像来时一样。

何况，现在已经有环境学家在呼吁大家用手绢了，环保嘛。金翔的同学这样简单地结束了自己的分析。

现在，金翔认为，他已经把赵小小买手绢这件事情全程关注到成为他们家庭里的一件平常事了，现在他关注的是赵小小的轻度洁癖。

4

不管金翔关注与否，赵小小都控制不住她洁癖的蔓延了。每天她都要用牙膏擦拭洗脸盆、水龙头两到三次，用混合了家居消毒液的水泡抹布擦家具，还换卧具，每天都换，包括床单被套枕套，还屡次提着金翔换下来的棉拖鞋，皱着眉头犹豫是不是也要每天洗上一遍。

她每天花大量的时间打开窗户通风，前后都打开，她站在这前后贯通的气流中间，感受它们跟室内空气碰撞搏斗的力度。

基本上可以说，赵小小的疑心只是空穴来风，至少从她这一方来说是如此。她对金翔的疑心，没有任何蛛丝马迹作为依据。她能有什么证据呢，这么多年来，她和金翔的生活各自为政，她其实是一个聪明的女人，只是在金翔面前，不习惯表露而已，这种不习惯，是从金翔追求她的时候就养成了的，他们之间的悬殊，是造成这一状况的基础。从那个时候开始，赵小小就习惯了对金翔的毫无掌控。况且，她能掌控得了金翔什么呢，这个男人那么优秀，他的事业她是插不上手的，他的精神需要，更是一直从别的地方索取和得到，她更是插不进手。

事实上，从婚后不久赵小小就明白了金翔娶她的缘由，她就更没有理由去掌控金翔哪怕一丝一毫。在家里金翔是从来不用对赵小小避讳什么的，比如手机，他的三部手机每天回来后就堂而皇之地搁在茶几上，或饭桌上，他洗澡，看电视，抽烟，上网，都可以对它们不管不顾，来电话了，来短信了，赵小小一律充耳不闻。她从来没有打开过金翔的手机，其实，金翔应该

能够明白，这种克制能力，并非一般女人所能有的。

赵小小用这些行为，来表示对金翔选择她的感谢。无论如何，现在赵小小过着衣食无忧的生活，金翔对她从没有什么过分的要求，相反他极尽丈夫的职责。

从赵小小父母那边来看，赵小小的地位，就是从金翔追求她那一天开始提升的。赵小小无法忘记当她把这一消息告诉她父母时，他们脸上那惊愕和迷茫的表情。她的继母，那个在赵小小八岁时嫁给父亲成为她继母的女人，一直以来都对赵小小态度冷漠，在她看来，这个平凡孤僻的女孩子，长相又那么一般，还有过偷窃的劣习，最后出息成个站柜台的，能有什么希望找到一个好婆家呢？所以那天这个退休在家的老女人太惊愕和迷茫了，第二天她就多渠道开始了对金翔的查访，不明真相的人还以为是一个溺爱女儿的母亲在为女儿的终身大事进行情感上的把关呢。

查访到的情况，令赵小小的继母更为惊愕，在她眼里，金翔的家庭是货真价实的高干家庭，从此她就有了做国家干部的一对亲家，这使她在生活了半辈子的轴承厂家属区晨晖小区的地位陡然得以提升，她成为那些同龄老太太艳羡的对象。

后来，赵小小把金翔带回家，赵小小的继母就变得更谦卑了，一直谦卑到现在。即便现在赵小小的公公婆婆都从国家干部岗位上退了下来，但是赵小小的父母依然要仰着头谦卑地跟他们对话，这两个昔日的国家干部退休以后大刀阔斧地开了一家超市，赵小小的继母去过一次，六百平米的超市光滑可鉴，赵小小的继母走在上面，时时有踩不稳的感觉，走得小心翼翼。

继母的谦卑，还来自于她儿子跟着赵小小所享受到的好处。这个大赵小小一岁的异父异母的哥哥，如果没有赵小小，将会生活得如何普通呢，他接了赵小小父亲的班，成为新一代轴承厂工人，厂子后来尽管被外国人买去，生产设备现代化了许多，不再像赵小小父亲那样成天油渍麻花，也无法改变赵小小的哥哥是一名轴承工人的身份。但是现在不同了，赵小小的哥哥被金翔安排到他的私立医院，做了一名不需要具备医药方面业务能力的保安科长，这个异父异母的哥哥跟娇小玲珑的赵小小不同，他长得膀阔腰圆，很适合干一名保安科长。

从任何方面来说，赵小小都应该对现在的生活很满足，满足到忽略金翔某些方面的错误。而金翔是有错误吗？赵小小不知道。她只是没有缘由地疑心，这导致了她的轻度洁癖。

在这轻度洁癖的深处，也就是赵小小的意识里，存在着一个另外的女人，这女人是什么样子，什么形状，什么气味，赵小小一概没有感觉，她的想象是极度匮乏的。然而也许正因了想象的匮乏和无形，才更加重了赵小小的疑心，她对此无计可施，只能对付那有可能存在于家里的气味和微尘。

实际上，赵小小从来就没发现过什么，包括女人的香水味，女人的头发，金翔压低声音的电话，这些都没有，就是说，赵小小每天都在跟她意识里的东西交锋。

5

是的，赵小小曾经是一个污点女生，她偷窃的污点是从幼儿园开始的，确切地说，是从那个阳光刺眼的下午，陈千把手绢丢到她身后开始的。也许，美妙的东西往往伴随着不幸来临，赵小小在此后很多年，一直宿命地给那个下午下这样的结论。

实际上，赵小小此后再也没有得到从身后摸到手绢、站起来追赶别的小朋友的机会，她在那个下午，一个不被人注意的时刻，偷窃了那条漂亮的手绢。

是因为手绢漂亮吗？也许是，至少幼儿园里的老师和所有小朋友都如此认为。那的确是一条很漂亮的手绢，它跟幼儿园里其他小朋友的手绢是不一样的，先是它高贵神秘的来源——它来自上海，它的主人，幼儿园里漂亮的公主张蝶，她有一个同样很漂亮的、在轴承厂办公室坐着喝茶看报纸的母亲，这个每天打扮得光鲜照人的女人，有时陪领导到车间里巡视，所有男人都爱慕她，所有女人都嫉妒她。因此张蝶的母亲在厂里是很有名的，因为她的漂亮，因为她的时髦。这时髦的女人身上穿的衣服是从上海买回来的，由于她是坐办公室的，所以拥有陪厂领导去上海出差的机会。

上海，那是一个多么让人神往的地方，在幼儿园小朋友那里，张蝶的手绢是它的代言，几乎每次玩丢手绢游戏，老师都要指定用张蝶的手绢。骄傲的张蝶，从小包包里拿出式样繁多的手绢，公主一样，脸上挂着骄矜的微笑。是的，那天被陈千丢到赵小小身后的手绢除了有着如此高贵神秘的血统，它还很漂亮，淡粉的底色，上面绣着白色的花朵，鹅黄色线勾勒着波浪形的绣边，赵小小小心翼翼地捧着它，对着阳光，努着小小的鼻子，去嗅它

上面陈千的味道。

在赵小小寂寞的童年里，这是一条多么披荆斩棘的手绢，它从那些孤寂和忧郁中哗啦啦地撕开一道口子，让赵小小无所适从。

赵小小整个下午神思恍惚。

游戏结束之后，赵小小鬼使神差地盯着张蝶及那条淡粉色的手绢，她看到张蝶把它随便地放进了书包里，书包放在桌洞里。赵小小很安静地坐着，教室里有那么一刻很安静，没有小朋友，大家都跑到操场上玩其他游戏，等着下班的父母来接。空洞的教室很暧昧地沉默着，意味空前。鬼使神差的赵小小就在这暧昧的沉默里，走到张蝶的桌洞前，小手伸进张蝶的书包里，拿走了那条带着陈千味道的手绢。

赵小小的偷窃是不成功的，她没有处置赃物的有效计划，只是把它藏在自己的书包里，忐忑不安地等着自己的父亲来接。然而张蝶回教室了，她时髦漂亮的母亲来接她了，她从桌洞里拿起书包，习惯性地去检查那给她带来荣耀的手绢，它不见了。

骄傲的张蝶尖叫了一声，手绢，我的手绢！

找到这条失窃的手绢并不需要费多大的周折，赵小小坐在角落里，脸色惨白，看着老师逐一打开小朋友的书包。赵小小的父亲来接她的时候，看到她在讲台上垂手站着，头发凌乱，小辫子散了一条，橡皮筋松松地挂在发梢上，将掉未掉。

赵小小从此成了一个更寂寞的小朋友，没有人愿意跟她一起玩。之后不久上了小学，几年以后又上了初中，这期间，漂亮高傲的张蝶又丢过几次东西，起初是在小学，丢的是一把剪刀，小巧黑色的剪刀，像一截柔软的铁片随便那么一弯，握在手里弹性十足，张蝶拿着它剪纸，剪各种颜色的漂亮的手工纸。不久这把剪刀丢失了，小学老师用跟幼儿园老师同样的方法来找那把剪刀，却没有找到。但这并不意味着赵小小就可以清白，丢失了心爱之物的张蝶，眼泪婆娑地指着赵小小，说，一定是你，是你拿了我的剪刀！

有前科的赵小小站在人群之中，搜索陈千的目光。这个仅仅往赵小小身后丢过一次手绢的男生，站在同学中间很怜悯地看着自己，是的，他是一个良善的男生，目光里有着天性的济弱，同情，不忍。然而那又怎么样。赵小小流出了眼泪，她说，我没有拿她的剪刀。

那一次，老师押着赵小小去工厂车间里找到赵小小做轴承工人的父亲，之后跟他一起回了家，找寻那把小剪刀。赵小小那年已经有继母了，那女人嘴巴张得老大，揪住赵小小的辫子，说你这个败家的，怎么能这样，你哥哥长大了还怎么娶媳妇！

那女人是带了一个大赵小小一岁的男孩，嫁到赵小小家里来的。

张蝶的剪刀，终是没有找到，为此哭泣了整整一天的张蝶，最后不了了之，不再提了。然而，张蝶书包里总是源源不断地有那么多稀罕东西，它们的存在，对那些女生来说，是种什么样的诱惑，赵小小是多么恨它们的存在。此后张蝶丢过的那些东西，自然都是赵小小偷的，她不再有幼儿园里拿走那条手绢时的不知所措，她很沉着地等待万无一失的机会，并把到手的东西处置得无影无踪，谁也无法找到，甚至连她自己都无法找到。

所以，事实上，赵小小不仅仅只偷过那条手绢，她还偷过别的小玩意儿。赵小小那老实巴交的父亲，对金翔说到赵小小偷窃的时候，是有保留的，他女婿只问到了手绢，所以他就只告诉女婿，赵小小偷过别的小朋友的手绢。那个时候，这个老实巴交的老退休工人很敏捷地产生了一种危机，他那高贵的女婿是不是不要他女儿了，这是多么危险的一件事情啊！接着，他生发了保护赵小小的意识，并为这种意识寻找了一个很小聪明的理由：只有那条手绢是从赵小小书包里找到的，此后张蝶丢失的所有小玩意儿，都没有从赵小小书包里找到，没有找到的赃物，就不能认定是谁偷的，不能认定的事情，就不要说了。

赵小小不再惊慌失措地站在讲台上，垂首低目了，她看着张蝶一次一次的尖叫，稳坐如山。老师和同学们的怀疑对象自然还是赵小小，但是她学会了反击，她哗啦啦地倒出自己书包里的东西，说，谁偷了，谁偷了！有一次她还张牙舞爪地攻击张蝶，把张蝶脸上抓出了血道。

但这仍然改变不了赵小小已经坏了的名声。初中快毕业的时候，就连陈千，都对赵小小敬而远之了。这个良善的富有同情心的男生，最后也逐渐相信那些东西是赵小小偷的了。他怀疑的目光像带着一根根倒刺的荆棘，扫过赵小小悲伤的心房。

假如赵小小没有暗恋陈千，那倒也没有什么，但是偏偏不是这样，从幼儿园里陈千把手绢丢到赵小小身后那个时刻起，赵小小就爱慕陈千了。在以后的青春期里，比如卫校读书和药材采购站上班的那些日子，赵小小也有过几个体己的女伴，那个时候她的过去已经没人知道了，她没有再拿过任何人

的什么东西，也没有人歧视她孤立她，她只不过就是不出众而已。在那些日子里，赵小小和体己的女伴之间常有跟爱情这东西有关的私密谈论，谈论里包括彼此对过去的交换，比方各自的初恋是在什么时候。赵小小每次都回答说，四岁。她的那些体己女伴都以为赵小小是在说笑，或者，她根本就没有过什么初恋，所以如此自我解嘲。

然而赵小小是笃定的，即便到老了，垂死的那一刻，她也认定她的初恋是在四岁，对象是那个丢手绢在她身后的陈千。

而在初中的时候，赵小小对陈千的爱慕是隐而不发的，因了她的坏名声，因了陈千那越来越怀疑的审视的目光。而且那个时候，陈千跟另一个女生很是交好，女生偏偏不是别人，正是张蝶。初中的时候，这些孩子都情窦初开了，男生嗓音变粗，女生基本都来了例假。张蝶出落得愈发漂亮，可以说，她跟陈千的交好，从幼儿园就一直青梅竹马了下来，在幼儿园里玩丢手绢游戏的时候，张蝶就是最喜欢往陈千身后丢手绢的。接着，初中毕业了，陈千和张蝶一同考上了重点高中，两家人都认同了他们一同考上大学然后恋爱结婚的将来。赵小小呢，她的继母是坚决不同意她考高中的，家里开销那么紧张，钱要留着给儿子说媳妇的，况且赵小小又有那么个坏名声的，即便考上大学又能怎么样，考个中专也就可以了，那就考卫校吧，将来有个头疼脑热的，好歹家里还有个懂医的。于是赵小小考了卫校。

从此赵小小跟陈千失去了联系。

6

与这段时间莫名的疑心并行出现在赵小小生活里的另一件事情，也就是跟手绢有关的事情，是来自陈千的，那个幼儿园里唯一一个愿意把手绢丢到她身后的小朋友。

实际上，初中毕业以后，赵小小曾给陈千写过一封信，是在卫校写的，那时候她是一名卫校中专一年级女生。在五百公里以外的省城卫校里，没有人知道她的过去，而她偷窃的行为也没有成为一种延续行为，她是一个安分守己的女生。她长相一般，性格安静，没有在班级和学校任何一级机构里任职，看起来，是那种各方面都表现平平的没有个性的女生。她只在初中那几年里，在张蝶丢失了东西之后，张牙舞爪地用一种尖酸的神经质的态度反击过，等离开了那个环境，她的这种张牙舞爪便神奇地消失了，连她自己都觉得奇怪。

赵小小把这种奇怪写进了信里，那是赵小小此生写过的最长的一封信，用了十二页纸。在那十二页纸里，赵小小不仅对陈千描述了自己奇怪的转变，还追根溯源地讲到了幼儿园，讲到了那个阳光刺眼的下午，陈千用张蝶的那条漂亮手绢，披荆斩棘地撕开了她沉重的寂寞和忧郁。赵小小详细描述了她偷窃那条手绢的原始动机，她不被理解的茫然，她被冤枉偷剪刀的委屈，及后来出于报复而一直延续到初中毕业的偷窃。她把偷到的那些小玩意儿，用粉碎、火烧、沉塘等方式进行处理，不露一丝痕迹。

我不是贼，我从来没想过做一个人人不齿的贼，从此以后，我将与过去决裂，请相信我。这是赵小小写给陈千那封长信里的最后一段，在这一段结束之后，赵小小另起一行，写了两个字：盼复。

事实上，从那以后，赵小小就失去了与陈千的联系。她的那封信寄出去以后，没有得到陈千只言片语的回复。中专生活相比初中，简直是无所事事的，成绩可以不去理会，及格就行，有大段大段空白的时间，赵小小用来等待陈千的回信。白天，赵小小无数次地跑到传达室，翻看她们班级的信箱；晚自习前，每天都会有同学拿着一摞信走进教室分发，收到信的同学就埋头读信，然后趴在桌子上回信。几乎在那三年里，所有同学的晚自习都是这样打发的，而赵小小花了漫长三年所等待的那封重要的回信，一直没有收到。

赵小小寂寞地坐在教室里上晚自习，面前摊开一本医学方面的书，神思缥缈。她也没有写日记的习惯，别的同学在晚自习的时候除了写信，通常会写写日记，而赵小小不写。她已经跟以前决裂了，而写日记难免就要有丝丝缕缕的关联。

读卫校的三年里，只在一次暑假，赵小小见过一次陈千，陈千跟张蝶在一起。那时他们两人在县城读重点高中。陈千远远地看了一眼赵小小，赵小小从陈千的目光里看到了幼儿园时那熟识的良善的同情，她不知道应不应该过去问问他，是否收到了她的信，那是一封多么重要的信啊。然而张蝶把陈千拉走了，临走之前，朝赵小小投来况味复杂的一眼。

赵小小羞怯郁闷得要死了，她觉得张蝶看她的那一眼，像手电筒的光，一下子照到了她心里的幽深之处。她想，陈千一定把那封信给张蝶看了，否则，张蝶不会这样看她。

赵小小几乎悲痛欲绝。此后的寒假和暑假，赵小小给家里写信，说在学

校旁边小区里找了个家教工作，不回家休假了。继母自然乐得赵小小不回家，并且在外面做家教还有钱可赚，可以节省一些学费。

陈千呢，从县城读完高中之后，跟张蝶一起考到了上海一所大学。赵小小跟陈千之间彻底失去联系和消息，应该是从陈千大学毕业之后把父母接走正式开始的。张蝶呢，她的父亲在女儿读大学的时候就去世了，而她那漂亮的母亲，改嫁到了外地。就是说，从陈千父母迁到上海开始，赵小小连从晨晖小区那里得到陈千消息的机会都彻底失去了。

然而这世上的情分是很奇怪的，你以为它走开了，但说不定哪一天它又回来了，看起来，就仿佛这东西一直在身边不远的地方转圈，就像丢手绢游戏那样，这次你被追赶到别的位置上了，说不定转了几圈，你又坐回到原来的位置上了。自从陈千联系到赵小小，赵小小就一直有这样的联想。

赵小小就是在陈千联系到她的时候，开始买手绢的。当时陈千在上海，赵小小听着陈千的电话，眼前出现了晨晖幼儿园刺目的阳光，丢手绢的儿歌很清晰地响起来，像某段电影画面的背景音乐。丢，丢，丢手绢，轻轻地丢在小朋友的后边，大家不要告诉他，快呀快呀抓住他，快呀快呀抓住他。

陈千在上海一家外企工作，他们取得联系以后的通话只是问候和聊天，聊各自的近况，两人谁也没有提到小时候的事情，包括丢手绢游戏，包括偷窃，包括那封长信。

这个时候，赵小小已经知道，陈千先是跟张蝶结了婚，后来又离了。青梅竹马结出了果实，最后还是没长成。

为什么离呢，赵小小问陈千，陈千轻描淡写地说，她出国了。

那个漂亮的，公主一样的张蝶，似乎就是应该出国的。赵小小带些自我解嘲意味地想，她曾偷过张蝶那么多东西，现在，张蝶躲到远远的国外去了，她再也偷不成了。

7

赵小小怅惘着，包里装着手绢，坐到西炮台山上俯瞰晨晖幼儿园。从山上下来，赵小小回了一趟晨晖小区，她的父母见她回来，很讨好地邀请她留下来吃饭，吃什么呢，包饺子吧，把金翔叫回来一起吃。

金翔在电话里说，要陪北京来的博士，治疗仪推出去十几台了，北京总部及设计方要对市场投放使用情况征求一下反馈意见。关于金翔前段时间正在干着的喉炎治疗仪代理的事情，赵小小多少知道一些，这样的大事，金翔不需要赵小小精神和物质上的任何帮助，但出于夫妻间的尊重，会跟她说一声。

金翔是实话实说的，他不需要像其他男人那样，骗自己的老婆是去陪什么别的客户。金翔说得很坦然，心里也很坦然，这坦然绝不含鬼祟的成分，也只有金翔才可以如此做到。

留在晨晖小区跟父母一起包饺子的赵小小，心里又产生了不洁的感觉，她意识到这感觉一定跟女博士有关。她在父母家里呆到很晚，说不清楚是在回避什么。大约十点，赵小小驾车离开晨晖小区，在半路上她给金翔打了个电话，问，在哪儿呢，金翔说，还在外面，有事吗？赵小小说，没事，我还没回家呢，正要回家。金翔说，我晚些回去，你先睡。赵小小说，好，别呆太晚。

赵小小的这个电话是反常的，明知道金翔陪客户还打电话，这在以往是没有过的。金翔并没有很晚回家，他回家时，赵小小正坐在沙发上看电视，告诉他说洗澡水烧好了。其实金翔刚刚在酒店里冲洗了，跟博士一起冲的，但为了赵小小，金翔还是去卫生间里又冲洗了一遍。赵小小抱着一套新睡衣等在门口。

金翔躺在床上看了一会儿书，赵小小还是没有过来，金翔起身走出卧室，走到客厅，没有赵小小，到卫生间一看，赵小小正弯着腰在擦洗浴盆，肢体摆动幅度很大，卫生间里弥漫着一股很浓郁的消毒水味道。

等赵小小结束了那项折磨着她的工作回到卧室，金翔已经对她这段时间如此洁癖的原因有了明确的判断，他倒是没有怀疑赵小小对他的行踪会有什么了解，赵小小是不会去做跟踪这样的俗事的，他断定赵小小产生了某种强烈的直觉。直觉这东西是存在的，他做过医生的，外科医生在手术的时候，往往也是会产生直觉的，这无形的东西是不可解释的，有时候力量却是强悍的。

金翔把赵小小抱在怀里，很真诚地抱着，用下巴摩挲着赵小小的头发，说，小小，我们是要一起生活到老死的。赵小小一动不动地躺着，说，嗯。

这个时候，赵小小的手机忽然响起来，铃声居然是一首儿歌，金翔听出来了，是《丢手绢》。赵小小的手机即便是在白天也很少响，她是个没有事端的女人，少有的电话也都来自她父母和她异父异母的哥哥，再就是采购站一两个一直交好的姐妹，深夜里这样响，好像还是第一次。赵小小拿起手机，看了看，说，我出去接个电话。就走出卧室，到客厅去了。一会儿回来，对金翔说，我明天得去趟上海。

赵小小看着她丈夫金翔，口齿清楚不容反驳地说，我明天得去趟上海。她穿着方格子的睡衣睡裤，站在床前，手里握着已经挂掉的手机，连解释都不会有的样子。这种坚韧，赵小小以前是从来没有表现过的，这让金翔有了短时间的惊愕，但金翔是理智的，睿智的，他的答复没有那短时间的惊愕痕迹，他很自然地说，去吧，反正你也有的是时间，别说上海了，出国都行，明天你在家收拾行李，我让人给你订机票，在那儿多玩玩，会会同学，购购物，周末我把儿子送爷爷奶奶家。

接着，又笑笑说，手机铃声挺好玩的，我小时候，可没少玩过丢手绢游戏，从网上下载的吧？

赵小小说，嗯。

金翔重又抱住赵小小。

8

金翔第二天去公司，叫来刚招聘到的一个姓李的大学生，安排他去订两张到上海的机票。机票送来之后，金翔取走一张，另一张给了小李，又给了他一个信封，说，里面是五万块钱，你拿着这张机票，跟你嫂子一起上飞机，不用打扰她，她没出过远门，你暗地里照应她一下。

这个小李是金翔从人才市场招聘到的，所有条件都符合金翔的要求，医科大学本科毕业生，聪明机敏，口齿伶俐，当时金翔在招聘的时候没有说明待遇这一条，他让那些来应聘的符合他条件的自己提待遇方面的要求，这个小李毫不客气地说了个让旁边那些应聘者吃惊的天文数字，月薪一万。金翔很犀利地觉得这个小伙子是值这个价钱的，他没有犹豫，就录用了他。事实再一次证明金翔的选择是正确的，第一个月，这小李就让中医院订下了三台治疗仪，让金翔赚了十万块。

这样的一个小伙子，从金翔手里接到机票和钱，是不用金翔再说多余的话的。航班是夜里的，一个小时以后，小李给金翔发来短信，说已经安全到达。又过了半小时，发来短信，说，已经住下，住在嫂子对门。

从这一天起，每隔一段时间，金翔就会收到小李的短信，有时候还有照片。短信和照片很有连续性，让金翔不用目睹就知道某件事情的发展节奏。赵小小到达上海后的第二天凌晨，就去了一家医院，此后她所有活动都围绕这家医院而展开，中心人物是一个名叫陈千的男人，这个男人患了肾癌，赵小小到达后的第三天，医院给陈千割了一只肾脏。

赵小小很用心地照料陈千，给他倒尿袋，擦身子，按摩手脚，提着两只保温桶，到附近一家饭店去给陈千煲粥和汤，回来拿小勺一点一点喂给他吃。夜里就买了一张绿色的行军床，支在病床旁边，陪陈千一起睡。

割了一只肾脏的陈千，腰上插着导流袋，生殖器上挂着尿袋，手背上挂着吊针，胳膊上插着镇痛泵。第一天昏睡不醒，第二天醒了，第三天去掉尿袋和镇痛泵，开始在病床上翻身，第四天下床走动，腰部的导流袋里每天都装着从身体里流出来的血色体液。小李了解到的情况是，他至少还需要住上十天才能出院。可以想见，这十天里赵小小要重复同样的工作，金翔告诉小李，不必再用手机发照片给他看了。

于是小李就去调查陈千的身世，这也不难，就知道了赵小小和陈千从小认识的历史，和陈千是离了婚的事实。

金翔对赵小小在上海的行踪了如指掌，他每隔一两天给赵小小去个电话，第一个电话问赵小小行程是否顺利，第二个电话问赵小小这几天玩得怎么样，都干什么了？赵小小在电话里说，其实，我在医院里照顾一个病人。金翔说，哦，是吗？亲戚吧，好好照顾啊，需要钱跟我说一声，给你打过去。赵小小说，不需要。接下来的电话，金翔每次都问问亲戚的身体康复得怎样了，嘱咐她好好照顾，不用着急回家。

小李一直在酒店里住着，等赵小小。赵小小基本是在医院里住了十多天，其间回到酒店洗了几回澡。陈千出院以后，赵小小又在他家里陪了几天，离开之前，到劳务市场去雇了一个面相朴实手脚勤快的小保姆。

这前前后后，赵小小在上海呆了有近一个月。

回家以后的赵小小外表看来跟从前没有什么区别，安静，平凡，少语。每个阳光比较好的下午，都开车出去，金翔已经知道赵小小去的是什么地方了，他跟了一次，就站在赵小小身后二十米远的地方，赵小小浑然不觉，只是坐在石台上看着晨晖幼儿园，神思缥缈。

金翔站在那里，看着自己的妻子，忽然觉得以前对她的了解是肤浅的，

表面的，这个娇小玲珑的女人，她的安静柔弱只是一种表象，实际上，她应该算得上一个外柔内刚的女人。

金翔在这一个月里，心里也不是没有波澜的，前面几天，他一直在陪女博士，治疗仪方面，从市场征集到的反馈情况来看比较不错，金翔又带博士到周边区县几家医院跑了跑，业务上的事情就算完工，接下来几天，就陪博士专门玩情调了。博士离开这个城市后，还要到其他几个城市去看看，之后就返回美国，很长时间不会再来了。

基于这一点，金翔很认真地陪了陪博士，尤其是博士临行前的最后一晚，金翔倾情奉献，让博士喊哑了嗓子。

博士在机场跟金翔分别时，用英语说了一声"I love you"，金翔没有回应。

之后那些天，金翔全身心投入到工作中，周边地区跑了不下五十家医院。在一个县级市，金翔比较熟识的一个院长约他去乡下找一个懂易经的算算命，说这人八岁就从其太姥姥那里学到了卦术，给人推测运势特别准，因此收费很可观，给企业算一卦要收几十万，给个人算最少两万。

金翔本来是不相信这些的，在男人里金翔自认为属于比较自信比较担事这一类的，就说自己不算，陪院长去。去了以后，这懂易经的斜眼看了看金翔，坚持要免费给他算上一算。提报了生辰八字，懂易经的凝眉测算了大约一个多小时，给金翔说了很多，金翔没有往心里去多少，唯一真正往心里放的，是这懂易经的提的关于他身边有一个旺夫女人的说法。照这人的说法，金翔这些年的发迹，全拜这个女人所赐，这是一个平凡的女人，却不可多得。

金翔是带着钱去的，不为自己算卦，只为给院长买个单，这样一来，冲着旺夫女人这一说，金翔爽快地多付了两万块钱。

回到家里的金翔仔细想来，依稀感觉这懂易经的说的也许是对的，当然没有科学道理，严格说起来算是迷信，但是金翔有这个直觉，他觉得如果没有赵小小，自己或许不会如此发迹。

金翔就给远在上海的小李打电话，嘱咐他一定暗地里照顾好赵小小，千万不要惊动她。

9

那个深夜在家里响起的丢手绢的手机铃声，是陈千打来的。本来他们重新联系上以后，陈千从来不在夜里给赵小小打电话，而且，电话内容也是矜持的，有原则的，限制在肤浅的生活和工作层面上。其实，陈千是想改变一下交谈内容的，他最初联系赵小小，本来就不是为了这样肤浅地聊聊生活和工作的，但是电话一接通，就变成这样一种格式了。

那赵小小，也是希望改变一下电话内容的，比如那封信，她此生写过的最长的一封信，它的下落到底是什么样子的，是不是陈千收到了它，他对果真是赵小小偷窃了他女朋友的那些小玩意儿感到气愤，并把此信给张蝶看了吗？

然而他们的聊天，始终在原地徘徊。

直到那个深夜，赵小小拿着手机站在客厅，很清晰地听到陈千在电话里对她说，赵小小，对不起。

赵小小说，你说什么？

陈千又重复了一遍：对不起。

赵小小说，为什么？

陈千说，那封信，等我看到的时候，已经是很多年以后了，从那天开始，我就一直想跟你说一声对不起。

到处都很寂静的深夜，扩张了陈千的声音，那声音像雷霆万钧，压迫着赵小小的听觉，她险些站立不稳，晕倒在地。

这个世界上很多事情都是带有游戏色彩的，喜剧的游戏，悲剧的游戏。赵小小的当然属于后者。从念卫校时发出那封信开始，赵小小就一直局限于这样一种猜想：陈千收到了那封信，看了以后很气愤或者很失望，因此没有给她回信，从此失去联系。

她就是没有跳出这个圈圈，猜一猜陈千有没有可能没有收到这封信。

陈千没有再说别的，就挂掉了电话。赵小小站在客厅迅速地决定了一件事情，去上海。这个困扰了她几乎半生的事情，她要弄弄明白。

上海，这个从幼儿园时就根植于赵小小心脏深处的高贵的神秘的城市，从赵小小的城市乘飞机，一个小时就到了。赵小小此前一直是排斥这个城市的，因了张蝶书包里那些诱惑人的新鲜小玩意儿，因了那封没有回复的信，

因了陈千和张蝶住在那里。结婚的时候，金翔带赵小小外出旅游，本来计划好的路线是坐火车先到无锡南京苏州杭州，沿线跑上一圈，最后到上海，搭飞机返回，但是赵小小不同意从上海返回，金翔到现在也不明白赵小小为什么拒绝去上海。

赵小小从空中落下，站在上海的地面上，四处看了看上海。那时是深夜，她没有看出张蝶书包里源源不断的那些花手绢和那些小玩意儿有可能来自这个城市的哪一部分。之后她打车到陈千工作的那家外企附近找了家酒店住下，给陈千打电话。

这个时候，正是小李坐在对面房间，给金翔发短信的时候。小李告诉金翔，他们已经住下了，他住在嫂子对门。

但是小李终究不是训练有素的私家侦探，他无法知道赵小小在对面房间里跟陈千之间的通话，那个通话时间很长，陈千告诉赵小小：赵小小，从张蝶告诉我，读高中时是她截留了你寄给我的那封信开始，我就一直想跟你说对不起。我一直不知道人世间还有这样一封信存在。张蝶在跟我离婚的时候，把那封信很郑重地放在我手里，我感到我的手很无力，越来越无力，托不起那厚厚的重。没有人知道，我是花了什么样的心血在读那封隐藏了十多年的信，每读一遍，我都能看到那花手绢，上面染着血一样的红色，在我眼前飘来飘去。赵小小，张蝶在交给我这封信时，还告诉了我一件事情，那把小剪刀，的确不是你拿的，事实上，第二天，她就在自己的小床底下发现了它，她在剪纸的时候，把它掉落到床底下了，但是她不知道。当她发现它静悄悄地躺在小床底下以后，她不知所措了。她藏起了它，就连自己的母亲都没有告诉。她说，如果哪一天见到你，让我代她对你说一声对不起。

那个时刻，陈千正躺在医院里。四天前的早上，他在卫生间里小解时，发现自己尿血了。彩超和CT这些透视性极强的仪器同时表明，陈千的肾脏上长了肿瘤，并且已经扩散。在医院里定下了手术日期的当天深夜，陈千给赵小小打了电话。他终于赶在手术前，跟赵小小说了那声一直说不出口的对不起。

赵小小在上海的酒店里痛哭失声，她坐在床上，从包里源源不断地往外抽手绢，去擦那源源不断的眼泪。

10

找了一个看似偶然的机会，金翔把博士回到美国的消息告诉了赵小小，赵小小没有什么反应。金翔知道，这就是赵小小的风格。不过，赵小小的洁癖似乎轻了一些。

赵小小的洁癖不那么明显了，原因并不是那么单一的，她现在的心思更多地放在了上海。过了大约一个月，金翔忽然对赵小小说，你那个动手术的亲戚怎么样了，要不要再去看看，顺便散散心。赵小小看了看金翔，没有说话，金翔说，明天我给你订机票。

再一次去了上海的赵小小没有住酒店，直接住到了陈千家里。陈千已经辞掉工作了。赵小小每天到菜市场买菜，回来给陈千做饭，太阳好的时候，陪陈千出去散步。陈千身体越来越不好，总是累，走路多了，头上就渗出细密的汗粒，赵小小就拿手绢给陈千擦汗。晚上，花花绿绿地洗上一盆手绢，晾到阳台上，跟陈千一起坐在阳台上，仰着头看手绢。手绢静静地垂着，散发着皂香味。

夜里睡觉，赵小小跟陈千一人一个房间，各睡各的。半夜赵小小有时会过来给陈千掖掖被角。在医院里的时候，陈千刚从手术床上下来，下半身是裸着的，赵小小每天给陈千擦上几遍，其实，现在也没有各睡各的必要了，但是还是各睡各的。

过了一些日子，赵小小回到了自己的城市。儿子金小金问她，妈妈，你去上海做什么了？赵小小摸摸金小金的头，答非所问，你们幼儿园玩不玩丢手绢游戏？金小金说，不玩。赵小小说，你们老师为什么不带你们玩呢。金小金说，那妈妈带我玩吧。赵小小说，要有很多很多的小朋友，才能玩的。金小金说，妈妈，那我去跟老师说，让她带我们玩丢手绢。

之后的大半年里，赵小小在上海呆着的时间明显多了一些，几乎是回来住不上几天，又返回上海了。金翔从赵小小安静中隐藏着的凄惶里，直觉到了某个大限的将至。

有一个下午，阳光穿过窗户，一闪一闪的，照在一块一块静静垂着的手绢上。陈千正在睡觉，忽然睁开眼，对赵小小说，我梦见晨晖幼儿园了，我们在玩丢手绢游戏，你蹲在人群里面看着我，样子那么楚楚可怜。多想回到那时候啊。

　　赵小小心里被什么东西猛烈地撞击了一下，尖锐的疼痛随着血液四处游走和扩散开来。她看着那渐渐淡去的阳光，说，我给你唱《丢手绢》吧。

　　等赵小小从上海回来，就不再去了。金翔有一次试探地说，要不要去上海看看生病的亲戚？赵小小说，不用去了，去世了。

　　又过了一些日子，周末儿子金小金回来，玩他爸爸金翔的手机，金翔在卫生间里洗澡，金小金拿着手机跑过来，说，妈妈，妈妈，这是妈妈。

　　金小金踮起脚，举着手机，缠着妈妈看。赵小小看了看，竟然真是她！再好好看看，是自己在上海时的照片，显然是被人偷拍的。赵小小哆嗦着手指，把所有照片翻看了一遍。

　　等金翔从卫生间里出来，赵小小已经安静如初了。只是那孩子金小金，很兴奋地举着手机又送给爸爸看，爸爸，爸爸，是你给妈妈拍的照片吗？

　　赵小小摸摸金小金的头，说，儿子，是爸爸给妈妈拍的。说完，就进厨房做饭去了。金翔在沙发上坐下来，从儿子手里要回手机，把照片都删掉了。

　　又过了一些日子，有一天金翔回家，习惯性地抬头看看自家阳台，阳台空空的，没有手绢了。赵小小此后也没有再买过手绢，她用支付宝从网上买到的那数百条手绢，都从家里消失了。金翔有时候还会看看阳台，觉得有些空落落的。说真的，那些手绢其实挺漂亮的。

　　金翔观察了一段时间的赵小小，发现她也不去西炮台山了，她手机响起来，也不再是《丢手绢》了。赵小小还是一味地安静着，平凡着，做饭，理家，独自开车去购物，美容。天热了，赵小小时常开车去滨海路，把车停在停车场内，徒步走到沙滩上，坐着看看大海。

　　赵小小又改用纸巾了。心相印牌的，精致的纸巾袋上印着卡通漫画，上面总是一男一女，在绿色的草地上坐着，或走着。旁边写着一些卡通字，配画面用的。

　　有一个周末赵小小去接金小金，去得早了些，很意外地听到孩子们在唱《丢手绢》，赵小小把脸使劲地贴在幼儿园院墙的栏杆上，她看到儿子金小金正拿着一块手绢，在圈子外面跑啊跑，跑到一个女孩身后，很秘密地把手绢丢了下去。

　　阳光真好，女孩迎着阳光坐着，小脸上有一片安静的光辉。

作者简介

　　王秀梅，20 世纪 70 年代生。中国作协会员。2001 年开始创作，在《当代》《十月》《花城》《作家》等发表中短篇一百余万字，作品多次被《小说选刊》《中篇小说选刊》等转载，中短篇小说集《春天到了，赵小光！》，曾获第二届齐鲁文学奖、99 读书人网文大赛金奖等，作品多次入选各种年度小说选本。

丢
手
绢